Hors de question

Du même auteur

Hors de portée, Éditions J'ai lu, 2014
Victorian Fantasy – Dentelle et Nécromancie, Éditions J'ai lu, 2014

Les Larmes rouges

1- Réminiscences, Éditions J'ai lu, 2013
2- Déliquescence, Éditions J'ai lu, 2014
3- Quintessence, Éditions J'ai lu, 2015

Georgia Caldera

Hors de question

Pygmalion

ISBN 978-2-7564-1867-4

« Je suis tombée amoureuse de lui pendant qu'il lisait, comme on s'endort : d'abord doucement et puis tout d'un coup. »

Nos étoiles contraires, John GREEN.

« C'est ce qui se produit avec le passé : il est partout, mais il n'est pas visible. Voilà pourquoi il n'est pas facile de s'en défaire. Nous sommes comme un navire immobilisé par son ancre mouillée dans des profondeurs. Ce qui ne veut pas dire que nous ne soyons pas capables de la lever pour reprendre la route. »

Le Plus Bel Endroit du monde est ici,
Francesc MIRALLES et Care SANTOS.

Playlist
pour lecteurs mélomanes

« Say When » par The Fray.
« Me Laisse Pas Seul » par Soan et La Demoiselle Inconnue.
« All I Want » par Kodaline.
« Youg And Beautiful » par Lana Del Rey.
« Pour Être Deux » par Rose et Jean-Louis Murat.
« One » par Ed Sheeran.
« Kill For Love » par Chromatics.
« Regrets » par Mylène Farmer et Jean-Louis Murat.
« Pas Là » par Vianney.
« Photograph » par Ed Sheeran.
« Time After Time » par Quietdrive.
« Impossible » par James Arthur.
« City of Angels » par Thirty Seconds to Mars.

1

L'écho du vide

Sonia

Sonia se rencogna contre le dossier de son siège, se retranchant peu à peu dans son monde à part, observant de loin ses amies, lancées dans une de leurs habituelles joutes verbales complètement délirantes.

Elle avait beau ne pas toujours se sentir exactement à sa place parmi elles, elle adorait ces moments qu'elles passaient régulièrement ensemble. Même la présence d'Aidan, le futur mari de Scarlett, qui se joignait parfois à elles pour certaines sorties, ne la gênait plus tant que ça désormais.

Ce soir, les conversations allaient bon train à leur table, leur volume s'amplifiant à mesure que le niveau des grands verres à cocktails posés devant elles descendait.

Scarlett, la caution brune de leur groupe, et Nancy, journaliste politique à la langue bien pendue, toutes deux déjà légèrement éméchées – tandis qu'il n'était pas encore tout à fait 23 heures, la soirée promettait –, débattaient au sujet de la qualité du nouvel *Avengers*. Le sujet dévia rapidement et il fut alors question de la place – passablement restreinte, quoique déjà plus importante que dans le premier opus, il fallait le reconnaître – que le film accordait aux femmes au sein de cet univers de super-héros, débordant de testostérone.

Sonia pouffa de rire à l'une des remarques de Louise – superbe blonde aux grands yeux bleus de biche et ancien mannequin de son état – qui tentait de s'interposer, volant au secours de Scarlett, sa cousine – qui ne faisait malheureusement pas le poids contre Nancy en matière d'argumentation.

Sonia se détourna machinalement. Elle délaissa un instant ses amies pour reporter son attention sur un homme seul, accoudé au bar, tourné dans sa direction… et qui la fixait lourdement du regard.

Un regard lubrique, cela allait de soi.

Un de plus.

Décidément, elle avait l'embarras du choix ce soir. Mais après tout, n'était-ce pas là son talent secret, son super-pouvoir à elle ?

Aurait-elle dû trouver ce genre de choses gratifiantes ?

Aucune idée.

Sonia ne ressentait pas la moindre satisfaction à attirer ce type de sollicitations, même lorsqu'elles restaient distantes et correctes. Juste cette saleté de malaise, ainsi qu'une légère, mais persistante, sensation d'écœurement.

Pourtant, lorsque l'inconnu – blond, en chemise, gilet, veste de costard et, point non négligeable, plutôt bien fait de sa personne – inclina la tête vers elle en guise de salutation, Sonia se surprit à sourire. Et poussa le vice jusqu'à rejeter ses cheveux en arrière, d'un geste sensuel.

Mécaniquement. Comme elle le faisait toujours.

Un sourire faux, vide, dénué d'émotions. Parce que c'était là tout ce qu'elle avait en stock. Et que ce petit jeu, si idiot et sans intérêt soit-il, l'amusait malgré tout.

Comme si ça pouvait combler quoi que ce soit…

Contre son pied, posé au sol, son sac à main se mit à vibrer discrètement, l'obligeant à rompre le lien ténu établi avec le sosie du Mentalist – enfin, de loin du moins, le type possédait un faux air de Patrick Jane. Sonia fouilla dans ses affaires à la recherche de son téléphone et fronça les sourcils en voyant la photo de son père apparaître sur l'écran.

Elle s'empressa de faire glisser son pouce sur l'icône verte et colla l'appareil à son oreille. Puis elle se releva brusquement pour s'éloigner de la table, abandonnant ses amies.

— Papa ? lança-t-elle, inquiète, fendant la foule avec une certaine habileté pour s'extirper de ce club soudain trop bruyant et bondé à son goût.

L'appréhension qui l'avait saisie disparut aussitôt lorsque la voix douce et chaleureuse de son père lui répondit le plus calmement du monde :

— Bonsoir ma chérie. Alors, comment va la plus jolie femme de la planète ?

Son père et son frère adoraient l'abreuver continuellement de ce genre de petits compliments, persuadés qu'elle en raffolait. Mais en vérité, elle aurait été bien incapable de se prononcer à ce sujet. Ces attentions, pourtant bienveillantes et affectueuses, glissaient sur elle, à l'instar de toutes les autres.

— Je vais plutôt bien, merci, répondit-elle après un bref moment de silence. Je prends un verre en ville avec des copines. Et toi, que fais-tu ? Il se passe quelque chose ? Tu ne m'appelles jamais aussi tard d'ordinaire.

Elle l'entendit s'éclaircir la gorge à l'autre bout du fil, avant de reprendre d'un ton trahissant à peine un léger embarras :

— Je voulais simplement te prévenir, Geoffrey vient de me rendre visite. Il a passé la soirée à la maison.

Le vide menaça subitement d'engloutir Sonia et elle dut s'appuyer contre la porte de l'immeuble jouxtant le bar où l'attendaient Nancy, Scarlett et Louise, pour ne pas se laisser happer.

— Il est rentré de Londres il y a quelques jours, poursuivit-il tranquillement, comme si cet échange était tout ce qu'il y avait de plus normal. Il est de retour sur Paris et il aimerait te voir.

— Geoffrey ? répéta Sonia, ravalant péniblement sa salive.

Comment une telle chose était-elle possible ?! Et depuis quand Geoffrey fréquentait-il son père ? Pourquoi était-il revenu au juste ?

— Oui, Geoffrey. Tu sais, ton fiancé…

— *Ex*-fiancé, papa, le reprit-elle hâtivement, sans parvenir à masquer son agacement. Ça fait cinq ans maintenant que je l'ai quitté. C'est suffisant pour intégrer l'information, tu ne crois pas ?

— Enfin bref, peu importe, rétorqua-t-il, balayant son argument comme s'il ne s'agissait que d'un point de détail. Je lui ai donné l'adresse de l'appartement. Je me suis dit que c'était le moins que je puisse faire, étant donné la situation.

Cette fois, Sonia fut totalement aspirée par le néant, vidée de son énergie, privée de toutes sensations. Anesthésiée pour de bon.

Cette ombre planait au-dessus d'elle depuis trop longtemps. D'une certaine manière, elle s'attendait à ce qu'elle la rattrape, à un moment ou à un autre. Elle l'avait tant redoutée…

Mais à présent qu'elle était au pied du mur, elle n'éprouvait plus rien.

Elle ne savait même plus si elle voulait le revoir ou non. Ne savait plus qui d'elle ou de lui était réellement responsable du gouffre noir dans lequel ensemble ils s'étaient empêtrés.

Elle se répéta encore une fois qu'il était l'instigateur, que c'était lui, et personne d'autre, qui devait porter le chapeau. Mais aussitôt la culpabilité, enfouie des années durant, refit surface.

Violemment.

D'une certaine façon, elle avait participé au désastre. Parce que ne rien faire, c'était approuver, non ?

Elle s'obligea à revenir au présent. Ces réflexions ne la mèneraient nulle part et son père attendait une réponse.

— Oui, évidemment, *étant donné la situation*, j'imagine que c'est normal, tu as raison, acquiesça-t-elle docilement, reprenant volontairement les termes évasifs de son interlocuteur.

Sonia détestait se montrer docile avec quiconque, se l'était interdit. Sauf avec son père, c'était différent. Même à 28 ans, elle le lui devait bien, après tout ce qu'elle lui avait fait subir par le passé. Puis, que répondre d'autre ?

L'appartement – ainsi qu'il aimait à le nommer, rappelant de cette façon qu'elle n'avait jamais versé un centime pour l'obtenir – était peut-être à elle sur le papier, elle y vivait seule et en avait l'entière jouissance. Mais il n'en restait pas moins qu'il lui avait été offert par son père… ce qui octroyait sans doute certains droits à ce dernier. Comme celui d'en dévoiler l'adresse à qui bon lui semblait, au détriment de la sérénité – pourtant si fragile – de sa propre fille.

— Sonia, l'interpella-t-il plus doucement, je t'en prie. Geoffrey mérite des explications à présent. Enfin, tu sais, ça n'a pas été facile à vivre pour lui non plus.

— OK, concéda-t-elle encore, plus pour mettre fin à la conversation qu'autre chose. Bon, je te laisse, mes amies m'attendent. Passe une bonne soirée, papa.

— Merci, toi aussi, chérie.

Sonia raccrocha et examina le bitume du trottoir, près de ses pieds. Une petite lézarde avait permis à une minuscule tige verte de pousser. Elle essaya de focaliser son attention sur ce détail, mais en vain.

Geoffrey voulait la voir.

Et tout cela la laissait froide.

Tellement froide… et vide.

Elle aurait aimé avoir son appareil photo sur elle à cet instant précis, afin de l'orienter vers elle et de prendre un cliché de son propre visage. C'est le néant, dans toute sa laideur et ce qu'il a de plus angoissant qu'elle aurait pu contempler.

Sonia fourra son téléphone dans son sac et retourna à l'intérieur de l'établissement. Une fois parvenue près de la table où étaient installées ses amies, elle attrapa son verre – sous leurs regards unanimement interloqués – et avala d'un trait ce qu'il restait de margarita.

— Tout va bien, se sentit-elle obligée de les rassurer. J'ai juste besoin d'un peu de distraction.

Sonia se retourna et se dirigea aussi sec vers le pseudo-sosie d'une vedette de série policière, toujours tourné vers elle.

Presque-Patrick-Jane n'était plus si beau que ça de près finalement, mais il ferait l'affaire. Ce n'était pas comme si ça avait une quelconque importance.

Quelques minutes plus tard, Sonia se trouvait sur une piste de danse plus ou moins improvisée dans un coin du club, parmi d'autres habitués, et remuait au son de la musique électro que crachait une grande enceinte. Derrière elle, l'inconnu s'agitait, lui aussi. Elle avait beau ne pas le voir, elle devinait qu'il tanguait de façon ridicule, sans réel enthousiasme, toute cette mascarade n'ayant qu'un seul et unique but – et clairement, ce n'était pas celui de prendre du plaisir en s'adonnant à l'art de la danse.

Mais sans doute n'avait-elle pas l'air beaucoup plus maligne, chancelant sur ses hauts talons, les vertiges de l'alcool lui donnant probablement à tort l'impression d'être malgré tout gracieuse. Mais tant pis, elle s'en fichait pas mal.

Les bras du demi-sosie du Mentalist l'enlacèrent soudain et Sonia se raidit.

Si peu de patience…

Alors il en avait déjà marre, il passait à l'action ? Si vite ?

Pourquoi pas, après tout ?

Il la fit pivoter vers lui et elle n'opposa aucune résistance. Puis, sans bouger d'un iota, elle regarda ses lèvres préalablement humectées descendre vers les siennes.

Son baiser était hâtif, chaud, trop humide et avait le goût du whisky qu'il avait abandonné sur le comptoir du bar. Rien de transcendant, évidemment. Ni de très ragoûtant, en fin de compte.

Mais cela avait au moins l'avantage de procurer cette sensation... Une espèce de saisissement, d'inertie, qui n'était ni vraiment agréable en soi, ni désagréable pour autant. Mais qui ralentissait le cours des pensées. Une sorte de bouton *off* pour le cerveau.

Et c'était apaisant.

C'était toujours comme ça. Simple et sans conséquence. Juste pour se prouver qu'elle pouvait le faire, qu'elle était au moins capable de ça.

Sauver les apparences... Parce que les apparences étaient essentielles. Son souci majeur.

Elle entrouvrit les paupières et vérifia que son trio de copines regardait dans sa direction. Ce qui était le cas.

Bien.

Enfin, jusqu'à ce que ça se complique.

Les mains de l'inconnu quittèrent sa taille pour remonter le long de sa petite robe bustier noire, frôlant dangereusement la limite entre le vêtement et sa peau. Le jeu prit soudain fin, tout comme la douce-amère torpeur qui l'engourdissait invariablement dans ces moments-là.

Sonia s'éloigna d'un pas, se décalant sur le côté, prenant soin de ne plus être visible de ses amies. Puis elle prétexta :

— Navrée, mais je ne me sens pas très bien tout à coup. Il faut que je parte. Une autre fois, peut-être...

Elle fit brusquement volte-face, s'assura que ses amies, d'où elles étaient, n'avaient rien vu de la fin de la scène, et laissa en plan le demi-sosie de Patrick Jane aux baisers baveux et empressés. Sans regret. Jamais. Malgré l'air complètement ahuri et un brin dépité du lascar.

— Salope d'allumeuse ! entendit-elle dans son dos.

Il s'était très vite ressaisi, manifestement.

Pour autant, Sonia ne se retourna pas, se moquant des protestations aussi outrées et vulgaires étaient-elles de l'élu de la soirée. Essuyer ce genre d'insultes à deux balles était monnaie courante pour elle.

Elle fila aux toilettes. L'écœurement venait tout juste de se transformer en violentes nausées.

En fin de compte, elle n'avait pas menti à l'autre abruti, il y avait urgence…

Une fois dans la cabine, Sonia se plia en deux, le corps pris de spasmes, et rendit l'intégralité de ce qu'elle avait avalé durant les dernières heures. Elle se plaqua ensuite contre la porte, la tête en arrière, encore sous le choc de la brutalité avec laquelle ces maux l'avaient cueillie.

Devait-elle s'en inquiéter ? Au moins, ce serait toujours ça qu'elle n'aurait pas à éliminer le lendemain, lors de son footing quotidien.

Elle attendit quelques minutes encore que le malaise passe. Lorsqu'elle se sentit un peu mieux, elle quitta le couvert de la cabine des toilettes et alla se rincer la bouche aux lavabos, essuyant ensuite le mascara qui avait coulé sous ses yeux.

Il était plus que temps de rentrer. Peut-être était-elle réellement malade ? D'ordinaire, aucun baiser, même les plus médiocres, ne lui faisait cet effet. Mais elle savait bien, au fond, que ça n'avait rien à voir avec l'inconnu. Son corps réagissait à une certaine nouvelle, à défaut de son esprit.

Sonia était pressée de quitter cet endroit et la foule qui allait de pair, pressée de se retrouver seule chez elle. Et simultanément, l'idée même que Geoffrey puisse venir frapper à sa porte à n'importe quelle heure du jour et de la nuit la paralysait.

Et si elle était assez stupide pour le laisser entrer ? Si elle acceptait de lui parler, qu'adviendrait-il d'elle ensuite ? Elle n'était pas encore reconstruite. Elle ne pouvait décemment pas lui permettre de venir détruire à grands coups de pieds les maigres fondations qu'elle s'était évertuée de bâtir. C'était beaucoup trop risqué…

En retournant à la table où étaient assises ses amies, son prénom lui parvint à travers le vacarme de la musique et des conversations mêlées.

— Vous êtes sûre ? demanda Scarlett à Louise et Nancy. Ça m'étonne que Sonia emballe un autre type dès ce soir, comme ça, sans avoir pris le temps de discuter un peu avec lui. C'est plutôt bizarre. En plus, j'avais cru comprendre qu'elle avait plus ou moins quelqu'un en ce moment.

— Tu as dû mal comprendre, Sonia n'est jamais vraiment avec personne, attesta Louise, un petit sourire en coin étirant ses lèvres roses. Elle est encore dans la phase où elle s'amuse avec les mecs et profite de sa jeunesse. Non, sans rire, elle est pire que moi, cette fille. Plus volage, tu meurs !

— Au temps pour moi, répliqua Scarlett en haussant les épaules. Celui de la dernière fois avait pourtant l'air pas mal.

Sonia se rappela d'Elliot, le soi-disant pilote d'avion de la semaine précédente… qui avait été plutôt lourd et qui avait voulu faire connaissance avec ses amies. En tout cas, Scarlett s'était magnifiquement plantée si elle s'était imaginé qu'ils sortaient ensemble. Mais cela n'avait pas de réelle importance.

Non, en fait, tout ça, c'était parfait. Absolument parfait. Parce que c'était exactement ce qu'elle visait. Ce qu'elle voulait qu'on pense d'elle.

Nancy, la plus ancienne amie de Sonia, était la seule personne au monde à savoir qu'elle n'était pas tout à fait – voire pas du tout, en réalité – celle qu'elle semblait être. La seule à savoir qu'elle n'était qu'une menteuse invétérée, incapable de se comporter autrement.

— Tout le monde n'est pas maqué à vie comme toi, ma belle, répliqua Louise. Les jules, ça va, ça vient, en ce qui nous concerne.

Louise se désigna de l'index et le pointa ensuite vers Nancy, faisant plusieurs allers et retours, les ralliant toutes deux sous la même bannière – bien que Nancy ne soit, pour sa part, pas exactement portée sur les *jules*, mais bon, le principe restait le même.

— D'ailleurs, vous en êtes où dans les préparatifs du mariage, avec Aidan ? intervint cette dernière, changeant habilement de sujet. Ça avance comme vous voulez ?

— Excusez-moi les filles, mais je vais y aller, se manifesta Sonia, tout en s'approchant de la table, faisant semblant de débarquer dans la conversation. Je suis déjà H. S.

— Mouais, dis plutôt que tu as envie d'aller passer du bon temps avec le blondinet de tout à l'heure, soupçonna Louise en plissant les yeux.

— On ne peut rien vous cacher, surenchérit immédiatement Sonia, saisissant la balle au bond. On a prévu de se retrouver un peu plus tard. Vous ne m'en voulez pas au moins ?

Scarlett et Louise secouèrent la tête en riant.

Mais pas Nancy.

À la place, cette dernière fronça les sourcils et l'interrogea du regard.

Sonia préféra ignorer la légère inquiétude qui se peignait sur le visage de son amie. Il restait certains sujets que, même avec elle, elle ne pourrait jamais aborder.

Sonia récupéra son manteau sur le dossier de sa chaise et partit rapidement, avant qu'aucune question ne puisse être posée.

2

Quelques taches de café peuvent tout changer

Axel

Axel prit une nouvelle gorgée brûlante, à la saveur un peu âpre, quoique légèrement atténuée par le lait, tellement agréable, et reposa son gobelet sur la table, hésitant à sortir ce petit carnet qu'il trimballait toujours sur lui. Il tapota la table d'un geste nerveux, puis sans pousser plus avant la réflexion, exhuma l'objet à la couverture cabossée, même un peu sale par endroits, du fond de la poche de son manteau.

L'envie de gribouiller était la plus forte. Tant pis s'il n'avait que dix minutes. Et tant pis pour le pc portable, déjà ouvert devant lui, et le boulot qui l'attendait encore.

Après tout, il était en pause, non ? Ses collègues n'en fichaient pas une, eux, pendant ce temps-là. Pourquoi aurait-il dû agir différemment ?

Probablement parce que d'ordinaire, il n'avait rien de mieux à faire, évidemment. Mais pas aujourd'hui. L'élan était là et il devait en profiter, ça n'arrivait pas si souvent.

Le goût amer de ce cappuccino – d'une qualité somme toute satisfaisante, il fallait le reconnaître – s'attardant sur sa langue, lui rappela qu'il n'aurait peut-être pas dû descendre ici. Le Starbuck était un peu cher pour lui et la fréquentation, des gens en apparence bien sous tous rapports et qui se voulaient pour la plupart plutôt branchés, l'irritait quelque peu.

Et après ? Dans ce quartier d'affaires très sérieux, Axel n'était jamais vraiment à sa place, de toute façon. Pas plus qu'il ne l'était dans l'immeuble dans lequel il travaillait dorénavant.

Enfin, ce n'était pas comme s'il avait eu le choix…

C'était peut-être fatigant, mais il s'acharnait, jour après jour, à faire semblant. À faire comme s'il n'était pas conscient de violemment détonner parmi toutes ces personnes compassées, à la normalité presque offensante. Axel déployait des trésors d'énergie pour essayer de s'adapter – ou se résoudre à sa nouvelle condition, il ne savait plus trop. C'était une question de survie.

Quoi qu'il en soit, il voulait bien y mettre du sien, mais il y avait des limites. Il était en revanche absolument inenvisageable de se rendre à la machine à café de la salle de pause avec ses collègues. Soutenir leurs regards – toujours les mêmes – et feindre la politesse, quand tous se demandaient ce qu'il foutait là, par quel miracle insensé un vaurien sans diplôme aux allures de marginal tel que lui avait réussi à décrocher une place correcte dans cette importante société… C'était tout bonnement au-dessus de ses forces.

Il était peut-être contraint de se rendre chaque jour là-bas pour accomplir ses heures de travail, en attendant, rien ne l'obligeait à sympathiser avec qui que ce soit.

Et c'était parfait ainsi.

À un moment ou à un autre de la journée, Axel éprouvait le besoin de s'isoler. Un besoin prégnant, vital même. Il aimait sa solitude et y tenait énormément. C'était le prix de sa tranquillité, indispensable à la paix de son esprit. L'inverse étant en revanche clairement nuisible à l'équilibre fort précaire qu'il était parvenu à trouver.

Bien sûr, il ne pouvait guère prétendre qu'elle ne lui pesait pas parfois. Mais c'était toujours préférable que d'avoir à faire face à la pitié, affichée ou dissimulée, mais invariablement présente. Préférable que d'avoir à répondre aux questions, immanquablement trop personnelles, auxquelles il était incapable de répondre. Ou encore que d'avoir à affronter la violence du mépris à peine contenu de certains.

Axel, qui s'était arrangé pour présenter son profil le plus décent à la vitrine derrière laquelle les passants circulaient, examinait la rue, cherchant l'inspiration.

C'est alors qu'il aperçut au loin la silhouette d'une jeune femme élancée, presque trop mince, aux longs cheveux blonds flottant sur ses épaules.

Il griffonna d'abord quelques traits puis, très vite, son crayon s'emballa. Il émanait d'elle quelque chose qui l'intriguait au-delà du raisonnable, qu'il voulait reporter sur sa feuille, encore vierge quelques secondes plus tôt, immortaliser à tout prix. Plus elle avançait dans sa direction, le regard perdu dans le vague, et plus cela s'imposait à lui.

Axel esquissa l'inconnue avec une extrême rapidité, ayant à cœur de capturer cette image incomparable.

Mais ce n'était pas suffisant…

Elle serait partie avant qu'il ait eu le temps de rendre justice à ce visage de poupée incroyable, dont il distinguait à présent chaque détail.

— Viens là, marmonna-t-il pour lui-même, entre ses dents serrées. Allez, entre… s'il te plaît…

Et comme si la jeune femme avait pu l'entendre – ou le ciel exaucer pour la première fois l'un de ses souhaits –, elle poussa la porte du Starbuck.

Un courant d'air froid s'engouffra dans la salle avec elle, mais Axel s'en moquait. Tout ce qui lui importait était de graver sur le papier la magie que dégageait cette inconnue aux traits fascinants, angéliques, presque surréalistes en fait. D'une beauté à couper le souffle… au sens propre, se rendit-il brusquement compte.

À court d'air soudain, il se força à inspirer un grand coup et repoussa la feuille sur laquelle il venait de croquer la jeune femme. Puis il commença à tracer d'autres courbes sur la suivante, se focalisant cette fois sur son visage.

Elle se plaça distraitement dans la file d'attente, ne remarquant rien des efforts d'Axel pour l'emprisonner à jamais dans son carnet. Puis elle fourra ses mains aux doigts fins et délicats dans les poches de son manteau de laine violine, dont la teinte faisait ressortir la pâleur on ne peut plus charmante de sa peau. Ses joues, rosies par la fraîcheur de l'extérieur, étaient assorties à ses lèvres rondes et pleines, à l'ourlet délicieux… d'une sensualité affolante.

Axel releva son crayon l'espace d'un bref instant et ravala péniblement sa salive. Était-il réellement en train de fantasmer sur une parfaite inconnue, une femme qui, par essence, représentait absolument tout ce qu'il ne pourrait jamais avoir ?

Bordel, mais qu'est-ce qui lui prenait tout à coup ?! Il n'était pourtant pas du genre à aimer se faire du mal d'ordinaire…

Cela étant, il devait avoir un sérieux problème, parce que cette idée ne l'arrêta pas. Il reprit frénétiquement son croquis, fixant, dévisageant sa cible tel un psychopathe, sans se préoccuper qu'on puisse s'inquiéter de le voir se comporter de manière aussi suspecte.

L'inconnue avança d'un pas vers les caisses, puis leva la main pour replacer une mèche de ses cheveux d'or clair derrière son oreille. Dans un geste d'une grâce envoûtante, presque féérique.

Axel se serait bien laissé emporter par le flot grisant de pensées plus audacieuses, soudain très troublé par la façon qu'avait la jeune femme de se mouvoir, lorsqu'il capta un détail qui lui avait jusque-là échappé.

Au fond de ses grands yeux de jade brillait une lueur saisissante, une tristesse des plus surprenantes et… bouleversante.

Oui, c'était ça, *bouleversante.*

En vingt-neuf années d'existence, jamais encore Axel n'avait éprouvé cette singulière sensation, sur laquelle il n'aurait pu mettre de mot.

Elle était peut-être la plus belle femme du monde, portait des vêtements à la mode, probablement griffés, témoignant d'une certaine aisance financière, et pourtant elle semblait profondément seule et perdue.

L'inconnue traînait avec elle un désespoir qui paraissait presque égaler le sien, aussi improbable cela paraisse.

Lui arrivait-il parfois de sourire, ou comme lui, avait-elle oublié ce que c'était ?

Axel aurait tellement aimé découvrir le sourire de cet ange… Là, tout de suite, il aurait donné n'importe quoi pour avoir ce privilège.

Contre toute attente, cette mélancolie latente, presque palpable, ne l'enlaidissait pas, ne ternissait en rien cette aura lumineuse qui l'accompagnait. En fait, ça la rendait encore plus captivante, si c'était possible.

Peut-être légèrement moins inaccessible également…

Encore que… Non. Bien sûr que non. Ce dernier point n'était qu'une vue de son esprit dérangé, rien qu'une illusion, c'était plus qu'évident.

Et, alors qu'elle avançait dans la file, s'apprêtant à passer commande, tout se fissura brutalement.

L'employé du Starbuck attendait qu'elle lui annonce son choix quand elle pivota soudain sur elle-même, sans raison apparente. Son regard tomba sur Axel. Et s'y verrouilla.

Personne d'autre.

Juste… lui.

Pris en flagrant délit, il se figea, son crayon en l'air, à quelques centimètres du carnet.

Merde !

Il ne voulait pas qu'elle le voie, ne voulait pas qu'elle devine ce qu'il était en train de faire. Lui, si imparfait, osant insolemment rêvasser devant la perfection faite femme, ayant le culot de tenter de voler un tout petit morceau de sa lumière.

Il aurait dû faire profil bas et baisser la tête. Il détestait ça, mais ça aurait pourtant été approprié. Et ce qu'il y avait de plus raisonnable également.

Mais il n'y arrivait pas.

Elle le dévisageait comme lui l'avait fait et c'était à peu près aussi étrange et douloureux que… merveilleux.

Quelque chose tout au fond de lui, une barrière ancienne, érigée des années plus tôt et sans cesse renforcée au fil du temps, céda dans un grand fracas. Une bouffée de désir brut, dont il ne savait que faire, le cueillit violemment. Et il sentit ses joues s'empourprer en même temps que ses tempes se couvrir d'un léger voile de sueur.

Sans prévenir, la honte refit tout à coup son apparition et ruina tout le reste, lui serrant cruellement l'estomac.

Le brisant un peu plus.

Comme toujours quand quelqu'un avait le cran de ne pas se détourner de lui.

Mais incroyablement plus cruel cette fois…

Puis la colère prit le relais tandis qu'il attendait l'inévitable. Le moment fatidique où le dégoût – ou simplement le choc – allait se peindre sur ses traits délicats. La faire grimacer, ou ne serait-ce que ciller.

Pourtant, cet instant ne vint pas.

Au lieu de ça, la jeune femme l'observa avec intensité, l'air intrigué. Le temps sembla s'étirer anarchiquement, refusant de reprendre son cours normal. Quand la personne qui était derrière elle décida de passer commande à sa place, l'inconnue ne parut même pas s'en rendre compte.

Pourquoi faisait-elle ça ? Pour quelle raison s'obstinait-elle à soutenir son regard ? Elle n'aurait pas dû faire une telle chose…

Merde à la fin, elle ne pouvait pas, même pour se foutre de sa putain de gueule !

Il aurait aimé avoir l'aplomb nécessaire pour poursuivre encore ce petit jeu, ne serait-ce que par défi, tandis que l'amertume sourdait méchamment en lui. Pourtant, en dépit de ses habitudes, de l'impertinence qu'il mettait toujours un point d'honneur à cultiver – à défaut de fierté, laquelle était devenue depuis longtemps un luxe qu'il ne pouvait guère s'offrir –, Axel, plus mal à l'aise que jamais, abandonna.

Il rendit les armes et, les mâchoires serrées, les épaules basses, avisa son carnet.

Qu'il s'empressa de refermer, plaquant une main crispée sur la couverture déjà bien assez amochée comme ça. Avant d'attraper promptement son gobelet encore chaud dans l'unique but de se redonner un semblant de contenance.

Il leva son café afin d'en prendre une gorgée, s'efforçant d'ignorer l'attention perçante de la jeune femme, toujours fixée sur lui. Mais au moment de porter le récipient en carton à ses lèvres, un mauvais calcul – sans doute dû à la gêne immense qu'il éprouvait – lui fit répandre son cappuccino sur sa chemise et la table… ainsi que son carnet et son pc, comme de bien entendu.

— Putain de bordel, jura-t-il à mi-voix entre ses dents.

Non, mais quel con ! Comme si ça n'était pas déjà assez embarrassant ! Qu'aurait-il pu faire d'autre pour être encore plus ridicule ?! Était-ce seulement possible ?

Axel épongea comme il put ses affaires en se servant des deux malheureuses serviettes en papier qu'il avait pris avant de s'installer, s'appliquant à ne surtout pas relever la tête. Pas besoin de la voir se marrer à ses dépens.

OK, il était responsable de la situation, mais il s'en mordait les doigts maintenant. Et jusqu'aux phalanges même !

Pourtant, lorsqu'Axel, après avoir terminé de nettoyer les dégâts sur sa table, risqua bien malgré lui un regard en direction des caisses, ce fut une vive déception – et non le soulagement escompté – qui s'empara de lui en constatant qu'elle était partie.

Il se prit à la chercher, fouillant la salle d'un regard fébrile.

Mais elle avait disparu.

Envolé, son bel ange… Et avec elle, la foule d'émotions incohérentes qu'elle avait déclenchées.

Elle avait dû se tirer sans prendre ce qu'elle était venue chercher. Aucun employé n'aurait pu lui préparer quoi que ce soit, et encore moins encaisser sa commande, dans un laps de temps aussi bref.

Axel l'avait fait fuir. Il ne voyait pas d'autre explication. Elle avait finalement pris peur.

Elle était bien comme tous les autres, au bout du compte.

3

Embrouilles, broutilles et lavabos

Sonia

Sonia avait passé toute une partie de l'après-midi dans les boutiques du grand centre commercial des Quatre Temps, aux abords de Paris, attendant qu'il soit l'heure d'aller rejoindre ses amies. Elles avaient convenu de se retrouver dans l'une des tours du quartier de la Défense, là où la société d'Aidan était installée. C'était Scarlett qui avait choisi le lieu de rendez-vous – sans doute parce qu'elle était déjà sur place, souhaitant passer un peu de temps avec son futur mari avant de l'abandonner pour une nouvelle soirée entre filles.

Une soirée que Sonia avait réclamée – en vérité, elle avait presque supplié ses copines –, bien qu'elles soient déjà sorties la semaine précédente. Et celle d'avant…

Elle ne voulait pas rester seule chez elle – pas même dans cet atelier où pourtant elle adorait flâner en temps normal –, encore moins un vendredi soir. En clair, quand Geoffrey était susceptible de se présenter à sa porte sans crier gare. Ce qui laissait une marge de manœuvre passablement restreinte, en définitive. Elle avait conscience de fuir, mais c'était plus fort qu'elle.

Plutôt que de prendre son appareil photo et de se mettre à mitrailler autour d'elle, comme elle avait d'abord eu envie de le faire, Sonia avait pensé qu'une bonne séance de shopping lui ferait du bien. Elle ne se sentait pas vraiment à la hauteur de son art aujourd'hui et l'idée de déambuler dans les magasins, à la recherche d'une nouvelle petite robe pour la soirée, lui avait paru nettement plus séduisante.

Dépenser de l'argent qu'elle n'aurait pas dû dans des fringues dont elle n'avait pas besoin était typiquement le genre de choses futiles et contre-productives qui l'aidait à décompresser en général, aussi idiot que ce soit.

Au final, ça n'avait pas été très concluant, puisque rien n'avait su retenir son attention.

Elle aurait pu repartir courir pour évacuer cette angoisse latente – qui l'empêchait de dormir convenablement depuis des jours –, comme elle l'avait fait déjà quelques heures plus tôt, mais ça n'aurait vraiment pas été raisonnable. Elle avait été au bout de ses limites ce matin en s'obligeant à aller plus vite et à tenir beaucoup plus longtemps qu'elle n'en avait l'habitude.

Une fois rentrée chez elle, une nouvelle vague de nausée l'avait saisie, si bien qu'elle n'avait guère pu avaler quoi que ce soit au déjeuner.

Les pâtisseries du Starbucks l'avaient pourtant interpellée lorsque, plus tard dans la journée, elle avait voulu prendre l'une de ses infusions préférées, mais elle était repartie sans rien. Sonia s'interdisait généralement tout aliment sucré et refusait de craquer uniquement parce qu'elle n'était pas dans son assiette. Ce n'était pas une excuse, voilà tout.

Il y avait eu cet homme aussi…

Ce regard singulier, perturbant, déstabilisant, qui l'avait laissée complètement déroutée. Au point qu'elle avait tourné les talons, n'ayant subitement plus soif ni faim.

Un moment très étrange à la réflexion.

Mais à présent qu'elle y songeait – enfermée dans la cabine des toilettes des bureaux d'Aidan, à attendre que son estomac vide cesse de la faire souffrir –, elle se disait qu'elle aurait adoré pouvoir prendre un cliché de l'inconnu.

Tout chez cet homme lui avait paru si… *spécial.*

Sonia prit une profonde inspiration, regrettant son idée d'aller d'abord au restaurant avant de retourner passer la soirée à leur club favori. Adossée à la paroi de bois qui séparait les cabines, elle avisa sa montre. 20 h 30. Nancy devait être arrivée. Et tout le monde l'attendait. Mince, il faudrait bien qu'elle sorte d'ici.

Sonia entendit, de l'autre côté de la fine cloison, la porte de la petite salle des lavabos s'ouvrir, puis l'eau s'écouler.

Il n'y avait plus grand monde à cette heure tardive dans les bureaux d'Aidan. Sans doute l'une de ses amies était-elle venue se laver les mains. Ou prendre discrètement de ses nouvelles… Après tout, ça faisait près de dix minutes qu'elle avait disparu.

Sonia, qui ne voulait surtout pas attirer l'attention, se résolut à sortir.

Et se trouva tout à coup derrière un homme torse nu, courbé au-dessus du lavabo, affairé à nettoyer une chemise blanche. Ce dernier se redressa au même instant et avisa le miroir en face de lui. Son regard se riva immédiatement au reflet de celui de Sonia.

L'inconnu du Starbucks…

L'homme au visage émacié, dont le profil était marbré de trois cicatrices étranges, que ni sa courte barbe ni ses cheveux bruns un peu trop longs et désordonnés ne parvenaient à cacher.

Il était là, à peine à deux mètres d'elle.

Alors, il travaillait ici ? C'était pour le moins inattendu. Il fallait dire qu'il n'avait pas grand-chose d'un informaticien.

Dans ses yeux d'un noir profond, la même surprise brute et démunie qu'un peu plus tôt se refléta. Ses sourcils s'incurvèrent, marquant son trouble, révélant clairement qu'il l'avait reconnue, lui aussi.

Puis ses paupières se refermèrent et il s'appuya des deux mains aux rebords de faïence, poussant un long soupir désabusé.

Manifestement, il ne semblait pas particulièrement ravi de ce hasard.

Mais l'était-elle, elle ?

Elle n'était pourtant pas responsable de sa maladresse. En l'occurrence, c'était lui qui l'avait dévisagée bizarrement, non l'inverse.

Sonia ne put cependant s'empêcher de noter que l'inconnu était très mince. Pas un gramme de graisse n'encombrait son torse, ses muscles secs et déliés n'en étant que mieux dessinés. Elle remarqua également les tatouages qui couraient sur sa peau pâle, les motifs curieux ornant ses avant-bras, une épaule, ainsi que la phrase mystérieuse se déployant sur son thorax.

Puis elle aperçut une nouvelle cicatrice, dans son cou, descendant jusqu'à sa clavicule… la trace d'un coup qui se voulait mortel, à l'évidence.

C'est précisément cet instant que choisit l'inconnu pour rouvrir les yeux, la surprenant en train de contempler la marque laissée par une blessure qui avait forcément failli lui coûter la vie. Un muscle joua sur sa mâchoire puis, comme un peu plus tôt, il se détourna.

Il reporta toute son attention sur sa chemise et se remit à frotter les taches de café qui maculaient le tissu blanc.

Alors il n'allait rien dire, vraiment ?

Sonia avait-elle rêvé l'intensité de ce premier regard, au Starbucks, ce dialogue silencieux qu'ils avaient entamé, bien différent des vulgaires petits jeux de séduction auxquels elle était habituée ?

Elle aperçut un tube de dentifrice ainsi qu'une brosse à dents, posés devant lui sur le lavabo.

Étonnée, elle se demanda si l'inconnu connaissait quelques astuces miracles pour faire partir des traces comme celles-ci.

Cela étant, ça n'expliquait pas pourquoi il ne se décidait que maintenant – laissant ainsi passer quasiment la moitié de l'après-midi – pour se préoccuper de l'état de sa chemise. Ne pouvait-il pas faire ça chez lui, vu l'heure ? Mais peut-être, comme elle, avait-il prévu de sortir juste après.

— Est-ce que vous voulez un coup de main ? proposa Sonia, rompant le lourd silence qui s'était installé entre eux.

Elle était plantée là depuis trop longtemps, n'importe quoi aurait pu faire l'affaire. Elle se sentait malgré tout un peu responsable de l'incident du café. Elle savait que c'était elle, et personne d'autre, qui l'avait mis mal à l'aise… même si elle en ignorait la raison.

L'inconnu battit des paupières, comme déconcerté, sans relever la tête pour autant. Puis il s'éclaircit la gorge, fronçant les sourcils, l'air curieusement mécontent, s'obstinant à fixer sa chemise.

— C'est bon, ça devrait aller, grogna-t-il d'une voix rocailleuse, grave et éraillée, presque déchirée, et pourtant étonnamment agréable. Je pense pouvoir encore me démerder seul avec quelques petites taches.

Sonia se trouva à nouveau déstabilisée. D'ordinaire, les hommes ne s'adressaient pas à elle de cette façon.

Jamais.

Le ton rude de l'inconnu frisait l'impolitesse.

Elle s'obligea à conserver une expression neutre, en dépit de la pointe de vexation qui commençait à lui piquer la gorge, et le contourna pour venir se laver les mains au robinet qui jouxtait le sien.

Sonia se rendit alors compte que la chemise qu'il s'efforçait de laver avait l'air très usée. Le col était élimé par endroits, tout comme certaines coutures, à y regarder de plus près.

— Vous êtes sûr ? insista-t-elle malgré tout, juste pour en avoir le cœur net.

L'inconnu releva alors les yeux, les plongeant une nouvelle fois dans les siens à travers le miroir. Une ombre vint voiler ses prunelles sombres tandis qu'il l'observait.

Puis une moue moqueuse, un peu mauvaise, incurva ses lèvres lorsqu'il lui répondit, sarcastique :

— Eh ben, oui… j'en suis sûr. Qu'est-ce que tu n'as pas compris, Princesse ? Je viens de te dire que je n'avais pas besoin de ton aide.

Sonia prit en pleine face ce flot d'hostilité franche, parfaitement assumée, mais également purement gratuite, et eut bien du mal à cacher l'ampleur de son indignation.

Venait-il réellement de l'envoyer paître ?

Elle ne se donna pas la peine de répondre – de toute façon, elle était tellement stupéfaite qu'elle n'aurait pas su quoi dire. Elle quitta la pièce, les mains encore humides, laissant la porte claquer derrière elle. Pour rien au monde elle ne serait restée une minute de plus dans la même pièce que cette espèce de goujat grossier et mal embouché ! Qu'il aille au diable, lui et sa chemise à la con !

Elle rejoignit ses amies dans l'une des salles de réunion, vide à cette heure. Finalement, Nancy n'était pas encore arrivée et elles attendirent encore trente bonnes minutes qu'elle les rejoigne. Trente minutes durant lesquelles Sonia ne cessa de songer à l'inconnu et à son inqualifiable grossièreté.

— Désolée les filles, s'excusa Nancy, débarquant en catastrophe, sa sacoche PC encore sur l'épaule. Il fallait absolument que je boucle un article pour le site avant ce soir.

— Pas de souci, ne t'inquiète pas, la rassura Scarlett en l'embrassant. On est affamées, mais ça va. On a quand même tenu bon et réussi à ne pas piocher dans la réserve de Spéculoos planqués au fond du sac de Louise.

— Ouais, c'est ça, je ne vous l'ai pas proposé surtout ! rétorqua l'intéressée, avant de se tourner vers Sonia. J'aurais peut-être dû, vu la mine de certaines…

— C'est vrai, tu as une sale tronche, commenta Nancy en examinant le visage de sa meilleure amie. Qu'est-ce qui t'arrive ?

Avant que Sonia ait eu le temps de répondre, Louise reprit :

— J'aimerais bien le savoir, elle fait la gueule depuis qu'elle est revenue des toilettes.

— Mais non ! se défendit aussitôt Sonia.

Avait-elle laissé ses émotions transparaître ? Elle ne s'en était même pas rendu compte... Mais peut-être ces maux de ventre persistants ajoutés à cette saleté d'insomnie qu'elle se traînait depuis quelques jours commençaient à laisser des traces, tout simplement.

— J'ai fait une rencontre bizarre, tenta-t-elle de se justifier.

Parce que si elle avait eu l'air de mauvaise humeur, c'était forcément à cause de ça.

— Dans les chiottes ?! s'enquit Louise, avant d'éclater de rire.

Les autres l'imitèrent et Sonia les suivit, mais le cœur n'y était pas.

— Il faut que tu nous racontes ! l'enjoignit Nancy en se dirigeant vers la porte, invitant les autres à lui emboîter le pas. Tu en as trop dit... ou pas assez. Peu importe, crache le morceau maintenant.

— Je ne sais pas, ce n'était vraiment pas banal, essaya encore Sonia en repensant à cet homme si singulier. En tout cas, ce n'était pas une rencontre très agréable.

— Pourquoi ? la questionna à son tour Scarlett, l'air inquiet. Un des employés s'est mal comporté envers toi ?

— Non, ce n'est pas ça, nia d'emblée Sonia, même si ce n'était pas complètement faux. Enfin, pas de la manière à laquelle tu penses. Il était en train de nettoyer des taches de café sur sa chemise quand je suis sortie des toilettes. Chemise qu'il avait retirée...

— Le mec était à moitié à poil ? s'exclama Louise, toujours aussi hilare. Mais en quoi c'était désagréable alors ?

— Je lui ai gentiment proposé mon aide, résuma Sonia, et il m'a envoyé chier comme une malpropre, limite agressif. Voilà, c'est tout. Je me suis barrée sans rien dire, comme une vraie quiche, parce que je n'avais strictement aucune repartie à l'esprit à ce moment-là.

— Qu'est-ce qui t'a pris d'adresser la parole à un type louche dans les chiottes, un type à demi désapé qui plus est ? souligna Nancy en s'arrêtant devant elle. Dieu sait ce que ce mec fabriquait vraiment.

Sonia contourna son amie et accéléra le pas pour remonter le couloir, ayant à présent hâte de partir. Elle tourna la tête en direction de Nancy, sans cesser d'avancer, s'apprêtant à prendre la défense de l'inconnu – qui, elle en était certaine, ne faisait que laver son vêtement.

Quand, à l'embranchement qui faisait la jonction entre deux corridors, elle tomba soudain nez à nez avec un homme, pressé lui aussi, des dossiers sous le bras.

Lequel se figea aussitôt, tentant d'éviter la collision.

Sonia hoqueta et s'immobilisa brutalement à son tour, à quelques centimètres seulement de l'inconnu.

L'inconnu du Starbucks…

Ou des toilettes, c'était selon.

— Oh, non, lâcha-t-elle dans un souffle involontaire.

Lui en revanche parvint à garder le silence.

Sa chemise était de retour sur son dos, ainsi qu'une veste noire, accentuant la largeur de ses épaules.

Il serra les dents, à l'évidence pas plus ravi que précédemment de la retrouver sur son chemin – littéralement, pour le coup. Une douleur curieuse sembla traverser ses traits, ainsi qu'une certaine rancœur, à peine perceptible… avant qu'il ne fasse brusquement volte-face. Retournant tout bonnement d'où il venait.

Juste pour ne pas avoir à passer à côté d'elle.

— Ah oui, si ça se trouve, c'était un détraqué, conjectura Louise, qui, d'où elle était, n'avait pas encore vu l'intrus. C'est pour cette raison qu'il était chafouin, tu l'as interrompu alors qu'il faisait un truc pas net.

Sonia crut le voir se raidir, ralentissant légèrement l'allure.

— Attends, c'était lui ? s'enquit subitement Nancy, arrivée à sa hauteur.

— Ah, merde ! jura Louise en réalisant sa bévue… avant de se mettre à glousser, tentant plus ou moins de se retenir de rire.

Puis elle s'esclaffa franchement. Nancy se mit à ricaner bêtement, elle aussi. Mais pas Scarlett. Ni Sonia qui, du reste, aurait plutôt aimé aller se réfugier dans un trou de souris.

L'inconnu ne se trouvait encore qu'à quelques mètres d'elles. Rien de ce qui sortait de leurs bouches ne pouvait lui échapper à cette distance. Pourtant, il continua sans s'arrêter ni se retourner. Jusqu'à disparaître dans un autre couloir.

Sonia ressentit comme un pincement au cœur.

Il s'était montré franchement grossier avec elle, soit, mais il ne méritait pas ça pour autant. Qu'allait-il penser à présent ? Qu'elle se moquait de lui avec ses amies ?

— Vous n'êtes pas drôles, les filles, marmonna Sonia, immobile, complètement désemparée.

— Oh, ça va, fit Nancy en haussant les épaules, l'incitant d'une main dans le dos à avancer de nouveau. Il l'a bien cherché aussi. Tu as dit qu'il avait été super désagréable, non ? En plus, le gars vient quasiment de détaler devant toi. Il a un sérieux problème ce mec, tu ne crois pas ?

— C'est celui qui a des cicatrices au visage ? questionna doucement Scarlett, comme pour abonder dans le sens de Sonia.

Cette dernière acquiesça silencieusement, pensive.

— Oh, merde ! se récria Louise en se plaquant la main sur la bouche.

— Je n'avais pas fait gaffe, plaida Nancy, redevenue soudain sérieuse.

Évidemment, tout s'était enchaîné si vite. Aucune de ses amies n'avait eu le temps de le voir distinctement.

Un silence embarrassé s'installa entre elles, plombant sensiblement l'ambiance. Ce genre de comportement restait plutôt vache, quand bien même l'inconnu s'était-il montré particulièrement antipathique avec l'une d'entre elles.

— Tu sais de qui il s'agit ? demanda Sonia à Scarlett, tandis qu'elles entraient dans l'ascenseur.

Elle avait essayé de trouver un autre sujet de conversation, histoire de ne pas laisser l'incident gâcher la soirée, mais elle en était étonnamment incapable. Scarlett semblait détenir des informations à propos de l'inconnu et Sonia brûlait d'en savoir plus, en dépit de tout bon sens.

— Je crois que c'est le hacker qu'Aidan a embauché récemment, lui répondit-elle. Enfin, *ancien* hacker.

— Balafré *et* pirate ?! souligna Louise avec un petit sourire en coin. Dans le genre bad boy, ça se pose là quand même.

— N'oublie pas *antipathique*, c'est indissociable, renchérit Nancy.

Non, Sonia ne risquait pas d'oublier ça.

— Aidan embauche des hackers maintenant ? s'étonna-t-elle, avide d'en apprendre davantage. Pourtant, il est à la tête d'une société qui vend des solutions de sécurité informatique, non ?

— Euh… je n'étais pas vraiment censée en parler, se ravisa Scarlett, tandis qu'elles remontaient la rue en direction du restaurant.

— Trop tard, déclara Nancy en secouant la tête, sa curiosité également piquée au vif.

— Allez, on sera muettes comme des tombes, tenta de la convaincre Louise.

— Bon OK, capitula Scarlett, avant de baisser le ton. En fait, il a tenté de pirater une des agences dont Aidan s'occupe, apparemment. C'était ce qu'il faisait jusqu'à maintenant, hacker des sociétés avant de revendre les données ailleurs. Aidan a compris à temps que quelque chose clochait. Il a remonté sa piste, l'a démasqué, puis retrouvé. Et au lieu de le dénoncer à la boîte en question afin qu'elle puisse poursuivre en justice ce type et l'envoyer en prison, comme il aurait été raisonnable de le faire, Aidan n'a rien dit et l'a embauché. Parce qu'il le trouve doué. Presque trop. Il dit que ce serait du gâchis de ne pas exploiter les talents de ce mec. Et comme rien ne peut être prouvé… Enfin bref, tout ça reste entre nous, on est d'accord ?

Elles promirent unanimement de ne jamais évoquer cette histoire devant quiconque.

— Je toucherai quand même deux mots à Aidan à propos de la façon dont sa nouvelle recrue s'est comportée avec toi, conclut Scarlett.

— Non, surtout pas, s'il te plaît, réclama Sonia. Je préférerais qu'on oublie cet épisode. Ce n'était rien, je t'assure. Je crois que j'ai peut-être un peu exagéré les choses.

C'était un mensonge… Un de plus. Mais elle ne voulait pas que l'inconnu ait des problèmes à cause de ce qui n'était ni plus ni moins qu'une broutille.

— Comme tu veux, accepta Scarlett, sans poser de questions.

Puis la discussion dériva vers un autre sujet.

Sonia n'écoutait plus vraiment. Elle était songeuse. Elle n'arrivait pas à décider si elle était plus indignée par l'attitude qu'avait eue l'inconnu avec elle, tandis qu'ils étaient aux toilettes, que préoccupée par ce qu'il avait dû croire, après que ses amies eurent ri de lui, alors qu'il remontait le couloir en leur tournant le dos.

4

Crasse infortune et insupportable perfection

Axel

Quelle poisse, putain !

Pourquoi, mais *pourquoi* avait-il fallu qu'il retombe sur *elle* ?! Et par deux fois, bordel !

Comme si le trouver aux chiottes à demi nu, en train d'essayer de récupérer cette chemise de merde, déjà usée jusqu'à la trame et maintenant tachée, n'était pas déjà assez pénible !

Dieu seul savait ce qu'elle foutait là, dans l'immeuble où il travaillait, à une heure pareille un vendredi soir !

À vrai dire, Axel aurait donné cher pour le découvrir. Il aurait donné cher pour apprendre n'importe quoi à son sujet, même le plus petit détail. Et cédé l'intégralité de ses maigres possessions pour connaître l'origine de la perturbante lueur de tristesse qui brûlait au fond de ses grands yeux.

Son plus lourd secret, il le devinait sans peine.

Mais voilà, ça ne s'était pas exactement passé ainsi. Si certaines personnes pouvaient s'enorgueillir d'avoir la chance comme compagne, même infidèle, Axel en revanche n'était clairement pas de ceux-là. Aujourd'hui, plus que d'ordinaire, il maudissait son étoile – enfin, si toutefois il en avait jamais possédé une.

Il avait fallu qu'elles le raillent, pour couronner le tout…

Quoique probablement pas *elle*. Il aimait à croire qu'il aurait reconnu le son sans aucun doute cristallin et pur de *son* rire. Rien de tel ne lui était parvenu, il était formel. Juste ceux des pétasses sur talons hauts qui l'accompagnaient.

Axel repoussa le clavier devant lui, s'accouda à son bureau et se massa les tempes en soupirant.

Ça n'aurait pas dû l'affecter autant.

On se foutait peut-être rarement aussi ouvertement de sa sale gueule amochée, dans la mesure où il avait plus tendance à inspirer la crainte et la méfiance qu'autre chose. Mais il n'empêche qu'il avait l'habitude du mépris, sous quelque forme que ce soit. Et il s'était forgé une armure contre ça.

Alors quoi ? Pour quelle raison se sentait-il aussi mal ?

Parce qu'*elle* était là, bien sûr. Son ange sans nom avait assisté à toute la scène. Les commentaires moqueurs et désobligeants de ses amies faisaient écho à leur rencontre fortuite – des plus embarrassantes – dans les toilettes. Et la honte s'était alors faite plus vorace, avait fusé en lui, le grignotant de l'intérieur avec une férocité nouvelle.

Un ange adorable, qui, contre toute attente, lui avait spontanément offert son aide… et qu'il avait méchamment rembarré, comme le dernier des enfoirés qu'il était. Juste parce qu'il avait oublié ce qu'était la gentillesse et que ça l'angoissait, le rendait soupçonneux, voire parano.

À moins que ce ne soit parce qu'il ne supportait pas qu'elle se trouve si près de lui. Parce qu'elle ravivait un truc au fond de son ventre. Un besoin, tapi, en sommeil depuis trop longtemps. Un désir qu'il n'avait jamais eu de mal à tenir éloigné jusque-là, à tel point qu'il avait cru être totalement immunisé… ou carrément éteint, il ne savait plus trop.

Mais qu'un seul regard de *sa* part avait fait éclater, pour se déchaîner à présent sans relâche, envahissant de façon irréversible la moindre parcelle de son être.

Gérer ça était au-dessus de ses forces. C'était trop tard maintenant, elle n'avait rien fait et pourtant, elle avait perturbé ce fragile équilibre – un putain de château de cartes, oui ! – qui lui permettait de tenir, jour après jour.

— Vous êtes encore là, Axel ?

Ce dernier releva la tête, brusquement arraché à ses pensées.

Aidan Stern, le grand patron, dans son long manteau de laine gris foncé, à la coupe ajustée et raffinée, une écharpe vert émeraude autour du cou, se tenait devant lui, manifestement prêt à partir.

Ce type était tellement propre sur lui – toujours tiré à quatre épingles, même après une longue journée de boulot – qu'il en était flippant. Sans compter qu'il affichait toujours une tronche de dix pieds de long, comme si le monde entier lui avait bouffé le dessus de sa soupe.

Évidemment, sur ce dernier point, Axel n'avait aucune leçon à donner. Mais enfin, lui n'était ni P-DG d'une société florissante, ni propriétaire de plusieurs demeures et comptes en banque généreusement fournis, et encore moins – en tout cas, d'après ce qu'on racontait – fiancé à une femme aux allures de pin-up.

Les rumeurs allaient bon train au sein de la boîte et, même si Axel ne prêtait aucune attention à ce que ses collègues se racontaient entre eux, certaines choses lui étaient malgré tout parvenues. Apparemment, Stern allait se marier dans quelques mois. Axel souhaitait bien du courage à l'heureuse élue, parce que se coltiner un mec pareil au quotidien ne devait pas exactement être une franche partie de rigolade.

— Vous savez, en dépit des termes très particuliers de notre arrangement, rien ne vous oblige à faire autant d'heures supplémentaires, ajouta Aidan, sans vraiment le regarder – ce qui arrangeait plutôt Axel, surtout ce soir où il avait l'impression de ressembler à un épouvantail avec cette guenille ignoble qui lui servait de chemise.

Notre arrangement… ben voyons !

Ou, en d'autres mots : je te tiens peut-être par les couilles pour t'obliger à bosser dans ma grande société à la con, mon vieux, mais ne te crève pas à la tâche non plus. Aucun des ronds de cuir qui prend la poussière entre ses murs n'a envie de se retrouver avec ta carcasse desséchée sur les bras, pigé ?

Il ne s'agissait pas tant d'arrangement que de chantage, oui ! Entre bosser pour lui ou la prison, autant dire qu'il n'avait pas eu à réfléchir très longtemps, même s'il détestait ce travail et que ces changements forcés avaient eu quelques conséquences plutôt malheureuses dans sa vie.

— J'allais partir, mentit Axel en rangeant dans un tiroir le dossier qui traînait à côté de son clavier.

Ce même dossier qu'il était censé rapporter aux archives, mais qui n'avait pu arriver jusqu'à destination…

Était-*elle* encore là, elle aussi ? L'idée qu'il pouvait la croiser une fois de plus lui mettait les nerfs à vif.

C'était en partie pour cette raison qu'il s'était attardé si longtemps à son bureau ce soir. Là où il était à peu près sûr qu'*elle* et sa putain de perfection à la con lui foutraient la paix.

Il n'avait rien de mieux à faire non plus, cela dit. Rien avant dimanche, évidemment. L'unique jour de la semaine où il acceptait de troquer sa solitude contre un soupçon de chaleur humaine. La seule qu'il parvenait à tolérer, quand bien même était-ce toujours aussi difficile.

Axel récupéra le sac à dos kaki – un vieux truc informe que les jumelles s'étaient amusées à cribler de badges idiots et qui lui donnait des faux airs de punk à chiens, plutôt malvenus ici – gisant au pied de son fauteuil et rangea son PC portable à l'intérieur. Quand il se redressa pour prendre son manteau – l'unique vêtement à peu près neuf qu'il possédait –, il s'aperçut que Stern se tenait toujours devant lui.

— Vous rentrez chez vous ? lui demanda abruptement Aidan.

Non, connard, je vais faire la bringue avec la foule de potes que je me suis fait au boulot !

Sans déconner, c'était quoi cette question ?! En quoi ça pouvait bien intéresser un type comme lui ? Essayait-il vraiment d'entamer une conversation civilisée avec lui ? Parce qu'ils étaient à peu près aussi doués l'un que l'autre dans le domaine de la communication. Axel le savait pour avoir vu son boss à l'œuvre avec ses employés.

Ici, on le surnommait le Croque-Mort – quand ce n'était pas autre chose, passablement plus grossier.

— Ouais, grinça Axel. Je rentre chez moi.

La putain de bonne blague…

Il vérifia rapidement que son carnet se trouvait toujours dans sa poche, en sécurité, puis prit le paquet de cigarettes au fond de l'autre. Il en sortit une et la glissa entre ses lèvres, juste devant le boss. Sans autre but que de l'emmerder un peu – Monsieur Propre-sur-lui devait probablement détester le tabac et avoir une vie aussi saine que barbante.

Cet enfoiré avait le pouvoir de le faire envoyer en prison. D'une certaine façon, il le tenait en laisse et ça, Axel avait du mal à l'encaisser. En d'autres circonstances – et bien qu'il fasse à peu près une dizaine de centimètres de plus que lui –, Axel lui aurait démonté la tronche pour avoir osé lui imposer son contrat de merde, et tant pis pour la taule.

Mais il lui restait si peu… À lui comme à elles. Il n'avait pas le droit de leur faire ça.

— Passez un bon week-end, lança Aidan, comme si de rien n'était.

Ou avec ironie, en réponse à sa minable provocation, Axel n'aurait su le dire.

— C'est ça, marmonna Axel en s'éloignant.

Il prit l'ascenseur pour descendre, puis traversa le hall, la cigarette au bec. Ce n'est qu'une fois dehors qu'il se décida à l'allumer. Puis il les enchaîna, les unes après les autres, pendant les vingt-cinq minutes de marche qui le séparait de sa voiture, garée à perpète pour éviter d'avoir à payer un parcmètre.

L'image de la jeune femme ne quittait pas son esprit. Ni elle ni le malaise aigu qu'il avait ressenti en sa présence, savant mélange de honte et de désir. Arriverait-il à trouver le sommeil après ça ?

Une chose était sûre, la nuit promettait d'être longue…

5

Quand le destin vous fait des appels de phare

Sonia

Sonia repoussa mollement de sa fourchette l'une des gambas grillées qu'elle avait commandées, incapable d'avaler une bouchée de plus. Elle avait à peine touché au risotto pourtant délicieux qui les accompagnait, la gorge trop serrée.

D'ordinaire, si elle avait toujours l'impression d'être un peu à l'écart, elle n'avait aucun mal à rire avec ses amies, à jouer les insouciantes, à défaut de savoir l'être vraiment.

Mais pas ce soir.

Là, elle avait du mal à respirer et n'arrivait définitivement plus à donner le change.

— Comment as-tu dit qu'il s'appelait, le hacker repenti qu'Aidan a engagé ? lança-t-elle tout à trac, s'adressant à voix basse à Scarlett, sa voisine de table.

Parce qu'il n'y avait bien que ce sujet qui parvenait à retenir son attention. Même si elle s'en voulait un peu de revenir là-dessus, comme ça, sans raison, et peut-être mettre mal à l'aise son amie avec son insistance bizarre.

Scarlett fronça les sourcils, un peu perplexe, et rétorqua :

— Je ne l'ai pas dit.

Elle reposa son verre, puis, après quelques secondes de réflexion, reprit :

— Fabre, je crois. Mais ne me demande pas son prénom, je n'en ai aucune idée.

Le serveur les interrompit brusquement, déposant devant Sonia un martini, servi dans un de ces verres à pieds très hauts, deux olives plongées au fond du liquide transparent.

— Je n'ai pas demandé ça, protesta-t-elle, s'apprêtant à renvoyer la boisson.

— C'est offert par ce monsieur, expliqua le serveur en indiquant d'un geste discret du menton un homme qui dînait non loin d'elle, entouré de deux autres comparses.

Le type en question, plutôt beau gosse dans un costume bleu-gris extrêmement chic, lui adressa un clin d'œil complice, très sûr de lui.

— Ah, souffla Sonia en battant des cils, un peu prise de court cette fois.

Celui-ci, elle ne l'avait même pas remarqué.

C'était l'occasion ou jamais de rendosser son habituel rôle de croqueuse d'hommes. Physiquement, il paraissait irréprochable avec son faux air d'Henry Cavill. Pourtant, ce soir, Sonia n'avait pas envie de jouer. Ses mensonges, répétés de longue date, commençaient subitement à l'étouffer. Elle perdait pied tout à coup, se noyait dans cette comédie grotesque, que nul autre qu'elle-même avait initiée.

Sous le cocktail, une serviette en papier repliée semblait contenir un numéro, ainsi qu'un petit mot.

Ridicule, vraiment.

Pourquoi aurait-elle dû accepter de se faire draguer de façon aussi cavalière, tandis qu'elle était censée passer un bon moment à se détendre avec ses amies ?

Rien ne l'y obligeait.

À part cette peur violente et irraisonnée qu'on réussisse à un moment ou à un autre à la percer à jour…

— Redonnez-lui, s'il vous plaît, refusa-t-elle en prenant le verre pour le tendre au serveur.

— Très bien mademoiselle, obtempéra ce dernier en récupérant la boisson.

Louise se pencha au-dessus de la table et s'empara de la serviette abandonnée près de l'assiette de Sonia pour jeter un coup d'œil au contenu du message.

— Ah ouais, quand même ! siffla-t-elle en lisant le mot.

À l'évidence, il ne s'agissait pas d'un poème. Sonia n'avait aucune envie de savoir quel genre d'obscénités on avait tenté de lui faire parvenir.

— Ça dit quoi ? s'enquit Nancy, avisant à son tour le papier que tenait Louise.

Sonia vida d'un trait son verre de vin rosé pour se redonner une contenance.

— Encore un qui se croit irrésistible, commenta Nancy avec une moue blasée.

Scarlett regarda elle aussi le message, puis se tourna vers sa voisine de table, avant de hausser les épaules.

— Mouais, conclut-elle.

— Mouais, confirma Sonia, aussi laconiquement que son interlocutrice.

— Eh bah moi, ça me tente pas mal, déclara tout à coup Louise, rangeant la serviette en papier dans son sac à main.

— Il n'y avait pas un dénommé Sébastien dans ta vie, ces derniers temps ? se renseigna Sonia, un peu surprise par l'attitude de Louise – qui, bien qu'assez inconstante de ce côté-là, n'était pas non plus du genre à être infidèle à son compagnon du moment.

— Oh là, c'est déjà de l'histoire ancienne, la détrompa Louise en secouant la tête.

— Mieux vaut éviter le sujet, conseilla Scarlett avec un petit signe de la main pour les avertir du danger de la chose.

— Je compte bien vérifier par moi-même si ce qu'avance ce monsieur est fondé ou non, reprit Louise.

Celle-ci glissa un regard malicieux en direction de l'intéressé. Lequel passa d'interdit – il fallait croire que ses méthodes plutôt douteuses rencontraient un certain succès d'ordinaire – à étonné, puis, après avoir mieux examiné Louise, à satisfait.

Il hocha la tête à l'adresse de cette dernière – en guise de salut ou d'approbation, difficile à dire –, oubliant aussitôt Sonia. Une blonde ou une autre, pour ce genre d'hommes, quelle différence ?

Sonia venait de régler au comptoir, partagée entre l'envie de rentrer s'effondrer dans son canapé devant une émission de télé quelconque et celle d'éviter à tout prix de passer trop de temps dans son propre appartement, lorsque Nancy vint la rejoindre.

— Décidément, tu n'as vraiment pas l'air dans ton assiette.

— Je vais très bien, mentit Sonia, paniquant déjà à l'idée que sa meilleure amie se mette à poser davantage de questions.

— Pas de petite comédie ce soir ?

— Non, pas aujourd'hui, confirma Sonia en serrant les dents.

Pourquoi Nancy avait-elle toujours été si perspicace ? C'était vraiment pénible parfois !

— Il était pourtant exactement ton type d'hommes… ou de victimes plutôt. Enfin l'un ou l'autre, comme tu veux. En plus, il l'aurait largement mérité, celui-là.

Nancy était convaincue qu'il s'agissait d'une forme de vengeance, mais elle se trompait. Ce n'était pas ça. Sonia n'éprouvait aucune colère ni rancœur, contre personne… même si elle aurait préféré.

— Je n'ai pas de type d'hommes, tu le sais, répliqua-t-elle en se dirigeant vers la sortie pour mettre fin à la conversation.

— Le taxi ne devrait plus tarder, annonça Scarlett.

Elles étaient censées retourner en centre-ville et enchaîner les verres dans leur bar favori.

Sonia se rendit compte qu'elle n'y arriverait pas. Bien qu'elle n'ait pas tant bu que ça au dîner, elle savait qu'elle serait malade si elle avalait une seule goutte d'alcool supplémentaire.

Et elle était si lasse… et tellement anxieuse à la fois. Un curieux mélange.

— En fait, je ne me sens pas très bien, avisa-t-elle. Je crois que je vais plutôt rentrer.

— Dis donc petite lâcheuse, qui est-ce qui a insisté pour sortir ce soir, hein ? la taquina gentiment Louise. Tu me rappelles ?

— Je sais, je suis désolée…

Elle culpabilisait un peu maintenant. Ses amies avaient toutes répondu présentes et personne n'avait cherché à lui tirer les vers du nez, à lui faire avouer ce qui motivait cette urgence. Et elle les appréciait aussi pour ça.

Même si elle ne pouvait s'empêcher de leur mentir continuellement…

— Pas de souci, va te reposer ma belle, la réconforta Nancy en lui frottant doucement l'épaule.

Sonia appela donc un autre taxi et les filles, toujours aussi prévenantes, attendirent qu'elle soit montée dans la voiture pour ensuite prendre le leur.

Elle donna son adresse au chauffeur puis se perdit dans la contemplation de la nuit, le nez à la vitre. Elle entendit à peine le conducteur la prévenir qu'il effectuerait un détour pour éviter un accident…

Si seulement elle avait eu un autre endroit où aller, un lieu où se réfugier en attendant que la tempête passe, où se cacher de cette menace qui planait au-dessus d'elle, se rapprochant sans cesse, jouant avec ses nerfs.

Pour ça, peut-être aurait-il fallu qu'elle en parle à quelqu'un. Qu'une personne, ne serait-ce qu'une seule, soit au courant. Ce qui était absolument impossible.

Insurmontable…

Il allait venir. Il avait fait en sorte qu'elle le sache. Et il faudrait bien qu'elle lui parle.

Mais le lui devait-elle vraiment ? Elle n'avait pourtant rien à lui dire. Après tout ce temps, pourquoi ne pouvait-il pas lâcher prise ? Elle s'était libérée de lui, elle avait finalement réussi. Alors pourquoi s'acharner encore ?

Tandis que le taxi s'enfonçait dans la partie résidentielle du quartier, une des voitures stationnées sur le bas-côté attira l'attention de Sonia. Une silhouette sombre, un homme réalisa-t-elle alors qu'ils se rapprochaient, se tenait derrière son volant. Mais il était affaissé sur son siège et paraissait endormi, un chapeau enfoncé sur le crâne, volontairement rabaissé afin de masquer en partie son visage.

Un visage – même partiellement visible – que Sonia aurait reconnu entre mille…

— Garez-vous, s'il vous plaît ! s'empressa-t-elle de demander tandis que le taxi le dépassait.

— Quoi ?! s'étonna le chauffeur. Mais on est encore très loin, vous savez ?

— J'en suis tout à fait consciente. Arrêtez-vous, je vous dis. Je dois descendre !

La voiture ralentit, prit un autre embranchement, puis se gara quelques mètres plus loin.

Sonia avisa rapidement le compteur sur le tableau de bord, puis tendit un billet au chauffeur.

— Merci, jeta-t-elle avant d'ouvrir sa portière et de sortir d'un même élan du taxi, sans réfléchir.

Bien sûr, le dentifrice et la brosse à dents, ainsi que le moment précis qu'avait choisi l'inconnu pour utiliser les lavabos de la société dans laquelle il travaillait auraient pu la mettre sur la voie. L'état de sa chemise également. Il profitait de l'absence de ses collègues pour se rafraîchir, n'en ayant peut-être plus la possibilité avant un moment…

Sans doute était-ce pour cette raison qu'il avait réagi aussi vivement après qu'elle l'eut surpris.

Lui aussi avait un secret qu'il tenait à tout prix à dissimuler aux autres.

Enfin, probablement pas qu'un, vu les cicatrices étranges qui marquaient sa peau. Mais celui-ci était à coup sûr plus humiliant et inavouable que tous les autres.

Très curieusement, Sonia se sentait concernée par sa situation, quel que soit ce qui l'avait conduit là.

Et de ce fait, et même si elle ne connaissait rien d'autre de cet homme – si ce n'était qu'il n'était pas du genre particulièrement avenant –, elle ne pouvait pas ne rien faire. Ça aurait été de la lâcheté. Pourtant, n'était-ce pas de la folie que d'aller ainsi se mêler de la vie d'une personne qui lui était complètement étrangère ? Pourquoi lui était-il totalement impossible de se raviser, à présent qu'elle était là, avançant vers la voiture de cet homme si mystérieux ?

À l'arrière d'une berline pas forcément très récente – mais qui semblait toutefois bien entretenue –, un sac de voyage ainsi qu'une tour PC et une multitude de câbles informatiques s'entassaient sur la banquette. Le doute n'était plus permis, l'inconnu était sans domicile…

Elle l'observa un bref instant à la lumière ténue et jaunie des réverbères, tandis qu'elle arrivait à sa hauteur. Il paraissait très calme, s'accommodant avec un flegme manifeste des circonstances. Mais le col de son grand manteau noir était remonté jusqu'à ses oreilles et ses bras croisés sur sa poitrine l'aidaient à maintenir ses mains au chaud sous ses aisselles.

Le cœur de Sonia se serra.

Combien Aidan payait-il ses employés pour que ceux-ci ne puissent même pas s'offrir une chambre d'hôtel ?! Alors ça, elle ne se gênerait certainement pas pour en parler à Scarlett.

Sonia frappa doucement contre la vitre. Elle ignorait ce qu'elle allait bien pouvoir dire, mais peu importait.

Cependant, c'est à peine s'il réagit. Les paupières résolument closes, il soupira ostensiblement. Puis il fit basculer son chapeau sur sa figure, recouvrant entièrement son visage.

Elle cogna à nouveau et cette fois l'inconnu releva d'un cran le bord de feutrine de son couvre-chef, dégageant juste sa bouche pour s'exclamer :

— Ce n'est pas bientôt fini, ce bordel ?! Foutez-moi la paix, merde !

Sonia s'éclaircit la gorge et persista. Elle tapa plus vivement à la vitre et appela – espérant que Scarlett ne s'était pas trompée et lui avait bien donné le bon patronyme :

— Monsieur Fabre ?

Il se raidit.

Tout en se redressant lentement sur son siège, de l'index, il fit remonter son espèce de borsalino de laine noire. Juste assez pour pouvoir distinguer celle qui osait venir le déranger, à travers les mèches de cheveux sombres qui lui cachaient les yeux.

Alors leurs regards se croisèrent à nouveau.

La stupéfaction, la honte et la souffrance se succédèrent sur ses traits. Puis il se détourna en secouant mollement la tête, les épaules basses, comme vaincu. Il replaça son chapeau correctement et rabaissa son col, comme si ce n'était plus la peine.

Puis il déverrouilla sa portière.

Il attendit que Sonia se soit légèrement décalée pour sortir du véhicule, l'air aussi abattu que s'il venait de se faire pincer par les forces de l'ordre pour avoir commis quelques délits. Sans la regarder ni prononcer le moindre mot, il referma sa voiture. Et il vint s'y appuyer nonchalamment, poussant un long et profond soupir tandis qu'il enlevait quelques secondes son borsalino, passant rapidement ses doigts dans ses cheveux en désordre, pour le remettre ensuite d'un geste las. Il enfonça ses mains dans les poches de son manteau, avec une résignation et une fatalité déroutantes.

Une éternité parut s'écouler avant qu'il ne se décide à prendre la parole.

— Ce n'est pas ce que tu crois, se défendit-il d'une voix si grave, si rauque que Sonia eut l'impression que le son se répercutait en elle.

Il observait le goudron à ses pieds et repoussait négligemment quelques cailloux du bout de sa chaussure.

Pourquoi était-ce la première chose qui lui venait à l'esprit ? Il s'adressait à elle comme s'ils se connaissaient. Comme si le fait de la trouver là, devant sa portière, ici et aussi tard, était inévitable.

— Je ne crois rien, répondit-elle en haussant les épaules.

Après tout, il n'avait aucun compte à lui rendre.

Il se redressa légèrement et se résolut enfin à lui rendre son regard, les paupières plissées par un mélange d'étonnement et de méfiance.

— Alors ne dis rien, s'il te plaît. À personne.

Son visage taillé à la serpe se découpait un peu durement à la seule lueur des réverbères, son profil abîmé resté caché dans l'ombre, comme s'il s'était arrangé pour le lui dissimuler. Pourtant, tout chez lui était comme magnétique, aussi mystérieux qu'enivrant.

Ses yeux sombres tentaient de la sonder. Des yeux noirs, perçants, pénétrants, comme elle n'en avait jamais vu. Sonia frissonna et serra son manteau contre elle, se sentant bien étrange tout à coup, si près de cet homme.

À part.

C'étaient les premiers mots qui lui venaient pour le décrire.

Il possédait cette espèce d'insolence latente, dont, même en cet instant, il ne parvenait à se départir tout à fait. Cette fierté, si prégnante, parce que trop souvent écorchée. Des airs de bad boy, oui, c'était certain.

Toutefois, les traits de son visage ne s'y prêtaient qu'à moitié. Son nez était d'une grande finesse, très droit, aux narines bien dessinées, aux allures presque aristocratiques. Sa bouche, subtilement ourlée, sa lèvre supérieure, légèrement plus pleine et arrondie, démentait elle aussi la dureté de son regard.

Il était si étonnant. Si… beau.

Plus qu'à n'importe quel autre moment, Sonia aurait voulu avoir son appareil photo sur elle pour saisir ça. Ce qui se dégageait de cet homme. Cette impression, sur laquelle elle n'arrivait pas vraiment à mettre de mots.

— Je n'en parlerai à personne, s'obligea-t-elle à promettre, s'arrachant péniblement à ses réflexions. Tu as ma parole.

Elle ne se rendit compte qu'après coup qu'elle venait, elle aussi, d'adopter le tutoiement, alors même qu'elle ignorait encore son prénom.

Il pinça les lèvres en hochant doucement la tête, visiblement rassuré.

— Oui, bon, c'est temporaire de toute façon, avisa-t-il en sortant un paquet de cigarettes de sa poche.

Sonia détestait l'odeur du tabac. Pourtant, elle ne recula pas d'un millimètre lorsqu'il en coinça une entre ses lèvres pour l'allumer.

— Bien, et si tu me disais ce que tu fais là, grogna-t-il en fronçant les sourcils, comme si l'étrangeté de la situation ne lui apparaissait que maintenant.

Je ne voulais pas rentrer seule chez moi ce soir, dans ce grand appartement dans lequel je me sens stupidement menacée, et je me suis dit que tu étais la solution à ce problème… Sans compter que je paierai une coquette somme pour avoir le privilège de prendre en photo un visage tel que le tien.

Non, raisonnablement, elle ne pouvait pas répondre un truc pareil.

— Attends, lâcha-t-il en scrutant la rue derrière elle, avant de se retourner, puis de revenir à elle, l'air soudain franchement mécontent. Ne me dis pas que tu es toute seule ici, à cette heure de la nuit ?

6

Quelque part entre altruisme et inconscience

Sonia

Sonia hésita un bref instant, ne sachant trop quoi répondre. Finalement, elle se défendit en optant pour la franchise, réalisant en même temps toute l'absurdité de la chose :

— Je rentrai chez moi quand je t'ai aperçu dans ta voiture. Alors j'ai demandé au taxi de me déposer.

— Et il est où, maintenant, ce taxi ? insista l'inconnu, son expression se durcissant encore tandis qu'il se redressait, quittant l'appui de sa portière pour examiner à nouveau la rue.

— Loin, j'imagine.

Sonia avisa le sol, incapable tout à coup de soutenir le regard atterré de son interlocuteur, se sentant soudain ridicule.

Qu'allait-il penser d'elle à présent ? Qu'elle était à ce point désespérée pour être ainsi prête à saisir n'importe quelle occasion d'obtenir un semblant de compagnie ?

Un type de compagnie très particulier…

Merde, que pouvait-il supposer d'autre ?

Il devait forcément se figurer qu'elle avait une idée derrière la tête.

Elle en avait bien une en vérité, mais pas de cet ordre. Et curieusement, elle ne voulait pas qu'il s'imagine qu'elle était ce *genre de femmes*...

Non, tous les autres, peut-être, ça lui était égal. Mais pas lui.

— Ce n'est pas ce que tu crois, lui retourna-t-elle, utilisant sciemment ses mots, invoquant cet accord tacite qui semblait s'être naturellement établi entre eux, celui qui n'exigeait aucune justification.

— Alors là, très honnêtement, je ne vois pas bien ce que je pourrais croire, grinça-t-il, sarcastique, laissant tomber son mégot de cigarette pour ensuite l'écraser du pied, ses mouvements se faisant subitement plus vifs. Je n'ai pas la moindre foutue idée de ce que tu fiches ici, je t'assure.

Au moins avait-il la bonté d'écarter d'emblée tout éventuel sous-entendu d'ordre sexuel – ce qui était assez aimable de sa part –, à défaut d'accepter de lui épargner d'avoir à se justifier.

Elle prit une grande bouffée d'air, puis se lança, énonçant presque d'une seule traite :

— J'ai seulement songé que c'était absurde que tu aies à dormir dehors, dans le froid, alors que j'ai un appartement immense, dont certaines parties sont inoccupées.

L'inconnu jeta derechef un coup d'œil derrière son épaule, comme à la recherche de caméras filmant une mauvaise blague.

— Tu proposes de... de *m'héberger* ? articula-t-il, une moue acerbe tordant ses lèvres.

Cette expression ne disait rien qui vaille à Sonia.

Pourtant, elle admit :

— Juste le temps de te retourner, cela va de soi.

Il eut un rire de gorge, assez désagréable. Puis le pli grave entre ses sourcils reparut quand il prit une deuxième cigarette, qu'il alluma en plaçant ses mains autour de la petite flamme de son briquet. Il aspira l'air à travers le filtre et souffla longuement, tournant légèrement la tête sur le côté pour ne pas lui envoyer la fumée à la figure, lui présentant comme par réflexe son profil sans cicatrices.

— Comme ça, tu es du genre à ramasser tous les clodos dégueulasses qui traînent dans la rue passé une certaine heure, ou tu fais une exception juste pour moi parce que…

Il fit mine de chercher une raison valable, puis haussa les épaules, feignant le désarroi.

— Ah merde, c'est vrai, tu sais peut-être comment je m'appelle, mais ça s'arrête là. On ne se connaît pas, toi et moi. Tu te rends compte que je pourrais être un putain de tueur en série ? Ou un violeur ? Sérieusement, tes parents ne t'ont jamais appris à te méfier des inconnus ?

Comme s'il n'y avait que des inconnus dont il fallait se méfier…

Et donc, il lui faisait la morale maintenant ?

Merveilleux !

Sonia croisa les bras sur sa poitrine et le toisa, fâchée qu'il se permette de la prendre pour une écervelée simplement parce qu'elle lui avait proposé un toit au-dessus de la tête pour la nuit. Comme si on ne pouvait être généreux sans être également d'une profonde stupidité !

En l'occurrence, il ne s'agissait pas de ça. Sonia n'essayait pas de faire preuve de générosité ni même de gentillesse. Offrir de loger pour quelque temps l'employé d'Aidan – qui n'était plus franchement un inconnu désormais, ne lui en déplaise – était dans son intérêt.

Mais elle ne l'avouerait pour rien au monde…

— Je n'en ai jamais rencontré jusqu'ici, c'est un fait, cela étant, j'imagine assez mal un potentiel tueur – ou un violeur – mettre en garde sa future victime juste avant de s'en prendre à elle, argua-t-elle en arquant un sourcil hautain – son arme de défense habituelle.

— Je ne vais certainement pas te donner l'occasion de vérifier cette hypothèse – bien naïve en l'occurrence, rétorqua-t-il sèchement sans même lui adresser un regard, tandis que son expression s'assombrissait encore. Je ne suis pas un mendiant, c'est clair ? Alors fous-moi la paix avec ça. Au risque de me répéter, je n'ai pas besoin de ton aide. Je n'en *veux pas*, c'est pigé ?!

La vache, ce qu'il pouvait être susceptible !

Sonia aurait aimé riposter. D'autant que non content d'insinuer qu'elle était d'une inconscience crasse, il venait de la traiter de *naïve*… Mais son attitude la déconcertait à tel point qu'elle en resta sans voix.

Il aspira nerveusement une nouvelle bouffée et jeta sa cigarette – pourtant à peine entamée – au loin, d'un geste entre désinvolture et agacement. Puis il pivota pour ouvrir sa portière.

Ainsi, la conversation était terminée, il la congédiait, comme ça, sans un mot de plus ?

— Allez, monte, je te raccompagne, l'enjoignit-il d'un ton sans appel, tout en prenant place derrière le volant.

Si Sonia avait été déstabilisée par la brutalité de sa réaction à sa proposition, cette fois, elle se trouva complètement abasourdie.

Avait-elle bien entendu ?

Il venait, pour la deuxième fois de la soirée, de l'envoyer paître, refusant catégoriquement son aide. Et cependant, il trouvait naturel – voire allant de soi – de la reconduire chez elle ? Vraiment ?

— Grouille-toi, ajouta-t-il, toujours aussi peu aimable, tandis qu'elle était figée devant lui, muette de consternation. J'aimerais pouvoir dormir un peu cette nuit et je vais sans aucun doute devoir tourner un moment avant de réussir à trouver une autre place dans un coin tranquille comme celui-là.

Sans trop savoir pourquoi, Sonia fit le tour de la voiture. Elle se laissa tomber sur le siège passager, les doigts crispés sur son sac, irritée par tous ces revirements.

— Quelle curieuse logique, fit-elle remarquer. Inviter, pour le dépanner, un pseudo-inconnu chez moi – lequel, au passage, travaille pour la société d'un ami – est beaucoup trop risqué. Par contre, monter dans sa voiture, ça, c'est on ne peut plus *safe* ?!

Il tourna la clé, démarrant le moteur, puis, tout en manœuvrant pour sortir de la place où il était garé, jeta à Sonia un regard en biais, circonspect.

— Une relation de cet enfoiré de Stern, grinça-t-il abruptement, comme si cette idée le chiffonnait. De mieux en mieux… Du coup, on va dans le XVIe, j'imagine ?

Il eut un reniflement méprisant, sans doute pour signifier combien cette perspective pouvait le révulser.

— Très drôle, grinça Sonia, avant de rectifier : rue de Sévigné, dans le Marais, pas très loin de la place des Vosges. Et je ne suis qu'une relation lointaine d'Aidan. En fait, c'est avant tout avec sa fiancée que je suis amie. C'est elle qui m'a donné ton nom.

Les yeux rivés à la route, il hocha doucement la tête, comme s'il obtenait enfin la réponse à une question qu'il se posait depuis un moment. La tension dans ses épaules parut se dissiper peu à peu.

— Dans ce cas, elle aurait dû te dire que je m'appelle Axel, grommela-t-il de son impressionnante voix rauque. *Monsieur Fabre* me donne l'impression d'avoir 50 piges.

— Très bien, c'est noté, plus de *Monsieur Fabre*, concéda-t-elle, ajoutant ensuite, puisqu'il se décidait finalement à faire un pas vers elle et que l'heure était aux présentations : moi, c'est Sonia.

À nouveau, il lui adressa un bref regard. Et elle y décela une fois de plus cette douleur brute, frappante, comme si avoir échangé leurs prénoms rendait les choses plus difficiles encore.

— Sonia, répéta-t-il à voix basse, apparemment sans autre but qu'intégrer son prénom.

Et, sans qu'elle y ait réfléchi outre mesure, les mots s'échappèrent de ses lèvres :

— Ce ne serait pas gratuit.

Elle n'aurait pas dû insister. L'ambiance s'était quelque peu détendue, en rester là aurait été largement plus judicieux. Sans compter qu'Axel s'était montré on ne peut plus clair.

Sonia le vit aussitôt se rembrunir. Un silence pesant s'installa entre eux.

Puis, au bout de quelques secondes, il opposa placidement :

— Alors ce serait forcément au-dessus de mes moyens.

— Il ne s'agirait pas d'argent, poursuivit Sonia, rassurée qu'il ne se soit pas énervé, en dépit de son insistance. J'attends quelque chose de toi en échange.

Elle avançait en terrain miné, elle le savait. Pourtant, elle ne pouvait s'empêcher de continuer, s'étonnant elle-même de son culot.

Axel s'arrêta à un feu rouge et tourna la tête vers elle pour la dévisager franchement cette fois, l'air intrigué.

Puis, sans qu'elle comprenne pourquoi, la lueur d'intérêt qui s'était allumée au fond de ses prunelles mourut d'un coup.

Il revint à la route devant lui, se passa une main sur la bouche et déclara :

— Je ne pense pas que tu puisses avoir besoin de moi pour quoi que ce soit.

— Tu te trompes, répliqua-t-elle du tac au tac.

Et c'était réellement le cas.

Sonia ignorait pourquoi tout était si différent avec cet homme qu'elle connaissait à peine, mais elle avait besoin de lui… pour plusieurs raisons.

7

D'indécence en proposition

Sonia

Axel ralentit tandis qu'ils arrivaient dans sa rue et, feignant de ne pas avoir entendu, demanda laconiquement :

— Quel numéro ?

— Juste là, indiqua-t-elle, désignant une place libre à quelques pas de son immeuble.

Une chance inouïe dans ce quartier, d'autant plus en début de week-end.

Axel allait-il dormir ici ? Ce n'était pas une rue dans laquelle il y avait énormément de passage, toutefois ils se trouvaient en plein cœur de Paris et ce n'était pas non plus exactement le quartier le plus tranquille qui soit. Ici, il était fort probable qu'un riverain le remarque et le signale à la police, laquelle s'empresserait de le faire partir…

— J'ai un travail pour toi, se hâta-t-elle d'expliquer, alors qu'Axel venait de garer sa voiture à l'emplacement qu'elle lui avait montré. Quelque chose que personne d'autre que toi ne peut faire.

Axel fronça les sourcils et l'examina avec un scepticisme passablement perturbant, agrémenté d'un soupçon de défi.

— Ah ouais ? Vraiment ?

Sonia n'avait plus le choix. Elle se doutait qu'il serait difficile à convaincre, mais se jeta tout de même à l'eau :

— Je voudrais que tu poses pour moi. Je suis photographe d'art et je recherche des modèles avec un certain… *caractère*, disons. Je te propose trois ou quatre séances photo en échange de ma chambre d'ami pour deux mois. Ça me paraît plutôt équitable, non ?

Axel blêmit subitement et cilla. Ses narines fines et subtilement ourlées se dilatèrent tandis qu'il se forçait visiblement à inspirer. Puis il se détourna brusquement pour aviser la rue à travers sa vitre. Il s'accouda à sa portière et se frotta le front, soulevant légèrement le bord de son chapeau.

— Putain de merde, lâcha-t-il avec un petit ricanement feutré, sans aucune note de joie, glaçant. Alors celle-là, j'avoue, on ne me l'avait encore jamais faite !

— Je suis sérieuse, se sentit obligée de préciser Sonia, qui s'était attendue à bien des réactions, mais certainement pas à celle-ci…

Entre panique, colère et hilarité.

— Bordel, mais moi aussi !

— Je ne te parle pas d'une lubie bizarre, c'est mon métier ! justifia-t-elle, passablement vexée qu'il ne la prenne pas au sérieux – à l'instar de beaucoup d'autres. Je ne suis peut-être pas encore une artiste reconnue à travers le monde entier, mais j'en vis très honnêtement et j'expose régulièrement, à l'étranger également.

— Raison de plus, c'est hors de question ! s'insurgea-t-il, la fusillant soudain de ses yeux noirs, effrayants. Jamais de la vie je ne ferai un truc pareil, pas même pour éviter d'être à la rue. Il n'y a pas moyen, putain !

— Mais enfin, pourquoi ? essaya Sonia, s'exhortant au calme tandis que le ton de son interlocuteur commençait à l'inquiéter.

— Non, mais tu te fous de ma gueule ?! se récria-t-il, une expression choquée marquant ses traits, frappant violemment son volant du poing pour ponctuer sa phrase.

Sonia faillit prendre ses jambes à son cou, scotchée par l'ampleur de la fureur qu'elle avait déclenchée. Mais elle n'était pas aussi trouillarde, elle avait plus d'aplomb que ça.

Enfin, c'était ce qu'elle avait envie de croire…

— Pas le moins du monde, assura-t-elle d'une voix qu'elle tenta de rendre posée, sans véritablement y parvenir.

— Ouais, c'est ça, à d'autres ! s'exclama Axel, une moue dégoûtée tordant ses lèvres. Pourtant, il me semble que je vous faisais bien marrer, tes copines et toi, tout à l'heure.

Sonia avait oublié ce détail après l'avoir trouvé seul, en train de dormir dans sa voiture.

Elle replaça une mèche de ses cheveux derrière son oreille et se mit à fixer ses pieds, terriblement embarrassée. Toute cette histoire était vouée au désastre, persévérer avait été très une mauvaise idée.

— Je te demande pardon, balbutia-t-elle.

Parce que le fait était qu'il avait eu alors toutes les raisons de croire qu'elles se moquaient de lui. Et que ce n'était pas ce qu'elle voulait… loin de là.

— Mes amies ne riaient pas à cause de toi, expliqua-t-elle. Pas vraiment. C'est ma faute, je leur ai raconté que…

— C'est bon, laisse tomber, la coupa-t-il en soupirant, essayant manifestement de recouvrer son sang-froid. Je préfère encore ne rien savoir.

Il s'adossa contre sa portière, se tournant à demi vers elle, tout en contemplant la rue à travers le pare-brise – lui offrant comme toujours son profil épargné. Une attitude étrange, qui suggérait qu'il n'était pas fâché, que la discussion n'était pas terminée… Même si, pour une raison ou une autre, il n'arrivait pas à la regarder en face.

— C'est une vraie proposition, reprit Sonia, profitant de ce semblant d'accalmie pour clarifier les choses. On peut oublier l'épineuse question du logement et parler directement rémunération, si tu préfères. Tu auras une avance dès ce soir.

Elle ignorait ce qui la poussait à s'acharner autant, mais il lui fallait à tout prix cette séance avec lui. Sans ça, ce visage allait l'obséder jour et nuit…

Jusqu'à ce qu'elle parvienne à en révéler toute la beauté sur un cliché noir et blanc, à l'esthétique sobre, mais crue, sans artifice, à son image.

Tout ce qu'elle voyait, mais que lui paraissait en revanche complètement ignorer. Ce qui venait étonnamment encore renforcer son charme, ce magnétisme sauvage…

Axel était si fascinant.

Il s'exprimait de façon tellement brute. Franche. Il possédait cette liberté, cette force incroyable grâce à laquelle il arrivait à dire absolument tout ce qui lui passait par la tête, sous la forme qui lui plaisait, sans se soucier d'aucune convenance, ni de la décence.

Il était vrai, sincère dans chacun de ses mots… tout l'opposé d'elle en résumé.

Elle l'avait compris au premier coup d'œil, puisque même ses traits ne mentaient pas.

Axel ferma les yeux, le front soudain plissé d'épuisement.

— Hors de question, conclut-il simplement.

— C'est ton dernier mot ? se désespéra-t-elle.

Cette fois, il se contenta de hocher la tête.

Pourtant, cette solution aurait été profitable pour chacun d'eux. Pourquoi ne le réalisait-il pas ? S'était-elle mal expliquée ? Après tout, il la troublait tellement…

Avait-elle été maladroite ? Blessante peut-être ?

D'ordinaire, elle savait trouver les mots justes. Ses modèles, quelle que soit leur situation, appréciaient presque toujours son initiative. Ils comprenaient généralement sa démarche, sans qu'elle ait à palabrer durant des heures pour expliquer ses concepts.

Quel dommage qu'Axel soit autant opposé à l'idée d'être pris en photo. Elle aurait su comment le mettre en valeur, comment montrer aux autres ce qu'elle percevait, elle en était persuadée.

Cela étant, elle n'allait pas le laisser passer la nuit dehors pour autant…

— Donc peu importe la somme, c'est non ? résuma-t-elle. Il n'existe rien qui pourrait te convaincre, tu es sûr ?

Subitement, deux prunelles sombres et graves se rivèrent à elle. Il y eut un nouveau moment de silence, qu'Axel ne brisa qu'après plusieurs longues secondes de réflexion.

— En fait, si, tu as raison, il existe bien quelque chose… *Une* chose, une *seule*, serait susceptible de me faire changer d'avis. Non, ce n'est pas tout à fait vrai. En réalité, pour ça, je ferai n'importe quoi. Comme accepter de me prêter à ce jeu à la con et rester immobile devant une saleté d'objectif, si tu y tiens.

Il ravala plus bruyamment sa salive, sa pomme d'Adam descendant et remontant distinctement dans son cou. Une lueur de défi, un peu insolente, éclaira ses prunelles, contredisant l'expression très sérieuse de son visage.

Sonia pressentait que la suite n'allait pas lui plaire. Sur ses gardes, elle posa néanmoins la question :

— Et on peut savoir quoi ?

Il eut un léger sourire, si furtif que Sonia se demanda si elle ne l'avait pas plutôt rêvé.

— Tu vas m'obliger à le dire ? s'enquit-il avec un brin d'ironie. Vraiment ? Comme si tu ne t'en doutais pas...

Ça ressemblait fortement à un reproche. Pourquoi ses paroles s'accompagnaient-elles de cette espèce d'amertume froide ?

Faisait-il véritablement allusion à ce qu'elle croyait ?

Parce que c'était tellement inattendu, compte tenu de son attitude envers elle. Et si peu habituel, cette façon aussi étrange que chaotique de s'y prendre.

— Quoi ? répéta-t-elle plus fermement.

Parce qu'alors oui, si c'était bien ce qu'il insinuait, il faudrait qu'il le verbalise. Elle ne lui faciliterait certainement pas la tâche.

Axel fronça durement les sourcils et maugréa, comme si ce qu'il s'apprêtait à dire lui était très désagréable, mais qu'il était contraint de le faire :

— Une nuit avec toi.

Sonia inspira profondément, partagée entre la déception et autre chose, d'inidentifiable.

— Une nuit de baise, j'entends, explicita-t-il – comme si c'était vraiment utile ! –, la petite flamme de défi et d'impertinence dans ses prunelles s'embrasant carrément. Et tu auras toutes les photos que tu souhaites, sous tous les angles. Tout ce que tu veux.

Axel la provoquait... mais pas de manière à la séduire.

Il ne se donnait même pas la peine d'essayer de la charmer. Pas parce que le jeu n'en valait pas la chandelle – l'effort que la contrepartie exigerait de lui ayant été clairement établi –, mais plutôt comme s'il savait pertinemment que c'était voué à l'échec. Ou peut-être n'était-ce qu'une vue de son esprit, une excuse qu'elle essayait de lui trouver...

Quoi qu'il en soit, Axel était fidèle à l'image qu'elle s'était forgée de lui. Il lui présentait la vérité brute, sans aucune fioriture, quitte à la choquer.

Non, elle pouvait le lire sur son visage. En réalité, il avait parfaitement conscience de la choquer.

Et Sonia s'en trouva malgré tout un peu indignée. Non pas qu'elle ait placé quelque espoir en lui, elle n'était pas totalement stupide non plus. Mais elle l'avait vraiment cru différent...

Si les autres hommes étaient rarement beaucoup plus subtils avec elle, au moins y mettaient-ils un minimum de formes.

Il n'y avait personne pour qui jouer le jeu ce soir. Et avec lui, de toute façon, elle n'y arriverait pas. Alors pourquoi s'encombrer de faux-semblants ? Parce qu'au final, elle ne lui devait rien et que sa proposition était tout de même passablement irrespectueuse.

La nervosité prit le dessus. Elle était au pied du mur à présent, contrainte de se montrer honnête...

À moins qu'elle contourne la question.

— Une nuit ? répéta-t-elle, s'efforçant de paraître sarcastique, croisant les bras pour le jauger des pieds à la tête. Tu es bien présomptueux.

Axel avisa ses mains jointes devant lui et eut un bref sourire, entre amusement et dépit, dévoilant furtivement une rangée de dents blanches, dont une incisive légèrement décalée vers l'avant, qui lui donnait un air canaille… curieusement émouvant.

Un détail de plus qu'elle aurait aimé retranscrire sur pellicule.

— Une nuit, une journée, peu importe, renchérit-il d'une voix encore plus éraillée et grave que d'ordinaire. En tout cas, je peux t'assurer que si je me trouvais dans un lit avec toi, je ne te laisserais pas dormir une seule seconde.

Ses yeux noirs revinrent se planter dans les siens, attestant de la sincérité de ses promesses.

Et quelque chose en elle, profondément enfoui au creux de son ventre, répondit à cette espèce de convocation rustre, irrévérencieuse même, échappant brusquement à tout contrôle. Soudain, Sonia eut très chaud, malgré la fraîcheur ambiante.

Mais sans doute ces curieux symptômes venaient-ils s'ajouter à la longue liste de ceux qui la harcelaient déjà depuis quelque temps. Elle n'était pas dans son état normal en ce moment. Aussi choisit-elle d'ignorer ce nouveau désagrément, dont elle ne voulait pas plus que des autres.

— Comme c'est original, assena-t-elle, s'appliquant à garder la tête froide alors que la panique commençait à déployer ses longues griffes en elle. Et de bon goût, qui plus est !

Axel esquissa un geste nonchalant de la main et inclina légèrement la nuque en signe de pseudo-contrition.

— Navré, ni l'originalité ni le bon goût ne figurent au registre – sans aucun doute assez mince – de mes qualités, railla-t-il d'un ton désabusé. Ça va, Princesse, ce n'est pas la peine de te sentir trop insultée non plus. Ce n'est pas comme si j'avais misé le peu de pognon que j'ai là-dessus. Donc, si je comprends bien, tu ne vas même pas m'accorder l'honneur d'une réponse ?

Sonia ne savait plus du tout si elle devait trouver ça touchant ou carrément révoltant. De plus, cette désinvolture, cette manière de s'adresser à elle la mettaient de plus en plus mal à l'aise.

La main sur la poignée de sa portière, prête à rentrer chez elle et à mettre ainsi fin d'un coup à la conversation, elle rétorqua :

— Certainement parce qu'elle est plus qu'évidente, tu ne crois pas ?

Axel se détourna subitement pour reprendre sa contemplation de la rue et ses lèvres s'étirèrent légèrement, mais toujours sans joie.

— Bien sûr que c'est évident, convint-il. Mais il se pourrait que j'aie quand même besoin de l'entendre, ne serait-ce pour que tout soit clair.

— OK, Axel, si c'est ce que tu veux, je vais être parfaitement claire. Je suis désolée si ce que j'ai pu dire ou faire t'a laissé penser que ça pouvait arriver, mais c'est tout bonnement inenvisageable. En d'autres termes : *hors de question*. Voilà, tu es content ?

À nouveau, elle lui retournait ses mots. Juste pour qu'il comprenne que coucher avec elle était à peu près aussi improbable que lui prenne la pose devant son objectif.

Pour la première fois depuis des années, elle se montrait totalement honnête avec un homme.

Avec quelqu'un, en fait.

Bien sûr, ce n'était pas sans crainte. Elle lui donnait là une infime chance de tout comprendre, de deviner.

Mais ce n'était pas comme si elle avait eu le choix de toute façon…

8

Ne me laisse pas seul avec moi-même

Axel

Hors de question…

Il connaissait bien entendu déjà la réponse. Il n'était pas con à ce point. Même à l'époque où il se prenait pour un foutu don Juan, quand sa vie n'avait pas encore basculé, il n'aurait pu prétendre à une fille comme elle.

Pourtant, en dépit de toute logique, et bien qu'il l'ait réclamé, l'entendre dire si froidement, catégoriquement et définitivement faisait un mal de chien. Une douleur cuisante, à s'en casser les molaires, presque physique, irradiant une certaine zone dans sa poitrine. Mais qui avait au moins le mérite de lui rappeler qu'il était en vie – si jamais il en avait douté ces derniers jours, à force de solitude et de nuits passées dans l'atmosphère glaçante de sa bagnole.

Sans compter que cette virulente claque derrière la nuque l'avait correctement remis à sa place – des fois qu'il aurait pu perdre de vue l'endroit où celle-ci se trouvait.

C'était un mal nécessaire. Comme un pansement que l'on arrache d'un coup. Une douche froide indispensable, étant donné les images licencieuses les mettant tous deux en scène qui ne cessaient de lui encombrer l'esprit depuis qu'il s'était retrouvé enfermé avec elle dans le minuscule espace de l'habitacle de sa voiture. Et l'effet, aussi embarrassant qu'importun, que ses pensées avaient eu sur son corps, tandis qu'il commençait à se sentir à l'étroit dans son pantalon…

Quel putain d'abruti fini il était !

Avait-il vraiment besoin de lui sortir un truc pareil ? Qu'est-ce qui lui était passé par la tête, bon Dieu ?! Non content de se montrer grossier avec elle, il s'était senti obligé d'en faire des caisses, de la provoquer en lui débitant un tas d'obscénités – et encore, s'il s'était véritablement écouté, il aurait pu lui dire bien pire…

À elle, si douce et pure, qui n'arrivait même pas à comprendre pourquoi il refusait avec autant de hargne qu'elle prenne sa sale tronche en photo. Un peu naïve, peut-être. Mais lui était beaucoup trop sur la défensive, trop enragé et défoncé en permanence à la haine pour être vraiment capable d'en juger.

Bien que ce soit difficile à admettre, cette candeur lui plaisait, en fin de compte. Elle l'attirait, comme la lumière attirait un papillon de nuit. Mais peut-être était-ce parce qu'il en était lui-même totalement dépourvu qu'il avait *besoin* d'un petit bout de cette chose si précieuse, quitte à l'en dépouiller.

Et elle était artiste, en plus du reste… Ce qui ne faisait que renforcer son admiration pour elle, tout en l'intriguant au plus haut point.

Quel genre de clichés étranges Sonia pouvait-elle prendre, si elle souhaitait l'avoir lui, un concentré de laideur et de mauvaiseté, comme modèle ?

En tout cas, elle allait partir, il le devinait. Il était venu à bout de sa patience d'ange… et il se surprit à le regretter.

— Quelle chiotte, ironisa-t-il, juste pour la retenir quelques secondes encore. Nous voilà donc dans une impasse. Dommage.

N'importe quoi…

Il se serait frappé le front du plat de la main s'il avait été seul. À la place, il se laissa aller en arrière et vint appuyer la nuque contre la vitre de sa portière, affectant la décontraction alors que c'était l'abattement qui l'envahissait.

Elle l'observa silencieusement, une moue perplexe, hésitante, incurvant ses jolies lèvres pleines.

Il détestait qu'elle le dévisage ainsi. Tout comme il détestait le pincement dans son estomac que ça ne manquait jamais de susciter, ainsi que la foule de questions qui se précipitaient alors dans son esprit, se demandant ce qu'elle pouvait penser.

En même temps, il en avait besoin. Comme un camé de sa dose. Et comme avec n'importe quelle drogue, c'était à peu près aussi nocif que merveilleux…

— Ne prends pas au pied de la lettre tout ce que je dis, hasarda-t-il, n'ayant rien trouvé de mieux en matière d'excuses. Je raconte souvent beaucoup de conneries.

Il l'avait mise tellement mal à l'aise avec son espèce de chantage à deux balles. Enfin, non, ce n'était pas exactement ça. L'ironie et l'aplomb dont elle avait fait preuve avaient sonné terriblement faux, comme pour masquer une grande nervosité. Assez suspecte au demeurant. Il était plus qu'évident qu'elle devait faire face à ce genre d'avances – quoique certainement un peu mieux préparées – quotidiennement. Voire plusieurs fois par jour, avec un physique pareil.

Les siennes n'avaient probablement rien de très nouveau, même sous cette forme un peu brute.

Alors quoi ? Pourquoi avait-elle paru si démunie ? Et pour quelle obscure raison avait-elle tout fait pour qu'il ne s'en aperçoive pas ?

— D'accord, opina-t-elle avec une certaine dose de circonspection néanmoins. Merci pour le trajet.

La main sur la poignée, elle allait ouvrir sa portière. Et la gorge d'Axel se noua.

Je t'en prie, ne me laisse pas seul avec moi-même. Pas cette nuit, pas maintenant que je t'ai rencontrée...

Le bruit du loquet se fit entendre, mais Sonia s'interrompit dans son élan pour se tourner à nouveau vers lui.

— Mon offre tient toujours, tu peux occuper la chambre d'ami ce soir, réitéra-t-elle en haussant les épaules. On trouvera une autre contrepartie plus tard, en guise de loyer.

Cette fille était incroyable. Il avait été minable avec elle, à bien des égards, et elle essayait encore une fois de lui tendre la main. C'était à se demander si malgré tout elle ne prenait pas un certain plaisir à leurs échanges corrosifs... Comme si sa compagnie pouvait avoir un quelconque intérêt, lui qui n'arrivait plus à se supporter lui-même.

Accepter aurait été tellement facile. Un vrai lit, une salle de bains, du chauffage... et elle, pas loin, même s'il ne devait strictement rien se passer. C'était tellement tentant...

Mais il ne le pouvait. Le peu d'amour-propre qui lui restait encore le lui interdisait.

— Certainement pas, ma vieille bagnole est beaucoup trop confortable pour que j'aille crécher ailleurs, s'entêta-t-il, un misérable trait d'humour en dernier recours.

Lequel ne fit bien entendu pas rire Sonia, au contraire. Elle fronça les sourcils, les doigts de plus en plus crispés sur le clapet de la poignée.

— S'il te plaît, Axel, murmura-t-elle.

Et là, son insistance prit une dimension nouvelle.

Quelque chose n'allait pas. Quelque chose qu'il n'avait fait qu'entrevoir jusqu'ici.

La tristesse latente qui couvait dans ses yeux débordait, se transformait lentement mais sûrement pour devenir… de la peur ?

La situation changea alors du tout au tout. Axel ne songea plus à lui et à sa fierté idiote. Non, tout ce qui lui importait soudain c'était la cause de cette détresse, quasiment visible à présent. Et au moyen de l'endiguer.

Sonia replaça une mèche de ses cheveux derrière son oreille, une manie sans doute, une technique subtile visant à détourner l'attention chaque fois qu'elle était embarrassée, devinait-il. Puis, d'un ton presque résigné, elle fit valoir :

— Tu as besoin d'un toit au-dessus de la tête et moi de quelqu'un qui puisse…

Sa voix mourut, le perturbant déraisonnablement. Elle s'arrêta le temps de prendre une grande inspiration, puis conclut :

— Quelqu'un qui soit là, avec moi, c'est tout. Pourquoi ne pas s'entraider ? Je ne t'embêterai plus avec cette histoire de photos, c'est promis.

Sous-entendu, si tu ne m'emmerdes plus non plus avec tes tentatives de séduction moisies.

Bien reçu, pas de souci. Il s'y était cramé ce qui lui restait d'ailes – ces vieilles guenilles trouées, déchirées et qui puaient désormais le calciné – une fois, pas deux.

Cependant, une multitude de questions lui brûlaient soudain les lèvres. Pourquoi une fille comme elle n'avait-elle pas de mec ? C'était à n'y rien comprendre…

Et pourquoi n'avait-elle pas plutôt demandé à ses amies de venir chez elle si elle ne se sentait pas bien ? N'étaient-elles pas largement mieux placées qu'un connard comme lui pour l'aider ?

Merde alors, était-elle vraiment aussi seule que lui ?!

Comment était-ce possible ?

Et – encore plus sidérant – avait-il bien entendu, elle avait *besoin* de lui ?!

— S'il te plaît, répéta-t-elle en pinçant les lèvres, osant à peine lui faire face.

— OK, s'entendit-il accepter, comme par réflexe. On va faire comme ça, alors.

Il n'attendit pas de voir sa réaction, si elle était réellement soulagée, ainsi qu'il se prenait à l'espérer. Il s'extirpa de la voiture, attrapa son sac de vêtements propres sur la banquette arrière, puis, constatant qu'elle était également sortie, verrouilla toutes les portières.

Sans un mot, il la suivit jusqu'à la double porte d'un de ces putains d'immeubles haussmanniens très chics, au pied duquel il se sentit vraiment misérable avec son paquetage sur l'épaule. Mais elle lui avait *demandé* de venir, donc il ne dirait rien.

Pas une remarque. Pour une fois, il mettrait en veilleuse sa grande gueule d'enfoiré.

Ils traversèrent un hall assez vaste, garni de tapis classieux et de consoles anciennes, aux murs ornés de moulures, puis gravirent un escalier de pierre. Au bout du deuxième palier, Axel ne parvint plus à fixer le bout de moquette ridicule qui leur indiquait le chemin à suivre au sol et se mit à contempler ce qu'il avait juste sous les yeux.

Il ne put alors s'empêcher d'essayer de discerner les formes de Sonia sous son manteau.

En fait, mater son cul, quoi. Comme tout bon mec de base.

Une éternité qu'il ne s'était pas adonné à cet exercice. Mais ce postérieur-là, même ainsi dissimulé, ne pouvait être ignoré. Et quand bien même avait-il quelques difficultés avec la gent féminine depuis un certain temps – oui, bon, avec le monde entier aurait été plus juste –, il n'était pas un fichu moine pour autant. La gêne au niveau de la braguette de son pantalon se chargeait de le lui rappeler…

Encore ?!

Bordel, il fallait qu'il se calme. Ça devenait préoccupant à ce stade. Il n'était plus un adolescent à qui on pouvait passer ce genre d'incident en accusant les hormones.

Hors de question.

Il fallait qu'il se remémore ses mots.

Inenvisageable. Jamais.

Et la douleur cinglante. Ça, il ne risquait pas de l'oublier.

Mais si son esprit avait très bien compris, son corps, en revanche, c'était une autre histoire. Et dire qu'il venait d'accepter de passer la nuit à seulement quelques mètres d'elle…

— Fait chier, grinça-t-il tout bas en tentant de se rajuster discrètement.

Mais Sonia se retourna pile au même moment.

Axel se figea, se faisant soudain l'effet d'un vieux pervers répugnant bavant devant une jeune fille.

— C'est ici, indiqua innocemment Sonia, montrant d'un geste la porte de ce qui devait être son appartement, à quelques marches de là. C'est vrai qu'un ascenseur serait le bienvenu, quatre étages à monter, c'est toujours un peu pénible.

— Carrément, grogna Axel en lui passant devant, priant pour qu'elle n'ait pas juste fait semblant de ne rien remarquer.

Impossible de rester une seconde de plus derrière elle. À ce compte-là, il ne pourrait jamais retirer son manteau.

Sonia ne parut pas s'en formaliser. Elle le rejoignit sur son palier, ouvrit les nombreux verrous qui barraient sa porte et s'engouffra à l'intérieur.

Axel hésita un instant à lui emboîter le pas.

Rien que la décoration de l'entrée était digne d'un magazine spécialisé.

Moderne, raffinée… et féminine.

— Entre, Axel, l'enjoignit-elle d'une voix douce, un peu troublante – à l'instar d'une de ces saloperies de sirènes –, tout en maintenant le battant ouvert.

Un pli d'inquiétude barrait son grand front blanc. Elle craignait qu'il fasse demi-tour, c'était tellement flagrant. Pourquoi diable tenait-elle tant à ce qu'un paumé comme lui vienne squatter chez elle ?

Tout ça était si bizarre…

Mais il se sentait déjà concerné.

Elle ne l'avait pas forcément voulu, cependant, c'était trop tard. Quels que soient les démons qui rôdaient près d'elle, il serait à ses côtés, puisqu'elle le lui permettait. Et il ferait tout pour l'en protéger, il le savait. Parce qu'il ne pouvait plus faire autrement maintenant qu'elle lui avait laissé entrevoir ce petit morceau d'elle-même, rien qu'une miette, mais qu'il devinait si précieuse.

9

Trop de verrous

Axel

Il fit un pas, puis s'arrêta, un pied dans l'entrée, l'autre encore sur le palier.

— Tu ne devrais pas m'inviter chez toi, avertit-il, lui offrant une dernière chance de se rétracter. Je ne suis pas vraiment quelqu'un de bien, tu sais.

Sonia haussa les épaules, comme si elle s'en balançait complètement. Alors qu'elle n'avait aucune idée de ce qu'il en était réellement.

— Je suis déjà au courant pour ton passif de hacker, opposa-t-elle avec une petite moue boudeuse – déclenchant brusquement en lui un nouveau flot d'images lubriques. Ça ne m'effraie pas plus que ça.

Si naïve… et tellement mignonne, putain !

Elle était fichtrement loin du compte, mais bon, il n'allait certainement pas tout lui déballer. Tant pis si elle s'entêtait à ne pas vouloir comprendre.

Axel entra.

La première chose qu'il fit ensuite fut d'arracher la porte des mains de Sonia pour la refermer lui-même… C'était plus fort que lui.

Il prit ensuite soin de boucler l'un après l'autre chaque verrou – beaucoup de verrous, songea-t-il. Et pour finir, il tourna la clé dans la serrure principale, deux fois, jusqu'à ce que tout soit barré à double tour.

Voilà, à présent, ils étaient vraiment seuls. Et elle était obligée de lui faire confiance – une idée bien saugrenue, en l'occurrence.

Toujours est-il qu'en lui demandant de venir, elle lui avait – probablement malgré elle – donné une certaine place. Et Axel venait d'en prendre pleinement possession.

Il savait d'avance qu'il repousserait les limites, s'appliquerait à empiéter sur son territoire. Il lui ravirait tout ce qu'il pourrait à partir de maintenant. Mais ça, elle aurait dû y réfléchir avant de lui permettre de s'incruster dans sa vie.

Sonia semblait déjà décontenancée par son attitude, mais il l'ignora. Il laissa tomber son sac par terre, juste le temps de retirer son manteau pour le suspendre à la patère à côté de la porte.

— Je ne pensais pas que Stern irait crier un truc pareil sur les toits, observa-t-il, un peu perplexe. Si j'étais patron, je ne me vanterais pas d'employer des petits truands de bas étage. Mais bon, ça ne regarde que lui, j'imagine. En tout cas, ce genre de révélation ne risque pas de faire remonter ma cote auprès de mes collègues.

— Les autres ne savent rien, démentit Sonia, en secouant la tête, se forçant visiblement à sortir de son mutisme consterné. Scarlett, la fiancée d'Aidan, me l'a confiée parce que nous sommes des amies proches et que je lui ai posé des questions. Mais je peux t'assurer que c'est une information qui ne quittera pas la sphère privée, ne t'inquiète pas.

— Je ne suis pas inquiet, je n'en ai rien à foutre que les autres se doutent de quelque chose – tant que je ne me retrouve pas avec les flics au cul, s'entend, clarifia-t-il aussitôt, avant de réaliser, étonné : Comme ça, tu as posé des questions ? Sur… *moi* ?

Ce fut au tour d'Axel de rester scotché.

Sonia lui fit alors le plaisir de se détourner hâtivement tout en replaçant quelques mèches de cheveux dorées derrière son oreille. Elle déposa d'un geste rapide et un peu maladroit son manteau à côté du sien – dévoilant cette jolie robe de voile bleu marine qu'il n'avait fait qu'entrapercevoir au bureau – et, le rouge aux joues, fila vers le salon, le laissant en plan.

Bordel, elle était embarrassée, non ?!

Axel découvrit qu'il adorait la voir ainsi, les pommettes se chargeant d'un charmant ton rosé, tout ça par sa faute. Sans savoir vraiment pourquoi, ça faisait remuer le truc qui avait si longtemps dormi dans son ventre.

Du désir, encore… ou une espèce de connerie de nuée de papillons, aucune idée.

Il l'aurait bien suivie pour la harceler jusqu'à ce qu'elle avoue. Mais se retrouver seul au milieu de cette entrée – immense pour un appartement en plein cœur de Paris – au plafond encombré de moulures alambiquées, pas très loin d'un miroir qui plus est, lui rappela brutalement la situation pour le moins bancale dans laquelle il se trouvait.

Il repéra un peu plus loin une paire de tennis blancs, échouée juste à côté de chaussons à la forme ridicule – mais marrante – de pandas, toutes deux abandonnées devant un placard – très probablement dédié aux chaussures.

Axel retira ses rangers de cuir noir, déjà trop usées, et les laissa près des chaussures de Sonia. Puis il récupéra son sac et s'aventura jusqu'au salon où elle l'attendait, gardant cependant son chapeau – il y avait des limites aux efforts qu'il était prêt à concéder à la bienséance.

La pièce ouvrait sur une cuisine américaine spacieuse, aux tons gris taupe, à l'aménagement neuf et résolument moderne. De l'autre côté d'un bar flanqué de hauts tabourets, une table en verre noir dépoli, plusieurs bibliothèques bien fournies, un grand canapé d'angle en cuir blanc et un écran plat de fort beau gabarit, accroché directement au mur. Quelques objets colorés et tableaux orientés pop art agrémentaient subtilement le tout.

Sonia se hâta de refermer l'un des tiroirs de l'îlot central tout en levant la main vers ses lèvres, entre lesquelles elle jeta une gélule blanche. Puis elle avala plusieurs gorgées d'un verre d'eau.

— Tu veux boire quelque chose ? lui demanda-t-elle, fouillant l'un de ces placards – sans doute à la recherche d'un alcool susceptible de convenir à un type comme lui.

— Non, ça va, déclina Axel, avant de l'interroger : Tu es malade ?

— Pas vraiment, c'est seulement que j'ai beaucoup de mal à dormir ces derniers temps.

Était-elle inconsciente au point de se gaver de somnifères tandis qu'elle venait d'inviter un homme qu'elle connaissait à peine à passer la nuit chez elle ? Vraiment ?

La confiance qu'elle lui accordait n'était-elle pas totalement démesurée ?

Axel ignorait s'il devait se sentir flatté ou insulté.

— Et tu te drogues à quoi, on peut savoir ? ne put-il se retenir de la questionner.

Il aurait dû s'en foutre comme de sa première brosse à dents. Mais en réalité, le fait qu'elle essaie de s'assommer avec des médicaments l'emmerdait copieusement.

Non, ça l'inquiétait, pour être tout à fait honnête...

— Rien de très méchant, marmonna-t-elle sans relever la tête. Ce n'est qu'un peu de Xanax. Plein de gens en prennent.

Mouais...

Axel n'était pas expert, néanmoins il savait ce qu'étaient ces comprimés et pourquoi les médecins les prescrivaient. L'une de ses sœurs avait eu un traitement du même genre afin de tenter de soigner son anxiété permanente ainsi que sa dépression. Avant de devoir en suivre un autre, plus lourd.

— N'hésite pas à te servir si tu as faim, proposa Sonia en désignant la cuisine d'un geste vague. Fais comme chez toi.

— Ça va, répéta-t-il. C'est bon.

Il avait un petit creux, mais il se refusait à tomber aussi bas. Puis elle n'avait pas offert de grignoter avec lui. Dans ces conditions, ça n'avait aucun intérêt.

Sonia alla rassembler une pile de magazines sur sa table basse, rangea plusieurs télécommandes, puis replaça nerveusement les coussins qui traînaient sur son canapé.

— Je vais te montrer ta chambre, avisa-t-elle ensuite, se dirigeant d'un pas un peu trop rapide vers un couloir.

C'était étrange, depuis qu'il avait refermé la porte de l'appartement, Sonia paraissait mal à l'aise. Quelque chose semblait l'angoisser – plus encore que quelques minutes auparavant, tandis qu'ils étaient dans la voiture.

Était-ce à cause de lui ?

Non, ce n'était pas ça. Ça n'aurait eu aucun sens. Sinon, elle n'aurait pas insisté pour qu'il vienne, faisant passer ça plus pour un service qu'il lui rendait à elle, que l'inverse.

Axel remonta le corridor à la suite de Sonia et, après qu'elle eut pressé l'interrupteur de la lumière, entra dans la pièce, tandis qu'elle maintenait la porte ouverte.

La chambre se composait de deux salles. La première, plus petite, contenait deux fauteuils et une table basse ronde, et la seconde, un grand lit, un bureau et une penderie avec de hauts miroirs. Comme ailleurs, la décoration était récente, mais l'ensemble faisait assez vide.

Sonia n'avait pas menti, elle ne se servait pas d'un quart de son appartement.

— Il y a une salle d'eau et des toilettes juste là, précisa-t-elle en montrant du doigt une porte qu'Axel n'avait même pas remarquée, tout au fond de la chambre. La cabine de douche est plutôt étroite, alors si tu préfères, tu peux utiliser la grande salle de bains de l'autre côté du couloir.

— Ça ira, lâcha Axel en déposant son sac au pied du lit.

Une douche et des chiottes privatives, c'était déjà le luxe pour lui.

Sonia le rejoignit dans la chambre, comme pour s'assurer que tout était en ordre pour accueillir son invité. Mais elle ne risquait pas de trouver quoi que ce soit, rien ne dépassait nulle part et tout était propre au possible. C'en était presque flippant.

Axel retira son chapeau, le posa sur son sac et farfouilla dans ses cheveux, histoire de les remettre vaguement en place – ou bien d'entretenir leur désordre, ça restait encore à déterminer. Puis il ne put résister plus longtemps – à quoi bon, puisque c'était là qu'il allait finir de toute façon – et se laissa lourdement tomber en arrière sur le matelas, s'étendant sur le dos, les mains derrière la nuque.

La vache, ce que c'était bon ! Deux mois qu'il n'avait pas dormi dans un vrai lit…

Il ferma les paupières un bref instant, trop conscient de la présence de Sonia, mais ne put réprimer un long soupir. L'espace de quelques secondes, il se prit à imaginer qu'elle vienne s'allonger à côté de lui, à cette place, à sa droite, qu'il lui avait involontairement laissée…

Son excitation ne s'était pas exactement apaisée, pourtant dans son esprit, rien de salace, cette fois. Il l'aurait simplement serrée dans ses bras et lui aurait murmuré à l'oreille qu'elle n'avait plus rien à craindre…

Axel s'obligea à rouvrir les yeux et chassa à grands coups de balai imaginaire ces divagations pour le moins absurdes de ses pensées. Il se redressa sur les coudes pour fixer Sonia, laquelle l'observait pensivement.

Elle cilla lorsque leurs regards se croisèrent.

Puis elle se ressaisit très vite pour réclamer :

— Si tu pouvais juste éviter de fumer dans l'appart, ce serait sympa.

— T'inquiète, Princesse, rétorqua-t-il. Je vais faire de mon mieux pour ne rien dégueulasser dans ton beau château étincelant de propreté.

Il ne voulait pas paraître grossier – disons plus qu'il ne l'avait déjà été –, mais c'était plus fort que lui. Il fallait toujours qu'il se montre désagréable et sarcastique, même lorsqu'on essayait d'être aimable avec lui – ce qui n'arrivait le cas échéant pour ainsi dire jamais, Sonia étant l'unique exception.

Mais peut-être était-ce à cause de cette froide amertume qui sourdait en lui. Parce qu'il ne parvenait pas à oublier cette furieuse et humiliante impression de faire tache dans ce décor, de déjà tout souiller sur son passage.

— Ce n'est pas ce que je voulais dire, rectifia-t-elle d'un ton un peu dur.

Comme si elle avait très bien saisi le sous-entendu, mais que ça commençait à l'agacer qu'il souligne ainsi à tout bout de champ leur différence sociale.

— Je ne fumerai pas, finit par promettre Axel.

C'était encore le moins qu'il puisse faire, c'était suffisamment évident comme ça.

Sonia hocha la tête, jeta un coup d'œil en direction de la porte, hésitant à sortir, puis revint à lui.

— Si ça te convient, on peut envisager de faire durer cet arrangement quelque temps, offrit-elle à nouveau. Jusqu'à ce que ta situation évolue. C'est un service mutuel, rien de plus.

— Ça me convient, acquiesça Axel, bien que le peu d'amour-propre dont il disposait et auquel il tenait tant en prenne un sacré coup.

Mais il ne pouvait pas la laisser seule, plus maintenant. Pas tant qu'elle voudrait de lui ici.

— À moins que tu aies une autre idée – que celle de la séance photos, je veux dire –, je vais réfléchir à un moyen de m'acquitter de ma dette, allégua-t-il. Tu as raison, je devrais pouvoir trouver quelque chose à faire en guise de loyer.

N'importe quoi, comme faire le ménage, par exemple. Un genre de Tony Danza dans *Madame est servie*, mais sans les gosses à torcher. Pourquoi pas après tout ? Récurer ses toilettes serait toujours moins dégradant que se contenter d'accepter l'aumône.

— Si tu veux, acquiesça-t-elle avec une légère amorce de sourire, beaucoup trop timide et fugace au goût d'Axel.

Sonia s'éloigna et, avant de refermer la porte de la chambre, lança :

— Bonne nuit, Axel.

Ce dernier se redressa d'un coup pour s'asseoir au bord du matelas.

— Sonia, appela-t-il, sans avoir aucune idée de ce qu'il avait à lui dire.

Elle pivota vers lui, intriguée. Et pendant un court moment, ils se dévisagèrent l'un l'autre, en silence.

Le pincement revint. Les questions aussi. Mais la rage, elle, s'estompait doucement.

— Tu peux dormir tranquille, assura-t-il, les mots s'échappant soudain de ses lèvres sans qu'il parvienne à les retenir. Tant que je serai là, je peux te jurer que rien ni personne ne pourra te faire de mal, de quelque façon que ce soit.

Bordel ! Mais qu'est-ce qui lui prenait de sortir un truc pareil ?!

Ils n'étaient rien l'un pour l'autre. Tout juste n'étaient-ils plus des inconnus, mais ça s'arrêtait là. Elle tolérait sa présence parce que, pour une obscure raison, elle avait besoin de quelqu'un – quelqu'un qui ne poserait aucune question et qui ne jugerait pas –, mais c'était bien tout. Après ce qu'ils s'étaient balancé à la figure dans la voiture, elle ne devait même pas avoir une once de sympathie pour lui.

Alors, franchement, pourquoi ?

Pourtant, ce n'était pas une promesse en l'air, Axel le pensait sincèrement, réalisa-t-il.

Sonia battit des paupières, interdite. Durant l'espace de quelques instants, il eut l'impression que ses grands yeux de jade devenaient un peu trop brillants – à moins que ce ne soit qu'un effet de l'éclairage électrique.

Puis elle baissa la tête et referma la porte derrière elle, sans rien ajouter, le laissant seul avec toutes ses contradictions.

Axel sortit quelques vêtements propres et plus confortables de son sac, puis se rendit dans la salle de bains. Ces derniers temps, il avait fait son maximum en matière d'hygiène avec les moyens dont il disposait, mais rien ne valait une bonne douche.

Il se déshabilla, entra dans la cabine et fit couler l'eau chaude sur son crâne. Il eut alors la sensation de récupérer quelques minuscules miettes de sa fierté brisée, dont les éclats s'étaient éparpillés à des lieues de lui, à jamais introuvables. Il n'y avait pas à dire, c'était ce qui lui avait le plus manqué durant ces deux mois passés dehors…

Mais la tension dans son corps ne s'évacuait pas comme elle aurait dû. Le jet brûlant détendait les muscles de ses épaules, ankylosés à force de devoir dormir tassé sur un siège. Cependant, il restait cette espèce de crispation douloureuse et lancinante au creux de ses reins – dont *elle* seule était responsable, c'était évident.

Ça non plus, il n'avait pu le faire ces deux derniers mois…

Peut-être était-ce uniquement pour cette raison que ça devenait si puissant, presque insupportable ce soir. Enfin, du moins était-ce ce qu'il aurait voulu croire.

Axel s'appuya d'une main à la paroi carrelée de faïence de la cabine, se courbant légèrement, et empoigna son membre encore dur de l'autre.

Il avait l'habitude de soulager ce besoin seul, ce n'était pas un problème. Mais d'ordinaire, il s'agissait plus d'une mécanique à entretenir qu'autre chose, faisant appel à d'anciens souvenirs de femmes dans des postures lascives, sans jamais leur donner de visages.

Cette fois était différente, l'image de Sonia était beaucoup trop prégnante dans son esprit. Et ça le perturbait presque autant que ça attisait son désir…

Ses gestes furent rapides, précis, presque brutaux. Le soulagement ne se fit pas attendre et le cueillit bien plus vite qu'il ne l'aurait pensé.

— Bordel, jura-t-il entre ses dents, appuyant son front contre la faïence fraîche, déjà hors d'haleine.

Sur sa langue flottait un goût amer et dans son ventre, l'insatisfaction continuait de le ronger lentement. À quoi venait s'ajouter un fort sentiment d'humiliation.

Pathétique…

Misérable.

Ces deux mots tournaient en boucle dans sa tête, s'imposaient à lui comme jamais.

De rage, Axel frappa violemment les carreaux de son poing crispé, priant la seconde d'après pour que Sonia ne l'ait pas entendu.

La douleur irradiait dans ses articulations. Néanmoins ça restait toujours plus apaisant que le minable plaisir qu'il avait tenté de se donner.

Il s'obligea à inspirer par la bouche, avalant de grandes bouffées d'air. En aucun cas il ne devait céder à la colère. Ici, il n'en avait pas le droit.

Il existait peu de choses capables de le calmer lorsqu'il se sentait aussi mal.

Axel coupa l'eau, quitta la cabine de douche, enroula autour de ses hanches une serviette trouvée dans le placard sous le lavabo et traversa sa chambre. Puis il ouvrit la porte.

Le couloir était désert, mais avec le bol qu'il avait en ce moment, Sonia ne tarderait pas à apparaître, à coup sûr, le surprenant dans cette tenue, encore trempé, les cheveux plaqués en arrière, dévoilant son visage dans toute sa laideur.

Mais il ne pouvait pas attendre. Il avait laissé son manteau – ainsi que son précieux contenu – dans l'entrée. Et il en avait besoin.

Maintenant.

Axel retourna jusqu'au salon, puis dans le vestibule. Il récupéra promptement son carnet et le crayon de papier qui l'accompagnait et s'empressa de revenir sur ses pas.

Il soupira en refermant la porte de sa chambre, à la fois soulagé de ne pas être tombé sur Sonia, mais, contre toute logique, également un peu déçu.

Il alla jusqu'au grand lit deux places, s'installa au centre et, les genoux remontés, s'adossa au mur. Puis il ouvrit son calepin à la page où le visage de Sonia s'esquissait sous ses traits.

Quelques traces de café avaient taché le papier par endroits, mais tant pis.

Axel griffonna pour donner un nouveau mouvement à ses cheveux – un truc qu'il avait repéré tandis qu'ils discutaient dehors – et apporta quantité de petits détails supplémentaires au croquis.

Puis il revint à son regard.

Il ajouta un peu d'ombre çà et là, modifiant l'éclat dans ses prunelles, instillant une subtile note d'inquiétude à la tristesse.

Voilà, cette fois, c'était elle… son ange.

Axel se passa la main sur la bouche et inclina la nuque contre le mur, histoire de prendre un peu de recul par rapport à son dessin… ainsi qu'au reste. Il aurait bien mieux fait de gribouiller autre chose sur une page vierge.

Mais il n'en avait aucune envie, en vérité.

Il avait cru ne pas pouvoir tomber plus bas quelques années auparavant, le jour où sa vie avait viré au cauchemar. Puis plus tard, lorsqu'il s'était retrouvé comme un con, sans endroit où dormir. Mais en fin de compte, c'était maintenant, là, tout de suite, qu'il touchait le fond.

Cette obsession qu'il était en train de développer pour cette fille allait le détruire, il le pressentait. Et il avait fait exactement tout ce qu'il ne fallait pas, s'était jeté dans cette histoire tête la première. Un vrai suicide, il le savait.

Pourtant, il n'avait aucune intention de renoncer. S'il y avait bien un défaut qu'il n'avait pas, c'était la lâcheté. Il ne chercherait pas à fuir et se tiendrait droit devant son peloton d'exécution, jusqu'à la fin.

10

La malédiction du gros connard

Sonia

Sonia se retourna pour la énième fois dans son lit et repoussa avec agacement ses couvertures. Elle avait trop chaud et n'arrivait pas à stopper la tempête de questions qui se déchaînaient dans son esprit. Malgré les médicaments, elle ne parvenait désespérément pas à se détendre suffisamment pour trouver le sommeil…

Grâce à la présence très curieusement réconfortante d'Axel, à quelques mètres seulement de sa chambre, l'angoisse de ces derniers jours n'était plus aussi forte. Toutefois, quelque chose la plongeait dans un profond malaise, sans qu'elle ne puisse mettre le doigt dessus.

Bien sûr, ce qu'elle avait fait, proposer ainsi à ce type étrange – dont elle ne savait quasiment rien qui plus est, si ce n'était qu'il travaillait pour Aidan – de loger chez elle était déjà assez perturbant en soi. Il fallait être un peu dingue, ou franchement au bout du rouleau, pour oser supplier pour ainsi dire un presque inconnu de venir chez soi.

Mais ce n'était pas le problème.

En dépit de tout bon sens, elle ne regrettait pas son geste. Ni même son insistance, après réflexion.

Axel ne l'effrayait pas… enfin pas vraiment.

Étonnamment, il y avait chez lui – malgré une attitude un brin brutale, un caractère des plus ombrageux et une façon de parler bien à lui – quelque chose de plutôt rassurant, tout à fait inédit. Pourtant, il n'était pas dans l'appartement depuis dix secondes qu'il n'en faisait déjà qu'à sa tête.

En parfait macho dépourvu de toute correction, il avait tenu à fermer la porte et tout boucler lui-même. Comme si subitement, il s'était mis à revendiquer la propriété des lieux ainsi que de tout ce qui s'y trouvait.

Quoique non, ce n'était pas exactement l'impression qu'il avait donnée…

En réalité, cette attitude bizarre avait un rapport direct avec ces mots troublants, qu'il avait prononcés juste avant qu'elle se retire dans sa chambre. C'était idiot, elle ne comprenait pas pourquoi il lui avait dit tout ça, ni d'où lui était venue l'idée singulière qu'il lui devait ce genre de promesse.

Sonia en avait été – malgré elle – totalement chamboulée.

Elle n'avait pas cédé grand-chose pourtant, ne lui avait donné qu'un minuscule aperçu, un accroc de rien du tout dans le grand voile sombre sous lequel elle se cachait. Mais Axel, sans même avoir à poser de questions, avait su saisir ce petit bout de fil qui dépassait et avait tiré jusqu'à découdre toute une partie de la fragile étoffe.

Voilà ce qui la mettait mal à l'aise.

Il n'y avait pas à chercher beaucoup plus loin. Elle venait de faire tout ce qu'elle s'était toujours interdit. Et elle allait chèrement le payer, c'était certain.

Mais il n'y avait pas que ça...

Sonia essaya de songer à sa journée du lendemain, histoire de se concentrer sur un sujet moins préoccupant, mais sans succès. Elle revoyait sans cesse Axel, allongé sur un côté du lit, comme s'il s'était attendu à ce qu'elle vienne s'étendre près de lui. Comme si rien n'avait été plus naturel...

Et bon sang, elle en avait presque eu envie...

Qu'est-ce qui ne tournait pas rond chez elle soudain ?! Pourquoi tout à coup avait-elle éprouvé cette sensation curieuse, ce besoin d'être enlacée ?

Axel avait été clair, il voulait la *baiser*.

C'était cru, vulgaire, peu flatteur et c'était là ni plus ni moins que ses propres mots.

Du sexe, rien de plus.

Évidemment, ce n'était pas une grande surprise. Qui aurait cru qu'un type tel que lui désire autre chose ?

Encore aurait-il fallu savoir ce qu'on mettait dans la catégorie *autre chose*. Et Sonia, elle, n'en avait aucune idée. Ses rapports avec les hommes étant ce qu'ils étaient, elle ne voyait pas ce qu'elle aurait pu vouloir.

Juste sa présence, c'était suffisant.

C'était déjà beaucoup, même si ça devait la mettre mal à l'aise. Ce n'était qu'un moindre mal...

Après à peine quatre heures de sommeil péniblement acquises, Sonia se leva. Elle se sentait un peu vaseuse à cause de ses insomnies à répétition, mais il fallait absolument qu'elle sorte courir, qu'elle dépense le peu d'énergie qui lui restait.

Ses pensées, embrumées par la fatigue, tournaient en rond et ça devenait absolument insupportable.

Elle se rendit rapidement à la salle de bains, puis migra au dressing le temps de passer un legging noir et un tee-shirt rose flashy. Elle fila à la cuisine histoire d'avaler un peu d'eau et, n'entendant aucun bruit dans l'appartement, laissa un mot à l'attention d'Axel sur la console de l'entrée, près de son manteau, encore accroché à côté de la porte.

Elle se contenta de lui donner l'adresse du parking – avec un petit plan pour lui montrer que c'était à deux pas, même si elle doutait au final qu'il puisse y comprendre quoi que ce soit vu ses compétences en dessin – où une place dont elle n'avait pas l'usage lui était allouée. Elle lui laissa le bip adéquat, ainsi que le double des clés de l'appartement.

Elle aurait certainement dû le réveiller pour lui dire de déplacer sa voiture – la fourrière étant susceptible de s'en charger pour lui, puisqu'il était certain qu'il n'avait pris aucun ticket à l'horodateur.

Mais pour une raison étrange, lui faire face maintenant, alors qu'elle n'avait pas encore pu éradiquer cette espèce de stress bizarre qui la rendait à moitié fébrile et qu'elle avait passé la plus grande partie de la nuit à songer à lui, lui paraissait insurmontable.

Après ça, elle se dépêcha de quitter son appartement. Une fois dehors, elle s'élança sans prendre le temps de s'échauffer. Trop pressée de s'éloigner, de s'adonner à cette activité qu'elle maîtrisait pleinement, sans surprise, et qui lui conférait ce sentiment si particulier et dont elle ne pouvait plus se passer, celui de tout, *absolument tout* contrôler.

Elle avait le pouvoir de déterminer sa vitesse, de repousser les limites de son corps et de forger celui-ci comme elle l'entendait, d'en chasser le superflu pour ne garder que l'essentiel.

Alors seulement, elle parvint à trouver un semblant de paix intérieure. Tout à coup, l'immense gouffre au creux de sa poitrine n'importait plus, ne rentrait même plus en ligne de compte.

Plus besoin.

Deux choses lui permettaient d'oublier le vide vertigineux qui l'habitait, ça et la photographie. Mais son art était plus capricieux. Il exigeait d'elle une disponibilité de l'esprit ainsi qu'une concentration qu'elle peinait à avoir ces derniers temps.

Sonia fit quelques pauses, lorsque le souffle lui manquait trop, mais s'acharna à reprendre systématiquement, s'épuisant autant que possible. Il le fallait. Parce que plus le temps passait et plus elle se rendait compte qu'elle avait fait une erreur.

Cet arrangement avec Axel ne serait pas viable.

Il l'avait vue…

Il avait vu quelque chose qu'elle ne montrait à personne.

Jamais.

Tout ça parce qu'elle avait été faible, assez sotte pour révéler une petite parcelle de vulnérabilité, uniquement dans le but de ne pas rester seule. Elle pouvait s'échiner autant qu'elle le souhaitait, elle demeurerait toujours cette pauvre chose fragile, peureuse et lâche. Et Axel, sous ses airs de brigand mal dégrossi, était en vérité bien trop sagace pour ne pas finir par tout comprendre.

Mais il était trop tard pour reculer. Il était chez elle. Pour une période indéterminée. C'était elle qui avait fixé cette non-règle. Et il n'existait plus aucun recours possible…

Des vertiges et un début de nausée l'obligèrent à reprendre le chemin de son appartement. Elle avisa l'heure et se rendit compte qu'elle avait passé la matinée dehors, à ne rien faire d'autre que courir. Un nouveau record…

Pour le coup, Sonia se sentait exténuée, totalement vidée de son énergie. Et elle n'était pas très loin du malaise, cette fois encore. Mais tant pis, c'était nécessaire. Pourtant, ses angoisses, même si elles avaient quelque peu évolué, étaient toujours présentes. En tournant au coin de sa rue, elle se prit à espérer retrouver l'appartement vide. Axel avait été de prime abord tellement réfractaire à l'idée de loger chez elle, qu'il était possible – voire probable – qu'au matin il ait mis les voiles sans dire au revoir.

Ce serait bien son genre, non ?

Sonia dut cesser de courir et se remettre à marcher. Son corps s'engourdissait de plus en plus et commençait à ne plus lui obéir. Elle s'arrêta devant la place où s'était garé Axel la nuit dernière, heureuse d'y trouver une nouvelle voiture.

Il était donc parti, ainsi qu'elle l'avait imaginé.

Elle laissa passer une minute ou deux, appuyée d'une main au mur, juste le temps de recouvrer une respiration à peu près normale. Mais ses jambes devenaient si molles qu'elle dût s'asseoir sur le trottoir, de peur de s'écrouler.

En fait, elle n'était pas heureuse du tout.

C'était mieux ainsi, elle le savait. Pourtant, une part d'elle aurait aimé qu'il reste… une part bien trop importante à son goût.

Le regard passablement inquiet des passants devenant de plus en plus gênant, Sonia lutta pour se relever. Puis elle s'engouffra dans son immeuble. Jamais les quatre étages n'avaient été si difficiles à monter.

Elle flottait dans du coton, dans un état second, lorsqu'elle franchit la porte d'entrée. Elle alla jusqu'au salon, qu'elle trouva désert, puis se dirigea vers le canapé.

— Sans déconner ?!

Sonia sursauta au son de cette voix grave et éraillée, reconnaissable entre toutes.

Axel referma le placard bas dans lequel il était en train de fouiller et croisa les bras pour l'examiner de pied en cap, le regard un peu dur.

Il ne faisait pas très chaud, pourtant il ne portait qu'un débardeur noir – dévoilant les tatouages sur ses bras ainsi que sa cicatrice au cou – sur un vieux jean troué, usé jusqu'à la trame. Ses cheveux bruns lui retombaient dans les yeux, encore plus en pagaille que d'ordinaire, comme s'il s'était couché juste après les avoir lavés, sans même passer un coup de peigne dans cette masse hirsute au préalable.

Malgré ça, il se dégageait de lui quelque chose de plus puissant, de plus magnétique encore que la veille…

— Parce qu'en plus, Miss Perfection fait du footing le matin ? se moqua-t-il, une petite moue mi-acerbe mi-narquoise incurvant ses lèvres. Sérieusement, on se croirait dans une putain de série américaine.

Un simple bonjour aurait suffi. Mais évidemment, avec lui, c'était sans doute trop demander…

— J'ai une certaine hygiène de vie, argua Sonia, trop fatiguée pour avoir de la repartie.

— Du genre irréprochable, rigoureuse et chiante au possible, quelle surprise ! Cela dit, et ça n'engage que moi, je trouve que ça ne cadre pas vraiment avec l'idée qu'on se fait du quotidien d'un artiste. Mais après, je peux me tromper.

Sonia secoua la tête, refusant de prendre part à ce débat, et s'effondra à la place qu'elle visait dans le canapé, incapable d'aller plus loin. Elle était à bout et Axel s'amusait avec ses nerfs, cherchait encore à la provoquer, d'une nouvelle manière. Il fallait croire qu'il ne s'arrêtait jamais…

Elle essuya d'un revers de main son front couvert de sueur, songeant vaguement qu'elle ne devait pas avoir l'air très fraîche après ce qu'elle venait de s'imposer, le visage collant, sans une once de maquillage, les traits probablement marqués par l'insomnie. Mais elle s'en fichait pas mal.

Et sa patience n'était déjà plus qu'un vieux souvenir…

— Il y a quoi, une espèce de malédiction qui t'oblige à être un gros connard tout le temps ou c'est naturel ?! se surprit-elle à lui balancer.

Axel battit des paupières, visiblement déstabilisé.

Tant mieux, parce qu'elle refusait d'endurer sa mauvaise humeur plus longtemps.

Quelques secondes s'écoulèrent avant qu'il pince les lèvres, puis se détourne pour prendre un paquet de biscuits sur le plan de travail et le ranger dans un placard.

— Naturel, j'en ai peur, répondit-il placidement, tandis qu'il se tenait baissé, hors de vue. Une malédiction impliquerait qu'il existe un moyen d'y remédier.

Alors il fallait vraiment qu'il ait le dernier mot, tout le temps ? La cohabitation s'annonçait pour le moins compliquée…

Sonia se redressa légèrement, intriguée. Que pouvait-il fabriquer dans sa cuisine ? Et d'où venait la boîte de cookies qu'elle avait entraperçue ? Elle ne se souvenait pourtant pas avoir acheté ça…

— Qu'est-ce que tu fais au juste ?

— Je remplis tes placards et ton pauvre frigo à l'abandon, avisa-t-il, comme si rien n'avait été plus normal.

— Avec quoi, de la ganja ? le charria-t-elle spontanément.

Avant de se rendre compte que c'était totalement inapproprié…

Sonia se mordit l'intérieur de la joue.

Mais qu'est-ce qui lui arrivait tout à coup ? Est-ce que ce n'était pas un poil insultant de sous-entendre qu'il consommait ce type de substance, tout ça parce qu'il avait des allures de marginal ?

Axel se figea et arqua un sourcil, comme si le simple fait qu'elle connaisse ce mot le laissait pantois. Puis il hocha la tête, à l'instar du spectateur qui salue une performance.

— Très fin, vraiment, observa-t-il, sarcastique. Mais tu vois, ça fait un bail que je ne deale plus. Tu devras te contenter de tes médocs pourris si tu veux encore te défoncer, navré.

Euh… pardon ? Axel venait-il réellement d'avouer qu'il avait dealé ? Était-ce juste une pique, ou une confession ? Ou l'avait-elle blessé ?

— J'ai rapporté de la bouffe, d'accord ? attesta-t-il, comme s'il était nécessaire de la rassurer. Sûrement pas le top en matière d'hygiène alimentaire, mais rien qui soit illicite, en attendant.

Axel se mit alors à ouvrir tous ses tiroirs les uns après les autres, comme à la recherche de quelque chose.

— Tu as fait… les courses ? s'étonna-t-elle en plissant les paupières.

— C'était le désert ici, justifia-t-il tout en se dirigeant vers la table, les mains chargées de deux assiettes et de couverts. Il fallait que quelqu'un fasse quelque chose. Ta belle cuisine équipée flambant neuve était au bord du suicide.

Axel était injuste, elle devait avoir encore un paquet de crackers apéritifs, du blanc de poulet et de la salade prélavée sous vide.

— On passe à table dans cinq minutes, l'informa-t-il laconiquement.

Soudain, Sonia réalisa qu'il flottait dans l'air une bonne odeur de bolognaise et de fromage grillé. Elle avisa son four – dont elle ne se servait pour ainsi dire jamais – et repéra un plat, en train de gratiner à l'intérieur.

— J'espère que tu aimes les lasagnes, hasarda-t-il sans la regarder, tout en remplissant une carafe d'eau au robinet. C'est une recette spéciale, que je tiens de ma mère, italienne pure souche.

— Tu as fait le déjeuner ?!

Alors là, elle n'en revenait pas. Axel *cuisinait* ?!

— Bon, ça va, grinça-t-il en fronçant les sourcils, l'air mécontent. Ça fait peut-être moyennement viril, mais je me débrouille derrière des fourneaux, OK ?

11

Une victoire à base de gourmandise

Axel

Axel alla jusqu'à la table pour y déposer la carafe d'eau, sentant sur lui le regard curieux de Sonia.

Un regard dont il ne savait que penser. Comme elle ne répondait pas, il releva la tête et la trouva perplexe, plongée dans d'intenses réflexions.

À propos de lui, peut-être, se prit-il à espérer…

Dieu, mais comment était-il possible qu'elle puisse être aussi belle ?!

Elle était d'une pâleur à faire peur ce matin, même ses lèvres étaient décolorées, un peu crevassées. Des cernes violets creusaient ses grands yeux, presque surdimensionnés, dans son visage en cœur. Son haut front blanc était recouvert d'une pellicule de sueur, légèrement inquiétante après ces quelques minutes passées sans bouger, au fond du canapé. Son tee-shirt était ample, ne révélant qu'à peine une poitrine qu'il savait plutôt épanouie, et le coton, d'un rose criard, était marqué par l'effort, trempé en plusieurs endroits. Elle ne portait qu'un legging noir tout simple, mais suffisamment moulant pour trahir la minceur exagérée de ses jambes… et pourtant, même ainsi, elle était à se damner.

Putain de perfection à la con !

C'était bien sa veine, tiens ! Axel n'aurait pu se sentir plus éloigné d'elle qu'en cet instant. Alors qu'il découvrait – sans réel étonnement, cela dit – que Sonia s'obligeait à courir et surveillait de près son alimentation, s'imposant une hygiène de vie drastique pour conserver ce physique digne d'une couverture de magazine. Rien ne dépassait du cadre…

Enfin, si ce n'était cette tristesse. Ce mal-être de plus en plus évident qui commençait à déborder.

— Je suis désolée, articula-t-elle enfin, ses doigts se crispant sur son estomac. C'est une très gentille attention et je t'en remercie, mais je n'ai vraiment pas faim.

Celle-là, Axel l'avait vue venir à des kilomètres…

Morgane aussi lui faisait le coup régulièrement. Il avait l'habitude de gérer ça. Et quoi qu'il en soit, ça ne pourrait pas être plus difficile qu'avec sa sœur.

— Eh bien, tu n'en auras qu'une petite part, négocia-t-il. Je ne comptais pas t'en laisser beaucoup, de toute façon. Et pour information, ça n'a rien à voir avec la gentillesse, je m'acquitte de ma dette, voilà tout. J'ai décidé que ce serait ce que je ferai, les courses et la cuisine, en échange de la chambre.

Il venait juste de l'inventer. Mais maintenant qu'il la voyait dans cet état, épuisée plus que de raison et résolue à sauter le repas – alors qu'il était presque certain qu'elle n'avait rien pris au petit-déjeuner –, il songea que c'était encore la meilleure chose à faire, que ce serait utile, à défaut d'être réellement équitable.

Sonia secoua la tête.

— Plus tard, peut-être, tenta-t-elle d'esquiver. Je dois prendre une douche d'abord. C'est plutôt urgent, au cas où tu n'aurais pas remarqué.

Si elle pouvait, à l'avenir, éviter d'attirer son attention sur son corps luisant de sueur, ainsi que de faire allusion à tout ce qui impliquait qu'elle se dénude quelque part, ce serait vraiment chouette. Axel supportait déjà difficilement les images qu'elle lui inspirait naturellement dans sa modeste tenue de sport, sans qu'elle vienne en rajouter.

Non, parce que ça l'ennuierait vraiment beaucoup d'avoir à si tôt recommencer, d'avoir de nouveau à essayer d'évacuer une certaine tension... Laquelle ne manquait d'ailleurs pas de se réinstaller peu à peu en lui, même en veillant à rester à bonne distance, ainsi qu'il le faisait, dans un moment aussi anodin que celui-ci. Il n'était pas dupe de l'effet que la simple présence de Sonia avait sur lui.

Puis, il fallait être réaliste, le désir ne l'avait pas vraiment quitté de toute manière. Non, il ne faisait que couver en lui et s'amplifier un peu plus chaque fois qu'elle apparaissait.

Sonia se releva, l'arrachant subitement à ses divagations, mais ses mouvements étaient curieusement laborieux. Une fois debout, elle fit un pas maladroit, puis vacilla. Elle allait retomber en arrière quand Axel se précipita vers elle et, d'instinct, lui saisit le bras.

Fermement. Pour l'empêcher de tomber.

Sa peau était étonnamment froide – surtout pour quelqu'un qui sortait d'une telle séance de sport –, mais d'une douceur incomparable, plus soyeuse encore que tout ce qu'il avait pu imaginer. La sentir sous ses doigts, éprouver ce singulier picotement dans toute sa main, se propageant progressivement à son bras, conjugué au bordel des papillons qui se démenaient soudain dans son ventre, fut absolument... merveilleux.

Si bien qu'il en oublia de desserrer son étreinte. Si bien qu'il se prit à croire qu'elle ressentait la même chose.

Impossible qu'il en soit autrement, c'était tellement puissant...

Cela faisait longtemps qu'il n'avait pas été si près d'une femme. Mais il se rappelait parfaitement que jamais auparavant il n'avait éprouvé un truc pareil.

— Merde, Axel, lâche-moi ! couina Sonia, une inflexion étrange dans la voix.

La panique, devina-t-il instantanément.

Et tout se désagrégea d'un coup.

L'impression de chuter de quinze étages lui souleva subitement le cœur. Sans doute à cause de ce putain d'espoir, aussi intense qu'insensé, tellement indésirable, et la désillusion.

Immédiate, foudroyante...

Sonia se dégagea brutalement et il la relâcha, désorienté. Elle respirait anormalement vite et semblait choquée, comme s'il avait fait quelque chose de mal.

Et il eut la sensation d'avoir fait quelque chose de *très* mal quand elle s'éloigna pour se masser le haut du bras, là où ses doigts s'étaient enroulés, puis lui adressa un regard furieux, étincelant de rage, qui le laissa complètement désemparé.

La Bête avait osé poser ses répugnantes pattes sur la Belle, un affront de taille. Mais enfin, et quand bien même la dégoûtait-il à ce point, était-ce une raison pour réagir aussi vivement ?

Hors de question.

Jamais.

Ces mots se mirent à résonner de nouveau dans son esprit, comme s'il avait pu les oublier…

Le peloton d'exécution n'était pas loin. Il se mettait en place peu à peu. Ils prendraient leur temps, Axel le savait. Mais il ne doutait pas une seule seconde de l'issue de cette histoire.

Plus maintenant.

Il eut la subite envie de prendre son sac et de se barrer, tout simplement. Loin, très loin.

L'instinct de survie, peut-être ?

À la place, il leva les mains, paumes ouvertes, comme pour prouver qu'il n'était pas armé. Il aurait pu se montrer sarcastique et balancer une pique bien sentie, histoire d'agacer, provoquer une nouvelle fois Sonia, et désamorcer cette étrange situation.

Mais tout ce qu'il parvint à dire fut :

— J'ai simplement voulu t'éviter de tomber… rien de plus.

La colère qui flamboyait dans les prunelles de Sonia s'évanouit aussitôt. Son front se plissa et elle baissa le nez, presque honteuse subitement.

— Oui, bien sûr, marmonna-t-elle, se tenant toujours le bras.

Puis elle le contourna et se dirigea vers le couloir.

— Tu as cinq minutes pour prendre ta douche, avisa Axel en s'adressant à son dos, son état le préoccupant trop pour qu'il laisse tomber. Ensuite, je t'attends à table. Et je ne veux pas savoir si tu as faim ou pas. Tu vas manger un peu, d'accord ? C'est ce que les gens normaux font, à cette heure de la journée, d'autant plus s'ils ont été assez idiots pour aller courir le ventre vide. Sans ça, il y aura un prochain malaise et alors je serais obligé de te conduire à l'hôpital, que ça te plaise ou non. Parce que, et peut-être que ça t'aura échappé, mais c'est tout sauf signe de bonne santé, figure-toi.

Incroyable que *lui*, avec toutes les casseroles de merde qu'il se traînait, se retrouve à faire la morale à *cette* fille – qu'il connaissait à peine, du reste.

Seules ses sœurs l'obligeaient à se mettre dans ce genre de position, celle du vieux con autoritaire. Le reste du monde pouvait faire ce que bon lui semblait, quelle importance ? Au nom de quoi devait-il se sentir concerné par qui que soit d'autre que Morgane et les jumelles ?

Mais voilà qu'à présent, il ne parvenait pas à s'empêcher de sermonner Sonia...

C'était grave, non ?

Cette dernière haussa les épaules sans se retourner et maugréa un *OK* légèrement irrité.

C'était un peu facile. Mais Axel se doutait qu'elle n'acceptait de capituler que parce qu'elle ne tenait pas à s'appesantir sur ce qui venait de se passer.

Mais... que venait-il de se passer exactement ?

Il l'ignorait, cependant l'incident – au demeurant, anodin – le perturbait plus qu'il n'aurait dû.

Il sortit le plat de lasagnes du four et en servit une portion plutôt conséquente à Sonia, à peine moins grosse que la sienne.

Elle revint, ainsi qu'elle l'avait promis, quelques minutes plus tard, ses cheveux humides attachés en chignon et les yeux baissés, de nouveau mal à l'aise. Ou encore en colère, Axel n'aurait su le dire.

Elle avait dû prendre ce qui lui passait sous la main en sortant de la salle de bains parce qu'elle portait un grand pull beige à grosses mailles, qui lui donnait un air plus juvénile, et un jean délavé très basique, aux antipodes du style classe, très sophistiqué et sexy qu'elle arborait la veille.

Elle ne fit aucune remarque au sujet de ce qui se trouvait dans son assiette. Elle le rejoignit à table, à la place qu'il lui avait attribuée, prit une longue inspiration, comme si ça lui demandait vraiment un effort, et commença à picorer. Axel avait une faim de loup, mais il évita de s'empiffrer devant elle. Il s'appliqua à n'avaler que de petites bouchées et à mâcher la bouche fermée, en silence, ainsi que sa mère le lui avait appris il y avait des lustres de ça.

Il ne put se retenir de s'autoféliciter intérieurement lorsqu'il vit que Sonia avait presque mangé la moitié de sa part et ne semblait pas prête à laisser le reste.

— Tu avais raison, concéda-t-elle, toujours concentrée sur ses lasagnes. Tu te débrouilles drôlement bien en cuisine. C'est délicieux.

— Ne répète ça à personne, Princesse, ordonna-t-il en pointant d'un geste menaçant sa fourchette vers elle.

Sonia se redressa enfin et, après un instant à le dévisager, pouffa de rire.

Fascinant…

Ainsi, elle n'était pas seulement ce qu'il avait vu de plus beau dans toute sa vie, elle émettait également les sons les plus fabuleux qu'il ait jamais entendus.

Bordel, il était déjà perdu…

D'autant qu'il ne parvint guère à réprimer le petit rire rauque et discret qui lui échappa soudain, en réponse à celui de Sonia. Laquelle se mit à le scruter plus intensément, comme s'il avait fait quelque chose de surprenant.

Bon sang, il venait d'accomplir un exploit ! Il l'avait amusée… Un sourire magnifique illuminait encore ses traits délicats. Un sourire dont il était l'unique responsable.

Elle reporta son attention sur son assiette.

— La majeure partie des grands chefs étoilés sont des hommes.

— C'est dire la place qu'on accorde aux femmes dans ce milieu, remarqua-t-il en reposant ses couverts, après avoir englouti tout ce qu'il s'était servi. Au quotidien, c'est toujours plus volontiers leur affaire. Mais évidemment, dès qu'il s'agit de gloire et de lauriers, c'est une autre histoire.

Sonia cilla, comme s'il venait de lui parler chinois… Ou plutôt comme si elle était étonnée qu'il puisse tenir quelques propos pertinents que ce soit – ce qui n'était guère très valorisant, en somme.

— De gloire, de lauriers, et d'*argent*, compléta-t-elle en fronçant les sourcils.

— Le fric entre aussi en ligne de compte, approuva-t-il.

— C'est une bonne idée que tu t'occupes des repas et que tu gères les courses, déclara-t-elle avant de prendre une gorgée d'eau, puis de reposer son verre avec la même grâce que si elle était en train d'exécuter un ballet. J'ai horreur de ça. D'ailleurs, je suis complètement nulle avec une casserole, un four et tout le reste.

Vu l'état de la cuisine et des ustensiles dont elle disposait – c'est-à-dire quasiment flambant neuf –, Axel avait bien compris que ce n'était pas trop son truc.

Il acquiesça d'un signe de tête, satisfait que cette proposition improvisée convienne à Sonia.

Puis il l'observa, adossé à son siège à haut dossier de cuir, les mains croisées, tandis qu'elle hésitait à terminer. Il avait été un peu vache en la servant autant. Mais il devinait que même si elle n'avait réellement plus faim, c'était la gourmandise qui la poussait à continuer, pas la politesse – ça, elle s'était rendu compte qu'avec lui, ce n'était vraiment pas la peine de s'en encombrer.

Un sentiment de victoire – agréable, au demeurant – s'empara de lui quand il la vit avaler la dernière bouchée de ce qui restait de lasagnes dans son assiette.

— C'est étonnant, lança-t-il alors, se levant pour débarrasser la table. Il n'y a pas la moindre photo ici. Je m'attendais à en voir partout sur les murs, mais non. Aucune trace de ton travail nulle part.

Ce qui l'avait beaucoup déçu, parce qu'Axel était vraiment très intrigué par Sonia la photographe. Il n'arrivait pas à imaginer à quoi pouvaient ressembler ses œuvres.

— Ça, c'est parce qu'avoir mes clichés en permanence sous les yeux me rendrait dingue. Je cherche sans cesse le détail qui m'a échappé et sur lequel j'aurais dû me concentrer.

Un peu comme lui avec ses petits dessins idiots, en fin de compte. Il fallait sans cesse qu'il les retouche, même des années après. Ce qui était impossible avec une photo – enfin pas sans tricher, du moins –, qui ne représentait qu'un instant, un battement de paupières.

— Mais si ça t'intéresse, je peux te montrer mon atelier, proposa Sonia en l'aidant à ranger les couverts dans le lave-vaisselle.

Elle était si près qu'il pouvait sentir l'odeur de son shampoing. Une odeur de mangue, un peu enivrante.

Plutôt… troublante.

Puis elle s'éloigna, tout aussi furtivement qu'elle s'était approchée.

— C'est juste au fond du couloir, précisa-t-elle, avant d'ajouter, comme il ne répondait pas : Enfin, si tu as autres choses à faire, il n'y a pas de souci. On ira une prochaine fois.

— Non, non, cafouilla-t-il, essayant vainement de ne pas avoir l'air d'un abruti. Je n'ai rien de prévu. Absolument rien. Jusqu'à demain midi.

Merde, en plus de passer pour un clodo, il allait passer pour un de ces crétins de *nerds* à tendance *no life*...

Ce qu'il était, en vérité.

Enfin, du moins avant de devoir dormir dans sa caisse. Ça, ça avait un peu compliqué les choses. Avait-elle remarqué qu'il avait déjà installé son PC dans sa chambre ?

— Alors comme ça, tu planques tout au fond du couloir ? lança-t-il hâtivement, tentant d'éviter que le sujet dévie sur son absence de vie sociale.

Axel s'empressa de quitter le salon et ne s'arrêta que devant la porte qu'il supposait être celle de l'atelier de Sonia. Elle le rejoignit avec un petit temps de retard, comme si elle s'était interrogée sur son attitude avant de se résoudre à lui emboîter le pas.

Sonia tourna simplement la poignée, poussa le battant et entra.

L'atelier était très spacieux et servait aussi plus ou moins de lieu d'exposition. Axel la suivit à l'intérieur, puis s'arrêta au centre de la salle, scotché par tout ce qu'il y découvrait.

Sur les murs, beaucoup de grands cadres, des portraits, le plus souvent en noir et blanc. Des visages atypiques, à l'opposé des standards physiques auxquels on était habitués. Des figures ridées, tannées par les années, fanées par la misère, mais aussi d'autres plus jeunes. Des personnes handicapées, mutilées.

La vérité brute…

Mais partout la beauté, frappante. Un angle, une expression captée sur le moment, un regard. Une poésie incroyable émanait de chacune de ces photos. Aucune ne laissait indifférent. Toutes interpellaient, marquaient l'esprit, à leur manière.

— Je m'inspire de photographes tels que Lee Jeffries ou Rick Guidotti, expliqua Sonia, comme si elle se sentait obligée de justifier ses choix. Et beaucoup d'autres…

Axel se tourna brusquement vers elle et demanda tout à trac, parce que cette question s'imposait soudain :

— Pourquoi est-ce que tu cours ?

Ça ne collait pas…

Il avait beau se dire que ça n'avait rien d'anormal, il était convaincu que quelque chose clochait.

Sonia fronça les sourcils et recula légèrement, déconcertée.

— Comment ça ?

— Tu ne cours pas pour rester belle et mince, présuma-t-il, de plus en plus fasciné – et en même temps complètement largué – par ce que ces clichés révélaient de la personnalité de Sonia. L'hygiène de vie à la con dont tu parlais tout à l'heure, c'est un prétexte, non ? Ces considérations ne sont pas vraiment les tiennes, c'est évident. Ton alimentation draconienne, c'est pareil, ce n'est qu'un tissu de conneries.

Il avait pu le constater un peu plus tôt durant le déjeuner. En vérité, elle semblait plutôt du genre gourmande, la disparition de la grosse part de lasagnes qu'il lui avait réservée – tandis qu'elle prétendait ne pas avoir faim – était une preuve irréfutable.

Sonia resta bouche bée, un peu comme s'il venait de l'insulter.

— Je me trompe, peut-être ? insista-t-il avec un petit coup de menton provocateur dans sa direction.

Elle pinça les lèvres, croisa les bras et regarda un peu partout autour d'elle, à l'instar d'une prisonnière qui chercherait une issue alors que son bourreau s'apprêtait à venir la chercher pour la conduire à la potence.

Axel avait visé juste, indubitablement. Mais le sujet paraissait étrangement sensible. Beaucoup trop, pour quelque chose qui était, *a priori,* aussi insignifiant.

Sonia ferma brièvement les yeux et, acculée, se résolut à avouer d'une voix éteinte, comme si ça lui était atrocement pénible :

— Le contrôle…

Elle avala une grande rasade d'air, semblant près de suffoquer.

Puis elle souffla faiblement :

— C'est pour pouvoir garder le contrôle. De tout. Tout le temps. Maîtriser mon corps, c'est maîtriser ma vie. Me prouver sans cesse, chaque jour, que je suis le seul maître à bord. J'en ai besoin, je n'ai que ça comme repère.

Axel hocha la tête et fourra les mains dans les poches de son jean tout en se détournant, conscient de l'avoir mise une fois de plus mal à l'aise.

Mais pas seulement… cet aveu paraissait également très douloureux.

Il n'avait pas vraiment voulu la forcer à lui confier un truc aussi personnel, cependant maintenant que c'était fait, il ne le regrettait pas. Une petite partie du mystère qu'elle représentait s'était levé. Ils venaient de faire un bond de géant ensemble, parce qu'il pressentait que ce n'était pas le genre de choses qu'elle racontait à tout le monde… bien au contraire.

— Mais tu fais fausse route, tu sais, se risqua-t-il à la contredire en se rapprochant de la photo d'une petite fille aux grands yeux clairs, presque aussi mélancoliques que ceux de Sonia. Vouloir à tout prix maîtriser sa vie, c'est le meilleur moyen de passer à côté. Quand tu t'en rendras compte, elle t'aura déjà filé entre les doigts. Le contrôle n'est qu'une illusion. Une séduisante, confortable et rassurante illusion. Mais rien de plus. L'accepter, c'est déjà commencer à lâcher prise. Et aucun bonheur n'est possible sans abandon.

Axel se passa la main dans les cheveux.

Il avait encore fallu qu'il ouvre sa grande gueule…

Comme s'il était bien placé, *lui*, pour donner des conseils à ce propos. Elle allait véritablement finir par le prendre pour une espèce de moralisateur à deux sous, caché sous des faux airs de voyous pour le style.

— Je ne pourrais jamais lâcher prise, avisa-t-elle d'un ton grave, indiquant qu'elle le prenait au sérieux. J'en suis incapable…

Axel observa toutes les photos qui s'entassaient dans la pièce, puis il revint à Sonia.

— Mais tu le fais déjà pourtant, opposa-t-il en désignant un cliché au hasard.

Des enfants au teint mat et aux yeux en amande, vêtus de gilets très colorés, qui se pressaient pour sortir la tête à travers une petite lucarne, triste trouée dans de la tôle ondulée à la peinture beige craquelée. Leurs sourires, les rires capturés dans cette image, étaient d'une innocence et d'une sincérité telles que la photo en était magique.

— C'est différent, rétorqua-t-elle simplement, sans même essayer d'argumenter.

Il avait trouvé, finalement.

La faille, dans toute cette carapace de vernis et d'apparences. Si son art était à ce point aux antipodes de ce qu'elle montrait, c'était parce qu'il s'agissait du seul espace où elle s'autorisait à être elle-même.

12

Un appareil photo magique

Sonia

Ce cliché, pris au Pérou, parmi tous les autres, était le point de départ de sa nouvelle vie.

À lui seul, il symbolisait tout ce qu'elle avait voulu laisser derrière elle. Les grandes études, qu'elle avait abandonnées si près de l'ultime but, le mariage… Geoffrey. Et elle-même, les petits fragments de sa personnalité, qu'elle avait perdus en cours de route, et qu'elle s'acharnait si péniblement à rassembler, sans cesse en vain.

Sonia était à court d'oxygène. Le vide la rattrapait, s'ouvrait sous ses pieds pour l'engloutir tout entière.

Mais comment avaient-ils pu en arriver là ?! Axel venait de lui arracher ce que jamais, devant personne, elle n'avait ne serait-ce que laissé percevoir.

Jamais !

Il était sur le point de tout comprendre. Il allait savoir combien elle était faible et creuse en réalité.

Il s'approcha encore un peu, les mains dans les poches de son jean, et s'inclina légèrement vers elle, la défiant, une fois encore.

— Parce que derrière un appareil, tu penses qu'on ne te voit pas ? l'interrogea-t-il.

Bien sûr… et c'était pour ça qu'elle se sentait alors aussi libre.

C'était ce que son art lui offrait. La possibilité de se cacher, pour enfin exister vraiment, tranquille, à l'abri d'un objectif. N'être plus qu'un regard, sans complexe, sans honte et surtout sans risque d'y laisser des plumes.

Enfin, jusqu'à ce que ce type si singulier mette les pieds dans son atelier.

Quelle idée elle avait eu de lui proposer de voir son travail ! Si seulement elle pouvait revenir en arrière, n'avoir jamais offert de lui montrer cette pièce… Son dernier refuge venait subitement de se transformer en un épouvantable confessionnal.

L'image cauchemardesque de juges perchés sur de gigantesques pupitres en train de l'examiner sous toutes les coutures, un doigt accusateur pointé vers elle, lui traversa l'esprit.

— Si tu révèles un petit bout de l'âme des gens avec tes photos, tu mets à nu la tienne dans chacune, poursuivit Axel en l'observant fixement. Mais c'est toujours le prix de l'art, non ? Toute magie a un coût. Et plus elle est exercée avec talent, plus le tarif est élevé. Je ne suis pas expert, mais je peux néanmoins affirmer que tu es de ceux pour qui la facture est exorbitante. Même si, peut-être, tu l'ignores.

Une émotion bizarre prit soudain le pas sur tout le reste et l'angoisse reflua doucement.

N'était-ce pas là le plus beau compliment qu'on lui ait jamais adressé ?

Le plus poétique, assurément… le plus touchant également.

Mais qui diable était l'homme qui se tenait en face d'elle ?

Sonia n'arrivait désespérément pas à cerner Axel…

Hacker repenti, ancien dealer peut-être même, au caractère sauvage et ombrageux, une langue bien pendue, indomptable, jamais à court en matière de jurons, un sans-gêne notoire, mais capable de réflexions féministes à ses heures, et esthète à la sensibilité subtile maintenant ?

Bon Dieu, elle en avait le tournis à force d'y réfléchir !

Et il avait raison.

Elle se livrait tout entière, s'abandonnait complètement lorsqu'elle avait son appareil entre les mains. Mais personne ne lui avait fait ce genre de remarque. Personne, pas même sa famille.

Pas même Nancy.

Personne… avant Axel.

Il prétendait être capable de la voir à travers ses clichés. Et étant donné la pertinence de ses questions, force était de constater que c'était la vérité.

Mais était-ce si grave, après tout ?

Sonia était beaucoup trop troublée pour en décider. De toute façon, c'était trop tard. Le mal était fait, elle ne pouvait guère revenir sur ce qu'elle lui avait confié. L'important était de se ressaisir tant qu'il en était encore temps. Ne pas le laisser s'aventurer davantage là où elle ne voulait pas qu'il aille.

Elle devait rebondir sur autre chose, ne surtout pas lui permettre de poursuivre son raisonnement.

— Alors, toujours aussi réfractaire à l'idée d'une séance ? hasarda-t-elle en allant vers son petit bureau.

Là où son ordinateur était installé, tout au fond de la pièce. Soit à l'opposé de l'endroit où se trouvait Axel. Elle replaça une pochette en silence, se mordant la lèvre inférieure.

Elle avait promis de ne plus en reparler.

Mais encore une fois, il fallait qu'elle change de sujet, la situation devenait décidément beaucoup trop risquée. Et pour être tout à fait honnête avec elle-même, Sonia devait reconnaître qu'elle n'avait pas abandonné tout espoir.

Bien au contraire.

Elle ne cessait d'imaginer de quelle façon elle s'y prendrait pour photographier ce visage si singulier, afin de rendre au mieux ce puissant magnétisme qui émanait de lui.

— Toujours aussi réfractaire à l'idée de coucher avec moi ? finit-il par lui retourner, d'une voix plus éraillée encore que d'ordinaire.

Décidément, Axel n'avait pas son pareil pour la provoquer.

Cela étant, elle l'avait probablement cherché. Toutefois, le mot *baise* n'avait pas franchi ses lèvres cette fois. Il fallait croire qu'il y avait un certain progrès.

Elle s'obligea à pivoter, puis à le regarder bien en face, de manière à ce qu'il ne puisse penser qu'il l'avait embarrassée.

Toujours montrer l'exact inverse de ce que l'on ressent.

Une règle d'or, qu'elle n'aurait jamais dû perdre de vue.

— *Hors de question*, rétorqua-t-elle, catégorique.

Il ne servait à rien de lui laisser se figurer le contraire. Pas à lui. Ils allaient devoir cohabiter quelque temps, aucun jeu d'aucune sorte n'était envisageable avec Axel.

— Donc, tu as ta réponse, fit-il avec un geste fataliste de la main, un brin ironique.

Bien sûr, elle n'aurait pas dû remettre ça sur le tapis. Axel lui faisait payer de ne pas avoir tenu parole, elle comprenait parfaitement. Il n'empêche que son attitude envers elle, cet irrespect manifeste, alors qu'ils n'étaient plus de sombres étrangers l'un pour l'autre comme c'était encore le cas la veille, la mit véritablement hors d'elle.

— J'aimerais savoir, tu imagines vraiment que je suis le genre de filles à me prostituer pour obtenir ce que je veux ?! s'enflamma-t-elle, perdant subitement patience.

Elle aurait dû s'en amuser, ou encore s'en moquer. L'image de la femme à la sexualité ultra-libérée et aux mœurs légères, c'était ce qu'elle s'évertuait à entretenir, après tout. Mais elle n'y arrivait plus.

Pas avec Axel.

Il ferma les yeux, comme si, contre toute attente, la question l'avait blessé, lui, plutôt qu'elle – le monde à l'envers en l'occurrence !

Mais il les rouvrit presque aussitôt et, refusant de la suivre sur le terrain de la colère, démentit posément :

— Non, certainement pas. Et ce n'est absolument pas de cette façon que je vois les choses. Tu me demandes l'inconcevable, Sonia. Un degré de confiance et d'intimité que je suis incapable de t'accorder. Je me contente de faire pareil, voilà tout. Je réclame seulement une contrepartie de même valeur. Mon impossible contre ton impossible.

— Ça n'a pas de sens, répliqua-t-elle.

Parce que ça n'en avait sans doute que trop en vérité...

— Peut-être simplement que ça n'a pas lieu d'être, trancha-t-il avec une moue désabusée. L'un est tout aussi ridicule et improbable que l'autre.

Mais dans les deux cas, n'était-ce pas lui-même qu'il dénigrait ? Ce n'était pourtant pas dans ses habitudes, lui qui paraissait toujours si fier et sûr de lui.

Il se dirigea vers la porte, dans le but évident de mettre fin à cette invraisemblable conversation.

Sonia se posta devant lui, l'empêchant de sortir de l'atelier. Elle ne savait plus quoi dire pour dissiper le malaise étrange qui s'était installé entre eux.

Ce n'était pas de vraies avances. Axel proposait une partie de jambes en l'air pour le sport, il ne cherchait pas à la draguer. Pourtant, il savait pertinemment que ça ne les mènerait nulle part. Il l'admettait lui-même. Alors pourquoi insister ?

Sonia baissa les yeux sur son torse, là où quelques lettres de la phrase inscrite sur sa poitrine se révélaient dans l'échancrure de son débardeur. Puis remonta vers la cicatrice effrayante qui longeait sa gorge. Elle secoua la tête pour essayer de se concentrer et trouver les mots justes.

Mais elle ne parvint qu'à balbutier :

— Ce n'est pas... Ce n'est pas ça. Enfin...

— Ne te fatigue pas, l'interrompit-il en plaçant son index sous son menton, l'obligeant à renverser doucement la nuque pour affronter son regard. Ça n'en vaut vraiment pas la peine.

Sonia se raidit à ce contact impromptu et trop impérieux à son goût. Les battements de son cœur s'accélérèrent désagréablement, sa bouche s'assécha soudain

– exactement comme lorsqu'il avait voulu l'empêcher de tomber, un peu plus tôt. Et elle dut lutter pour ne pas reculer et se soustraire à lui.

Axel fronça les sourcils, puis retira brusquement son doigt, manifestement conscient d'avoir dépassé la limite.

— Je comprends que tu aimes les défis, mais je n'ai pas ma place dans ton atelier, expliqua-t-il, ses yeux noirs s'assombrissant encore. Tu fais erreur si tu penses que tu peux tirer quoi que ce soit de poétique de ma sale tronche de paumé. Aucun morceau de mon âme ne mérite d'être dévoilé. Tout y est noir et dégueulasse. Tu te casserais les dents à chercher ce qu'il y a à sauver dans tout ce bordel, alors autant être clair tout de suite. Je te l'ai dit, je ne suis pas quelqu'un de bien et je n'ai rien de bon à offrir, et surtout pas à l'objectif d'une artiste telle que toi.

Il fit un pas de plus, forçant le passage. Et Sonia se décala, muette de stupéfaction.

Merde… Sans vraiment le vouloir, elle l'avait obligé à se justifier, à lui exposer les raisons qui le poussaient à refuser de poser pour elle.

Et elle détestait ce qu'elle venait d'entendre.

Elle ignorait pour quelle raison, mais les mots durs et cruels avec lesquels il parlait de lui-même lui laissaient un goût amer sur la langue… ainsi qu'un troublant pincement à l'estomac.

Elle observa Axel tandis qu'il remontait le couloir pour rejoindre sa chambre, dans laquelle il s'enferma, sans un regard dans sa direction.

13

Simple colocataire ?

Sonia

Sonia passait une deuxième couche de mascara sur ses cils – certes longs, mais beaucoup trop clairs pour pouvoir se passer de maquillage en soirée – quand la sonnerie de l'interphone résonna dans l'appartement. 19 h 30, constata-t-elle sur l'écran de son portable, qu'elle gardait toujours à portée de main. Ce devait être Nancy, comme prévu.

Pourtant, Sonia fut prise d'un affreux doute…

Et si ce n'était pas elle ?

Cette simple idée la pétrifia subitement. Un frisson glacé courut le long de son échine et sa main trembla lorsqu'elle tenta de refermer son tube de mascara.

Des bruits de pas dans le couloir la tirèrent brutalement de sa torpeur.

Axel.

La vague d'inquiétude reflua aussitôt.

Sonia se précipita hors de sa chambre et faillit percuter de plein fouet le jeune homme, planté devant sa porte.

— Tu attends quelqu'un ? s'enquit-il de sa belle voix grave et rauque, qui lui avait presque manqué durant les dernières heures. Je peux aller ouvrir, si tu veux.

— Non, merci, je vais m'en charger.

Bon sang, mais pourquoi se sentait-elle toujours aussi gênée en sa présence ?! C'était tellement étrange. Sa proximité était aussi rassurante qu'elle était perturbante…

Elle traversa l'appartement jusqu'à l'interphone, puis décrocha le combiné. Comme attendu, Nancy était en bas de son immeuble. Sonia lui proposa de la rejoindre directement, mais son amie avait besoin de passer aux toilettes. Elle l'invita donc à monter, même si elle ignorait comment elle allait pouvoir justifier le fait qu'elle ne vivait plus seule – du moins pour quelque temps.

— Tu sors ? questionna prudemment Axel, après qu'elle eut pressé le bouton pour ouvrir l'accès du hall et raccroché.

Sonia se tourna, un peu surprise, et l'aperçut, les bras croisés, appuyé négligemment d'une épaule contre l'encadrement de la porte qui séparait l'entrée du salon. Son regard avait beau essayer de s'accrocher à son visage, il ne cessait de redescendre sur son corps, passant au crible sa tenue.

Une robe rose poudré, légèrement rétro, au décolleté croisé… peut-être un peu trop plongeant.

Soudain, le souvenir de Geoffrey l'inspectant de pied en cap s'imposa à elle.

C'est une plaisanterie j'espère ? Tu ne vas pas sortir comme ça ? Je te l'interdis, c'est clair ?!

— Quoi ?! s'exclama-t-elle.

Un souvenir… ce n'était rien d'autre qu'un maudit souvenir.

Axel eut un léger mouvement de recul et battit des paupières, visiblement décontenancé.

— Du calme, l'exhorta-t-il, une expression indignée s'inscrivant peu à peu sur ses traits. J'ai juste dit que tu étais très belle, rien à voir avec une nouvelle proposition indécente. Mais si même ce genre de trucs t'embarrasse, je fermerai ma gueule la prochaine fois, ne t'inquiète pas.

Il se redressa et fit volte-face en direction du couloir.

— Merci Axel, marmonna-t-elle finalement, sans savoir s'il l'avait entendue ou non, avant de répondre à sa première question : Je travaille ce soir. Le magazine *Télérama* m'a embauchée pour prendre des photos au concert d'un groupe de musique expérimentale, plutôt néo-classique. Je fais parfois ce type de missions, lorsqu'on m'en propose et que les concepts m'inspirent.

Il s'arrêta et pivota d'un quart de cercle vers elle, lui jetant un regard en biais, circonspect.

— La vache, *Télérama*, rien que ça ? répéta-t-il avec un petit sourire en coin, à la fois caustique et un peu dépité.

— Tu as les clés que je t'avais laissées ? voulut-elle s'assurer avant que Nancy arrive.

— Bien sûr, mais je ne bouge pas de toute façon. Seulement demain midi. Je te laisserai ta part du dîner pour plus tard, comme ça, tu l'auras pour le prochain repas, OK ?

— D'accord, acquiesça-t-elle, touchée.

Tout à coup, elle n'eut plus aucune envie d'aller à ce concert – un boulot dont pourtant elle s'était réjouie jusqu'ici, qui plus est très important pour sa carrière.

Non, elle aurait aimé rester là, avec lui, et voir comment pouvait se dérouler toute une soirée en sa compagnie.

Axel allait s'éloigner de nouveau, mais il s'interrompit et revint pour demander :

— La personne qui t'accompagne ce soir, c'est une de tes copines ? Une des péta… euh, enfin, je veux dire une des filles qui étaient avec toi hier ?

Il ferma les yeux, comme s'il se tançait intérieurement pour avoir malgré lui insulté les amies de Sonia – amies qui avaient ri de lui la veille, ce qui lui donnait au moins le droit de leur en vouloir un peu.

Nancy toqua à la porte et Axel avisa le vide à côté de lui. Puis il renifla sèchement, les mains dans les poches de son jean, tentant de donner le change tandis qu'il attendait une réponse.

— Oui, c'est l'une d'entre elles, confirma Sonia, avant d'ouvrir.

Le temps qu'elle déverrouille chaque serrure et fasse entrer Nancy, Axel était déjà reparti dans sa chambre, lui évitant ainsi d'avoir à s'expliquer au sujet de sa présence dans son appartement…

Sonia récupéra son appareil photo pendant que Nancy passait aux toilettes, puis, alors qu'elles s'apprêtaient à sortir, Nancy revint brusquement sur ses pas.

— Qu'est-ce que c'est ? s'exclama-t-elle en saisissant le manteau d'Axel. Putain, je n'y crois pas, il y a un mec chez toi ?

— Ce n'est pas ce que tu penses, opposa maladroitement Sonia, plus gênée qu'elle n'aurait voulu.

Elle sentit ses joues s'empourprer à l'idée qu'Axel puisse tout entendre de sa chambre, la voix de Nancy ayant tendance à porter loin.

— Et tu ne m'as rien dit ! s'offusqua son amie. C'est quoi le plan, cette fois ? Quel genre de coup tordu tu joues à ce pauvre type encore ?

Sonia récupéra le vêtement des mains de Nancy, puis le remit en place sur le portemanteau tout en protestant :

— Ce n'est pas un plan, ça n'a rien à voir avec ça. Inutile d'en faire toute une histoire.

Nancy se mit alors à rire.

— Pardon, mais je n'ai jamais vu aucun homme – en dehors de ton père et ton frère – franchir le seuil de cette porte depuis que je te connais. Il est un peu normal que ta *supposée* meilleure amie se pose quelques questions, non ? Et si ce n'est pas un de tes plans, pourquoi tu ne me le présentes pas ?

— Parce que... cafouilla Sonia, avant de rétorquer, même si c'était aussi bizarre à dire qu'à entendre : Parce que je n'ai aucune envie de faire fuir mon nouveau colocataire. Il bouclerait ses affaires dans la seconde s'il savait quel genre de folledingue j'ai pour *supposée meilleure amie*.

Nancy pencha la tête sur le côté, les mains sur les hanches, refusant obstinément de suivre Sonia qui l'attendait devant la porte.

— Tu déconnes ? Toi, tu as un *colocataire* ? Un mec en plus ? Alors que tu ne paies pas de loyer ?

— Oui, bah lui m'en paie un, figure-toi, mentit Sonia en indiquant le palier à son amie. Grouille-toi un peu maintenant, on va finir par être en retard.

Nancy haussa les sourcils, puis se décida à sortir. Mais elle ne lâcha pas l'affaire pour autant.

— Depuis quand tu as besoin de brader une partie de ton appart pour arrondir tes fins de mois ? se renseigna avec une ironie à peine voilée son amie, tandis qu'elles descendaient les escaliers.

Sonia se mordit la lèvre. Elle ne pouvait pas raconter la vérité à Nancy. D'abord parce qu'elle était bien incapable d'expliquer comment elle en était venue à proposer à un inconnu de s'installer chez elle. Ensuite parce que ça n'aurait pas été très fair-play envers Axel.

Après tout, n'avait-elle pas promis de ne rien dire à quiconque de sa situation ?

Une fois dans la rue, son amie poursuivit :

— Tu dois être sacrément dans la dèche pour accepter qu'un gars vienne pourrir ton salon avec ses chaussettes sales. J'espère qu'au moins tu es ferme au sujet de la lunette des toilettes. Par pitié, dis-moi que ce n'est pas toi qui lui prépares sa bouffe… parce qu'alors on aurait vraiment dû vérifier qu'il était encore en vie avant de partir.

Sonia pouffa de rire.

— En fait, c'est lui qui cuisine.

— Ah ouais ?

Nancy s'arrêta en plein milieu du trottoir et la dévisagea, les yeux plissés de circonspection.

— Il te plaît, c'est ça ? Pour de vrai cette fois-ci ? Tu te l'es tapé au moins ? Mais enfin, c'est qui ? Pourquoi ne m'en as-tu jamais parlé ?

— Mais non, nia Sonia en accélérant le pas, laissant son amie derrière elle. C'est juste mon coloc. Il n'y a pas de quoi en faire tout un plat, je t'assure.

— Mouais, c'est ça, soupira Nancy en la rattrapant, loin d'être convaincue.

Nancy se trompait, Axel ne lui plaisait pas.

Enfin, pas vraiment.

Il l'attirait, indéniablement. Comme personne ne l'avait encore jamais attirée, en vérité. Et il y avait chez lui ce je-ne-sais-quoi qui rendait chacun de ses gestes, chacune de ses paroles, curieusement captivants. Mais elle ne portait sur lui qu'un regard d'artiste. Lorsqu'elle l'observait, ce n'était que pour imaginer de quelle façon elle pourrait le photographier – si un jour elle en avait l'occasion. Elle ne songeait à rien d'autre.

Et de toute façon, ce n'était pas comme si ce genre d'illusions idiotes lui était permis.

— Tu es franchement bizarre en ce moment, maugréa Nancy d'un ton déçu.

Sonia garda le silence, forcée d'admettre que son amie avait raison.

14

D'inquiétantes fissures

Axel

Axel referma le Tupperware dans lequel il avait placé une part du tiramisu qu'il venait de préparer pour les filles et lui au frigidaire, de façon à ce que Sonia puisse y goûter également. Il avisa l'horloge murale au design épuré, accrochée juste au-dessus du canapé, et soupira.

11 h 45. Il allait être en retard, c'était certain maintenant.

Mais il ne pouvait pas partir sans avoir vu Sonia ne serait-ce que quelques minutes. Leur dernière conversation, la veille, dans son atelier, s'était encore plutôt mal terminée et il l'avait trouvée particulièrement étrange au moment où sa copine était venue la chercher.

Axel avait veillé jusque tard dans la nuit, zonant sur son ordi, attendant patiemment dans sa chambre qu'elle rentre enfin. Il l'avait entendue revenir aux alentours de 2 heures du matin, puis remonter le couloir – sans doute pour aller stocker les photos prises durant la soirée sur le disque dur du PC qui se trouvait au fond de son atelier.

Il n'avait pu se coucher qu'une fois qu'il avait été sûr qu'elle avait quitté sa salle de bains pour s'enfermer dans sa propre chambre. Mais au matin, lorsqu'il avait ouvert un œil – après avoir à nouveau galéré pendant des plombes à trouver le sommeil –, plus personne.

Comme la veille, elle s'était envolée.

Sa paire de baskets n'était plus devant le placard de l'entrée, aussi en avait-il déduit qu'elle était partie courir.

Sa drogue à elle…

À présent qu'il savait pourquoi elle s'obligeait à s'épuiser de la sorte, il ne pouvait s'empêcher d'être inquiet. Elle était sortie depuis des heures et il avait vu l'état – des plus préoccupants – dans lequel elle était revenue la dernière fois.

Même si elle s'acharnait à feindre le contraire, Sonia n'allait pas bien, c'était évident. Elle flirtait intentionnellement avec la limite, de façon dangereuse, et c'était un signe qui ne trompait pas.

Derrière une façade étincelante, éblouissante de perfection, se cachait un ange aux ailes brisées, rêvant d'une liberté depuis trop longtemps perdue, tout abîmé à l'intérieur.

Presque aussi déglingué que lui finalement…

Une fille à problèmes, autrement dit.

De *gros* problèmes, qui n'avaient rien à voir avec lui et dont il aurait dû se tenir éloigné, pour son propre bien. Parce que de ce côté-là, il avait déjà plus que sa part.

Un invalide ne pouvait rien apporter de bon à un autre éclopé, tout au mieux devait-il s'efforcer de prendre soin de lui-même afin de mettre le plus de chance de son côté pour ne pas couler.

Seulement voilà, tout cela le dépassait. Et, alors qu'il ne savait pratiquement rien d'elle, il se sentait impliqué.

Axel jeta un nouveau coup d'œil à l'horloge. Puis, agacé, il alla s'asseoir dans le canapé, les coudes sur les genoux, le talon frappant le sol d'une cadence nerveuse, incapable de quitter l'appartement.

Bordel, ses sœurs l'attendaient ! Ce rendez-vous dominical était la chose la plus importante, la seule petite lueur dans l'océan obscur et glacé de son quotidien. Pourquoi ne pouvait-il se résoudre à laisser de côté toute cette histoire – laquelle virait déjà à l'obsession – au moins le temps de la journée ?

Des bruits curieux, en provenance de la cage d'escalier, le tirèrent subitement de ses réflexions.

Le heurt sourd de pas précipités, remontant hâtivement les marches recouvertes de moquette. Ce qui était d'autant plus inhabituel que dans l'immeuble – pourtant en plein cœur du Marais – tous les habitants veillaient toujours à rester très discrets.

Axel bondit sur ses pieds en entendant la porte d'entrée s'ouvrir, puis claquer un grand coup, presque aussi sec. Il se précipita hors du salon, prêt à intervenir dans la seconde.

Il trouva Sonia en nage, blanche comme un linge, dans une posture bizarre.

Elle se tenait plaquée contre le battant, le dos et l'arrière des bras fermement appuyés contre le panneau de bois. Comme si elle cherchait à tout prix à le maintenir fermé.

— Non, marmonna-t-elle comme pour elle-même, les paupières closes. Non, non… non.

— Sonia ? l'interpella Axel, interloqué. Tout va bien ?

Elle ouvrit subitement les yeux et parut, l'espace d'un bref instant, surprise qu'il soit ici. Mais le voile sombre de l'effroi vint recouvrir ses prunelles.

Elle était hors d'haleine et semblait terrifiée.

Mais par quoi ?

Axel avança doucement vers elle, levant les mains dans sa direction, en signe d'apaisement.

S'agissait-il d'un nouveau malaise ? Allait-elle s'écrouler d'une seconde à l'autre, comme ça avait déjà failli se produire la veille ?

Puis on frappa à la porte.

Sonia hoqueta et s'écarta vivement, prise de panique.

Axel commença alors à comprendre…

— Oh merde, jura-t-elle faiblement en repoussant ses cheveux en arrière – pourtant attachés en queue de cheval sur sa nuque. Ce n'est pas vrai…

— Qui est-ce ? s'enquit-il, le cœur battant à coups redoublés.

Parce qu'elle commençait vraiment à lui foutre les jetons…

— N'ouvre pas, lui intima-t-elle en s'éloignant d'un pas tremblant. N'ouvre surtout pas !

La personne sur le palier frappa derechef, plus sèchement.

— Sonia ! appela une voix d'homme. Ne fais pas l'imbécile, voyons. Je t'ai vue dans la rue et je sais que tu vis ici. Il est temps que nous parlions, tu ne crois pas ?

Les yeux de la jeune femme s'agrandirent sous le coup de l'épouvante et elle recula encore, serrant ses côtes, comme si son abdomen l'avait brusquement fait souffrir.

— Putain, mais c'est qui ?! s'exclama Axel.

Il s'approcha de la porte tandis qu'elle secouait la tête.

— N'ouvre pas, le supplia Sonia dans un murmure à peine audible.

Ses lèvres pâles s'entrouvrirent un peu plus pour essayer d'avaler de l'air. Mais elle suffoquait. Elle luttait pour tenter de se ressaisir, c'était flagrant. Toutefois, elle échouait lamentablement.

— Ça suffit, assez de gamineries comme ça, ouvre-moi maintenant ! ordonna l'homme sur le palier, cognant brutalement contre le battant.

Le ton impérieux de l'inconnu, conjugué à l'effet qu'il suscitait chez Sonia, mit soudain Axel en rage. Peu importait qu'elle refuse qu'il s'en mêle, peu importait qui était ce connard pour elle, il allait le remettre à sa place et fissa !

Axel se précipita vers la porte. Faisant fi du petit cri de protestation choquée de la jeune femme, il tourna d'un geste brusque le seul verrou qu'elle avait eu le temps de boucler. Puis il entrouvrit le battant, le bloquant avec son pied, afin que l'homme qui se trouvait de l'autre côté ne puisse voir que lui.

— Ça commence à bien faire, ce bordel ! aboya Axel en découvrant celui qui était à l'origine de la crise d'angoisse de Sonia.

Une espèce de dandy des temps modernes, engoncé dans un costard gris clair très ajusté, assorti à ses yeux bleu acier, les cheveux châtains, coiffés de façon abusivement étudiée – tendance saut du lit, très en vogue parmi tous les crétins qui s'efforçaient de suivre la mode.

Le type recula d'un pas, interdit. À l'évidence, il ne s'attendait pas à tomber sur qui que ce soit d'autre que la jeune femme en frappant à cette porte.

— Qui êtes-vous ? s'enquit ce dernier en jetant un coup d'œil perplexe au numéro figurant sur le battant.

— Un enfoiré qui pourrait bien te faire sauter un plombage ou deux si tu continues à le faire chier, grinça Axel.

C'était plus fort que lui.

Il ignorait qui était cet homme et ce qu'il voulait à Sonia, mais il éprouvait déjà l'envie quasi irrépressible de cogner ce mariolle.

Le cogner *fort*…

L'inconnu cilla, apparemment peu habitué à ce qu'on s'adresse à lui de cette manière.

Puis il se reprit très vite et, une moue dédaigneuse tordant ses lèvres, siffla :

— Écoutez, le balafré, je n'ai pas la moindre idée de ce que *vous*, vous fichez là, si vous êtes le plombier ou tout autre peigne-cul du même acabit. Mais je dois impérativement voir Sonia. Mademoiselle Lecomte si vous préférez. Peu importe comment vous l'appelez, je sais qu'elle est ici.

Mauvaise. Réponse.

Axel connaissait par cœur la liste des surnoms dégradants dont on pouvait l'affubler, ce n'était pas le souci. Non, les insultes, il pouvait gérer. Pourtant, il sentit son sang bouillir dans ses veines. Il se frotta la bouche, le temps de se laisser quelques secondes de réflexion – un cadeau qu'il ne faisait pas souvent.

Mais il ne fallait pas trop le pousser.

En fait, c'était déjà décidé. Ça ferait peut-être tache auprès du voisinage, Sonia voudrait peut-être le mettre dehors après ça, mais il allait péter la gueule de ce salopard. Et advienne que pourra ensuite.

Il s'apprêtait à avancer sur le palier quand des doigts glacés effleurèrent timidement son poignet. Avant de se poser avec hésitations sur le dos de sa main.

Axel se figea, pris de court. Des frissons – parce que la peau de Sonia était trop froide, ou bien juste parce que c'était *elle* – remontèrent le long de son bras, étouffant aussitôt le feu de la colère qui s'embrasait en lui.

Il n'avait pas vu Sonia revenir dans l'entrée. Il ne savait pas qu'elle s'était postée tout près de lui, derrière le battant.

Il tourna discrètement les yeux vers elle, prenant garde à ne pas trahir sa présence, et la vit secouer doucement la tête, le conjurant muettement de s'abstenir. Elle pressait son poing contre sa bouche, comme pour réprimer les mots, ou peut-être les cris, qui menaçaient de lui échapper.

Qui que soit cet homme, il était évident qu'il lui avait fait du mal. Beaucoup de mal.

Et il la terrifiait…

— Barre-toi, gronda Axel à l'intention de l'inconnu, renonçant finalement à se jeter sur lui.

Uniquement parce que c'était ce qu'elle souhaitait. Parce que, sans le vouloir, il empirerait peut-être une situation déjà suffisamment compliquée comme ça. Et parce qu'elle semblait sur le fil du rasoir, une bagarre sur son palier ne risquant pas de calmer sa crise de panique.

L'homme eut un petit mouvement d'incrédulité. Puis il fronça les sourcils et se racla ostensiblement la gorge, comme en avertissement. Lequel paraissait d'ailleurs destiné à quelqu'un d'autre…

Sans doute à Sonia, qu'il devinait malgré tout non loin.

— Il faut que…

— Putain, mais casse-toi, je te dis ! le coupa Axel, à deux doigts de s'arracher à l'emprise délicieuse de la main de Sonia pour aller frapper ce sale type.

L'inconnu inspira profondément, comme pour s'exhorter au calme.

— Très bien, finit-il par céder, lui adressant un sourire aussi venimeux que méprisant. Ayez néanmoins la courtoisie de vouloir transmettre à mademoiselle Lecomte que Geoffrey, son fiancé, est passé. Qu'il tient absolument à s'entretenir avec elle, ne serait-ce que pour mettre au clair certains détails un peu flous. Si ce n'est aujourd'hui, ce sera une prochaine fois.

Le dénommé Geoffrey fit demi-tour et s'engagea dans les escaliers.

Axel claqua alors la porte et s'appliqua à boucler chaque verrou, le plus bruyamment possible, pour que l'autre abruti puisse l'entendre.

Sonia le regarda faire, puis elle s'éloigna très lentement, haletant bizarrement, comme si elle allait étouffer d'une seconde à l'autre.

— Il est parti, assura Axel, complètement désemparé.

Ce type ne pouvait pas être son mec. Ce n'était pas possible. Rien que l'idée le mettait hors de lui. Les imaginer ensemble lui était… insupportable.

Oui, c'était bien ça. Il n'aurait pas dû ressentir une telle bouffée de jalousie, aussi violente, pourtant c'était ainsi.

Sonia hocha nerveusement la tête, replaçant maladroitement ses cheveux pour essayer de se redonner contenance.

— Tu vas me dire qui c'est, maintenant ? se risqua-t-il, incapable de garder le silence après ce qui venait de se passer.

— Personne, marmonna-t-elle, d'un ton qu'elle tenta vainement de rendre détaché.

— Bah voyons, soupira Axel, encore trop sur les nerfs pour la fermer. Dans ce cas, pourquoi ce connard prétend être ton *fiancé*, hein ?

Elle alla vers le salon, refusant de s'expliquer, mais Axel la suivit et ne put se retenir d'insister :

— Pourquoi est-ce qu'il dit ça ?

— Parce qu'il l'a été ! s'écria-t-elle soudain.

Elle voulut rejoindre le couloir, mais Axel lui barra la route.

Il aurait peut-être dû la laisser tranquille. Après tout, ça ne le regardait pas. Cependant, il avait beau essayer de s'en convaincre, il ne pouvait se résoudre à oublier la scène… Pas plus qu'il ne parvenait à endiguer le flot des interrogations qui se bousculaient dans son esprit.

Elle croisa les bras, feignant l'irritation. Mais le geste évoquait plus le repli et la nécessité de se protéger qu'autre chose.

Axel réalisa subitement que c'était la raison de sa présence. Que c'était pour ça qu'il était là. C'était à cause de ce salaud que Sonia avait éprouvé le besoin de faire entrer – quitte à prendre quelques risques – un inconnu dans sa vie. Un type auprès duquel elle n'aurait pas à s'expliquer, mais assez sanguin et téméraire pour tenir tête à son ex-fiancé.

Un type comme… lui.

— Que t'a-t-il fait ? articula-t-il d'une voix blanche.

— Rien, nia-t-elle aussitôt.

Une larme dévala brusquement l'arrondi de sa joue et elle la chassa d'un mouvement un peu brutal. Puis elle se mit à trembler. De tous ses membres.

— Que t'a-t-il fait ? répéta Axel, sans bouger.

— Rien du tout !

Elle cacha son visage dans ses mains l'espace de quelques secondes. Puis, après une grande et laborieuse inspiration, elle se détourna pour ajouter :

— Un voisin a dû lui ouvrir en bas... Mais je ne veux plus le voir. Plus jamais. Ça fait cinq ans que je l'ai quitté. Il devrait me laisser tranquille. *Il devrait !* Et moi, je devrais avoir le droit d'être tranquille !

— Tu en as parfaitement le droit, attesta Axel, s'obligeant à parler doucement, alors que tous les muscles de son corps se contractaient sous l'effet de la colère.

Voir Sonia s'effondrer peu à peu lui était extrêmement pénible, mais il fallait qu'il obtienne la réponse à sa question. Ce qu'il en venait à soupçonner était beaucoup trop grave pour être simplement passé sous silence.

— Il t'a fait du mal, n'est-ce pas ? insista-t-il. Mais de quelle façon ?

Pourquoi n'avait-il pas tué cette ordure quand il en avait eu l'occasion déjà ?

Le visage de Sonia se décomposa encore.

L'épouvante se refléta dans ses grands yeux affolés. Laquelle céda ensuite progressivement la place à la haine, brute et amère.

— Merde, Axel, fiche-moi la paix !

Elle, qui paraissait tant choquée chaque fois qu'il osait poser la main sur elle, le repoussa farouchement.

Il tituba, stupéfait qu'elle y ait mis toutes ses forces, tandis qu'elle se glissait entre le mur et lui pour s'engouffrer dans le couloir. Par réflexe, il revint aussi sec à la charge et l'arrêta, la saisissant par les épaules – non sans une certaine fermeté.

Ce qu'il regretta immédiatement, lorsqu'il la vit se recroqueviller sur elle-même et se protéger aussitôt la figure de ses bras, poussant un petit cri effrayé.

Il la relâcha à la seconde, horrifié, tandis qu'un affreux pincement lui vrillait l'estomac.

S'il en avait encore douté, à présent il en avait la confirmation.

Il n'aurait pas dû en être ainsi, pourtant Sonia connaissait bel et bien la violence…

Elle se redressa prudemment. Puis elle lui jeta un regard débordant de honte et d'effarement, sidérée par sa propre réaction.

Elle savait qu'elle s'était trahie.

Et cela semblait être la pire chose qu'elle ait jamais faite.

— Fous le camp, lâcha-t-elle dans un sanglot étouffé. Je ne veux plus de toi chez moi.

Là-dessus, elle se précipita vers la salle de bains, dans laquelle elle s'enferma à clé.

15

Et tout se brise soudain

Axel

Axel ferma les yeux et se laissa aller en arrière, s'adossant au mur. Il se pinça l'arête du nez, l'abattement le guettant tout à coup.

Il aurait dû être fâché. Ou au minimum dégoûté de se faire jeter comme un malpropre, sans autre forme de procès. Sans motif valable non plus – autre que sa trop grande gueule, s'entend.

Mais il n'y arrivait pas. Il n'avait aucune raison de ne pas obéir à cette dernière injonction. Il était dans l'appartement de Sonia et n'avait le droit d'y demeurer que tant qu'elle voulait de lui.

Ce qui n'était plus le cas…

Pourtant, il était absolument inconcevable pour lui de plier bagage maintenant. Il ne pouvait pas la laisser seule. Pas après ce qu'il venait de découvrir. Pas alors que son connard d'ex était dans les parages.

Dans la salle de bains, l'eau de la douche se mit à couler. Mais un détail l'interpella, le glaçant brusquement.

Il prêta attentivement l'oreille et s'approcha discrètement de la porte. À travers le bruit des jets, celui de pleurs, de plaintes déchirantes, lui parvint, intolérable, remuant en lui quelque chose de primitif.

Quelque chose qui l'obligeait à agir, qui le poussait vers elle… à en devenir fou.

— Sonia ! cria-t-il en tapant du plat de la main contre le panneau de bois.

Mais personne ne lui répondit. Elle ne devait pas l'entendre.

Il frappa de nouveau à la porte, essaya de l'ouvrir, sans résultat. De l'autre côté, les sanglots s'amplifièrent, à le rendre malade.

Avant même qu'il ait compris ce qu'il faisait, Axel prenait son élan pour défoncer la serrure.

Il s'interrompit au dernier moment, réalisant soudain que tout casser chez elle, après ce qu'elle avait dû vivre avec cet homme par le passé, n'était certainement pas le meilleur moyen de s'y prendre. Il ne gagnerait qu'à l'effrayer davantage à se comporter ainsi. Mais il ne pouvait rester là sans rien faire… pas tandis que son ange pleurait toutes les larmes de son corps si près de lui.

Axel courut dans sa chambre récupérer un des petits tournevis dont il se servait pour démonter la tour de son PC et trafiquer l'électronique à l'intérieur. Puis il revint dans le couloir.

Là, il se laissa tomber sur les genoux devant la porte de la salle de bains et, en deux temps, trois mouvements, déverrouilla la serrure.

Plus jeune, il avait appris l'art du crochetage, plus pour impressionner ses potes qu'autre chose à la base. Cela étant, ça pouvait toujours s'avérer utile en cas de besoin et ce genre de serrure d'intérieur n'était pas un très gros défi.

Il abandonna le tournevis au sol, se releva promptement et cogna une dernière fois contre le battant.

Puis il avertit :

— Sonia, je vais entrer.

Il se moquait du fait qu'ils se connaissaient à peine, se moquait qu'elle le repousse encore, qu'elle veuille être seule… c'était tellement, tellement plus fort que lui.

Axel tourna la poignée et se glissa dans la pièce, les yeux rivés au carrelage blanc qui recouvrait le sol.

En dépit de tous ses fantasmes, il espérait vraiment qu'elle ne serait pas à poil là-dedans, la situation étant suffisamment délicate comme ça. Il n'était déjà pas certain d'être particulièrement doué pour réconforter qui que ce soit, perdre en plus tous ses moyens devant la nudité de Sonia était bien la dernière chose qu'il souhaitait dans l'instant.

Son regard tomba sur un grand chauffe-serviette et il s'empara de la première qui passait, prêt à l'en recouvrir si nécessaire. Les jets de la douche s'écoulaient toujours furieusement, leur vacarme se mêlant aux sanglots de la jeune femme.

Des sanglots bouleversants, qui lui faisaient l'effet de lames de rasoir lacérant sans relâche la chair déjà à vif de son pauvre cœur.

— Sonia, bredouilla-t-il, sans savoir s'il l'appelait encore, la prévenait de sa présence, ou tentait plutôt maladroitement de l'apaiser.

Axel se résolut à relever le nez et, à travers l'atmosphère déjà saturée de buée de la salle de bains, l'aperçut, tout au fond de la pièce, dans la cabine de douche.

Assise à même la faïence, pelotonnée dans un coin, à moitié dévêtue, ne portant plus que son legging noir et un soutien-gorge de coton de même teinte, spécialement conçu pour le sport. Elle serrait ses jambes contre sa poitrine, le visage caché entre ses genoux, le corps agité de hoquets incontrôlables, la respiration sifflante, aussi chaotique que laborieuse.

Bordel de merde, c'étaient les secours qu'il aurait dû appeler !

Que pouvait-il faire, lui, face à une crise de cette ampleur ?

Sonia craquait complètement et elle lui en voudrait à mort d'avoir osé s'imposer dans un tel moment... d'autant plus après lui avoir ordonné de partir.

Bien qu'il ait certainement été préférable qu'il contacte plutôt un médecin et s'efface en attendant son arrivée, Axel ne se démonta pas. Il fit ce que son instinct lui dictait et s'empressa d'aller à elle.

Il ouvrit la porte de la cabine à toute volée, puis tendit la main pour couper les jets.

— Pu-tain ! hurla-t-il, surpris de trouver l'eau bouillante.

Mais il ne recula pas et coupa immédiatement le robinet, l'avant-bras déjà rougi par la morsure de la brûlure.

La vache, c'était pire que ce qu'il pensait...

La peau si pâle du dos de Sonia était zébrée de traces pourpres, marquant très nettement les endroits où les jets l'avaient meurtrie.

Il se demanda, l'espace d'un bref instant, si c'était volontaire, ou si elle était tellement mal qu'elle n'avait pas fait attention à la température de l'eau.

Les pleurs de Sonia résonnaient sinistrement dans la pièce, maintenant que la douche était coupée. Elle devait forcément savoir qu'il était là, avec elle, pourtant elle ne bougeait pas. Rien dans son attitude ne révélait qu'elle était consciente de sa présence.

Axel s'accroupit lentement et, en douceur, la recouvrit de la serviette.

— C'est fini, chuchota-t-il, parce qu'il ne savait pas quoi dire d'autre. Tout va bien, c'est fini…

Puis, sans trop comprendre ce qu'il faisait, il glissa les mains sous elle et la souleva. Il s'attendait à ce qu'elle se débatte et crie, mais elle n'en fit rien, probablement trop hagarde pour réagir.

Elle le laissa passer un bras sous ses genoux et enrouler l'autre autour de sa taille sans dire un mot. Puis elle s'accrocha à sa nuque lorsqu'il se releva, la serrant contre son torse.

— C'est fini, répéta-t-il en l'emmenant loin de l'atmosphère étouffante de la salle de bains.

Il remonta le couloir et, d'un petit coup de pied, ouvrit la porte qui devait être celle de la chambre de Sonia. Ils pénétrèrent alors dans une pièce assez différente du reste de l'appartement, à la décoration crème, plutôt boudoir baroque.

Il avait plus ou moins prévu de la déposer sur son lit en attendant de se décider pour les urgences. Mais la simple idée de s'éloigner d'elle, ne serait-ce que de quelques centimètres, alors qu'il l'avait tout contre lui et qu'elle n'en finissait pas de pleurer, lui était juste insupportable.

Alors il prit la liberté de s'installer sur son matelas, au centre, et s'adossa contre la tête de lit, tout en faisant passer Sonia entre ses jambes. Puis il remonta l'édredon sur elle, tandis qu'elle était encore trempée et tremblante, recroquevillée contre lui.

— Là, tout va bien maintenant, lui susurra-t-il en caressant son dos à travers la serviette. Ce fumier ne te fera plus de mal, c'est terminé.

Il fit glisser l'élastique qui retenait ses cheveux, puis passa les doigts dans ses longues mèches humides, frôlant d'abord son front, sa joue, puis son cou. Et il répéta le geste, encore et encore. Jusqu'à ce que sa respiration commence peu à peu à s'apaiser.

Ils restèrent ainsi plusieurs minutes, immobiles et silencieux, avec pour seule musique les hoquets douloureux de Sonia.

Puis elle enfouit son visage dans le creux de son épaule, comme pour ne pas être vue, et, entre deux sanglots épuisés, gémit :

— Il me… il me frappait.

— Je sais, murmura-t-il, le nez quasiment plongé dans ses cheveux. Je le sais, mon ange. Pardon, j'ai été trop con d'essayer de te forcer à me le dire.

Lui et sa grande gueule.

Lui et son putain de culot… Non content de la tenir enlacée contre lui, dans *son* lit, sous des couvertures imprégnées de *son* odeur, il fallut qu'il repousse encore les limites et aille jusqu'à déposer un petit baiser sur le sommet de son crâne. Juste parce qu'il ne pouvait pas s'en empêcher.

Puis il recommença, pour les mêmes raisons.

C'était si bon…

Elle ne protesta pas, mais il serra les dents, luttant contre lui-même pour ne pas le faire une troisième fois. Il était déjà sur la corde raide, il perdrait les pédales s'il continuait, il le savait. Et c'était tout sauf le moment d'avoir des pensées de ce genre.

— Durant des années, je l'ai laissé faire, avoua-t-elle faiblement, une humiliation terrible couvant dans sa voix. Je l'ai laissé me briser… un peu plus chaque jour. Faire de moi une coquille vide, morte à l'intérieur. J'ai été cette fille… cette idiote complaisante, qui se voilait sans cesse la face. Qui lui trouvait toujours des excuses, plus stupides les unes que les autres, qui attendait qu'il tienne ses promesses et réussisse à changer. Une pauvre conne qui se croyait amoureuse, mais un putain de paillasson pour ses chaussures de luxe, en réalité…

Ces aveux retournèrent l'estomac d'Axel et ses doigts se crispèrent involontairement dans les cheveux de Sonia.

— Tu aurais dû me laisser lui péter le nez, grogna-t-il, la rage qui avait explosé en lui depuis le moment où il avait compris menaçant subitement de le submerger.

Pour une fois, il regrettait de ne pas avoir cédé à ses pulsions violentes.

Parce que, bordel, cet enfoiré de Geoffrey ne l'aurait pas volé ! Bon sang, il aurait donné cher pour avoir à nouveau cette ordure devant lui !

— Je voulais juste qu'il parte, balbutia-t-elle, ses lèvres remuant contre son tee-shirt, la chaleur de son haleine se communiquant à sa peau à travers le tissu.

Laquelle se diffusa ensuite à l'ensemble de son corps.

C'était tellement troublant, cet effet incroyable que le moindre contact avec elle provoquait en lui…

Il se racla la gorge et demanda, fermant les paupières, parce qu'il appréhendait la réponse :

— Et moi, tu préfères que je parte aussi ou pas ?

Il ne s'inquiétait pas pour son confort – il pouvait s'en passer, ce n'était pas le problème –, mais parce que ça signifierait qu'il ne la reverrait plus, que tout s'arrêterait là. Et ça, c'était déjà devenu inconcevable...

— Non, je suis désolée, s'excusa-t-elle en s'agrippant plus fermement à son tee-shirt. Reste, Axel. S'il te plaît.

— Bien sûr, ma belle, tout ce que tu voudras...

À nouveau, il embrassa ses cheveux, se tançant intérieurement pour sa connerie en même temps.

Il n'avait pas le droit de profiter de la situation, c'était vraiment dégueulasse. Mais en vérité, il n'en avait pas réellement l'impression. Seulement, ne pas le faire aurait été trop dur.

Les hoquets nerveux semblaient passés, les tremblements également, et elle paraissait presque parvenir à respirer normalement. Cependant, ses larmes ne se calmaient pas.

Axel ignorait quoi faire pour endiguer les larmes. Ça, il n'avait jamais su. Et curieusement, celles-ci le mettaient au supplice, lui broyant cruellement le cœur. C'était comme un écho, une fréquence imperceptible, peut-être la seule au monde sur laquelle il était directement branché.

Alors il l'étreignit plus étroitement. Puisqu'elle l'y autorisait et que c'était peut-être le seul réconfort qu'il pouvait lui apporter.

Mais il désirait faire tellement plus...

— Ne t'inquiète pas, cette ordure ne s'approchera plus jamais de toi. J'y veillerai, aussi longtemps que tu me le permettras.

Sonia s'écarta légèrement pour le regarder, laissant un vide froid et humide en lieu et place de son visage. Là où sa joue était si longtemps restée posée sur son torse.

Ses grands yeux, brillants et rouges à force de pleurer, étaient remplis de perplexité.

Évidemment, lui aussi se posait des questions sur ce qui le poussait à affirmer une telle chose.

Pourtant, il était encore parfaitement sincère lorsqu'il souffla, effleurant du bout des doigts la tempe de Sonia :

— Je te le promets…

Elle battit des paupières et de nouvelles larmes s'en échappèrent. Axel l'attira alors à lui.

Elle l'ignorait peut-être, mais elle en avait besoin… et, très curieusement, lui aussi. Sonia n'opposa aucune résistance et il en déduisit donc qu'elle était tombée d'accord avec lui sur ce point. Il ramena sa tête dans le creux de son cou et la serra derechef dans ses bras, attestant ainsi de ses dires.

Sonia poussa un long et profond soupir et il ressentit comme un sentiment de victoire, quelque chose d'étrange, de chaud et d'extrêmement gratifiant. Sentiment qui se décupla encore, réveillant cette putain de nuée de papillons dans son ventre, lorsqu'il s'aperçut, au bout d'une dizaine de minutes, qu'elle avait fini par s'endormir.

16

Quand même le plus solide des masques lâche

Sonia

Une vibration lointaine rappela peu à peu Sonia à la réalité, mais elle refusa d'y prêter attention. Elle repoussa la conscience, synonyme de souffrance, pour demeurer encore quelques secondes dans le cocon tiède et si confortable du sommeil.

Elle avait revécu tous ses pires cauchemars en seulement quelques instants.

Avec le son de cette voix, cette présence tout près d'elle, c'étaient des années de souvenirs hideux et destructeurs qui avaient ressurgi. Les réflexions insidieuses, toujours plus blessantes, les insultes dégradantes, les brimades de toutes sortes… et les coups. Toute la violence encaissée en silence, dans un seul espoir, celui qu'un jour cela prenne fin, abusée par ce qui n'était ni plus ni moins qu'une illusion.

Tout lui était revenu en pleine face.

La peur également, perpétuelle. Et la honte… celle qui vous grignote lentement, vous dévorant de l'intérieur, vous dépouillant de tout pour ne plus faire de vous qu'une victime pathétique, pitoyable, parce que malgré tout consentante.

Et bien sûr le mensonge, qui avait alors commencé à devenir le maître mot de toute son existence.

Les coutures précaires qui retenaient les morceaux de son âme assemblés avaient soudain toutes lâché, ne laissant plus d'elle qu'une immense plaie béante. Un amas de chair sans forme et grotesque, flottant dans une immense flaque de sang.

Sonia était exténuée, vidée de toutes ses forces après le footing démentiel qu'elle s'était imposé… suivi de cette visite, qui l'avait achevée.

Cependant, et très curieusement, la douleur avait fini par s'éloigner.

Quelqu'un avait ramassé les débris de son être et s'évertuait tant bien que mal à les maintenir ensemble, les serrant tout contre lui. Juste le temps qu'elle parvienne à reprendre haleine, l'empêchant de sombrer complètement.

Axel…

Peu importait demain. Aujourd'hui, elle n'était pas seule. Elle n'avait que ça, aussi s'appuyait-elle de tout son poids sur cette mince planche de salut.

Le vide avait tenté de l'engloutir, ce matin plus férocement que jamais, toutefois une main secourable avait réussi à la tirer de ce mauvais pas.

Mais à quel prix…

Sonia s'efforça de chasser cette pensée de son esprit. Elle n'était pas prête à songer à tout ce qu'elle venait de perdre, à la somme exorbitante qu'avait coûtée cette aide providentielle.

Non, pour l'heure, elle voulait juste profiter de la chaleur, de ces bras forts, aux muscles fermes, de leur étreinte si agréable et des promesses absurdes, mais tellement douces à l'oreille.

C'en était presque grisant…

Si seulement ça n'avait pas été aussi révoltant.

Mais, une fois de plus, elle se trouvait en position de faiblesse, de dépendance. Absolument tout ce qu'elle s'était interdit depuis sa rupture avec Geoffrey.

Jamais plus elle ne redeviendrait celle qu'elle avait été, elle se l'était juré. Aucun homme ne se jouerait plus d'elle, de quelque façon que ce soit. Elle ne serait plus le pantin, la poupée silencieuse de personne, cette époque était définitivement révolue.

La vibration sourde et entrecoupée se répéta, devenant soudain plus distincte, lui chatouillant la hanche.

Sonia ouvrit subitement les yeux, réalisant tout à coup que c'était le portable d'Axel, probablement rangé dans la poche avant de son jean, qui émettait ce son. Sa cuisse était appuyée contre elle, ses deux longues jambes remontées l'encadrant de part et d'autre, tandis qu'elle se tenait pelotonnée contre son torse.

Sonia s'obligea à relâcher le tee-shirt d'Axel, dans lequel ses doigts s'étaient empêtrés, s'agrippant au tissu comme à une bouée de sauvetage. Puis elle se redressa, la gorge nouée par le remords et la honte.

Bon sang, elle s'était endormie contre lui ?

Elle n'en revenait pas… Comment une telle chose avait-elle pu se produire ?

Mais était-ce vraiment le pire ?

Axel *savait* désormais.

Il connaissait son pire secret, celui qu'elle n'avait jamais confié à personne. Elle n'avait même pas vraiment eu besoin de le lui dire… non, il l'avait deviné.

Mon Dieu, c'était l'horreur !

Ça ne pouvait pas être réel. Elle allait se réveiller bientôt et réaliser que tout ce qui venait de se passer n'était qu'un rêve. Rien de plus qu'un mauvais songe.

— Désolé, je voulais l'éteindre, mais je craignais de te réveiller, murmura Axel en retirant l'objet de sa poche pour le déposer sur la table de nuit.

Puis il fit mine de vouloir l'enlacer de nouveau. Elle fut tentée de se laisser aller encore une fois contre lui, juste pour l'oubli, la chaleur, le réconfort… ainsi que cette délicieuse et précieuse tendresse dont elle ignorait jusque-là avoir si désespérément besoin. Mais elle lui avait déjà donné tant. Plus qu'à n'importe qui d'autre.

Elle devait se ressaisir. Personne n'était à l'abri d'un moment de faiblesse – surtout pas elle –, mais le prolonger reviendrait à offrir à cet homme qu'elle connaissait à peine l'ascendant sur elle. Et ça, c'était tout bonnement inenvisageable.

Alors elle le repoussa. Puis elle s'écarta, maintenant l'édredon sur elle pour préserver sa pudeur.

Bordel, était-elle réellement à demi nue, dans un lit, avec Axel ?

Brusquement, tout lui revint très clairement en mémoire. Ses sanglots ridicules, sa crise de nerfs abominable sous la douche, ses aveux accablants… et ses supplications pour qu'Axel accepte de rester juste après avoir exigé qu'il parte.

Elle se couvrit les yeux d'une main, incapable d'affronter la réalité.

Comment lui faire face après ça ? Comment même pourrait-elle à nouveau se regarder dans un miroir ?

Il savait tout…

Dieu du ciel, mais qu'avait-elle fait ?!

La honte la submergea, l'écrasant comme jamais. Et un petit gémissement étranglé de dépit s'échappa de ses lèvres.

— Est-ce que je dois appeler un médecin ? s'inquiéta Axel, laissant l'une de ses mains brûlantes errer sur son dos, refusant de rompre tout à fait le contact.

— Non ! s'exclama-t-elle en se tournant vers lui. Non, c'est inutile. Pour quelle raison, enfin ?

C'était pénible, mais elle était bien obligée de soutenir son regard si elle voulait être crédible. La gêne intense qu'elle ressentait lui donnait presque la nausée. Ses joues étaient rouge pivoine, elle le sentait. Cependant, elle mit tout son cœur à se composer une expression indifférente.

Axel cligna des yeux, visiblement déstabilisé. La pression de ses doigts entre ses omoplates se fit plus légère, comme s'il hésitait à les laisser là. Mais leur prise s'affermit finalement tandis que, de concert, ses prunelles s'assombrirent.

— Eh bien, tu viens quand même de faire une crise d'angoisse relativement impressionnante, fit-il valoir doucement, comme s'il s'adressait à une enfant retorse. Et ça, c'est sans tenir compte des marques rouges dans ton dos…

Le ton de sa voix s'était fait plus prudent sur la fin, comme si le sujet était trop délicat pour être abordé autrement.

Des marques rouges ?

Tout à coup, Sonia se rappela avoir réglé la température de l'eau au plus élevé avant de s'effondrer dessous encore à moitié habillée, incapable d'attendre plus longtemps. D'ordinaire, la brûlure des jets l'aidait à se détendre, à tenir les souvenirs loin d'elle.

Mais cette fois, cela s'était révélé totalement inefficace.

Rien n'avait pu l'aider à surmonter ça.

Rien… jusqu'à ce qu'Axel vienne la prendre dans ses bras.

— L'eau de la douche était un peu trop chaude, je crois, observa-t-elle, comme pour elle-même.

— Je crois bien, oui, confirma Axel, nullement dupe.

Il remonta la serviette jusque sur sa nuque, afin de mieux la couvrir, puis retira enfin sa main.

— Tu sais, je ne fais jamais de promesse à la légère, Sonia, déclara-t-il en se relevant, quittant le lit pour se poster devant.

Il jeta un coup d'œil chagriné en direction de son téléphone, abandonné sur la table de nuit. Lequel ne vibrait plus – sans doute l'avait-il entre-temps basculé en mode silencieux –, mais dont l'écran s'illuminait cependant pour indiquer un nouvel appel.

— Tu devrais décrocher, conseilla-t-elle, sautant sur l'occasion pour clore cette embarrassante conversation.

Elle se souvint alors qu'Axel était censé sortir aujourd'hui. Il était attendu quelque part et des gens s'inquiétaient probablement de ne pas le voir venir.

Avait-il vraiment tout interrompu… pour elle ?

Ce n'est qu'après plusieurs secondes de réflexion qu'il se décida.

— Ce ne sera pas long, avisa-t-il.

Sonia pensait qu'il quitterait la chambre pour prendre l'appel, s'isolant au moins dans le couloir. Lui laissant enfin l'espace dont elle avait besoin pour recouvrer ses esprits, faire le point sur la situation et évaluer toute l'ampleur de la catastrophe.

Mais non. Axel récupéra promptement son téléphone et fit glisser son pouce sur l'écran d'un geste aussi agile que nonchalant, acceptant la communication, planté devant son lit.

— Salut Camille, marmonna-t-il à voix basse, fixant le sol, comme s'il était lui aussi un peu gêné malgré tout. Je suis désolé, je n'ai pas pu appeler avant. En fait, je ne vais pas pouvoir venir finalement. J'ai un… un empêchement.

Il se détourna en soupirant et se frotta le front.

— Je me rattraperai la semaine prochaine, d'accord ?

Comprenant qu'il était en train de reporter son rendez-vous à cause d'elle, Sonia s'exclama :

— Non, n'annule pas, enfin !

Axel, le téléphone à l'oreille, pivota vers elle.

— Je ne te laisserai pas toute seule, opposa-t-il fermement, éloignant légèrement son portable de son visage. Pas aujourd'hui, c'est hors de question.

Sonia se releva, quittant le lit, la serviette enroulée autour d'elle, et protesta :

— Je refuse que tu changes tes projets pour moi, Axel.

Il ferma les yeux et se racla la gorge.

— C'est… une amie… Voilà, c'est ça, je suis avec une amie, expliqua-t-il à son interlocutrice, avant de souffler dans un demi-sourire, en réponse à ce que la dénommée Camille avait dû dire : Ouais, très drôle, vraiment.

Puis il revint à Sonia et – pendant qu'il écoutait l'autre jeune femme au bout du fil – l'étudia d'un air perplexe, fronçant les sourcils.

— Tu peux partir tranquille, insista Sonia, très mal à l'aise qu'Axel soit prêt à laisser tomber tout ce qu'il avait prévu pour elle. Je vais beaucoup mieux, je t'assure. Ça ne se reproduira pas.

Plus jamais.

Elle se sentait tellement mal…

Dieu du ciel, elle avait complètement perdu les pédales… et ce, devant témoin ! Un tel laisser-aller, une telle faiblesse étaient inacceptables. Comment avait-elle pu se donner ainsi en spectacle ?!

Elle n'arrivait toujours pas à le digérer.

— Bon, ça va, c'est d'accord, concéda Axel, s'adressant à Camille. Disons dans une demi-heure ? OK, à tout à l'heure.

Il raccrocha et pinça les lèvres, semblant un peu confus.

— Nous sommes attendus, lui apprit-il en lui jetant un bref regard. Tu es invitée à te joindre à nous. Je n'ai pas pu faire autrement.

Il haussa les épaules et, tout en rangeant son téléphone à sa place d'origine, enfonça ses deux mains dans les poches de son jean.

Euh… pardon ?

— Tu plaisantes ? Je… je n'ai pas particulièrement envie de sortir aujourd'hui, Axel. Encore moins de rencontrer ta petite amie. C'est très attentionné de ta part de t'inquiéter pour moi et je t'en remercie. Mais tu ne vas pas me traîner comme une espèce de boulet à tous tes rendez-vous galants, c'est ridicule.

Parce que ça ressemblait à ça, non ? Elle n'y avait pas vraiment songé jusqu'à présent, mais il était désormais évident que cette Camille tenait une place particulièrement importante dans la vie d'Axel – quand bien même ne vivait-il pas avec elle.

Et curieusement, cette idée irritait Sonia au plus haut point.

Après tout, elle était où au juste cette Camille, pendant qu'Axel dormait seul dans le froid de sa voiture ?

Il cilla, puis arqua un sourcil.

— Mes rendez-vous… quoi ?! grimaça-t-il, avant de pousser un petit rire rauque. Bordel, il ne s'agit pas de ma petite amie, c'était ma sœur !

— Tu as une sœur ? répéta Sonia, se trouvant soudain idiote.

Elle était d'autant plus surprise qu'elle l'avait imaginé sans aucune famille.

Comment se faisait-il qu'Axel se soit retrouvé à la rue s'il existait de telles personnes dans son entourage ?

Axel se frotta l'arrière du crâne, accentuant le désordre de ses cheveux, et avoua :

— Ben, j'en ai même trois, en vérité. Les jumelles, Camille et Elena, qui ont fêté récemment leurs 19 ans, et Morgane, qui en a 21.

C'était à peu près aussi inattendu qu'étrange.

En outre, Axel paraissait… embarrassé ?

Oui, c'était ça, elle ne se trompait pas. Parler de lui-même lui semblait extrêmement pénible. Mais il le faisait malgré tout. Comme s'il estimait qu'il le lui devait, après la façon – très involontaire – dont elle s'était mise à nu face à lui, un peu plus tôt.

Et – avait-elle bien compris ? – il l'invitait à rencontrer sa famille, alors qu'il ne l'avait jamais mentionnée jusque-là, préférant garder tout ça pour lui ?

Il ajouta dans un souffle, un léger sourire de guingois éclairant peu à peu son visage :

— Et je vais avoir l'air bien con si je me pointe là-bas tout seul, maintenant que j'ai parlé de toi. Je ne leur ramène pas souvent du monde, tu vois. Jamais, en fait. Alors mes sœurs vont être extrêmement déçues si tu décides de ne pas m'accompagner.

Puis son expression redevint brusquement plus grave. Il plongea ses yeux noirs et pénétrants dans ceux de Sonia, un pli se creusant entre ses sourcils, et conclut :

— De toute façon, je n'irai pas sans toi. Ne me demande pas de te laisser parce que là, je ne peux pas. C'est aussi simple que ça.

17

Un soupçon de vie et une pincée de rires

Sonia

Sonia laissa son regard se perdre dans le vide, regardant défiler sans le voir le paysage au-dehors. Beaucoup de béton en l'occurrence, de grands immeubles sans charme, les uns sur les autres.

Finalement, elle avait accepté de suivre Axel chez ses sœurs, près de Massy, en banlieue parisienne. Elle avait du mal à le croire elle-même. Parce qu'en réalité, elle savait bien qu'elle n'avait absolument rien à faire là-bas. Que, comme trop souvent, elle ne serait pas à sa place, parmi ces inconnues.

Cependant, une fois de plus, les mots d'Axel l'avaient prise au dépourvu.

Il ne voulait pas la laisser seule… Pour quelle raison, Sonia l'ignorait. Mais quelque chose semblait avoir changé entre eux. Quelque chose qui la plongeait dans la plus grande perplexité.

Dans la voiture, un silence étrange s'était installé. Un silence qui n'avait rien de pesant, mais qui était plutôt au contraire curieusement apaisant.

Sonia n'avait aucune envie de parler et Axel l'avait compris. Il respectait son mutisme et ne posait aucune question – malgré ses aveux et toutes les interrogations que cela pouvait susciter –, se satisfaisant du seul fait qu'elle se soit laissé convaincre de l'accompagner.

Elle découvrait une facette de sa personnalité qu'elle n'avait pas soupçonnée jusque-là. Contre toute attente et malgré ses airs bourrus, Axel pouvait être... prévenant.

Du moins l'était-il avec elle aujourd'hui.

Mais sans doute avait-il trop pitié de la pauvre et faible chose qu'il avait découverte après la visite de Geoffrey pour continuer à se comporter de manière naturelle en sa présence. Probablement se forçait-il à se montrer gentil et à l'épargner de ses habituels commentaires désagréables.

Et pour le moment, elle lui en était reconnaissante. Elle ne se sentait pas la force d'affronter ses remarques d'ordinaire si caustiques, ni de mener quelque joute verbale que ce soit.

Axel s'engagea dans un quartier résidentiel un peu moins déprimant, dans lequel les immeubles étaient plus petits et plus récents. Puis il se gara devant l'un d'eux.

— C'est ici, annonça-t-il simplement, avant de se tourner vers elle. Ça va aller ?

— Bien sûr, affirma-t-elle, évitant soigneusement son regard. Pourquoi est-ce que ça n'irait pas ?

Un muscle joua sous la peau hérissée de barbe de la mâchoire d'Axel.

Il avait dû la raccourcir un peu ce matin, car elle était plus courte que la veille, légèrement plus discrète également, révélant davantage ses cicatrices, mais accentuant le creux de ses joues, ainsi que les lignes carrées, taillées à la serpe, de son visage.

Il ne portait qu'un vieux gilet à capuche vert kaki, troué à certains endroits, sur un jean encore plus usé, ainsi qu'un banal tee-shirt noir. Ses cheveux – décidément trop longs – ondulaient légèrement sur sa figure, partant un peu dans tous les sens, n'ayant visiblement pas encore croisé de peigne.

Pourtant, à présent qu'elle parvenait à le regarder, Sonia réalisait qu'elle ne l'avait jamais trouvé plus beau qu'en cet instant. Alors que lui-même la dévisageait d'un air indécis.

Il poussa un soupir résolu, puis sortit de la voiture. Elle l'imita et le suivit ensuite jusqu'à un ascenseur qui les conduisit au deuxième étage.

Axel avait les clés, mais s'arrêta pour frapper à la porte de l'appartement de ses sœurs. Puis il attendit, l'un de ses sacs de voyage en bandoulière sur l'épaule.

Une jolie rousse aux cheveux bouclés, sa silhouette avantageusement pulpeuse mise en valeur par un short, un long gilet bordeaux ouvert sur un petit top gris – sur lequel figurait le masque de Dark Vador –, leur ouvrit.

— Ah, enfin ! s'exclama-t-elle, un grand sourire aux lèvres.

La jeune fille s'effaça pour les laisser entrer, puis sauta au cou de son frère pour l'embrasser dès qu'elle eut refermé la porte.

Une scène des plus insolites pour Sonia, qui ne s'était pas attendue à ce qu'Axel soit aussi proche de ses sœurs.

De personne, d'ailleurs…

— On s'est fait un sang d'encre, sale crapule ! renchérit une petite brune, tout aussi charmante, se précipitant dans l'entrée. Pourquoi tu ne répondais pas, hein ?

Cette dernière arborait une paire de lunettes aux montures noires épaisses et papillonnantes sur un carré plongeant, lui donnant des allures de pin-up des années soixante.

— Pardon, j'étais… je n'avais pas vu l'heure, c'est tout, cafouilla Axel en fourrageant dans la masse hirsute de ses cheveux, à l'arrière de son crâne, avant de se tourner vers elle : Les filles, je vous présente Sonia.

Les deux jeunes femmes pivotèrent en chœur dans sa direction, l'air aussi étonné que réjoui.

— Sonia, voici Camille, aussi surnommée la Peste, lança Axel tandis que la jolie rousse s'avançait vers elle pour la saluer. Et Elena, ou, pour les intimes, le Choléra.

— Oui, notre frangin a toujours un mot gentil pour nous, plaisanta Elena.

— Ben n'empêche, ça fait du bien de te rencontrer, Sonia, allégua Camille avec un petit sourire malicieux. On commençait sérieusement à se demander si notre frère n'avait pas viré moine ou un truc dans le genre.

— Ce n'est pas… tenta vainement de clarifier Axel, avant d'être interrompu par Elena.

— Par contre, il faudra que tu nous expliques comment tu as fait pour convaincre une fille aussi canon de sortir avec toi, le railla celle-ci. Franchement, ça me dépasse. Tu ne pourrais pas au moins essayer de te fringuer un peu mieux, à défaut de te peigner, je veux dire ?

Axel se passa la paume de la main sur le visage, manifestement très mal à l'aise, et poussa un long soupir désabusé.

— On se calme, les filles, grogna-t-il avec humeur. Sonia et moi sommes amis, rien de plus, pigé ? Alors merci d'arrêter tout de suite avec vos commentaires douteux.

Sonia se demanda s'ils pouvaient réellement prétendre à une quelconque amitié, dans la mesure où ils ne se connaissaient que depuis trois jours. Cela étant, Axel en savait plus long sur elle que toutes ses copines réunies. Il voyait clair en elle, comme personne avant lui. Le terme – même s'il ne sonnait pas aussi juste qu'on aurait pu l'espérer – n'était pas non plus tout à fait inapproprié pour autant.

Après tout, peut-être que oui. Peut-être étaient-ils véritablement des amis…

Les deux fausses jumelles échangèrent un rapide regard, puis haussèrent les épaules, comme si elles n'y croyaient pas un instant.

— Ce qui est sûr c'est que ça ne risque pas de changer si tu es aussi ronchon avec elle que tu l'es avec nous, le charria néanmoins Camille, apparemment pas du tout impressionnée par son frère.

Puis elle rejoignit le salon, Elena sur les talons.

Axel prit le manteau de Sonia et l'accrocha près de la porte.

Puis il ferma les paupières, inspira bruyamment, et marmonna :

— Navré pour ça… Je me doutais qu'elles en feraient des tonnes, mais bon, j'imagine qu'elles vont passer à autre chose, maintenant que les présentations ont été faites.

Il était à l'évidence très embarrassé. Ce qui était toujours autant surprenant, chez quelqu'un d'aussi fier que lui.

— Il n'y a pas de problème, ça ne me dérange pas, assura Sonia. En fait, je trouve plutôt amusant qu'elles n'hésitent pas à mettre en boîte leur grand frère *ronchon* de cette façon.

Axel fronça les sourcils. Puis un sourire timide, mais merveilleux, vint peu à peu illuminer ses traits, dévoilant une rangée de belles dents blanches, presque sans défaut. Seule son incisive droite n'était pas parfaitement alignée avec les autres. Légèrement décalée vers l'avant, elle lui donnait un petit air espiègle... absolument charmant.

— Ah ouais, ça te fait marrer alors ? s'enquit-il. Bon, très bien, dans ce cas, je suppose que ça me plaît aussi.

— Eh, vous venez, les amoureux ! les appela l'une des jumelles. On a la dalle, nous !

Axel fit claquer sa langue d'agacement en réalisant combien ses mises en garde n'avaient eu que peu d'effet. Selon toute vraisemblance, ses sœurs n'avaient pas fini de les chambrer. Une idée qui, étrangement, ne déplaisait pas vraiment à Sonia, qui la faisait presque se sentir normale.

Parce que si leurs situations respectives avaient été différentes, si elle-même avait été quelqu'un d'autre, avec une autre histoire, sans ce lourd passif qui l'emprisonnait, alors peut-être quelque chose aurait-il pu être possible...

— On vous a attendu pour passer à table et comme il est presque 15 heures, ce serait pas mal qu'on se décide à déjeuner, non ? lança joyeusement Elena, un plat de salade tomates mozzarella dans les mains.

Axel et Sonia les rejoignirent dans le salon, lequel était ouvert sur la cuisine, comme chez elle.

Axel rangea une boîte en plastique dans le frigidaire, puis indiqua :

— Je vais juste mettre une lessive en route avant, je reviens tout de suite.

Une moue contrariée incurva la bouche de Camille, qui s'étonna :

— Fang n'a toujours pas racheté de machine à laver ?

— Tu sais ce que c'est, il a toujours été radin, il croit encore qu'il peut la réparer, rétorqua rapidement Axel avant de s'esquiver pour récupérer son sac dans l'entrée.

— Tu peux t'asseoir où tu veux, Sonia, lui proposa Elena.

— Vous ne voulez pas un coup de main ? demanda-t-elle en voyant Camille remuer le contenu d'une grande casserole sur le feu.

— Ne t'inquiète pas, on gère, attesta cette dernière en lui adressant un clin d'œil. D'habitude, le dimanche, c'est Axel qui s'en occupe. Mais comme, apparemment, monsieur était trop occupé pour se pointer à l'heure aujourd'hui, on a fait le nécessaire pour qu'il y ait quand même de quoi se nourrir. Ce ne sera pas aussi bon, mais ça devrait au moins être mangeable.

— Je n'en doute pas, convint Sonia en s'asseyant à la place qu'Elena lui montrait.

La jeune fille s'installa ensuite en face d'elle.

Elle posa les coudes sur la table, appuya son menton sur ses mains et, d'un air conspirateur, chuchota :

— Alors, tu l'as connu comment, notre frère ?

Axel revint avant que Sonia ait eu le temps de trouver quelque chose à répondre et se laissa tomber – non sans une certaine hâte – sur la chaise vide à côté d'elle.

— Si tu crois que je vais te laisser mener tranquillement ton petit interrogatoire, tu te fourres le doigt dans l'œil, sœurette, grinça-t-il, un sourire ironique étirant ses lèvres.

— Qui est Fang ? se renseigna alors Sonia, ravie de pouvoir questionner Axel en toute impunité, grâce à la présence de ses sœurs.

Il pinça les lèvres, une expression désabusée sur le visage, pas spécialement enchanté par le tour que prenait la discussion.

— C'est mon colocataire et… et aussi mon ancien employeur, finit-il par avouer.

— Attends, c'est avant tout ton ami d'enfance, tu abuses, Axel, le reprit Elena, avant de s'adresser à Sonia : C'est une espèce de geek, du même genre que mon frère. Fang tient la boutique informatique que ses parents lui ont refilée, rue Montgallet, dans le XIIe. C'est là qu'Axel bossait avant d'être embauché dans cette grosse boîte, quartier de La Défense.

La société d'Aidan, donc.

Mais que s'était-il passé entre-temps pour qu'Axel se soit retrouvé sans logement ?

Ainsi qu'elle s'en était doutée, il n'avait absolument rien dit de ses problèmes à ses sœurs.

Camille revint enfin de la cuisine. Elle allait s'installer près d'Elena, mais elle s'arrêta en grimaçant.

Un couvert restait bizarrement vide en bout de table. Et Sonia était quasiment sûre qu'Axel avait affirmé avoir trois sœurs.

À l'évidence, le compte n'y était pas.

— Je vais chercher Morgane, les prévint Camille.

— Elle arrive, leur apprit Axel d'une voix soudain redevenue grave. Je suis passé par sa chambre, elle termine un croquis et nous rejoint juste après.

Là-dessus, il attrapa le plat de tomates et servit Sonia copieusement, avant de remplir les assiettes de ses sœurs – sans oublier celle qui attendait devant une chaise vide –, puis la sienne.

Sonia n'avait absolument pas faim, la visite de Geoffrey lui ayant coupé le peu d'appétit qu'elle possédait en rentrant de son footing. Néanmoins, elle s'obligea à avaler sa part, ne serait-ce que par politesse.

Ils allaient passer à la suite quand une nouvelle jeune fille, âgée d'une vingtaine d'années elle aussi, vêtue de noir de pied en cap, sa frêle silhouette perdue sous d'amples vêtements, apparut dans l'encadrement de la porte.

— Bonjour, marmonna-t-elle avant de filer s'installer à la place qu'on lui avait laissée, le nez vers le sol.

Une ombre passa alors subrepticement sur les traits d'Axel.

Il refit les présentations, mais c'est à peine si la jeune fille – dont le visage était en partie masqué par un rideau de longs cheveux noirs – releva la tête.

— Morgane est un peu farouche, plaisanta Elena, comme pour détendre l'atmosphère. Mais rassure-toi, Sonia, elle n'a encore jamais mordu personne.

— Je ne suis pas inquiète, j'ai été à bonne école, répliqua-t-elle sur un ton identique. C'est vrai, ça ne peut quand même pas être pire que votre frère, non ?

Axel arqua un sourcil incrédule à son intention et les jumelles éclatèrent de rire. Sonia crut même voir un léger sourire retrousser les lèvres de Morgane, qui se redressa pour lui jeter un regard furtif, empli d'étonnement.

Cette dernière toucha à peine à la nourriture et demeura silencieuse durant tout le déjeuner. Ses sœurs ne lui laissèrent de toute façon pas vraiment l'occasion de s'exprimer, posant tout un tas de questions à Sonia à propos de son métier de photographe. Mais plus le temps passait, plus Morgane ne pouvait s'empêcher de les observer à la dérobée, elle et son frère, ses beaux yeux bleus, brillants de curiosité, passant sans cesse de l'un à l'autre.

Sonia se demanda si elle aussi tirait les mêmes conclusions hâtives que les jumelles. Ou bien si, au contraire, elle voyait clair dans leur jeu et devinait qu'ils n'étaient pas exactement amis.

Ils prenaient le dessert – du tiramisu, qu'Axel avait apparemment préparé le matin même – quand Sonia parvint enfin à retourner la question aux jeunes filles :

— Et vous alors, que faites-vous dans la vie ? Vous êtes encore étudiantes ?

— Tout à fait, acquiesça fièrement Camille. Je suis en deuxième année de médecine.

— Et moi, en pharma, ajouta Elena.

Sonia se tourna vers Morgane, pleine d'espoir.

— C'est… moins glorieux, en ce qui me concerne, souffla cette dernière, le son de sa voix parvenant à peine aux oreilles de Sonia. Je ne fais pas grand-chose, en ce moment.

— Peut-être, mais dès la rentrée prochaine, tu intègreras l'école d'art dont nous avons parlé, avisa Axel en se tournant vers sa sœur. Tout est déjà quasiment réglé.

Cette dernière haussa les épaules et baissa la tête, fuyant le regard de son aîné.

Si Morgane semblait passablement en marge de la fratrie, sa relation avec son frère paraissait quant à elle particulièrement compliquée.

— C'est ridicule, c'est beaucoup trop cher, finit-elle néanmoins par objecter.

Axel inspira par le nez, manifestement irrité, puis conclut avec fermeté :

— On a déjà eu cette conversation, le sujet est clos et tu le sais.

Soudain, l'absence de parents sauta aux yeux de Sonia.

Comment ces jeunes filles faisaient-elles pour financer leurs études et payer leur loyer sans soutien de ce type ?

Puis elle comprit.

— On aime l'embêter, mais n'empêche qu'on doit tout à Axel, allégua Elena en avisant Sonia, confirmant ce qu'elle commençait à soupçonner. C'est à peine si on aurait un toit au-dessus de la tête, si on n'avait dû compter que sur notre connard de père. Heureusement, on a un grand frère qui le remplace à merveille. Ça a toujours été comme ça. Même quand…

— Ouais, bon, l'interrompit brusquement Axel en se relevant. On va garder les violons pour plus tard, les filles, si vous le voulez bien.

Il se frotta la bouche, puis se mit à débarrasser la table, ignorant les froncements de sourcils perplexes de ses sœurs.

— Mais tu es quand même un héros, intervint Morgane, sa voix se faisant tout à coup plus affirmée. C'est important que Sonia le sache.

Axel cilla en regardant sa sœur, comme si ce qu'elle venait de dire avait un sens caché, mais qu'il n'arrivait pas à comprendre.

— Eh, Sonia, l'appela Camille en quittant la table à son tour. Ça te tente une partie de *Mario Kart* ? Qui est partant pour un tournoi ?

18

Saloperies de papillons

Axel

— Et voilà, bande de nazes ! plastronna Axel en déposant sa manette sur la table basse, récupérant sa bouteille de bière à la place.

Il se rencogna nonchalamment dans le canapé et but une gorgée directement au goulot, un bras derrière la nuque, ravi d'avoir – pour la seizième fois consécutive de la journée – remporté la course.

Sur l'écran de télé divisé en quatre sections, Elena et Camille se tiraient la bourre, tandis que Sonia était à la traîne… comme à chaque partie depuis qu'ils avaient commencé à jouer.

— Non, mais quel crâneur, celui-ci, je vous jure ! s'indigna Camille. J'espère que tu lui feras chèrement payer cet affreux manque de délicatesse, Sonia.

— Je trouverais un moyen de nous venger, faites-moi confiance, grogna cette dernière, les yeux rivés à la télévision.

Axel n'en doutait pas une seconde… Il déglutit péniblement, les idées soudain confuses.

Sonia était tellement adorable ainsi, le front plissé de concentration, penchée vers l'avant, tournant la manette dans tous les sens, comme s'il s'agissait d'un volant. Elle était si nulle que c'en était sexy… à moins qu'il ait complètement perdu la boule.

Sonia n'avait jamais joué à aucun jeu vidéo jusqu'à présent. Pourtant, elle avait accepté de bonne grâce d'essayer de rivaliser contre eux à *Mario Kart* – jeu auquel Axel, en revanche, excellait.

Une brillante idée de sa sœur, qu'il remerciait intérieurement. Parce que Sonia rayonnait de nouveau, plus lumineuse que jamais, le chagrin dans ses yeux semblant s'être momentanément dissipé. Elle riait aux blagues des jumelles, le cœur de nouveau léger, comme s'il ne s'était rien passé au matin et qu'elle avait fini par oublier tout ce qui l'avait rendue si malheureuse et vulnérable quelques heures plus tôt.

En outre, et même s'il ne s'agissait que d'un vulgaire jeu de console, cette activité – sélectionnée par Camille à dessein, il en était certain – le mettait particulièrement en valeur. Il avait toujours été bon dans ce domaine – résultat d'innombrables heures d'entraînement, probablement.

Ses sœurs avaient vite compris que s'il ne présentait pas Sonia comme sa petite amie, ce n'était certainement pas – en tout cas, de son côté – faute d'en avoir envie…

Mouais, en rêver aurait été plus juste, en fait.

Elles y étaient allées un peu fort avec toutes leurs réflexions sur leur hypothétique couple, il fallait le reconnaître, et avaient même frôlé la catastrophe en évoquant leur histoire familiale. Mais ça partait d'une bonne intention, il le savait.

Elles lui avaient déjà de trop nombreuses fois fait part de leurs inquiétudes le concernant. Elles le trouvaient trop solitaire, trop renfermé – et elles avaient raison, bien entendu. Par conséquent, il s'en voulait un peu de leur donner de faux espoirs en laissant entendre que Sonia et lui pourraient devenir davantage que de simples amis.

— Eh ! s'écria Sonia en bondissant du canapé. C'est dégueulasse de frapper une personne à terre !

Son personnage venait de faire plusieurs tonneaux, ainsi qu'une magistrale sortie de route, terrassé par une carapace lancée à pleine vitesse par une de ses sœurs.

— *Valar Morghulis* Sonia, déclara Elena. Désolée, mais tu étais sur mon chemin.

Avec deux tours de retard tout de même, aussi, sa sœur aurait pu s'abstenir. Mais la délicatesse n'était définitivement pas un trait de famille.

Camille passa la ligne d'arrivée et leva les bras en l'air, fière de battre sa sœur. Puis ce fut au tour d'Elena. Et la partie fut terminée, désignant Sonia bonne dernière.

Laquelle se laissa retomber dans le canapé, juste à côté de lui, sa hanche le frôlant au passage, le troublant plus que de raison.

— *Valar* quoi ? s'enquit-elle alors, les observant un à un avec une moue perplexe.

— *Valar Morghulis*, tout homme doit mourir tôt ou tard, *Le Trône de fer*, quoi, rétorqua Elena en haussant les épaules, comme si ce genre de référence était évident pour tout le monde.

Même Morgane, pelotonnée dans son fauteuil, occupée à griffonner dans le carnet de croquis posé sur ses genoux, releva la tête, interloquée.

— Ce sont des romans, à la base, expliqua Axel, qui ont été adaptés en série télé à gros budget, très appréciée chez les amateurs de fantasy.

— C'est un monument de la pop culture ! compléta vivement Camille, observant Sonia avec des yeux ronds. Au même titre qu'*Harry Potter* ou *Le Seigneur des anneaux*. Comment tu as pu passer à côté ?

— Merde, ça craint, grimaça Sonia, prenant heureusement les réflexions des jumelles à la rigolade.

— Axel, il faut que tu fasses quelque chose pour ta copine, préconisa Camille, affectant le plus grand sérieux. Tu ne peux pas la laisser comme ça.

Sonia le regarda avec un grand sourire amusé, absolument délicieux. Qu'il ne put que lui rendre.

Et tout à coup, les papillons devinrent intenables…

— On va arranger ça, promis, s'enhardit-il, sans la quitter des yeux, hypnotisé par le jade étincelant de ses iris. Ce sera l'occasion d'utiliser le grand téléviseur qui se trouve dans ton salon, enfin s'il fonctionne bien sûr. Parce que je ne crois pas l'avoir jamais vu allumé.

— Il faudra vérifier dès que possible, plaisanta Sonia.

Réalisait-elle vraiment qu'elle venait plus ou moins d'accepter de passer tout un tas de soirées en sa compagnie, rien que tous les deux ? C'était un peu comme obtenir un planning entier de rendez-vous avec elle – sauf qu'ici, la raison n'était pas clairement établie, mais peu importait.

Axel bouclait son sac après y avoir rangé ses vêtements sortant directement du sèche-linge, quand Morgane entra dans la salle de bains, son carnet de croquis grand format à la main.

— Est-ce que tu pourrais jeter un coup d'œil à mes dernières esquisses, s'il te plaît ? demanda-t-elle, la tête et les épaules basses.

— Bien sûr, acquiesça-t-il aussitôt, se prêtant toujours de bonne grâce à cet exercice.

Tout était si compliqué avec Morgane…

Elle ne venait pour ainsi dire jamais vers lui – surtout ces derniers temps. Le dessin était peut-être la seule chose qui les unissait encore. Leur dernier lien, si ténu soit-il. Il savait pertinemment quelle était la raison de cette distance qu'elle s'évertuait de maintenir entre eux.

Ce qui n'en était que plus douloureux…

Axel s'empara du carnet et du crayon qu'elle lui tendait, puis fit tourner les pages jusqu'à tomber sur le croquis d'une danseuse virevoltant dans les airs. Le trait était assuré et juste la plupart du temps. Mais surtout, Morgane avait un style indéniable, une vraie patte d'artiste.

Ce qui n'empêchait pas son travail de contenir quelques légers défauts anatomiques.

— Ici, le mollet devrait être un peu plus arrondi, du fait de la posture, expliqua-t-il en corrigeant le tracé. Là, le pouce n'est pas censé se tourner dans ce sens…

— Tu devrais tenter ta chance, tu sais, l'interrompit abruptement Morgane.

— Pardon ?

Axel se redressa et, pour une fois, parvint à accrocher le regard habituellement fuyant de sa sœur.

— Sonia, clarifia-t-elle. Elle t'a vraiment tapé dans l'œil, je me trompe ?

— Oh merde, ça se voit tant que ça ? s'inquiéta-t-il.

Morgane haussa les sourcils, comme si elle s'étonnait qu'il n'en soit pas conscient.

— Tu as souri. Plusieurs fois. Ça faisait une éternité que ce n'était pas arrivé. Depuis que… Enfin, tu sais depuis quand. Et il me semble même t'avoir entendu rire à un moment. Puis, on ne t'a pas vu fumer aujourd'hui. Ce qui est d'autant plus suspect, si tu veux mon avis.

— J'ai arrêté il y a quelques jours, annonça-t-il, parce que c'était plus ou moins ce qu'il avait décidé en acceptant d'emménager chez Sonia.

Il avait déjà assez de tares comme ça, l'haleine chargée de relents de tabac figurait tout en haut de la liste de celles qui étaient dispensables.

— Waouh, souffla Morgane en inclinant la tête sur le côté, comme pour le regarder sous une nouvelle perspective.

— Enfin, j'essaye, c'est tout, tempéra immédiatement Axel.

— Ne laisse pas passer ça, le conjura sa sœur, battant des paupières pour chasser les larmes qui lui brouillaient subitement les yeux. Ce serait trop bête. Tu as le droit d'être heureux, Axel. Ça fait beaucoup trop longtemps que tu as arrêté de vivre…

Les mots de Morgane – des mots qu'il avait toujours espéré entendre – le foudroyèrent sur place.

Soudain, les trois énormes cicatrices qui lui couvraient toute une partie du visage se mirent à le brûler, presque aussi férocement qu'au premier jour, lui rappelant cruellement leur existence. Il ne les avait pas réellement oubliées – ça, c'était impossible. Mais le regard de Sonia était si différent de celui des autres qu'il en était pratiquement venu à s'accommoder de ces affreuses marques qui le défiguraient.

Alors qu'en vérité, il savait qu'il ne s'y ferait jamais.

Ses péchés avaient été gravés dans sa chair ce jour-là… le jour où tout avait basculé.

Morgane était peut-être la personne la mieux placée entre toutes pour lui dire ce genre de choses. Mais il n'empêche qu'elle se trompait. Rien ne pourrait l'absoudre de ses erreurs. Elles lui colleraient à la peau pour toujours, et ce quoi qu'il fasse.

Un type comme lui n'avait aucun droit de convoiter une femme telle que Sonia, à plus forte raison après ce qu'elle avait déjà enduré par le passé. Elle méritait quelqu'un de bien, de sain… ce qu'il ne serait jamais.

— C'est toi qui me dis ça ? marmonna-t-il, saisissant le poignet de sa sœur pour le faire doucement tourner vers lui.

Sous un amas de bracelets, Axel distinguait toujours les fines cicatrices blanches qui en couvraient l'envers.

Ses marques à elle. Sa croix.

L'expression d'un mal-être invivable, dont il était l'unique responsable. Parce qu'elle plus que quiconque avait fait les frais de son inconscience…

— Je ne pourrais pas aller mieux tant que toi, tu n'auras pas avancé, avoua-t-elle, avant de s'écarter.

Elle lui reprit le carnet et s'enfuit aussi sec, le laissant seul dans la salle de bains, totalement perdu.

Axel se passa les deux mains dans les cheveux et poussa un long soupir. Il avait du mal à y croire, cet échange avec Morgane était le plus long qu'ils avaient eu depuis des années. Et elle avait elle-même abordé le sujet… ce sujet qu'ils avaient si longtemps consciencieusement évité.

La présence de Sonia semblait avoir déclenché quelque chose, restait encore à déterminer si l'effet était positif ou non.

— Pas la peine de me faire la morale, je connais déjà chacun des reproches que tu pourrais m'adresser, prévint Axel à la seconde où Sonia refermait sa portière, se retrouvant seule avec lui dans sa voiture.

Le premier étant qu'il n'aurait jamais dû mentir à ses sœurs à propos de sa situation, il le devinait aisément.

— OK, concéda-t-elle aussitôt, en bouclant sa ceinture.

Axel n'avait pas exactement prévu de révéler autant de choses sur son compte à Sonia. Mais il n'avait guère eu le choix. L'emmener avec lui avait été la meilleure solution. Pour tout de monde. C'était évident avec le recul. Cependant, maintenant qu'il se trouvait devant le fait accompli, lui avoir dévoilé autant de lui-même le mettait dans une position des plus inconfortables, à laquelle il n'était pas habitué.

Après quelques minutes d'un silence un peu gêné, Sonia tenta d'engager la conversation :

— Alors comme ça, tu travaillais dans une boutique informatique avant qu'Aidan t'embauche ? C'est curieux, je n'arrive pas trop à t'imaginer t'occuper d'une clientèle.

Axel se réjouissait que Sonia se sente assez bien pour avoir envie de lui parler de nouveau. Cela étant, ce que ces propos sous-entendaient le piquait au vif. Aussi, c'est sur un ton un peu sec qu'il rétorqua :

— Probablement parce que mon employeur a veillé à ce que je ne sois en contact avec aucune clientèle. Je bossais en atelier, seul. Dans une pièce minuscule, un putain de sous-sol en fait, sans fenêtres. Mais au moins, j'étais peinard. Et les autres aussi. Je n'imposais ma sale gueule à personne, ne t'inquiète pas.

Il se retint à grand-peine de frotter son front et sa joue balafrés, qu'il ne supportait décidément plus.

Quelques secondes s'écoulèrent, puis Sonia se pencha en avant, posant la main sur le tableau de bord, pour se tourner vers lui.

— Ce n'est pas du tout ce que j'ai voulu dire, articula-t-elle, circonspecte.

Arrêté à un feu rouge, Axel fut obligé de soutenir son regard.

Peut-être avait-il exagéré, peut-être avait-il, à tort, prêté de mauvaises intentions à Sonia finalement. Sa discussion avec Morgane l'avait ramené à tant de souvenirs douloureux qu'il en perdait tout bon sens… au point de devenir obsédé par ses cicatrices.

— Je sais, souffla-t-il en guise d'excuses – les meilleures qu'il était en mesure de fournir présentement.

Bien sûr qu'elle faisait allusion à son caractère de merde. Les marques sur sa tronche n'étaient pas les seuls défauts qu'il possédait, loin de là.

Il se sentait si mal depuis son bref échange dans la salle de bains avec sa sœur… Peut-être parce qu'elle lui avait ouvert les yeux. Parce qu'en fin de compte oui, en effet, dans un monde idéal, il aurait tenté sa chance malgré tout, ainsi que Morgane le lui avait suggéré. Mais en réalité, à part profiter de cette histoire de photos pour exiger en retour – aussi grossièrement que maladroitement – les faveurs de Sonia, il était incapable d'entreprendre quoi que ce soit de véritablement sérieux.

Un rejet l'anéantirait aussi sûrement que celui-ci était déjà écrit…

Ce qui le plongeait dans un état de frustration d'autant plus insoutenable que sa soeur l'avait obligé à reconnaître qu'il crevait d'envie d'être beaucoup plus pour Sonia qu'un simple ami – statut qu'il s'était par ailleurs autoattribué.

Cependant, quand bien même, par quelque étrange miracle, Sonia réagirait de prime abord favorablement à d'éventuelles vraies avances de sa part, Axel devait se rendre à l'évidence, ça ne les mènerait nulle part.

Ni l'un ni l'autre.

Il n'y avait qu'à voir à quel point ils étaient mal assortis pour s'en rendre compte. Qu'avaient-ils en commun si ce n'était un passé merdique et une tonne de culpabilité enfouie au fond du cœur, recouverte d'un fatras de caillasses coupantes ?

Il ne serait qu'une source d'ennuis pour elle et ne lui apporterait jamais rien de bon, même avec toute la bonne volonté du monde.

Il ne pouvait se voiler la face. Envisager quelque tentative que ce soit était d'un égoïsme sans bornes, qu'il n'avait aucun droit de se permettre. En outre, c'était également beaucoup trop risqué…

— Axel ? l'interpella Sonia. C'est vert.

— Merde ! jura-t-il, s'arrachant brusquement à ses absurdes divagations.

Le temps qu'il enclenche la première vitesse, le feu repassait déjà à l'orange. Axel abandonna donc et décida d'attendre que ce soit de nouveau leur tour de s'engager sur le carrefour.

— Désolé, grommela-t-il, en se massant les tempes. J'étais perdu dans mes pensées.

Loin, très loin.

Beaucoup trop loin.

Les doigts délicats de Sonia se posèrent alors avec légèreté sur sa main droite, celle qui tenait le levier de vitesse. Un contact un peu frais, hésitant, mais ô combien… doux.

Agréable.

Indispensable…

— Écoute Axel, commença-t-elle d'un ton empreint d'une alarmante gravité. Je ne sais pas vraiment ce que toi, tu perçois lorsque tu te regardes. Mais en tout cas, moi, je peux te dire que je vois quelqu'un d'absolument génial, avec un cœur en or... et un très bel homme, également. Très... séduisant. En fait, aussi magnifique à l'intérieur qu'à l'extérieur.

Le feu repassa au vert et cette fois Axel se hâta d'avancer, les yeux rivés sur la route devant lui, tandis que la main de Sonia quittait la sienne.

Un nœud s'était formé dans sa gorge, l'empêchant d'avaler de l'air.

Avait-il bien entendu ?

Pourquoi Sonia ressentait-elle tout à coup le besoin de lui dire de telles choses ? Et pourquoi, mais bordel *pourquoi* ces mots étaient-ils à peu près aussi enivrants que douloureux ?

Peut-être était-ce tout simplement parce qu'on ne lui avait jamais rien raconté de plus insensé... Peut-être parce que la pitié lui avait toujours filé la nausée.

— Tu ne devrais pas me dire ce genre de conneries, la rabroua-t-il alors, ne trouvant rien d'autre à répondre. Tu seras bien emmerdée le jour où je commencerai à y croire.

Bordel... mais pour quelle raison ne pouvait-il pas bafouiller un merci et s'en tenir là ?

Après tout, elle faisait un effort pour se montrer gentille avec lui, pour tenter de le réconforter à son tour, parce qu'elle devait imaginer qu'il en avait besoin. Il aurait dû lui en être tout bonnement reconnaissant. Qu'elle soit sincère ou pas importait peu.

Mais... elle avait paru sincère, non ?

Au fond, peut-être que c'était vrai, ne serait-ce qu'en partie. Peut-être ne voyait-elle pas le même raté méprisable que lui lorsqu'elle le regardait. Peut-être distinguait-elle toute autre chose. Sa façon d'aborder le monde et de considérer les gens était tellement atypique…

Alors peut-être, oui.

Contrairement à toutes les autres, Sonia n'avait pas détourné les yeux la première fois qu'elle l'avait aperçu, au Starbucks, tandis qu'il s'efforçait de la dessiner. D'ordinaire, Axel ne parvenait à voir dans le regard des femmes que le reflet de ses affreuses cicatrices.

Mais pas avec *elle*.

Et c'était bien là toute la différence.

Sonia lui renvoyait une autre image. Une image qu'il ne connaissait pas… qui l'effrayait un peu également, parce qu'elle lui était tellement étrangère. C'était précisément ce qui l'avait bouleversé le jour de leur rencontre – au point de lui faire perdre ses moyens et de renverser son café sur lui.

Mais c'était aussi très précisément ce qui avait provoqué le réveil de ce truc qui sommeillait dans son ventre depuis des années. Ce qui avait su libérer son désir de la prison dans laquelle il l'avait enfermé, enseveli sous des couches et des couches de terre, jusqu'à l'étouffer tout à fait, puis l'oublier.

19

Une irrépressible envie de barbe à papa

Axel

La nuit commençait à tomber lorsque Sonia et Axel rejoignirent l'appartement rue de Sévigné. Ils avaient presque atteint la porte de l'immeuble lorsque la jeune femme s'arrêta brusquement. Un hoquet paniqué lui échappa, sans raison apparente, tandis que ses yeux s'écarquillaient sous l'effet de l'angoisse. Axel suivit la direction de son regard et tomba presque instantanément sur une imposante berline stationnée sur le trottoir d'en face. Une Audi à la peinture gris métallisé. Dans laquelle un type en costard semblait attendre…

— Oh putain, je vais tuer ce sale fils de pute ! s'exclama Axel en reconnaissant Geoffrey.

Axel allait bondir quand deux bras menus s'enroulèrent brutalement autour de son buste, tentant à tout prix de le retenir.

— Non, je t'en supplie, ne fais pas ça, l'implora Sonia d'une voix brisée. S'il te plaît, ne le provoque pas. Je ne veux pas avoir à lui parler… s'il te plaît, Axel.

Tous les muscles d'Axel s'étaient contractés de fureur, la rage ayant déjà explosé en lui. Il n'avait qu'une envie, mettre une raclée à cette ordure, ce monstre qui avait fait tant souffrir son ange.

— C'est lui qui nous provoque ! objecta-t-il, serrant les dents pour ne pas foncer immédiatement sur cet abruti dans sa grosse bagnole de merde. C'est du harcèlement, Sonia. C'est la police qu'il faut aller voir à ce niveau-là !

Il se retourna pour lui faire face et plongea dans ses yeux de jade, aux pupilles dilatées par la peur – symptôme qui le révoltait au plus haut point.

Les mains de Sonia s'accrochèrent alors à son tee-shirt, empoignant désespérément le tissu, le dos de ses doigts frôlant son ventre.

Ce qui ne l'apaisa en aucune manière… bien au contraire.

Une fièvre d'une tout autre nature le gagna tout à coup.

— Laisse-moi le remettre à sa place, la conjura-t-il entre ses mâchoires crispées. Je t'assure qu'il regrettera d'avoir essayé de te recontacter et qu'on ne l'y reprendra plus après ça.

La violence bouillonnait en lui, enflammant ses veines. Il devait absolument la protéger de ce monstre, c'était son instinct qui le lui dictait.

Mais ce n'était pas le seul message qu'il lui envoyait.

— Non, refusa catégoriquement Sonia. Tu n'y récolterais qu'un tas d'ennuis supplémentaires, rien de plus. Je ne peux pas te laisser faire ça.

Sonia semblait s'être reprise. L'effroi dans ses prunelles refluait peu à peu tandis qu'elle mesurait les conséquences des menaces d'Axel. Ce dont lui, en revanche, était incapable.

L'enfoiré responsable des blessures de Sonia était à portée de mains. Et celles de la jeune femme erraient tout près de son ventre. C'était là les seules pensées cohérentes qui parvenaient à traverser son esprit.

Mais elle avait raison et en dépit du brouillard qui encombrait son esprit, il le savait. La hargne en lui avait atteint un tel degré à l'idée que l'ancien tortionnaire de Sonia ait eu le culot de s'amuser à la harceler après tout ce temps, qu'il aurait *véritablement* été capable de le tuer. Il ne pouvait pas se faire confiance lorsqu'il se trouvait dans cet état…

Il avait tellement, tellement envie de cogner ce salaud. Lui faire payer les dégâts catastrophiques que ses sévices avaient causés et dont il avait eu un déchirant aperçu au matin.

Son ange si fragile. Si près de lui.

Son ange… qui le touchait.

Axel haleta, éprouvant de plus en plus de difficultés à se contenir. Mais ce n'était plus la violence qui le régissait à présent.

Non, c'était une tout autre pulsion.

Il fit un pas vers Sonia, réduisant à moins d'une dizaine de centimètres l'espace entre eux.

— Qu'est-ce que… qu'est-ce que tu fais ? s'inquiéta-t-elle, déconcertée.

— On va lui faire passer l'envie de continuer de se pointer à l'improviste, articula-t-il péniblement.

Axel avança encore et la repoussa. Jusqu'à ce qu'elle se retrouve le dos collé au mur derrière elle.

Les mains de la jeune femme en relâchèrent leur prise sur son tee-shirt de stupéfaction. Mais il saisit ses poignets et les leva jusqu'à son cou à la place.

— De là où il est, Geoffrey croira qu'on est en train de s'embrasser, expliqua-t-il, la voix si rocailleuse que ce fut à peine s'il la reconnut. Je te garantis que ça va le faire partir.

C'était tout ce qu'il voulait.

Que ce connard se tire et cesse une bonne fois pour toutes d'importuner Sonia. Et puisqu'il ne pouvait régler ça avec des coups, il s'y prendrait autrement. Ce n'était pas un problème.

Non, en vérité, ce n'en était pas un du tout…

Sonia fronça les sourcils, mais ne protesta pas.

Il comprit qu'elle acceptait de se prêter au jeu quand il sentit ses doigts remonter le long de sa nuque pour aller se perdre dans ses cheveux, lui soutirant involontairement un long frisson de pur plaisir.

Putain de merde !

Il était déjà très excité depuis le moment où elle avait empoigné son vêtement, mais il n'avait suffi que de ce petit geste pour le rendre d'un coup aussi dur que la pierre.

Il était mal barré, c'était évident. Comment avait-il pu croire que cette solution serait la meilleure ? Il ne s'en sortirait pas indemne cette fois, il en était certain désormais.

Mais c'était trop tard de toute façon, sans compter qu'ils avaient un rôle à tenir, pour une scène qu'il lui pressait de jouer.

Axel se pencha sur Sonia, s'appuyant au mur d'une main, les protégeant ainsi du regard de Geoffrey, et prit son visage en coupe de l'autre, capturant quelques mèches de ses cheveux d'or clair au passage. Il s'inclina jusqu'à ce que son nez effleure celui de Sonia, leur haleine se mêlant l'une à l'autre. Jusqu'à pouvoir humer son parfum, aux notes sucrées tellement appétissantes, lui évoquant l'odeur de la barbe à papa.

Aurait-elle cette saveur s'il goûtait à sa bouche ?

Et… plus bas, quel délicieux arôme pouvait bien se cacher au creux de son intimité ? Aurait-il seulement un jour le privilège de le découvrir ?

Axel poussa un long soupir haché et ne put s'empêcher de passer le pouce sur les lèvres de la jeune femme, fasciné par leur tendre couleur rosée ainsi que l'ourlet délicat qui en formait le contour. Leur texture incomparablement soyeuse, véritable incitation à la gourmandise, le mit à la torture, plus férocement encore qu'il n'aurait pu l'imaginer.

Le souffle agité de Sonia lui brûla le doigt et il revint à ses yeux. Des yeux de fée, le fixant avec une intensité nouvelle, dans lesquels il parvenait presque à se voir séduisant… mais dans lesquels il décela également l'ombre d'une appréhension à laquelle Geoffrey était tout à fait étranger.

Elle ne songeait plus à son connard d'ex désormais, Axel avait toute son attention. Cela étant, il ignorait comment interpréter ce qu'il lisait au fond de ses pupilles.

Était-ce encore une mise en scène pour elle ? Parce qu'il n'était pas sûr que ça l'ait jamais été pour lui, en fin de compte.

Le bruit sourd d'un moteur rugissant avec éclat, puis de pneus crissant brutalement sur l'asphalte, lui parvint de manière lointaine, comme à travers une espèce de bocal.

Le regard de Sonia dériva, lui échappant soudain.

— Il est… il est parti, cafouilla-t-elle, sans le repousser pour autant.

— Je te l'avais dit, parvint-il péniblement à murmurer.

Ça aurait dû être le moment où jamais de s'écarter d'elle, de reprendre sa respiration ainsi que ses esprits, de se ressaisir, puisqu'ils avaient manifestement atteint leur but. Mais Axel se rendit subitement compte qu'il en était tout à fait incapable.

Son poing se referma, appuyant à s'en faire mal contre le mur, tandis que son autre main descendait dans le cou de Sonia. Là où sa peau était si douce, irrépressible tentation.

Merde…

La jeune femme demeurait immobile, l'observant prudemment derrière ses grands cils, l'air à peu près aussi perdu que lui.

Sa respiration s'emballa tandis qu'il luttait de toutes ses forces pour lui rendre sa liberté.

Mais c'était impossible.

Ne pas obéir à cet impérieux besoin était devenu contre nature.

Aussi abandonna-t-il ce combat perdu d'avance et y céda-t-il, faisant fi des conséquences.

Leurs bouches étaient déjà si près l'une de l'autre qu'il n'eut que quelques millimètres à parcourir pour les réunir. Dans une caresse si légère qu'elle fut aussi délicieuse que douloureuse.

Il en avait mal partout à force de se battre contre ses propres ardeurs. Néanmoins, il voulait avant tout qu'elle ait le temps de le repousser si nécessaire. Le temps de se faire à son contact également, tout comme lui goûtait au sien… s'en repaissait, exquis velouté à la saveur émouvante, rappelant quelques friandises, si proche déjà de basculer.

C'était tellement bon…

Axel accentua doucement la pression de ses lèvres sur celles de Sonia, puis les captura délicatement entre les siennes, encore et encore. Il ramena la main qu'il avait écorchée contre le mur pour la poser sur la mâchoire de la jeune femme, de manière à mieux orienter son visage vers lui…

Ou bien à mieux la tenir captive de son étreinte, il n'aurait su le dire en cet instant.

Il la sentit trembler entre ses bras et hésiter.

Peut-être aurait-il été plus raisonnable de lui laisser la possibilité de recouvrer ses esprits et de se désister. Mais il était allé beaucoup trop loin pour ça. Il avait franchi la limite depuis un bon moment. Plus aucun retour en arrière n'était envisageable. Il se brûlerait sans doute les ailes, mais tant pis.

Le peu d'espace qui existait encore entre eux devint alors intolérable. Axel se plaqua contre Sonia, écrasant sa poitrine de son torse, pressant son bassin au sien, réalisant en même temps tout ce qu'il y avait d'indécent dans son geste.

Pour la subtilité, il repasserait. Comme pour le romantisme, du reste… Maintenant, Sonia savait qu'il bandait déjà comme un malade.

Elle le lui confirma en se raidissant brusquement, manifestement surprise de le trouver dans un tel état d'excitation.

Ses lèvres s'entrouvrirent, peut-être pour protester. Mais Axel préféra y voir l'invitation qu'il crevait d'envie de recevoir et laissa sa langue s'engouffrer dans la brèche, cherchant désespérément la sienne.

Un grognement sourd et vibrant, bien plus puissant qu'il n'aurait voulu, lui échappa subitement lorsqu'il la trouva, la chaleur de sa bouche conjuguée à la proximité de leurs corps le rendant complètement fou.

Puis Sonia décida finalement de répondre à son baiser, s'alanguissant soudain entre ses bras, s'abandonnant à lui. Les ongles de la jeune femme s'enfoncèrent dans son cuir chevelu et un petit gémissement roula dans sa gorge.

Qu'il s'empressa d'avaler.

Et ce fut le nirvana…

Bordel, mais comment avait-il fait pour se passer de ça aussi longtemps ?! Comment avait-il pu survivre jusque-là sans elle ? Plus jamais il ne le pourrait dorénavant. Pas maintenant qu'il savait quel effet cela faisait de l'embrasser, de l'avoir tout contre lui.

C'était si merveilleux… et tellement douloureux aussi.

Le désir qui embrasait son être était d'une telle violence qu'il oscillait sans cesse entre plaisir indicible et cruelle souffrance. La brûlure se concentrait entre son entrejambe et ses reins, lui sciant vicieusement le ventre de concert, entraînant une telle tension que chacun de ses muscles s'était crispé, dans l'attente fébrile de ce qui allait suivre.

Il aurait aimé prolonger ce tendre baiser encore un peu, parce que c'était probablement ainsi qu'une jeune femme telle que Sonia méritait d'être embrassée.

Mais il perdait le contrôle.

Sans vraiment l'avoir voulu, il tira sur ses cheveux de façon à ce qu'elle renverse davantage la nuque, lui offrant ainsi un meilleur angle d'attaque. Puis il plongea la langue plus avant dans sa bouche, caressant la sienne de manière appuyée, de plus en plus voracement, la dévorant sans pudeur, tel le voyou qu'il était.

Toute la frustration qu'il s'était si longtemps interdit de ressentir rejaillissait soudain.

Il lui en fallait plus… tellement plus !

À chaque étape franchie, chaque soulagement, chaque délice, le manque s'avivait en lui, attisant sans cesse son appétit.

Il avait une telle faim d'elle !

Son cœur martelait sa poitrine à une vitesse complètement délirante tandis qu'il écartait nerveusement l'un des pans du manteau de Sonia pour y glisser la main, l'arrimant au creux de sa taille. L'autre relâcha ses cheveux et glissa sous son chemisier, à la naissance de ses seins, s'enivrant de la douceur de sa peau à cet endroit.

Le monde extérieur n'existait plus. Il n'y avait plus qu'elle et lui. Et la magie de ce moment. Ces sensations merveilleuses… ces émotions, d'une intensité sans précédent.

Bordel, il était dingue d'elle !

Complètement. Totalement. Inexorablement. Fou de Sonia.

20

De la douceur à l'exigence

Sonia

Sonia errait dans la plus grande confusion, coincée dans un univers étrange, fait de frissons et de chaleur, où le temps paraissait s'être arrêté.

Axel s'était penché sur elle et, avec mille précautions, l'avait embrassée. Dans une étreinte d'une tendresse terriblement émouvante, qu'elle n'aurait jamais cru possible – encore moins venant de cet homme tellement à part.

Une étreinte qui ne cessait de s'affermir, pour devenir peu à peu plus… passionnée.

Elle avait été incapable de l'en empêcher. Tout comme elle était incapable d'y mettre un terme également. Elle aurait voulu pouvoir réagir.

Le repousser.

Ou alors l'enlacer avec plus d'assurance.

Elle était si démunie face à de telles attentions…

Elle savait qu'elle n'aurait pas dû le laisser faire, se trouvait incroyablement cruelle pour ça. Pourtant, elle s'abandonnait, vaincue par ses caresses, son odeur de savon mêlée à ce je-ne-sais-quoi de typiquement masculin qui cependant n'appartenait qu'à lui, la surprenante douceur de ses gestes ayant eu définitivement raison d'elle.

Ce baiser était si différent de tous les autres…

Tellement plus fort. Dévorant. Dévastateur.

Et exigeant.

Jamais encore un homme ne l'avait embrassée de cette façon, avec autant de prudence et de feu, de prévenance et d'ardeur, aussi contradictoires que soient toutes ces notions. Axel semblait lui livrer son âme dans cette étreinte, sacrifier une partie de lui-même, qu'il jetait à ses pieds, rien que pour elle.

Mais tout en réclamant la même chose en retour, l'appelant avec toujours plus d'impatience et de violence…

Jamais encore elle n'avait ressenti ce truc bizarre non plus. Comme une espèce de fièvre moite, s'accompagnant d'une tension aussi agaçante que délicieuse, se propageant du fond de son ventre jusque entre ses cuisses. Tandis que son cœur se serrait de plus en plus vivement dans sa poitrine, une émotion puissante, mais indéfinissable, le terrassant brusquement.

La torpeur habituelle et rassurante que lui procuraient immanquablement les brefs moments de ce genre, partagés à la va-vite avec de parfaits inconnus, était si loin.

Non, cette fois, rien de confortable ni de familier.

Mais une véritable tempête à la place.

Une tempête incontrôlable. Et incroyablement effrayante.

Axel se pressait contre elle et elle pouvait sentir toute l'importance et l'urgence de son désir. Lequel l'interpellait jusqu'au plus profond de son être, la perturbait presque autant qu'il la bouleversait.

Sonia eut à peine le temps d'assimiler tout ça, d'apprivoiser ces sensations nouvelles, totalement inconnues, que déjà les choses évoluaient.

Axel ne lui accordait aucun répit et, la douceur paraissant finalement l'avoir quitté, ne cessait de batailler pour conquérir davantage de territoires, ne se satisfaisant apparemment guère de ceux déjà acquis.

Son baiser s'approfondit encore, se faisant soudain plus rude, tout comme sa prise dans ses cheveux, l'obligeant un peu trop âprement à basculer la tête vers lui. Les dents d'Axel lui éraflèrent douloureusement les lèvres dans sa frénésie.

D'exigeant, cela devint carrément assujettissant.

Imposant.

Terrifiant... lorsqu'une de ses mains tira durement sur son manteau pour s'emparer fermement de sa taille, l'immobilisant tout à fait, prévenant ainsi toute retraite, la retenant captive entre le mur et lui. Tandis que les doigts de l'autre s'engouffraient sous son haut, se lançant à l'assaut de sa poitrine, prêt à faire tomber les premiers remparts protégeant son intimité.

Prêt à la tripoter en pleine rue...

Sonia serra brusquement les jambes, une curieuse, mais virulente décharge la saisissant tout à coup.

Prise de court, à la fois pantelante et en proie à une vive angoisse, le contrôle de la situation lui échappant complètement, elle attrapa le poignet d'Axel et l'écarta brutalement de son chemisier.

Puis elle s'efforça de se dégager de son emprise, le sommant à grand renfort de gestes fébriles de battre en retraite. Afin d'enfin recouvrer cette précieuse liberté dont il venait impunément de la priver.

— Ça suffit, lâche-moi ! finit-elle par crier, sans vraiment l'avoir voulu. Tu es malade ou quoi ?!

Elle devait absolument se reprendre, retrouver la maîtrise de son corps ainsi que celle des événements. Pas question de se laisser dépasser, encore moins d'offrir à quiconque l'occasion de la dominer.

Axel se raidit subitement et s'immobilisa d'un coup, rendant immédiatement les armes, n'opposant aucune résistance. Ses lèvres s'éloignèrent de celles de Sonia, mais demeurèrent tout près, refusant cependant de trop s'écarter.

Puis un soupir haché et rauque, un peu sifflant, entre plainte éperdue et frustration extrême, fusa d'entre ses mâchoires serrées.

— Sonia, haleta-t-il, comme choqué, totalement hors d'haleine.

Une supplication, ou bien un reproche, difficile à déterminer.

Allait-il la traiter de salope et d'allumeuse, lui aussi, comme les autres le faisaient toujours ?

Il se redressa légèrement, de manière à pouvoir l'observer. Ses mains, qu'elle maintenait loin d'elle, se défirent d'autorité des siennes et, bravant son interdit, revinrent immédiatement se poser sur son visage. Qu'il prit en coupe pour la contraindre à relever la tête.

Ses yeux noirs et affolés cherchèrent désespérément les siens, puis s'y rivèrent résolument lorsqu'elle se décida à lui faire face. Ce qu'elle lut alors dans ses prunelles l'ébranla, une boule lui obstruant soudain la gorge, l'empêchant d'avaler sa salive. La panique s'y mélangeait à une immense détresse, sur fond de douleur sombre, teintée d'une subtile note d'amertume.

Envolé le bad boy arrogant et rebelle qui se complaisait dans la provocation et que rien n'atteignait. Ce n'était plus qu'un homme désemparé, vulnérable et inquiet qui se tenait devant elle.

Blessé, par sa faute.

C'était aussi inattendu que déstabilisant, mais elle en avait le pouvoir, visiblement. Parce qu'après l'avoir laissé l'enivrer de ses tendres attentions, elle l'avait repoussé violemment, sans aucun ménagement.

Comme à son habitude, au demeurant.

Après tout, c'était toujours ainsi qu'elle procédait. Sauf que cette fois, ça n'avait rien d'un jeu et que la réaction d'Axel ne l'amusait pas du tout… au contraire.

Sonia battit des paupières, incapable de soutenir davantage un tel regard, et une larme, qu'elle n'avait pas sentie venir, roula sur sa joue.

Merde… elle ne voulait pourtant pas pleurer.

Pas *encore* !

Sans compter qu'elle n'avait aucune raison de le faire dans la situation actuelle.

Mais ce baiser l'avait chamboulée plus qu'elle n'était prête à l'admettre, la laissant sens dessus dessous. Peut-être aussi dévastée qu'Axel paraissait l'être lui-même.

— Putain, pas ça… gémit-il d'une voix atrocement éraillée, essuyant du pouce la traînée humide sur sa pommette.

Ses sourcils s'incurvèrent vers le haut, comme suppliant, tandis qu'il blêmissait, une expression déchirante marquant ses traits. Axel sembla soudain si malheureux qu'elle en fut presque malade.

Qu'avait-elle fait ?!

Pourquoi Axel prenait-il aussi mal le simple fait qu'elle ait mis fin à leur étreinte – certes, un peu brutalement, mais tout de même ?

Parce qu'au final, ce n'était que ça, non ?

Un fulgurant pincement au cœur obligea Sonia à reconnaître que c'était loin d'être aussi simple…

Elle l'avait rejeté de façon violente en vérité – voire même méchamment – sans crier gare, après l'avoir laissé croire qu'elle voulait la même chose que lui.

Et cependant, elle était fâchée contre lui, lui en voulait affreusement. Et il le devinait, bien qu'il ne puisse en comprendre la raison.

Parce qu'elle…

Mince, oui, c'était bien ça ! Elle avait des sentiments pour lui.

Elle en avait eu dès le début. Elle le réalisait à présent. Axel venait de la forcer à en prendre conscience. Et cela la plongeait dans une colère noire.

Il n'avait pas le droit de faire ça ! Pas le droit non plus de feindre d'en avoir pour elle. Rien d'autre qu'une révoltante illusion. Elle refusait même de l'envisager autrement.

Leur amitié naissante – qui n'en était pas exactement une, aucun d'eux n'était vraiment dupe à ce sujet –, ou en tout cas leur relation, quelle qu'elle soit, était-elle en danger ? Leur arrangement tenait-il seulement encore ?

— Je suis désolée, balbutia-t-elle, ne sachant quoi dire d'autre.

En l'occurrence, c'était vrai. Elle regrettait de ne pas avoir tout arrêté tant qu'il était encore temps, alors qu'elle avait parfaitement conscience qu'elle ne serait jamais en mesure de lui donner ce qu'il attendait d'elle.

— Non, c'est moi, maugréa-t-il, sans cesser de caresser sa joue de son pouce, comme s'il ne pouvait malgré tout s'en empêcher. J'ai merdé… J'ai *grave* merdé, même…

Sonia aurait bien aimé savoir ce qu'il entendait par là, mais elle ne le lui demanderait pas. Ça ne ferait que prolonger cet instant, douloureux, pour l'un comme pour l'autre. Et aucun d'eux n'avait besoin de ça.

— Je… Axel, marmonna-t-elle en le repoussant à nouveau, plus doucement cette fois-ci. Ne… ne refais jamais ça, s'il te plaît.

Il ne résista pas, mais ne s'écarta pas non plus, ne consentant à lui rendre que l'espace qu'elle parvenait à réinstaurer entre eux à la force de ses bras. Comme s'il ne voulait pas de cette distance, mais s'y conformait néanmoins, uniquement parce qu'elle le lui imposait.

L'air abattu, Axel ferma les yeux et serra très fort les paupières.

— Je te demande pardon, grogna-t-il avec une résignation un peu amère.

Il poussa un lourd soupir et se passa la main dans les cheveux tout en avisant le ciel, comme pour s'exhorter au calme ou bien essayer de se ressaisir.

Sonia le contourna et se hâta d'aller jusqu'à la porte de son immeuble. Elle l'ouvrit et attendit qu'il la rejoigne, craignant cependant qu'il ne le fasse pas.

Mais il la suivit, le regard bas et les épaules légèrement voûtées.

Ils montèrent ainsi les quatre étages, dans le plus grand silence. Puis ils se séparèrent une fois dans l'appartement, toujours sans un mot.

Axel s'enferma dans sa chambre et elle fit de même. Puis elle s'écroula sur son lit encore défait, complètement déboussolée.

Sonia serra contre elle son oreiller, en proie à une profonde mélancolie.

Elle se sentait si mal… Et ça n'avait plus rien à voir avec ce qui s'était passé au matin.

Elle aurait tellement aimé être différente. Juste pouvoir être une femme normale… capable de gérer ce genre de choses. Et découvrir où tout ça aurait pu les mener, Axel et elle, sans plus de préoccupations.

Mais c'était impossible.

Elle était brisée et défaillante et rien ne changerait cet état de fait. Aucune histoire n'était envisageable dans ces conditions, il ne fallait pas se leurrer. Puis, quand bien même n'aurait-elle pas paniqué au moment où la situation s'était un peu corsée, qu'elle n'aurait décemment guère pu laisser Axel aller beaucoup plus loin.

Lui offrir quelque opportunité que ce soit de devenir plus intime avec elle revenait à s'exposer beaucoup trop dangereusement. C'était prendre le risque insensé de ruiner tout ce qu'elle s'était efforcée de protéger, lui permettre d'écraser sur son passage tous les fragiles petits morceaux d'elle-même qu'elle n'avait jamais pu recoller.

Axel finirait immanquablement par dire d'elle la même chose que Geoffrey – ou du moins le penserait-il. Et il la mépriserait pour cela. Puis il lui en voudrait, nourrirait une profonde et inavouable rancœur à son égard.

Et ça, c'était hors de question.

Plus jamais elle ne voulait entendre ces remarques dégradantes à son sujet. Plus jamais elle ne subirait ça. En aucun cas elle ne redonnerait ce pouvoir à un homme.

C'était terminé, elle se l'était juré.

21

Pudeur et distance

Sonia

Sonia s'était assoupie quand des coups sourds la tirèrent peu à peu du lourd sommeil dans lequel elle s'était enlisée. Elle se redressa sur un bras et attendit que le bruit étrange se répète. Mais seule la lointaine rumeur de l'eau qui coulait dans la salle de bains d'Axel lui parvint.

Sans doute avait-elle dû rêver.

Elle se releva et, encore un peu étourdie, avisa son radio-réveil.

Il était plus de 20 heures et Axel ne semblait pas vraiment enclin à faire la cuisine manifestement. Elle se leva et se rendit au salon, passablement gênée à l'idée de devoir passer toute une soirée avec lui après les événements de la journée.

Elle fouilla dans le frigidaire et y trouva plusieurs plats, préparés à l'avance par Axel. Elle mit la table pour deux et patienta un peu, le temps qu'il termine de se laver et vienne la rejoindre.

Mais au bout de trois quarts d'heure d'attente, elle dut se faire une raison. Selon toute vraisemblance, Axel n'avait aucune envie de partager un repas avec elle ce soir…

Sans doute aurait-elle dû prendre son dîner seule et le laisser tranquille. Mais l'idée qu'il cherche à l'éviter après la façon dont elle l'avait éconduit quelques heures plus tôt la perturbait de plus en plus.

Elle remonta le couloir jusqu'à sa chambre et toqua à la porte. Puis elle frappa à nouveau, plus fort, comme personne ne lui répondait.

— Ouais, grommela Axel de mauvaise grâce, de l'autre côté du battant.

Elle se décida alors à entrer et le trouva torse nu dans son lit, adossé au mur, le petit carnet sur lequel il écrivait lorsqu'ils s'étaient rencontrés au Starbucks posé près de lui.

Il se releva à son arrivée, dévoilant un boxer noir, seul vêtement qu'il portait. Puis il se hâta d'enfiler son jean, négligemment abandonné au sol.

Sonia eut bien du mal à ne pas l'observer pendant qu'il se rhabillait. Réprimer sa curiosité fut d'ailleurs si difficile que l'effort lui donna chaud.

À la place, elle observa la chambre.

En dehors des vêtements de la journée – qu'Axel semblait avoir jetés au sol –, rien d'autre ne traînait. Il avait pourtant pris possession des lieux. Son ordinateur était installé sur le bureau et ses affaires entreposées sur chaque surface disponible. Tout était rangé et plutôt ordonné.

— Qu'est-ce qu'il y a ? lui demanda Axel de sa belle voix grave, oubliant de la regarder.

Ses yeux se posèrent un peu partout dans la pièce tandis qu'il ébouriffait ses cheveux encore humides d'un geste distrait, sauf sur elle.

— Tu ne viens pas dîner ? s'inquiéta-t-elle.

Axel déglutit, puis fourra les mains au fond des poches de son jean, les muscles de ses épaules et de son torse, toujours dénudé, roulant sous sa peau pâle, recouverte en partie de tatouages à la teinte gris foncé légèrement délavée.

— Pas ce soir, je n'ai pas faim. On a déjeuné tard, de toute façon. Mais il y a tout ce qu'il faut pour toi dans le frigo, si tu veux. Tu auras juste à te faire réchauffer un truc. Je pense que c'est encore dans tes cordes, non ?

Une vive déception envahit soudain Sonia.

Cette fois, c'était certain, Axel cherchait effectivement à l'éviter. Si elle avait appris une chose sur lui depuis le peu de temps qu'ils se connaissaient, c'était qu'il avait *toujours* faim. Il avait beau être très mince, il n'en possédait pas moins un coup de fourchette des plus impressionnants. Sans compter qu'il mettait généralement un point d'honneur à ne sauter aucun repas...

— D'accord, merci, se résolut-elle à accepter.

Sonia allait refermer la porte lorsqu'elle s'arrêta, encore sur le seuil.

La tension entre eux, tous ces non-dits qui crépitaient dans l'espace les séparant, était insupportable. Il fallait crever l'abcès.

Dès maintenant.

Sans ça, la cohabitation risquait de devenir infernale.

— J'ai l'impression d'avoir fait quelque chose de mal, lâcha-t-elle, se sentant affreusement coupable, sans pouvoir tout à fait se l'expliquer.

Axel poussa un grognement affligé, puis ferma les paupières. Il prit une grande inspiration et secoua la tête.

— Non, Princesse, tu n'as rien fait de mal, assura-t-il d'un ton étrangement doux. C'est moi. Séduisant et génial, d'accord, mais pas à ce point-là, faut pas déconner. J'ai pigé, ne t'inquiète pas. Reçu cinq sur cinq. Tu avais déjà été claire à ce sujet, pourtant. Je ne sais pas ce qui m'a pris. Je n'aurais pas dû te sauter dessus comme ça, ce n'était pas très malin de ma part. Ni très calculé, en fait. Le chapitre est clos, OK ?

Qu'aurait-elle pu répondre ?

Bien sûr que si, elle le trouvait séduisant à ce point. Mais le lui dire n'aurait fait qu'ajouter à leur confusion mutuelle – ce qui n'était guère nécessaire.

Axel extirpa une main de son jean pour se frotter la base du front du bout du pouce. C'est alors que Sonia remarqua les écorchures et les contusions sur ses jointures.

— Tu t'es blessé ? s'étonna-t-elle.

Comment avait-il pu se faire ça ? Il n'avait pourtant pas quitté l'appartement depuis qu'ils étaient rentrés ensemble, elle en était presque certaine.

Axel eut un petit mouvement de recul, interloqué. Puis il suivit son regard en direction de sa main. Il jeta un coup d'œil à ses plaies, ouvrant les doigts pour mieux les inspecter, comme s'il les découvrait en même temps qu'elle.

— Oh, ça ? s'enquit-il avec une indifférence passablement suspecte. Ce n'est rien, j'ai juste dû… je crois que j'ai… Mouais, tu sais quoi ? Je ne me rappelle plus trop. Bon, je suis crevé et je dois être à 8 heures tapantes au taf demain, donc…

Il pinça les lèvres en guise de conclusion.

Axel souhaitait être seul. Il essayait d'être plus ou moins aussi désagréable qu'à son habitude, mais en vain. Sa morgue coutumière paraissait l'avoir totalement déserté.

Il avait juste l'air très las.

Sonia préféra ne pas insister et quitta la pièce.

Le bruit des coups n'avait pas été un songe, finalement. Axel avait dû cogner quelque part pour que ses poings se retrouvent dans un tel état. Pas dans la chambre, elle l'aurait remarqué sinon. Mais certainement dans la salle de bains, sur la faïence, peut-être…

Un comportement assez effrayant, qui lui faisait froid dans le dos.

Sonia avait déjà partagé le quotidien d'un homme violent et ne voulait en aucun cas revivre ça. Elle savait qu'Axel avait cette espèce de rage en lui, prête à exploser à tout moment. Elle l'avait sentie dès le début. Et les visites à répétition de Geoffrey aujourd'hui avaient failli le pousser à la laisser éclater.

Elle ignorait ce qui avait conduit Axel à tabasser un mur ce soir – si tant est que ce fut bien ça – et espérait de tout cœur que cela n'avait rien à voir avec elle.

Une chose était sûre, elle aurait dû le trouver beaucoup moins rassurant après ça.

Ça aurait même été logique d'ailleurs…

Pourtant, ce n'était pas le cas. Axel avait sans doute de gros soucis, mais il n'avait absolument rien de comparable avec Geoffrey. C'était probablement totalement irrationnel et imprudent, pourtant Sonia avait l'intime et profonde conviction qu'Axel ne lui ferait jamais – du moins volontairement – le moindre mal.

Quand Sonia se leva le lendemain matin, Axel était déjà parti.

Toutefois, elle trouva sur la table tout ce qu'il fallait pour le petit-déjeuner.

Un couvert avait été dressé à son intention. Des tranches de pain frais et un croissant étaient posés juste à côté dans une corbeille, non loin de diverses sortes de confitures. Il y avait également un verre de jus d'orange pressé et un saladier rempli de fruits découpés en petits morceaux.

À quelle heure Axel s'était-il levé pour préparer tout ça ? Il savait pourtant qu'elle ne prenait jamais de petit-déjeuner… Pourquoi s'était-il donné autant de mal ?

Elle n'avait pas le cœur de tout jeter, aussi décida-t-elle de se mettre à table et d'engloutir tout ce qu'il lui serait possible.

Après quoi, elle préféra zapper le footing, l'estomac beaucoup trop lourd pour aller courir.

Axel ne rentra que vers 19 heures, tandis qu'elle était encore en train de travailler dans son atelier. Elle l'entendit bricoler dans la cuisine pendant qu'elle terminait de traiter l'une des photos prises au concert.

Une fois qu'elle eut fini, elle quitta la pièce, s'apprêtant à le rejoindre au salon, lorsqu'elle tomba nez à nez avec lui, dans le couloir, un sandwich à peine entamé à la main.

Il portait une chemise grise – à peu près dans le même état d'usure que la blanche sur laquelle il avait renversé du café – sur un pantalon noir plutôt classe, sa veste de costume sur le bras. En revanche, ses cheveux étaient toujours autant en pétard que d'ordinaire, offrant un contraste saisissant, entre rébellion et une certaine élégance – sans aucun doute involontaire.

— Je… je t'ai laissé de quoi dîner sur la table, lui apprit-il avant d'ouvrir la porte de sa chambre d'un geste un peu nerveux, prêt à s'y enfermer de nouveau.

— Tu laisses beaucoup de choses sur la table, observa Sonia.

Remarque ô combien pertinente…

Axel s'interrompit dans son mouvement et battit des paupières.

— Quoi ?

Sonia se pinça l'arête du nez, se tançant intérieurement pour ses réflexions complètement à côté de la plaque.

— La bouffe, c'était le deal, non ? fit-il valoir en fronçant les sourcils. Quoi qu'il en soit, d'ici deux mois je devrais avoir mis assez de thunes de côté pour l'école de Morgane. Je pourrais enfin prendre un studio et tu ne m'auras plus dans les pattes.

Il allait filer dans sa chambre, mais il s'arrêta avant d'en avoir franchi le seuil.

— L'autre connard n'est pas venu t'emmerder aujourd'hui, n'est-ce pas ? voulut-il néanmoins s'assurer, lui jetant enfin un bref regard inquiet.

— Non, pas aujourd'hui.

— Parfait, acquiesça-t-il, refermant ensuite la porte derrière lui, laissant Sonia plantée là, comme une parfaite abrutie.

Le lendemain, Sonia rentra tardivement à cause d'une séance photo hors de Paris qui s'était un peu trop prolongée. Axel s'était déjà enfermé dans sa chambre et elle ne le croisa même pas.

Aussi, mercredi soir, elle s'arrangea pour se trouver dans le salon avant qu'il revienne, afin d'être sûre de le voir. Et, si elle en avait le courage, lui parler.

La situation était devenue intenable.

Depuis le baiser échangé à la porte de son immeuble dans des conditions pour le moins confuses, Axel s'obstinait à l'éviter et Sonia le supportait de moins en moins. C'était étrange, mais cette amitié balbutiante, à peine instaurée entre eux, lui manquait déjà. La présence d'Axel, ses piques bien senties, ses sourires, aussi rares que bouleversants, tout cela lui manquaient.

Déraisonnablement.

En fait, *il* lui manquait…

Axel arriva aux alentours de 19 heures, tandis qu'elle venait de dépasser la centième page du livre dans lequel elle s'était plongée.

Il franchit le seuil du salon en lui jetant à peine un coup d'œil et fila dans la cuisine sans un mot, un cabas de courses – à l'effigie du dernier Star Wars – à la main et un sac à dos kaki pendant négligemment à l'épaule.

— Salut, hasarda Sonia, un peu décontenancée par autant de froideur.

Elle se leva du canapé et rejoignit Axel près du frigidaire dans lequel il s'affairait à ranger les provisions qu'il venait d'acheter.

Il marmonna quelque chose, lui rendant la politesse de mauvaise grâce.

C'était tellement agaçant ! Pourquoi se comportait-il comme s'il était fâché contre elle alors qu'il avait pourtant assuré que ce n'était pas le cas ?

— Ta journée s'est bien passée ? tenta-t-elle encore, s'efforçant de prendre un ton détaché.

— Pas vraiment, non, grommela-t-il en refermant la porte du frigo.

Sonia pencha la tête sur le côté, surprise.

Après avoir été très probablement obligé de se mettre au hacking en parallèle de son travail à la boutique informatique de son ami – afin d'avoir de quoi financer les études de ses trois sœurs –, Axel n'aurait-il pas dû être ravi d'avoir obtenu ce poste dans la société d'Aidan, sans aucun doute mieux payé et nettement plus intéressant ?

— Pour quelle raison ? se renseigna-t-elle, curieuse.

Axel sembla hésiter quelques secondes, puis, enfin, leva les yeux jusqu'à elle.

Une vague de chaleur douce et agréable se déversa en elle au moment où leurs regards s'accrochèrent, celui, si sombre, d'Axel, ne manquant jamais de la troubler.

Il soupira, paraissant devoir prendre sur lui pour répondre. Mais il avait également l'air épuisé, comme s'il n'avait pu faire de nuit complète depuis beaucoup trop longtemps.

— J'ai une sainte horreur de l'open-space, se résolut-il à expliquer en s'appuyant contre le plan de travail derrière lui. Le taf en lui-même passe encore, mais devoir rester toute une journée cloîtré entre quatre murs avec cette bande d'abrutis en costard qui me regarde sans cesse de travers me gave copieusement.

— Tu ne t'entends pas avec tes collègues ?

Axel haussa les épaules, puis se détourna.

— Je ne m'entends pas avec grand-monde.

Il fouilla dans son sac à dos et en sortit une petite ardoise Velleda blanche à laquelle était fixé un feutre noir.

— Tu vois un inconvénient à ce que je laisse ça ici ? demanda-t-il en désignant le frigidaire.

— Euh, non, pas de souci, attesta Sonia, s'interrogeant néanmoins sur l'utilité de l'objet.

— Comme j'en ai un peu marre de cuisiner pour rien ces derniers temps – vu que tu ne manges quasiment aucun des trucs que je te prépare, lui reprocha-t-il en plaçant l'ardoise aimantée sur la porte en acier brossé du frigo, j'ai pensé que ce serait pas mal que tu notes ce que tu aimerais que je fasse, ou que j'achète. Enfin bref, à toi de voir.

Il esquissa un geste un peu dépité, puis fit demi-tour, prêt à l'abandonner au milieu de la cuisine.

— Attends, essaya-t-elle de le retenir, déçue qu'il la fuie déjà. Je vais inaugurer ça tout de suite !

C'était une idée un peu bizarre. Mais Axel voyait certainement là un moyen d'échanger un minimum avec elle sans avoir à se rencontrer. Une perspective qui la chagrinait beaucoup…

Axel se retourna et fronça les sourcils, l'observant avec perplexité.

Sonia décrocha le feutre.

Elle ignorait ce qu'elle allait pouvoir marquer sur le petit tableau vierge. Mais elle tenait absolument à arranger les choses entre eux et ce n'était pas en le laissant s'éclipser de nouveau dans sa chambre que ça arriverait.

Alors elle se jeta à l'eau et écrivit ce qui lui passait par la tête. Comme ça, sans réfléchir.

— Des bonbons
— Un sourire d'Axel

L'un faisait partie de ses interdits et l'autre de ces phénomènes précieux, presque extraordinaires du fait de leur rareté. Mais les deux étaient doux et agréables… réconfortants.

Elle se sentait si seule ces derniers temps. C'était presque devenu insupportable depuis qu'il avait décidé d'établir cette distance si pesante entre eux.

Axel cilla en lisant les mots de Sonia. Puis il croisa les bras, son sac sur l'épaule, oubliant manifestement qu'il s'apprêtait à quitter la pièce l'instant d'avant.

— Voilà ce que j'aimerais, confirma-t-elle.

En réalité, concernant le second point, elle en avait besoin. Un besoin urgent. Parce que le malaise entre eux était trop lourd et douloureux pour ne pas être allégé sur-le-champ.

— Ah ouais ? l'interrogea Axel, l'étudiant avec une soudaine intensité.

Comme s'il s'efforçait de trouver au fond de ses prunelles un sens caché à son absurde petite liste.

— Ouais.

Un petit rire rauque et étouffé, très bref, lui échappa et il secoua la tête avec lassitude. L'un des coins de ses lèvres se retroussa légèrement, en un sourire de fortune, aussi branlant que bancal, teinté cependant d'une certaine tristesse.

Puis il se frotta les yeux du pouce et de l'index, visiblement exténué.

— Sonia, commença-t-il péniblement, la voix extrêmement rocailleuse. Il faut que je…

Tout à coup la sonnerie de l'interphone retentit à travers l'appartement, coupant court à leur discussion.

— Je n'attends personne, avisa-t-elle en se raidissant, subitement sur le qui-vive.

Axel se rembrunit en un éclair. Il laissa tomber son sac au sol et s'empressa d'aller dans l'entrée.

— Si c'est encore l'autre taré, il n'y a pas moyen, cette fois, je descends lui éclater la gueule, prévint-il en décrochant le combiné, sans attendre que Sonia l'y ait autorisé.

22

Un jeu à double tranchant

Axel

Alors là, pour une fois, ce petit merdeux de Geoffrey tombait bien ! Axel avait justement besoin de se défouler, d'évacuer toute cette tension qu'il avait accumulée ces derniers temps.

Et ça ne serait pas beau à voir, c'était certain…

S'il avait pu goûter aux saveurs du paradis lorsqu'il avait embrassé Sonia, essuyer l'instant d'après un rejet aussi brutal – presque hystérique, un revirement tellement violent qu'il filait le vertige – et devoir ensuite tenter de trouver le sommeil dans la chambre qui jouxtait la sienne, la croiser chaque jour que Dieu faisait, sans avoir le droit ne serait-ce que d'envisager de recommencer, était un véritable enfer.

Vivre avec le bordel noir qui régnait en ce moment sous son crâne était encore un autre calvaire, à s'en faire péter les dents. L'équilibre précaire qu'il avait réussi à maintenir plus ou moins jusque-là avait été rompu. Le château de cartes balayé, terrassé d'un infime soupir.

Le *sien*…

Bordel, mais pourquoi avait-il fallu qu'il rencontre cette fille ? Cette fille si compliquée…

Tout était simple, morne et ennuyeux peut-être, mais prévisible et tranquille avant ça. Sans douleur qu'il ne pouvait encaisser.

Jamais auparavant Axel n'avait éprouvé quoi que ce soit pour une femme. Il n'avait laissé à personne l'occasion de l'atteindre de cette façon, ne s'en tenant qu'à l'attirance physique, autant dans le but d'assouvir un besoin naturel que de prouver – aux autres comme à lui-même – qu'il était une espèce d'enfoiré de tombeur.

Enfin ça, bien entendu, c'était avant.

Avant *l'accident*, il s'était contenté d'accumuler les conquêtes sans aucun état d'âme, tel le crétin désinvolte et arrogant qu'il avait été.

Après…

Après, le défi s'était corsé et la chose n'avait plus présenté aucun intérêt. Après, l'idée même d'essayer de séduire quelqu'un lui répugnait.

Jusqu'à Sonia.

Putain de sentiments à la con ! C'était bien sa veine de se mettre à ressentir tous ces trucs complètement dingues, tellement excessifs et absurdes, pour une fille pareille ! Une femme qu'il ne pourrait jamais avoir, pour autant de raisons qu'il y avait de grains de sable au Sahara.

Et si encore il n'avait pas su l'effet que procuraient la caresse de ses lèvres sur les siennes, la chaleur de son corps contre le sien. S'il n'avait pas connu l'odeur enivrante de sa peau, le son si troublant d'un de ses gémissements… Mais non, il avait fallu qu'il cède à ses pulsions et qu'il lui arrache tout ça !

Mais quel abruti il avait été ! Comme s'il y avait eu la moindre chance pour que ça marche ! Axel avait bien tenté de s'éloigner d'elle dans les jours qui avaient suivi, incapable de lui faire face sans aussitôt repenser à ce baiser époustouflant, échangé en pleine rue. Mais le moins qu'on puisse dire était qu'elle ne lui rendait pas la tâche facile.

Des bonbons et un sourire d'Axel.

Et son pauvre cœur en loques qui chavirait de nouveau…

Merde alors, elle voulait l'achever ou quoi ? Qu'attendait-elle de lui à la fin ? Était-ce lui qui affabulait ou agissait-elle réellement comme si cette distance lui était aussi pénible qu'à lui ?

Rêvait-il ou venait-elle de faire un pas vers lui ?

Mais dans ce cas, dans quel but ?

Axel était totalement perdu.

Ces petits mots, écrits dans la précipitation, semblaient tellement anodins en apparence. Néanmoins, ils résonnaient en lui de manière on ne peut plus singulière et le touchaient plus qu'ils n'auraient dû, réveillant aussi subitement qu'inopportunément ces saloperies de papillons qu'il avait pourtant cru crevés pour de bon, aussi raides et fripés que des putains de raisins secs.

Il décrocha d'un geste brusque le combiné de l'interphone, presque reconnaissant envers l'intrus de venir le tirer de là. La discussion qui avait failli suivre n'aurait pas manqué de le faire souffrir davantage, il en avait parfaitement conscience.

— Ouais, grinça-t-il, soulagé d'avoir été interrompu. C'est pourquoi ?

— Euh… merde, j'ai dû me planter, bafouilla une voix féminine.

— Non, c'est le bon bouton, assura une seconde femme. C'est probablement son… *coloc.*

Le ton sur lequel l'inconnue avait prononcé ce dernier mot laissait penser qu'elle avait dû mimer des guillemets.

Axel eut un léger mouvement de recul, pris de court. Il avait vraiment cru qu'il s'agissait de Geoffrey, revenant à la charge pour la énième fois.

— Ah, euh, bonjour, reprit la première. C'est Louise et Nancy, des amies de Sonia. Est-elle là, s'il vous plaît ?

— Je vais voir, rétorqua-t-il, comme si le doute était possible.

Il couvrit de la main le haut-parleur et se tourna vers Sonia.

— Ce sont tes copines, avisa-t-il, lui tendant ensuite le combiné.

Sonia fronça les sourcils, surprise. Puis elle prit l'appareil.

Axel alla récupérer son sac à dos, abandonné en plein milieu du salon.

Il était temps pour lui de rejoindre sa chambre. Il n'avait aucune envie de recroiser la bande de pétasses qui lui avaient ri au nez quelques jours plus tôt.

— Oui, bon, d'accord, vous avez raison, j'ai menti, déclara Sonia à l'intention de ses amies. C'est vrai, c'est mon nouveau mec. Voilà, vous êtes contentes ?

Elle jeta alors à Axel un regard affolé. Qui peu à peu devint suppliant.

Et il se figea, craignant de comprendre.

— OK, mais pas longtemps alors, accepta Sonia en appuyant sur le bouton qui ouvrait la porte de l'entrée de l'immeuble.

Elle reposa promptement le combiné et pivota d'un même élan vers lui, toujours planté dans le salon, son sac à la main.

— Je t'en prie Axel, réclama-t-elle, l'air soudain aux abois.

Elle pressa ses mains l'une contre l'autre, puis contre ses lèvres à la moue boudeuse, dans un geste implorant – absolument adorable…

— Attends… Quoi ? s'exclama-t-il, abasourdi.

— S'il te plaît, joue le jeu, insista-t-elle. C'est juste pour quelques minutes.

— Tu te fous de ma gueule, là ? s'enflamma-t-il, soudain hors de lui. Tu n'es pas sérieusement en train de me demander de me faire passer pour ton jules auprès de tes copines. C'est une putain de plaisanterie, n'est-ce pas ?

En plus d'être d'une crédibilité des plus douteuses, c'était là une farce d'une cruauté sans nom. S'en rendait-elle seulement compte ?

Sonia battit des paupières face à la véhémence de sa réaction – preuve qu'elle ne s'était pas attendue à se faire envoyer balader aussi catégoriquement. Elle ne comprenait pas à quel point ce qu'elle lui demandait était malvenu, c'était évident.

On toqua à la porte et elle sursauta, étrangement sur le qui-vive.

— S'il te plaît, chuchota-t-elle une dernière fois, ses grands yeux emplis d'une angoisse complètement insensée.

Puis elle se détourna pour ouvrir à ses amies.

Il aurait dû s'en tenir à sa première décision, celle de ne surtout pas se mêler de ça. Qu'est-ce que ça pouvait faire, après tout, que les copines de Sonia croient ou non qu'ils étaient ensemble ?

Seulement voilà, il se découvrit tout bonnement incapable de lui refuser ce service.

Il ignorait ce qui la poussait à vouloir raconter de tels bobards à des personnes censées être proches d'elle. Mais c'était manifestement important pour elle – un peu trop d'ailleurs pour ne pas être franchement suspect...

Aussi reposa-t-il son vieux sac à dos près du canapé avant de revenir sur ses pas, attendant patiemment l'heure de sa mise à mort.

— Ben dis donc, tu enchaînes les mecs à une de ces vitesses en ce moment, lança la voix de la première jeune femme, tandis que Sonia avait à peine entrouvert le battant. Je croyais que tu ne te tapais jamais deux fois le même type. Il se passe quoi avec celui-là ?

Axel serra les mâchoires, consterné.

Bon sang, ces mots-là ne pouvaient pas être destinés à Sonia, c'était n'importe quoi !

Au lieu de rire de la blague, ou de nier en bloc, Sonia haussa les épaules. Comme si la remarque était tout à fait pertinente et qu'elle n'avait rien à répondre à la question.

Ce qui perturba Axel au-delà du raisonnable, ces deux phrases tournant en boucle dans le chaos de son esprit.

La porte s'ouvrit en grand et deux jeunes femmes au physique plutôt avantageux pénétrèrent dans l'entrée – celles qui s'étaient moquées de lui, il les reconnaissait.

Axel n'eut guère le temps de réfléchir davantage que déjà les regards se rivaient à lui.

— C'est... le pirate ? cafouilla la première en plissant les paupières.

— Le type des chiottes ? s'étonna à son tour la seconde blonde.

De charmants surnoms...

Sonia avait promis que ça ne durerait pas plus de quelques minutes. Mais il n'était pas impossible que ce soit les quelques minutes les plus longues de sa vie.

Il lutta pour se composer une expression neutre alors qu'il bouillait intérieurement, fâché contre Sonia de lui jouer ce mauvais tour. Mais aussi pour ne pas avoir démenti après la réflexion de son amie au sujet de ses conquêtes, se moquant de le laisser croire que peut-être c'était fondé.

— Euh, oui, c'est ça, acquiesça Sonia en venant se placer entre eux. Enfin, *ex*-hacker. On a bien accroché finalement… Mais c'est une longue histoire. Bref, les filles, voici Axel. Axel, je te présente Nancy et Louise.

Donc elles aussi savaient comment il s'était retrouvé à travailler pour Stern et dans quelles conditions ?

Génial, vraiment…

Louise lui tendit la main la première et il fit un effort pour lui rendre la politesse. Effort qu'il renouvela – bien que cela lui coûte encore davantage – avec Nancy, laquelle le jaugea d'un œil sévère, nettement moins enthousiaste que son amie.

— Vous voulez boire quelque chose ? s'empressa d'intervenir Sonia, ayant sans doute elle aussi remarqué l'hostilité à peine dissimulée de Nancy.

Sonia se rendit au salon, invitant muettement ses invitées à l'y suivre.

— Qu'est-ce qui vous amène ? enchaîna-t-elle, sans attendre de réponse à sa première question.

— Tu te souviens, on t'a proposée de venir faire les boutiques avec nous cet après-midi, vu que Nancy ne bossait pas, mais pour une raison qui jusque-là nous échappait, tu as refusé, rétorqua Louise en jetant un regard entendu à Axel.

— Bref, on était au BHV, reprit Nancy en s'asseyant sur le canapé, aussitôt imitée par Louise. Et on s'est dit que ce serait trop bête de passer si près de chez toi sans venir te faire un petit coucou.

Sonia, à demi planquée derrière le comptoir de sa cuisine, hocha pensivement la tête, sans vraiment lever les yeux vers ses copines.

Axel alla la rejoindre pour l'aider à rapporter les verres, mais elle se détourna promptement.

— Juste de l'eau pour moi, avertit Nancy. On ne va pas vous embêter longtemps, de toute façon.

— Pareil pour moi, s'il te plaît, demanda Louise.

— J'ai aussi du jus de fruits si vous voulez, les filles, hasarda Sonia en ouvrant son frigidaire pour en examiner le contenu. Orange, pomme ou raisin.

— Tu as du *jus de fruits* ? répéta Nancy, les yeux écarquillés, comme si c'était quelque chose de totalement saugrenu. Et un frigo plein ?

— J'ai convaincu Sonia que ça pouvait être utile d'avoir quelques vivres chez soi en cas d'attaque zombie, lança Axel en passant le bras devant cette dernière pour prendre les boissons à sa place.

Louise pouffa de rire et repartit :

— On néglige trop souvent ce genre d'éventualités.

Axel mit les bouteilles sur un plateau avec quatre verres et alla le déposer sur la table basse, dans le salon. Il s'installa dans l'un des fauteuils qui faisaient face au canapé – toujours conscient d'être minutieusement observé – et faillit bien péter un câble quand Sonia le rejoignit pour s'asseoir sur son accoudoir… si près que son délicieux postérieur effleura son coude.

Putain, cette fois c'était certain, elle voulait sa mort !

Il chercha son regard, sans savoir si celui qu'il lui renverrait serait amer ou juste confus, mais ne le trouva pas. Elle servait ses amies en souriant, comme si rien n'avait été plus normal pour elle.

Mais ce n'était là qu'une façade. Et contrairement aux autres, lui n'était pas dupe.

— Ouais, bon, se décida Louise après avoir avalé quelques gorgées de son jus de pomme. En fait, avec Nancy, on était très intriguées par cette histoire complètement tirée par les cheveux de *colocataire*...

— Oh, t'es chiante ! râla Nancy en reposant vivement son verre sur la table. On était d'accord pour arrêter avec les questions lourdingues !

Sonia et Louise se mirent à rire et celle-ci se défendit :

— Mouais, ben tu me connais, non ? Puis, je n'ai même pas encore posé de questions ! Mais j'y viens. Alors du coup, il s'est passé quoi, dans ces chiottes ? Comment vous vous êtes revus ? Allez, on a le droit de savoir maintenant.

Axel se rencogna dans son fauteuil et avisa Sonia, impatient de découvrir comment elle allait se dépatouiller de tout ça. Elle avait promis qu'elle ne dirait rien de sa situation, ce qui excluait d'expliquer de quelle façon ils s'étaient réellement retrouvés après l'épisode des toilettes.

Sonia haussa les épaules et eut un sourire malicieux, jouant le jeu à la perfection.

— Eh bien, vous savez comment je suis, déclara-t-elle avec un certain fatalisme. Après cette rencontre pour le moins étonnante dans les toilettes de la société d'Aidan, je me suis débrouillée pour dégoter le numéro d'Axel. Une fois que je l'ai obtenu, je ne me suis pas démontée, je l'ai appelé et...

— Et elle m'a dit que je lui plaisais, la coupa Axel pour l'embarrasser, scotché par l'aisance avec laquelle elle mentait. Je ne vous cache pas que j'ai un peu halluciné, ce n'est quand même pas tous les jours qu'on me fait ce coup-là.

Ça, en revanche, ce n'était que pure vérité, exactement ce qu'il ressentait en cet instant.

— Sonia n'est pas vraiment du genre farouche, commenta Louise, avec un naturel déconcertant, sans la moindre arrière-pensée. Et elle obtient toujours ce qu'elle veut. Moi, ça ne m'étonne pas du tout. Tu as été désagréable avec elle, d'après ce que je sais, quand vous vous êtes croisés dans les toilettes. Et jamais aucun homme n'est désagréable avec Sonia. *Jamais.* Alors forcément...

— Forcément, j'ai craqué, termina Sonia, avec un ton enjoué qui le laissa sans voix pendant plusieurs secondes.

Ouais... bien sûr.

Peut-être que dans ses rêves à lui, ça aurait pu se passer comme ça. En outre, et même s'il n'avait aucun mal à croire Louise, il connaissait cependant un autre type capable de se montrer désagréable – encore que le mot soit évidemment trop faible, voire carrément inadapté – avec Sonia. Mais ça, apparemment, c'était un secret qu'il était le seul à connaître.

Tout comme probablement était-il le seul à connaître véritablement la jeune femme dont il s'était épris.

Parce qu'il se demandait, en cet instant, qui pouvait être cette curieuse étrangère assise à côté de lui, à le chauffer comme une experte, croisant et décroisant les jambes sans cesse, se rapprochant de plus en plus de lui.

Elle était en train de se moquer de lui, ce n'était pas possible autrement ! Le réaliser, puis devoir se rendre à l'évidence – il était désormais clair qu'elle se payait sa tronche – lui fit un mal de chien...

Elle ne s'en sortirait pas si facilement, hors de question.

— On a pris un verre ensemble, continua-t-il sur sa lancée, prêt à lui coller la honte du siècle rien que pour se venger de la cuisante douleur qu'elle était sciemment en train de lui infliger. Et on s'est envoyés en l'air direct, alors qu'on n'avait à peine échangé nos prénoms. Depuis, on n'arrête pas, c'est tout juste si j'ai le temps d'aller bosser…

Il se tourna vers Sonia pour savourer l'effet que produisaient ces mots vulgaires et désobligeants sur elle. Mais il eut la surprise de sa vie en la voyant se mordre la lèvre inférieure, comme s'il venait d'évoquer un souvenir des plus plaisants.

En fait, non, la surprise de sa vie eut lieu lorsqu'elle ajouta d'un ton ronronnant, incroyablement sexy, pas gênée pour deux sous – du moins en apparence :

— Je crois bien qu'on l'a fait dans toutes les pièces de l'appart…

Putain. De. Bordel. De. Merde !

OK, elle remportait cette bataille. Axel resta comme deux ronds de flan, atterré, autant par son ahurissante audace que par ses talents de comédienne.

— Ah oui, quand même ! lâcha Louise en riant doucement, ayant la décence de paraître légèrement embarrassée. C'est drôlement chaud entre vous, dites donc !

Mais Axel tenait à sa vengeance, à plus forte raison après une telle sortie. Aussi se dépêcha-t-il de chasser de ses pensées toutes les images obscènes – et ô combien alléchantes ! – que venait de lui suggérer Sonia, pour se concentrer sur son but. Mettre la jeune femme mal à l'aise devant ses amies, coûte que coûte.

— Au fait, c'est la semaine prochaine que tu me présentes à ta famille, n'est-ce pas ? l'interrogea-t-il avec une indifférence feinte.

Nouvelle stratégie, autre angle d'attaque. Elle pouvait gagner la première manche, il l'aurait à la deuxième.

Sonia cilla, visiblement déstabilisée.

Et un point pour lui !

— Oh, c'est génial ! s'exclama subitement Louise. J'imagine que ça veut dire que tu seras son cavalier au gala de charité qu'organise la belle-mère de Sonia ? Moi aussi, je comptais venir accompagnée cette année. Il y a peut-être moyen de s'amuser pour une fois à cette soirée d'ordinaire d'un ennui mortel.

Son *cavalier* ? À un putain de *gala de charité* ? C'était une blague, non ? Louise le faisait marcher, elle aussi.

L'expression *tel est pris qui croyait prendre* flotta quelques instants dans son esprit.

Sonia attrapa son verre un peu maladroitement et avala d'un trait son jus de fruits, sans un mot.

— Je doute que ce soit une très bonne idée, tiqua subitement Nancy. Ton père et ton frère n'apprécieront probablement pas ce… hem, changement de dernière minute. Mais bon, on verra bien d'ici là, tu as encore le temps de te décider.

Là-dessus, cette dernière jeta un regard venimeux à Axel, lui faisant comprendre qu'il n'avait absolument pas sa place à ce type d'événement. Comme si c'était le genre de trucs auquel il rêvait de participer !

— C'est tout vu, objecta Sonia d'une voix ferme, se laissant aller à poser la main sur le genou d'Axel, cherchant selon toute vraisemblance à prouver quelque chose à sa copine.

Soudain, cette mascarade devint insupportable…

23

Le confort du mensonge

Axel

Le trouble que provoquait le contact des doigts de Sonia sur sa jambe était réel. Tout comme le pincement doux-amer qui tiraillait son estomac à l'idée qu'elle puisse tenir tête à son amie… pour lui.

Enfin, pour leur *fausse* relation. Une connerie qu'elle avait inventée de toutes pièces pour on ne savait quelle raison.

— C'est bien beau tout ça, mais j'ai encore du taf, improvisa-t-il en se relevant brusquement. C'était… sympa de vous rencontrer.

Il n'attendit pas que Sonia proteste et fila aussi vite que possible hors du salon. Une fois la porte du couloir refermée, il se passa la main dans les cheveux et soupira, plus désemparé que jamais.

La colère sourdait en lui également. Mais, bien qu'il ignore pourquoi, il ne parvenait pas à la diriger tout entière contre Sonia. Quelque chose clochait. Elle n'avait pas fait ça pour se distraire, ni pour le mettre en boîte. Après réflexion, il en était persuadé.

Mais alors pourquoi ?

— Je reviens, je dois juste passer aux toilettes, lança Nancy, de l'autre côté de la porte.

Avant même qu'il ait le temps d'atteindre sa chambre, cette dernière était là, dans le couloir, avec lui. Elle referma le battant derrière elle tout en le fusillant du regard – une manie apparemment.

Cela étant, elle n'avait pas besoin de se donner autant de mal pour lui faire comprendre qu'elle ne l'aimait pas, qu'elle ne voyait en lui qu'un paumé, trop minable pour prétendre à sa sublime copine. Axel avait pigé dès le début.

— Tu n'y arriveras pas, assena-t-elle froidement, abandonnant les sous-entendus.

— Laisse-moi deviner, tu n'avais pas vraiment besoin d'aller aux chiottes ?

Axel avait déjà épuisé le peu de patience qu'il possédait durant la séance de comédie romantique pathétique qu'il venait de jouer.

— Tu te crois peut-être malin, mais tu vas vite déchanter, garantit-elle. Tu ne réussiras pas à profiter de Sonia et de sa famille pour essayer de te sortir du caniveau et t'élever socialement. Elle te jettera sans aucun remords, avant même que tu aies eu le temps de réaliser qu'elle n'est pas celle que tu imagines. Parce que c'est ce qu'elle fait toujours, avec tous les hommes. C'est son truc, elle est comme ça. Tu ne t'en rends peut-être pas compte, mais c'est elle qui s'amuse à tes dépens, non l'inverse.

— M'élever socialement ? répéta-t-il en plissant les yeux, tant ça lui paraissait grotesque. Sans déconner ?

— Je parie que vous n'avez même pas couché ensemble, conjectura Nancy en croisant les bras. Je n'ai aucune idée de ce que tu fabriques ici, ou avec elle, puisque Sonia ne veut pas me le dire, mais je sais en revanche que tu n'obtiendras rien d'elle. Oublie tes petits plans miteux de voyou de bas-étage et barre-toi, je t'assure que c'est encore ce que tu as de mieux à faire.

Axel inspira profondément, refusant de perdre son sang-froid. Mais le fait que Nancy ait deviné que Sonia et lui avaient menti au sujet de leur pseudo-relation le perturbait. Louise semblait pourtant y croire, elle.

Que savait Nancy à propos de Sonia que tous les autres – y compris lui-même – ignoraient ?

— Qu'est-ce que j'en ai à foutre, franchement ? grogna-t-il en abaissant la poignée de la porte de sa chambre.

Il se posait la question…

Mais peut-être que ce qu'avançait Nancy n'était pas si dénué de sens que ça. Peut-être avait-elle raison lorsqu'elle prétendait que Sonia se plaisait à faire tourner les hommes en bourrique, juste pour le sport. Parce que, jusqu'à preuve du contraire, c'était bien ce qui était en train de se produire, non ?

— Si ton but est de protéger ta copine, comme tu le laisses très confusément entendre, dans ce cas, tu étais où quand elle avait vraiment besoin de l'être, hein ? ne put-il se retenir de lui retourner, d'un ton bas, mais particulièrement acide. Moi, je parie que tu es tellement conne et autocentrée que tu n'as strictement rien vu de ce que ton *amie* a traversé.

Nancy fronça les sourcils, enfin décontenancée. Mais elle parut nettement plus intriguée par sa réaction que piquée au vif par l'insulte.

Elle ouvrait la bouche pour répondre lorsque Axel secoua la tête et se tira, s'enfermant pour de bon dans sa chambre.

Mais enfin, c'était quoi toutes ces histoires à la con ?!

Et pourquoi au juste les injures et le mépris de Nancy avaient-ils prise sur lui ?

L'opinion d'une greluche peroxydée, perchée sur ces saloperies de Louboutin, une cuillère d'argent à peine sortie de la bouche, n'aurait pas dû lui importer. Non, tout ça aurait dû glisser sur lui, comme la pluie sur les carreaux.

Le comportement étrange de Sonia avec ses amies aurait dû lui être totalement indifférent également…

Mais au lieu de ça, il avait les nerfs en pelote et mille et une questions se bousculaient sous son crâne, l'obsédant à tel point qu'il était incapable de se concentrer sur quoi que ce soit d'autre.

Putain, il aurait donné cher pour une clope, là, tout de suite…

Mais ça aurait aussi voulu dire foutre en l'air tous les efforts qu'il avait dû déployer pour arrêter. Et en dépit des circonstances, il n'était pas encore tout à fait prêt à jeter l'éponge.

Axel était assis devant son écran de PC, sans parvenir à lire les articles qu'ils faisaient machinalement défiler, lorsqu'on frappa à sa porte.

Ça devait à peine faire un quart d'heure qu'il avait abandonné Nancy en plein milieu du couloir. Les amies de Sonia étaient-elles déjà parties ?

Il ne répondit pas, n'en ayant aucune envie. Mais Sonia n'attendit guère pour entrer dans sa chambre – à croire qu'elle commençait à se faire à son incorrection.

Il fit pivoter son fauteuil vers elle et l'étudia en silence, les sourcils froncés, prêt à lui balancer toute sa rancœur à la figure… enfin, dès qu'il aurait trouvé les mots qui convenaient.

— Tu bosses vraiment ? se renseigna-t-elle avant qu'il n'ait pu dire quoi que ce soit, d'un air si penaud qu'il en éprouva un désagréable – et inopportun – pincement au cœur.

Son ange était également une sorcière extrêmement habile, il ne fallait pas qu'il l'oublie…

Enfin ça, c'est ce qu'aurait aimé lui faire croire Nancy. Parce qu'en vérité, il n'arrivait même pas à concevoir que Sonia puisse ne pas être complètement sincère avec lui – du moins, lorsqu'ils ne se trouvaient que tous les deux.

Elle était redevenue celle qu'il connaissait, un peu timide et pas franchement sûre d'elle, en total décalage avec son physique de déesse.

Et elle savait déjà qu'il lui en voulait, pas besoin de lui faire un dessin.

Axel avisa, en guise de réponse, son écran, sur lequel diverses fenêtres de sites de jeux vidéo étaient ouvertes. Puis il revint à elle, qui l'examinait avec prudence, comme si elle craignait qu'il explose d'une seconde à l'autre.

Et elle avait raison. Parce que, bordel, il aurait adoré laisser libre cours à sa colère ! Mais elle aurait pris peur. Et elle aurait peut-être été blessée par ses propos. Et il ne voulait pas la blesser…

— Ah ah ah, quelle bonne blague, maugréa-t-il à la place, sarcastique. À se pisser dessus tant c'était hilarant ! Mais tu jouais à quoi, bon sang ? On peut savoir ?

Partout dans l'appartement ? Sérieux ?! Et c'est moi que tu traites de malade ?

Parce que, bien sûr, cette insulte, prononcée juste après leur baiser, lui était restée en travers de la gorge. Comme beaucoup d'autres choses, du reste…

Sonia baissa la tête, s'adossa contre la porte de la chambre – qu'elle avait refermée derrière elle –, les bras croisés sur sa poitrine, puis porta l'ongle de son pouce à ses lèvres charnues pour le mordiller. Un geste qui attestait de son désarroi.

Innocent… mais aussi tellement sensuel.

— Je suis désolée, cafouilla-t-elle d'un ton faible. Je n'aurais pas dû t'entraîner là-dedans. Je ne voulais pas… Mais je n'ai pas vraiment eu le choix. Comment justifier que tu vivais ici, sinon ? Nancy et Louise ne voulaient rien entendre de mon histoire de colocataire.

— Et tu trouves qu'une connerie d'idylle de moins d'une semaine, ça le justifie mieux ? objecta-t-il du tac au tac. Honnêtement, qu'est-ce que ça peut faire que tes amies croient ou non que je suis ton colocataire ? Tu n'as aucun compte à leur rendre, que je sache. Pourquoi leur mentir davantage et leur servir une telle comédie ? Et pour quelle raison était-ce si important qu'elles avalent tes salades ?

Axel se pencha en avant, posa les coudes sur ses genoux et passa ses deux mains dans ses cheveux, largué.

Il ne la suivait plus du tout. Et il lui fallait des explications, il ne tiendrait pas davantage sans ça.

— Tu as mis tellement de cœur à ce petit numéro de séductrice hors pair, on aurait dit une autre personne, poursuivit-il. Quelqu'un que je n'apprécie pas du tout.

Sonia se cacha le visage dans ses mains et gémit :

— Pardon… ce n'était pas moi, je te le jure. Je suis tellement désolée…

Il avait espéré qu'elle se mette à rire et argue soudain posséder un humour désastreux.

Mais non.

Sonia avait un problème, c'était évident – un de plus, s'entend. Et ce n'était pas la première fois qu'elle faisait ce genre de coup à ses amies. Ça aussi, c'était évident. Elle était trop douée pour n'avoir aucune expérience en ce domaine.

— Dans quoi exactement tu ne voulais pas m'entraîner ? demanda-t-il, ces mots le préoccupant plus particulièrement. Nancy prétend que je fais les frais d'un de tes jeux, que tu as l'habitude de piéger les hommes. Ça veut dire quoi ? Parce que moi, je ne pige que dalle…

— Oh non… Elle n'a pas fait ça ? couina-t-elle en se laissant glisser le long de la porte, jusqu'à venir s'asseoir au sol, la figure toujours masquée par ses doigts.

Que se passait-il tout à coup ? Pourquoi Sonia semblait-elle complètement mortifiée, submergée par la honte ? Bon Dieu, elle n'allait quand même pas se remettre à pleurer ?

Il détestait quand elle pleurait. Ça le mettait dans tous ses états et il devenait incapable de réfléchir. Il n'y avait peut-être pas de quoi être autant en colère finalement. Même lui n'aurait pas su dire pourquoi il se sentait à ce point trahi, en réalité.

— Sonia ? tenta-t-il de l'appeler plus doucement.

Mettant sa rancune de côté, Axel quitta son siège pour s'asseoir en face d'elle, à même le parquet.

— Je t'en prie, ne m'oblige pas à t'expliquer ça, supplia-t-elle, l'humiliation couvant dans sa voix.

En avait-il seulement le pouvoir ? N'était-ce pas lui prêter un peu trop d'importance ?

— Mais j'ai besoin de comprendre, insista-t-il néanmoins.

Parce que c'était la vérité, il en avait *besoin.*

Elle se redressa et planta ses grands yeux verts, un peu trop brillants, dans les siens. Une question muette se reflétait dans ses prunelles assombries, restant en suspens entre eux.

Pourquoi ?

Il n'avait pas vraiment le droit de s'aventurer sur ce terrain, n'était pas plus légitime pour émettre la moindre hypothèse ou encore un quelconque jugement. Pourtant, il n'hésita qu'un bref instant avant de revenir sur le sujet qui le tourmentait le plus – à plus forte raison après ce qu'il venait de découvrir concernant sa vie intime.

— Si les amants défilent à toute allure dans ton quotidien, comme l'ont insinué tes amies, commença-t-il en baissant le regard, l'intensité du moment l'empêchant presque de reprendre son souffle. Si c'est quelque chose que tu as si bien l'habitude de gérer, à tel point que ça ne représente plus qu'un genre de distraction pour toi. Alors dis-moi, pour quelle raison as-tu réagi de cette manière quand je t'ai embrassée ? Tu semblais totalement dépassée… et catastrophée…

— Axel, essaya-t-elle de le couper.

Il releva la tête pour revenir à ses iris de jade, mais continua malgré tout :

— Tu m'as rendu mon baiser au début. Je n'ai pas halluciné, je sais que tu l'as fait. Maintenant, j'aimerais quand même savoir ce qui s'est passé ensuite. Ce que j'ai fait de si horrible pour que tout à coup, tu te mettes à me frapper et à crier. Un simple non, un geste de refus, aurait amplement suffi… Je sais que je t'ai dit que j'avais pigé, mais en fait, c'est faux. Je n'ai strictement rien compris. Qu'est-ce qui était si choquant, spécifiquement avec moi, je veux dire, dans la mesure où apparemment tu flirtes avec tout un tas d'autres mecs régulièrement, pour que ça t'arrache des larmes ?

C'étaient ses larmes qui lui avaient fait le plus mal ce jour-là.

— Tu t'es sentie… insultée ? demanda-t-il en cillant, cette idée lui retournant le ventre.

— Non ! se récria-t-elle aussitôt. Mais où tu vas chercher un truc pareil ? Non, bien sûr que non.

Elle paraissait scandalisée par sa dernière supposition. Ce qui, d'une certaine façon, le rassurait. Mais il n'avait toujours pas l'explication qu'il attendait.

— Alors quoi ? Pourquoi as-tu pleuré ?

— Mais parce que…

Elle s'interrompit et plaça ses deux mains en coupe devant sa bouche, comme si quelque chose qu'elle ne voulait pas révéler s'apprêtait à lui échapper.

— Je ne sais pas, se ravisa-t-elle. Tout est allé trop vite, je ne sais plus. Je…

Axel serra les dents et jeta un regard de côté. Jamais il n'aurait ce qu'il voulait, il faudrait qu'il se fasse une raison.

— Laisse tomber, je n'aurais pas dû en reparler, grommela-t-il. Navré, j'ai pété une durite avec cette histoire de fausse relation. La façon bizarre dont tu te comportes avec tes amies ne me regarde absolument pas. Je ne devrais pas te cuisiner comme ça. Après tout, tu fais ce que tu veux avec les autres hommes, je n'ai pas à m'en mêler.

Il allait se relever, mais Sonia rattrapa sa main, l'arrêtant dans son mouvement.

— C'était différent, lâcha-t-elle brusquement, des tas d'émotions curieuses se succédant dans ses prunelles. *Tu* es différent. J'ai paniqué parce que personne ne m'a jamais embrassée comme ça. Parce que personne ne m'a jamais fait ressentir autant de choses, non plus. Et ça m'effraie… Ça m'effraie terriblement.

Axel faillit oublier de respirer.

Nageait-il en plein délire ou bien ce qu'il venait d'entendre était réel ? Parce que cette déclaration, il n'était pas fou, c'était encourageant, non ?

Bordel, ça l'était même tellement qu'il n'osait y croire…

Sonia déglutit, visiblement bouleversée par ses propres aveux. Elle avisa le sol devant elle, sans relâcher ses doigts.

Qu'il enlaça, sans vraiment s'en rendre compte.

— Tu as raison, reprit-elle en haussant une seule épaule. Je flirte avec des tas de mecs. Toujours en public. C'est plus ou moins devenu un genre de jeu. Je ne peux pas reprocher à Nancy d'avoir essayé de te mettre en garde à propos de ça, parce que ce n'est pas franchement reluisant comme attitude. À part elle, qui a réussi à deviner certaines choses, toutes mes amies croient que je suis une croqueuse d'hommes. Même ma famille le croit… Mais ça, c'est uniquement parce que je m'évertue à me faire passer pour une espèce de traînée auprès de tout le monde. Eh oui, je mets du cœur à l'ouvrage, faire semblant d'être une autre personne est devenue une de mes priorités. Je mens, Axel. Presque continuellement. Parce que je ne sais pas être moi-même et que je suis trop lâche pour affronter la vérité en face.

Il commençait enfin à comprendre…

— La vérité ? répéta-t-il. Que Geoffrey t'a trop déglinguée pour pouvoir montrer tout ce bazar à quelqu'un ?

— Ouais, souffla Sonia en hochant la tête.

— Il est le seul, c'est ça ? devina-t-il alors, tout lui apparaissant soudain plus clairement. Le seul homme avec qui tu as couché ?

Sonia essuya promptement une larme avant qu'elle n'ait atterri sur sa joue.

— Oui, murmura-t-elle douloureusement.

Axel ne pensait pas que c'était possible, mais il se surprit à haïr encore plus ce type.

Ce qui signifiait cinq longues années d'abstinence et – avec un tel connard et dans de telles circonstances – probablement une sexualité des plus médiocres. Finalement, elle et lui avaient beaucoup plus en commun qu'il ne l'aurait imaginé.

— Ce n'est pas grave mon ange, s'enhardit-il, refusant de trop réfléchir, tout en déposant un petit baiser sur le dos de sa main. On ira à ton rythme. Je sais que j'ai pu te laisser penser l'inverse, mais en vérité, je n'ai aucun problème avec ça. Que ce que tu voudras, quand tu voudras. On verra bien où ça nous mène.

Putain, et lui qui lui avait proposé de baiser le soir de leur rencontre ! Mais quel crétin fini il était !

Sonia plissa le front en fixant l'endroit où il venait de l'embrasser, l'air de retourner quelque problème insoluble en esprit.

— Non, refusa-t-elle en retirant brutalement sa main de la sienne. Tu n'as pas saisi ? Je ne *veux pas* que tu recommences. Je sais parfaitement où ça nous mènera et c'est nulle part.

Elle se releva en secouant la tête, l'air furieux.

— Attends ! s'exclama Axel en bondissant à son tour sur ses pieds. Tu ne peux pas me dire tout ça et ensuite partir de cette façon, ce n'est pas possible ! Putain, ce n'est pas possible, Sonia !

Il tendit le bras et appuya la main contre sa porte, la maintenant fermée, empêchant Sonia de s'enfuir.

Elle lui jeta un regard étincelant de colère, complètement déstabilisant. Puis elle rétorqua :

— Je t'assure que tu ne veux pas t'embarquer dans une histoire avec moi.

— Je t'assure que si, c'est bien ce que je veux ! démentit-il avec une véhémence qui le stupéfia lui-même.

Sonia leva les yeux au ciel et soupira :

— Axel, je ne suis pas juste un peu dingue et bourrée de névroses de toutes sortes. Personne ne peut rien tirer de moi, je suis frigide. Je n'ai aucune envie de retrouver une quelconque sexualité, je déteste ça. Je me suis forcée durant des années et il n'est pas question que je remette ça. C'est ainsi, je suis défaillante et on ne peut rien y faire. C'est pour cette raison que je fais semblant d'être l'exact opposé de ce que je suis, de manière à ce qu'on ne puisse pas se douter de ce qu'il en est en réalité. Et aussi pour que les autres me foutent la paix avec ça !

Là-dessus, elle repoussa son bras, ouvrit la porte à la volée et quitta la chambre, le laissant une fois de plus sans voix.

24

Sucre et embuscade

Sonia

Sonia jeta un rapide coup d'œil à son radio-réveil, exténuée.

8 h 05…

Merde alors, elle n'avait pas fermé l'œil de la nuit !

Elle avait entendu Axel se lever, prendre sa douche, puis préparer le petit-déjeuner. Il venait juste de verrouiller la porte d'entrée, quittant l'appartement pour aller travailler.

La voie était enfin libre.

Elle s'assit sur le bord du matelas et se frotta les yeux, se sentant trop vaseuse pour se lever, mais également trop agacée pour rester au lit.

La veille, après avoir révélé à Axel son ultime secret – tout aussi humiliant et dégradant que le premier, mais nettement plus intime en revanche –, elle s'était réfugiée dans sa chambre. Dont elle avait bruyamment claqué la porte, de façon à ce qu'il comprenne qu'elle ne voulait en aucun cas poursuivre cette discussion sans queue ni tête au sujet de la tournure à donner à leur relation.

Et il n'était pas revenu à la charge.

Tant mieux, parce qu'elle n'en pouvait plus de lui et de toutes ses questions, aussi sagaces qu'impertinentes. De ses conjectures, toujours plus perspicaces les unes que les autres, la forçant à relâcher la pression sur ses plaies, laissant ainsi s'écouler l'hémorragie, contrainte d'abandonner ce flot de mots, trop douloureux pour être d'ordinaire prononcés.

Il était peut-être le seul, mais lui savait qui elle était.

Il savait *tout*.

Et c'était absolument terrifiant.

Sans qu'elle s'en aperçoive, Axel s'était subtilement arrangé pour tout lui ravir, la dépossédant ainsi du moindre petit bout de tissu derrière lequel elle se cachait. Elle était désormais nue, plus vulnérable que jamais face à lui.

Et il avait dit vouloir une histoire avec elle…

Cette idée lui serrait l'estomac, autant d'angoisse que de… que d'autres choses, qu'elle ne pouvait déterminer pour l'instant.

Enfin ça, c'était avant qu'elle lui jette toute la vérité à la figure. Uniquement parce que sur le moment, dépassée par la panique, elle avait jugé plus important de remettre de la distance entre eux que de continuer à se protéger. Une erreur monumentale.

Comment allait-elle faire à présent pour l'affronter de nouveau ? Elle n'en aurait pas la force… pas plus qu'elle n'aurait la force de l'éviter à son tour, qu'il la fuie avait déjà été si difficile à supporter.

Sonia appuya son front dans ses mains, totalement perdue. Comment était-il possible que sa présence lui manque tandis qu'elle éprouvait parallèlement le besoin de s'éloigner, de se refermer sur elle-même, comme elle savait si bien le faire, afin de panser ces désastreuses blessures que ses investigations inconsidérées avaient impunément rouvertes ?

Elle se résolut à se lever, puis alla directement au salon. Sur la table, comme chaque jour depuis le début de la semaine, Axel avait laissé tout ce qu'il fallait pour qu'elle prenne un petit-déjeuner des plus copieux.

Sonia hésita quelques secondes. Elle n'avait pas faim et très envie d'aller courir. Oublier dans l'effort cette abominable sensation de perte d'intégrité. Cette impression d'avoir été écorchée au passage, en même temps qu'elle s'était fait dévaliser, sa peau involontairement laminée par les griffes inquisitrices d'Axel.

Son regard dériva par hasard vers le tableau Velleda, accroché sur la porte de son frigo, et s'y arrêta. Sur la surface blanche s'étalaient ses mots de la veille, écrits juste avant que Nancy et Louise débarquent et ne la contraignent à se montrer sous ce jour si lamentable.

Juste en dessous de sa liste de souhaits, un smiley avait été dessiné. Un sourire, au feutre noir.

Que lui adressait Axel.

Quatre petits traits de rien du tout, qui la réchauffèrent subitement, lui faisant l'effet d'un pansement coloré, à motifs rigolos, délicatement déposé sur une égratignure. Et l'envie de s'épuiser jusqu'à en tomber de fatigue reflua doucement… tout comme celle de se cacher sous terre.

Sonia avait un peu dormi en milieu d'après-midi, tentant de récupérer de sa nuit d'insomnie, puis elle s'était enfermée dans son atelier pour réfléchir à son prochain sujet d'étude. Mais son esprit avait refusé de fonctionner correctement, toujours bloqué sur Axel.

Ses pensées tournaient désespérément en rond. Elle ne cessait de s'interroger sur la manière dont les choses auraient pu évoluer si seulement elle avait été une femme normale… Ne cessait de songer à cet unique baiser, à la fois magique et perturbant. Ainsi qu'aux promesses déroutantes, à peine dissimulées, contenues dans les propos qu'Axel lui avait tenus la veille.

Le soleil était couché depuis un moment lorsqu'elle l'entendit rentrer, puis s'activer en cuisine. Elle était encore en train de se demander comment lui faire face sans aussitôt mourir de honte, quand il toqua à sa porte.

Et l'ouvrit, sans même lui laisser le loisir de lui refuser l'entrée de son atelier.

Immédiatement, ses yeux noirs se rivèrent à elle. Et la température monta d'un cran, tandis qu'elle sentait ses joues s'empourprer furieusement à la pensée de ce qu'elle avait osé lui confier quelques heures plus tôt.

Axel s'appuya d'une épaule nonchalante au montant de la porte et, tout en la dévisageant, hasarda :

— Tu bosses vraiment ?

Pas de bonjour, ce n'était pas son genre. À la place, il reprenait cette question qu'elle lui avait elle-même posée la veille.

Il avait croisé les bras, mais tenait dans une main un sachet de plastique coloré. À travers lequel on pouvait apercevoir de petites billes aux teintes acidulées, qu'elle repéra d'emblée.

Des bonbons…

Des Dragibus plus précisément. Ses préférés, lorsqu'elle était enfant.

Axel arqua un sourcil un peu désabusé et, sans la quitter du regard, en préleva un. Qu'il engloutit devant elle, d'un geste d'une désinvolture très agaçante.

— Quoi ? fit-il mine de s'étonner ensuite, la narguant ouvertement. Tu en veux ?

Très subtil comme plan…

Malgré tout – et au grand dam de Sonia –, ce stratagème élémentaire se révéla des plus efficaces.

Ça faisait des années qu'elle n'avait pas mangé de bonbons. Elle avait même presque oublié qu'elle adorait ça…

Elle se leva de son fauteuil et, fronçant les sourcils de contrariété, se résolut à admettre :

— Oui, j'en veux.

Elle fit un pas vers lui et Axel eut un petit sourire en coin, lui donnant un air canaille, absolument désarmant.

— OK, approuva-t-il avant de se redresser et faire volte-face, lâchant derrière son épaule : Eh ben, il faudra d'abord venir dîner. Les bonbons, c'est pour le dessert.

Sonia en resta bouche bée, stupéfaite par la façon dont il osait se moquer d'elle.

— Non, mais oh, Axel ! l'interpella-t-elle, soudain très remontée. Tu m'as prise pour une de tes sœurs ou quoi ?!

Il se retourna brusquement et, le front plissé d'incrédulité, la détailla des pieds à la tête. Une petite lueur d'abord amusée, puis effrontée, scintilla au fond de ses prunelles.

— Alors là, Princesse, aucun risque, garantit-il. Ne t'inquiète pas.

Il piocha à nouveau dans le sachet de bonbons et reprit tranquillement son chemin vers la cuisine.

Sans même qu'elle ne s'en rende compte, Sonia l'avait suivi, se retrouvant subitement au milieu du salon.

Deux couverts les attendaient sur la table et une bonne odeur de pain et de fromage en train de cuire assaillit Sonia. Elle observa Axel vider le paquet de Dragibus dans un saladier rempli d'autres friandises, toutes plus alléchantes les unes que les autres, posé sur le comptoir.

Saladier duquel il préleva une fraise Tagada, pour la lancer en l'air et ensuite la récupérer avec une facilité déconcertante dans sa bouche, le tout avec une indifférence étudiée, passablement frimeur.

— Donc, si je comprends bien, tu établis des règles auxquelles je suis la seule à devoir obéir ? fit remarquer Sonia en croisant les bras, sans savoir si elle était plus irritée qu'amusée.

Le sourire d'Axel s'élargit, révélant ses belles dents blanches.

— C'est juste que j'en suis exempté, expliqua-t-il. J'ai arrêté de fumer, il faut que je compense. Il y a évidemment plein d'autres trucs nettement plus intéressants auxquels j'aimerais occuper ma bouche, seulement il apparaîtrait que tu y es farouchement opposée, alors...

Il se détourna avant qu'elle ait pu réagir, la laissant complètement déstabilisée.

Comment pouvait-il se permettre de plaisanter avec autant de légèreté à propos de la situation ? Et surtout, pourquoi n'arrivait-elle pas à trouver ça désobligeant, après lui avoir révélé ces secrets si personnels et honteux concernant sa vie intime ?

Bon sang, tout, pourvu qu'il ne se remette pas à parler de leur conversation de la veille !

Puis elle songea qu'il était surprenant qu'un homme comme lui – qui, le soir de leur rencontre, semblait avoir l'habitude d'enchaîner les cigarettes – ait si soudainement arrêté de fumer. Était-il possible que ce soit à cause d'elle ?

Axel prit un torchon à côté de l'évier et alla vers le four.

Il portait encore sa tenue de travail, mais avait retiré sa veste, abandonnée sur le dossier d'une des chaises. Ses cheveux étaient encore un bazar sans nom – un bazar cependant tout à fait charmant –, ses mèches brunes ondulées rebiquant dans tous les sens. Et sa chemise était rentrée dans son pantalon à la ceinture, mais pas dans son dos. Comme s'il ne pouvait s'empêcher, une fois sorti du bureau, d'avoir l'air en partie débraillé, ne serait-ce que pour la forme.

Ce qu'elle trouva très… sexy ?

— Qu'est-ce que c'est ? s'empressa-t-elle de demander en désignant le plat en train de cuire, histoire de penser à autre chose qu'au corps ferme et svelte d'Axel, si séduisant dans ces vêtements censément stricts.

— De la pizza, répondit-il, entrouvrant la porte du four. Tout le monde aime la pizza… n'est-ce pas ?

Il s'interrompit et lui jeta un coup d'œil interrogateur, soudain légèrement inquiet.

— Tout le monde aime la pizza, confirma-t-elle.

Même si elle n'en mangeait jamais non plus, Sonia adorait ça.

— Parfait, approuva-t-il, avant de décréter d'un ton ferme : Dans ce cas, à table.

Ce qui rappela à Sonia qu'Axel avait parfois ce genre de petits accès d'autorité – guère étonnants après plusieurs années passées à gérer trois jeunes filles.

En temps ordinaire, Sonia détestait les ordres, en particulier lorsqu'ils venaient d'un homme. Elle en avait trop reçus, s'était trop longtemps aveuglément conformée aux désirs de Geoffrey, pour ne pas être outrée dès que quelqu'un se montrait ne serait-ce que vaguement péremptoire avec elle, dans quelques circonstances que ce soient.

Mais les choses étaient si différentes avec Axel qu'elle ne pouvait s'en formaliser. Depuis qu'il avait débarqué dans sa vie, elle n'avait jamais pu.

Elle s'installa à la place qu'il lui avait indiquée d'un coup de menton, tandis qu'il déposait le plat sur la table.

Il coupa la pizza en quatre, prit l'assiette de Sonia pour y mettre deux morceaux, avant de se servir le reste. Puis il fit la moue lorsqu'il la vit replacer l'une de ses parts dans le plat. Parce que malgré ce qu'il semblait croire, ça faisait tout de même un peu trop pour elle.

— Une autre recette de ta mère ? se renseigna-t-elle, se servant de ses couverts sous le regard un brin moqueur d'Axel, qui lui, saisit sa pizza à pleine main.

C'était délicieux. Ça faisait longtemps que Sonia n'avait pas pris autant de plaisir à un repas.

— Ouaip, lâcha-t-il laconiquement, avant de prendre une gorgée de bière directement au goulot de sa bouteille – la première qu'elle le voyait boire chez elle.

— Et elle est où, maintenant ?

Elle se souvenait que si leur père avait été évoqué dimanche dernier, à aucun moment ses sœurs ou lui n'avaient fait mention de leur mère.

Le visage d'Axel s'assombrit. Puis il grinça, d'un ton aussi sarcastique que désagréable :

— Entre quatre planches moisies, sous terre, dispersée en une multitude de vers, j'imagine.

Sonia écarquilla les yeux, sidérée par la froide ironie d'Axel face à une information aussi tragique.

Il fronça les sourcils, grimaça, puis reposa sa part de pizza dans son assiette en soupirant.

— Mouais, pardon, c'est nul de ma part de répondre un truc pareil, je... Elle est morte, reprit-il, un voile de tristesse assombrissant ses prunelles. D'un cancer. Quand j'avais 17 ans. Évidemment, les filles étaient bien plus jeunes. La maladie a mis deux longues années à l'emporter. Ça a été... très dur.

Il parut hésiter et se mit à gratter une poussière imaginaire sur la table.

Puis il prit une nouvelle inspiration et poursuivit :

— Mon père a dû faire deux fois plus d'heures à son taf pour combler la perte du salaire de ma mère, après qu'elle s'est retrouvée au chômage, et c'est moi qui me suis occupé d'elle et de mes sœurs pendant ce temps-là. On a été obligé de déménager dans un quartier de merde alors qu'elle aurait eu besoin d'être près de l'hôpital, d'être au calme et d'avoir un environnement sain. J'ai arrêté le lycée du jour au lendemain, dès que j'ai eu 16 ans, et j'ai commencé à dealer pour pouvoir participer aux frais de la famille.

Il lui jeta un coup d'œil furtif, plutôt prudent, et précisa :

— Je suis parfaitement conscient que j'aurais mieux fait d'aller bosser. Mais c'était plus facile. Ça me permettait de gagner pas mal de thunes tout en restant disponible pour ma mère et mes sœurs. J'ai piqué des caisses aussi, à un moment. Une chance, je ne me suis jamais fait pincer. Mais bon, ça craint, je le sais. Du coup, c'est une période à laquelle je préfère ne pas repenser.

— Oui… bien sûr, je comprends, balbutia Sonia, abasourdie qu'Axel lui confie soudain autant de choses sur lui. Mais, et… ton père ? Il est toujours en vie, non ?

— Aux dernières nouvelles, il semblerait que oui, acquiesça-t-il en serrant les mâchoires, un muscle jouant sur sa joue. Lui s'est payé le luxe de faire une dépression après la mort de notre mère, ce qui n'a pas franchement arrangé notre situation financière. Puis, dès qu'il s'est remis, cet enfoiré s'est tiré. Il a une autre famille maintenant.

— Je suis vraiment désolée, Axel.

Sonia ne savait pas quoi dire.

Elle ne s'était pas attendue à ce qu'il se livre de cette façon. Depuis le début, il s'efforçait d'éviter le sujet.

— Eh bah, pourquoi ? la rembarra-t-il un peu sèchement. Ce n'est pas ta faute, que je sache.

Axel n'était manifestement plus disposé à se confier, c'était fini. Message reçu. Remuer ce douloureux passé ne devait pas être évident pour lui, aussi choisit-elle de ne pas lui tenir rigueur de sa dernière remarque.

Finalement, elle découpa la part de pizza qu'elle avait remise dans le plat en deux pour s'en resservir un morceau et plaça l'autre d'autorité dans l'assiette d'Axel.

Lequel ne se fit pas prier et l'engloutit sans protester.

— Et toi, relança-t-il au bout d'un moment. Tu t'entends bien avec tes parents ?

— Ma mère aussi est décédée, répondit-elle en repoussant une mèche de ses cheveux pour la caler derrière son oreille.

— Ah, merde, souffla-t-il, visiblement surpris. Comment c'est arrivé ?

— En me mettant au monde…

Sonia prit une profonde inspiration, parce que c'était toujours aussi étrange d'apprendre à quelqu'un que sa naissance avait coûté la vie à sa propre mère.

— Mais je ne garde pas un mauvais souvenir de mon enfance… Enfin, pas vraiment. Malgré tout, j'ai grandi avec un père aimant et un frère très présent.

Axel l'étudia alors avec intensité. Il s'apprêtait à poser une question à laquelle elle n'aimerait pas répondre, elle le pressentait.

Elle reposa brusquement ses couverts dans son assiette et s'enquit, lui coupant ainsi l'herbe sous le pied :

— Je crois que c'est l'heure des bonbons, non ?

Il haussa les sourcils, un peu étonné, et eut un petit sourire amusé en la voyant rapporter le grand saladier.

Elle déposa l'objet au centre de la table, puis se servit une pleine poignée. Qu'elle retourna grignoter à sa place.

— Hmm, ça faisait beaucoup trop longtemps, soupira-t-elle en savourant le goût du sucre sur sa langue.

— À l'évidence, plaisanta Axel dans un murmure un peu plus rauque que d'ordinaire.

À nouveau, son regard était rivé à elle. Il se tenait accoudé à la table, une main soutenant son menton, l'autre au creux de son coude, et l'observait avec une attention presque gênante, comme si c'était là un spectacle à ne pas manquer.

— Tu n'en prends pas ? s'inquiéta-t-elle.

— Je n'ai plus faim.

Elle non plus, au demeurant. C'était uniquement par gourmandise qu'elle avalait ces friandises.

C'est alors qu'elle s'aperçut qu'elle avait remonté l'un de ses genoux, calé contre le bord de la table, le pied sur sa chaise. Comme une gamine impertinente, à qui on aurait de surcroît oublié d'apprendre les bonnes manières.

L'effet du sucre, sans doute.

Elle s'éclaircit la gorge, puis se repositionna correctement sur son siège.

— Tu devrais t'installer dans le canapé, suggéra Axel en se redressant, pour ensuite commencer à débarrasser. C'est comme ça qu'on mange généralement ce genre de cochonneries. En plus, et sauf erreur de ma part, on avait prévu de vérifier l'état de marche de ta télé.

Sonia glissa un dernier bonbon dans sa bouche – un Schtroumpf en gélatine bleue – et quitta la table.

Le dîner s'était plutôt bien passé et le prolonger lui paraissait relativement risqué, dans la mesure où Axel n'était pas encore revenu sur leur discussion de la veille. Peut-être ne remettrait-il jamais le sujet sur le tapis, ce qui était à souhaiter. Mais en attendant, elle ne voulait lui donner ni l'occasion, ni de raison de le faire.

— Une autre fois, peut-être, déclina-t-elle. Je n'ai pas dormi la nuit dernière et je suis crevée. Je vais aller me coucher.

Elle le rejoignit dans la cuisine pour l'aider à ranger.

Mais c'était une erreur…

25

Une histoire sans protocole

Sonia

Axel fit comme s'il n'avait rien entendu et continua de remettre de l'ordre dans le frigidaire, lui tournant le dos.

Mais elle sentit une tension nouvelle peser entre eux.

Il décapsula d'un coup de dents désinvolte une deuxième bière – alors que la veille encore, le frigo en était dépourvu. Puis, tandis qu'elle nettoyait le plat qui avait servi à faire cuire la pizza dans l'évier, il alla s'appuyer contre le plan de travail pour boire sa bouteille, croisant ses longues jambes devant lui, se postant juste à côté d'elle.

Il était à présent si près qu'elle n'eut aucun mal à discerner les cernes sombres qui creusaient ses yeux, ainsi que ses traits tirés par la fatigue. Elle se souvint alors qu'elle l'avait entendu plusieurs fois s'agiter dans sa chambre durant la nuit.

Lui aussi avait peu dormi, c'était certain maintenant.

Avait-il autant pensé à elle qu'elle avait pensé à lui ? Était-ce également la raison de son insomnie ?

La proximité d'Axel, ajoutée à cette idée étrange, lui tira un vif frisson, lui remontant fébrilement le long de l'échine, jusqu'à venir mourir sur sa nuque. Elle baissa la tête, s'efforçant de se concentrer sur sa tâche.

— Je ne veux pas reparler d'hier soir, Axel, déclara-t-elle abruptement.

Parce que c'était ce qu'il comptait faire. Elle en était convaincue.

— Moi, je veux, riposta-t-il aussi sec.

Son ton avait changé, se faisant soudain plus urgent et impérieux.

Brusquement, la panique envahit Sonia.

Pourquoi fallait-il qu'il gâche un tel moment ? La soirée était si belle, tellement agréable et douce jusque-là… Pourquoi s'obstinait-il à vouloir tout lui arracher ? Quelles éprouvantes questions avait-il encore trouvé à lui poser ? Sa curiosité à son égard n'avait-elle pas déjà été plus qu'amplement satisfaite ?

Elle coupa le robinet, abandonna le plat à demi lavé dans l'évier et s'empressa de tourner les talons, les mains encore humides, fuyant telle la dernière des lâches.

Elle entendit le violent claquement du fond de la bouteille de bière contre le marbre du plan de travail. Puis elle sentit la main d'Axel agripper farouchement son bras, ses doigts se refermant comme en étau juste sous son épaule.

Et une foule de souvenirs effrayants, de scènes de disputes terribles avec Geoffrey, lui reprochant de ne jamais rien faire comme il fallait, de ne jamais être comme il fallait, déferla soudainement dans son esprit.

Qui voudrait d'une femme aussi molle, hein ? Franchement, je te le demande. Tu te laisses tellement aller ! Tu oublies que tu n'étais qu'un vulgaire boudin il n'y a encore pas si longtemps. Tu peux mettre autant de fard que tu veux, toi et moi, on sait parfaitement ce qu'il en est en réalité…

Il n'y a que moi qui suis assez stupide pour rester ! D'ailleurs, personne ne me croirait. Aucun de nos amis ne me croirait, si je leur expliquais qui tu es vraiment !

Pour jouer les salopes et porter des fringues de putes, il y a du monde, mais une fois au pieu c'est fini, rideau ! Là, je n'ai plus droit qu'à un maudit glaçon !

Mais est-ce que tu te rends seulement compte de ce que je peux ressentir quand j'ai l'impression de baiser un putain de cadavre ? Tu en connais beaucoup, toi, des hommes qui accepteraient de supporter ça ? Pas un seul, oui !

Il n'y a que moi *!*

Un mouvement en périphérie de son regard attira son attention, la délivrant enfin du flot des cris épouvantables qui entravaient ses pensées. Elle pivota et découvrit Axel les mains en l'air, paumes ouvertes devant elle, dans un geste attestant qu'il ne lui voulait aucun mal.

Un sillon inquiet creusait son front tandis qu'il la dévisageait.

— Il faudra bien qu'on en parle, Sonia, déclara-t-il au bout de quelques secondes, très lentement, comme s'il craignait de ne pas se faire comprendre.

Plus. Jamais. Ça.

Elle ne donnerait plus à personne l'opportunité de la traiter de cette manière, de lui adresser tous ces reproches dégradants. La jeune fille faible, malléable et naïve, c'était terminé. Des remparts, qu'elle avait mis des années à ériger, la protégeaient des autres désormais.

Mais Axel était parvenu à déceler une minuscule faille et s'y était déjà engouffré…

Quelle connerie ! Pourquoi avait-elle ainsi permis à un homme d'entrer de nouveau dans sa vie, alors qu'elle avait toujours tout fait jusque-là pour s'en tenir autant éloignée que possible ?

Elle secoua la tête et serra ses bras contre elle, se mordant l'intérieur de la joue pour retenir les larmes qui menaçaient une fois de plus de lui échapper au rappel involontaire de ces douloureux moments passés avec Geoffrey.

— Il faudra bien que tu entendes ce que j'ai à te dire, enfin ! s'entêta Axel, d'un ton qui suggérait qu'il commençait légèrement à perdre patience.

— Tu te trompes, ce n'est pas utile.

Elle fit un pas en direction du salon, mais Axel se plaça aussitôt devant elle, l'empêchant ainsi de lui fausser compagnie – sans la toucher cette fois cependant.

— Tu devras au moins me virer de ton appart si tu espères me faire taire, avertit-il. Est-ce que...

Il s'interrompit brièvement, prit une courte inspiration, croisa les bras sur son torse et hasarda :

— Est-ce que tu veux que je parte ?

C'était cruel de lui mettre le couteau sous la gorge de cette façon. Un chantage qui semblait peut-être nécessaire à Axel, mais qui lui mettait une pression abominable !

— Tu sais que je ne ferai pas ça, murmura-t-elle. Tu sais que je ne peux pas...

— Ah, oui ? Et pourquoi ça ? s'enquit-il en fronçant les sourcils, sondant de ses yeux au noir si intense son visage. À cause de ce sale type qui te harcèle ? Parce qu'au bout du compte, c'est ça, non ? C'est l'unique raison de ma présence ici, n'est-ce pas ?

Elle aurait dû réfléchir avant de répondre, pourtant les mots s'imposèrent à elle, se frayant un chemin entre ses lèvres sans qu'elle ne puisse rien faire pour les retenir.

— Bien sûr que non.

Plus depuis un bon moment déjà…

Axel eut un mouvement de recul, comme choqué. Il l'avait peut-être escompté, mais pas anticipé. Le fait qu'elle se défende si fermement d'avoir d'autres motivations à ce qu'il vive sous le même toit qu'elle le prit visiblement de court.

Merde, elle lui donnait malgré elle des raisons de s'acharner. Elle ne souhaitait pourtant pas l'encourager dans cette voie. Cependant, elle ne pouvait décemment pas lui mentir… non, pas à *lui*.

Il tourna la tête sur le côté pour contempler le vide un instant, comme sonné après avoir pris un coup. Puis il revint à elle, passant sa main d'un mouvement nerveux dans la masse hirsute de ses cheveux, l'incompréhension se mêlant à l'espoir dans ses prunelles.

— Écoute, réclama-t-il en plissant le front d'un air presque suppliant. Je tenais simplement à ce que tu saches que ce que toi, tu considères comme une putain de barrière infranchissable, moi, je n'en ai juste… rien à foutre.

Il haussa les épaules et laissa retomber ses bras le long de son corps, comme épuisé et vaincu. Tout à coup, il parut presque aussi vulnérable qu'après qu'elle l'avait repoussé, mettant ainsi fin à leur baiser.

— Moi non plus, je n'avais jamais ressenti ça avant, poursuivit-il dans un souffle rauque, comme s'il lui était très pénible de devoir l'admettre. Pour personne…

Puis son expression changea et ce fut presque avec colère qu'il reprit :

— Et ce n'était pas seulement au moment où je t'ai embrassée, même si j'avoue que c'est pire depuis. Non, Sonia, c'est tout le temps ! *Tout le temps !* À chaque putain de seconde que je passe près de toi ! Alors, quelle qu'elle puisse être, je *veux* vivre cette histoire. Et j'aimerais que tu le veuilles aussi… même si c'est difficile. Même si ça implique de se contenter de peu.

Le cœur de Sonia rata un battement. Malgré le ton chargé de tension d'Axel, ses mots lui donnèrent la sensation que du miel coulait doucement sur sa langue.

Alors… c'était vrai, il avait bel et bien des sentiments pour elle ? Pourquoi cet aveu lui nouait-il brusquement la gorge ? Pourquoi se sentait-elle aussi bizarre subitement ?

— Enfin, quoi, regarde-moi, l'enjoignit-il, comme autant à bout de nerfs que d'arguments, désignant d'un geste vague son profil abîmé. Qu'est-ce que tu crois ?

— Comment ça ? balbutia-t-elle.

Sonia était en train de s'enliser, se noyer dans le chaos de ses pensées, la confusion ayant pris le dessus.

Axel soupira, lui adressa un maigre sourire, très bref, entre dépit et amertume. Puis son expression redevint grave et, les sourcils incurvés vers le haut, il avoua :

— Je n'ai aucune exigence.

Qu'est-ce que c'était censé signifier au juste ?

Sonia détestait qu'Axel parle de lui de cette manière… quand bien même était-ce pour lui faire ce genre de jolie promesse.

À laquelle elle ne pouvait croire, de toute façon.

Personne n'aurait pu.

Tout le monde avait des exigences, en particulier dans ce domaine.

Geoffrey en avait des tas. Elle s'y était perdue à force d'essayer de s'y plier. À force d'essayer de mériter tout l'amour qu'il prétendait lui porter. À force d'essayer d'être quelqu'un d'autre...

Si bien qu'elle avait fini par oublier la personne qu'elle était réellement et n'avait encore pu retrouver sa trace.

Le sexe et son apparence – qu'il aurait voulu pouvoir maîtriser dans les moindres détails – étaient leurs principaux sujets de discorde. Sujets qu'elle refusait désormais d'aborder avec qui que ce soit.

— Je ne vois pas pourquoi tu n'aurais pas d'exigences, réfuta-t-elle, doutant que ce soit seulement possible. Il n'y a pas de raison pour que tu n'en aies pas, Axel.

— Bah voyons, lâcha-t-il, ses lèvres prenant une moue désabusée.

— Il n'existe aucune personne qui ne possède pas d'exigences en matière de relation et... et de sexe, s'emporta-t-elle, de plus en plus mal à l'aise. Tout individu normalement constitué en a. C'est comme ça ! C'est naturel, voilà tout.

— Mais je n'ai jamais prétendu être normal ! se défendit Axel, haussant le ton lui aussi. Putain de merde, je me traîne des caisses entières de problèmes à la con ! Ils sont un peu différents des tiens, c'est tout. Cela dit, ça n'aura échappé à personne, au concours du mec idéal, je suis disqualifié avant même que les épreuves démarrent. Pas besoin de te fatiguer à faire comme si ce n'était pas le cas !

Il se détourna, comme pour s'exhorter au calme. Puis il se pinça la base du nez, ferma les yeux et serra très fort les paupières, semblant souffrir de quelques terribles maux.

— Ça faisait six ans, bordel ! grogna-t-il péniblement. Six longues putains d'années que je n'avais pas touché une femme… que je n'en avais même pas éprouvé l'envie ! Six longues putains d'années sans la moindre relation, d'aucune sorte…

Sa voix mourut.

Et le cœur de Sonia avec elle.

Parce que alors, si c'était vrai, avec elle, et juste avec elle, il en avait eu envie.

Cependant, comment un homme tel que lui pouvait-il se passer de sexe aussi longtemps ? Elle n'arrivait même pas à le concevoir…

Elle savait que, contrairement à elle, tout était en état de marche chez lui. Elle se rappelait avec une perturbante précision son érection, imposante et brutale, irréfutable, lorsqu'il l'avait embrassée, son bassin fébrilement pressé contre le sien. Les contours de son membre, tout comme son extrême rigidité, n'avaient alors guère pu lui échapper.

Axel l'avait désirée. Indéniablement. Et puissamment…

Elle. Et personne d'autre.

Depuis six ans.

Que ce serait-il passé si elle n'avait pas paniqué, si elle ne l'avait pas arrêté, tandis que la fièvre le gagnait ?

Soudain, Sonia eut très chaud. Troublée, elle s'efforça de chasser les pensées osées qui envahissaient malgré elle son esprit.

Axel rouvrit les yeux, mais préféra observer le sol, conscient que cette confession était difficile à appréhender.

— Alors c'est sûr, ça ne risque pas de faire de moi le candidat rêvé, concéda-t-il en fourrant les mains dans ses poches, les épaules basses. Mais franchement, je n'en ai rien à battre. Je ne peux juste pas laisser passer ça. Et toi non plus, tu ne devrais pas. Pas après ce que tu m'as avoué hier soir au sujet du baiser.

Et peut-être avait-il raison. Mais Sonia n'était pas prête pour ça, pas assez forte pour encaisser la tempête Axel et lui offrir ne serait-ce que le peu qu'il demandait.

— Pourquoi six ans ? l'interrogea-t-elle, profitant qu'il accepte enfin de se confier pour obtenir un maximum de réponses.

Il se redressa brusquement et lui lança un regard plus tourmenté que jamais.

— Tu sais pourquoi, répondit-il laconiquement, la douleur crispant fugacement ses traits.

Les cicatrices, bien sûr. Ce sujet auquel il faisait référence continuellement mais qu'il ne pouvait aborder.

Sonia devinait ce qu'il préférait taire.

Avant que son profil soit marqué, il était différent. C'était évident maintenant.

Pourtant, même ainsi, Axel restait très séduisant. Ses stigmates n'enlevaient rien à son charme insolent, au contraire. Le puissant magnétisme qui émanait de lui n'en était d'ailleurs que très probablement renforcé – du moins, était-ce le sentiment de Sonia.

Il était impossible qu'aucune femme n'ait craqué pour lui depuis autant de temps. Le problème ne pouvait venir de là.

Mais alors, était-ce un choix de sa part ? Et quel était donc le rapport avec ses blessures, pour qu'il refuse ainsi toute intimité ?

— Ça fait toujours plus longtemps que toi, fit-il valoir en haussant de nouveau les épaules, comparant – non sans un léger embarras – la durée de leur période d'abstinence respective, comme si c'était devenu une espèce de compétition. Enfin bref, tout ça pour te dire que ce n'est pas nécessaire de se prendre la tête avec ça, me tenir tranquille de côté-là ne va pas franchement révolutionner mon quotidien. Et pour que tu saches aussi que, bien que nos situations n'aient pas grand-chose à voir dans le fond, ben j'ai quand même une petite idée de ce que tu vis.

Il cilla, puis, d'une voix plus basse et rocailleuse encore, allégua :

— Je connais la solitude, la vraie. Celle qui vient, aux heures les plus sombres de la nuit, se faufiler discrètement dans ton pieu pour te glacer le sang et les os. Qui laisse ta carcasse sèche et vide à force de te ronger de l'intérieur comme un satané poison, tout en te répétant jusqu'à t'en persuader qu'il n'y a qu'elle qui peut te comprendre et que ce monde n'est décidément pas fait pour toi.

— Axel, essaya-t-elle de l'interrompre dans un souffle, bouleversée.

Parce que ses mots, après l'avoir réchauffée jusqu'à presque la faire fondre, lui tordaient soudain l'estomac.

— Tu connais cette salope aussi, n'est-ce pas ? la provoqua-t-il en se rapprochant. Pas la peine de mentir, je le sais. Je l'ai su à la seconde où j'ai croisé ton regard.

— Je...

Bien sûr qu'elle connaissait la solitude.

Bien sûr qu'elle en souffrait, elle aussi. Mais elle avait appris à serrer les dents et avait accepté de l'avoir toujours avec elle. Sonia l'emmenait partout. Où qu'elle aille, cette morne amie la suivait, perchée sur son dos, son poids la faisant même parfois ployer.

Mais pour elle, il n'existait aucun remède. Parce que s'éloigner ne serait-ce que de quelques pas de cette dévorante compagne était plus dangereux encore que de demeurer à ses côtés. Et que rien ne pourrait changer ça.

Pourtant…

Cela n'avait-il pas déjà changé ?

Sonia réalisa alors que depuis qu'elle avait rencontré Axel, cette douleur latente s'était atténuée. Elle disparaissait presque tout à fait lorsqu'il était près d'elle…

Un élan curieux la poussa tout à coup à poser sa main sur la joue piquante de barbe d'Axel. Celle qui était striée de trois grandes balafres blanches.

Il se raidit et attrapa brusquement son poignet, l'air d'abord offensé qu'elle ose toucher *ce* côté de son visage. Mais il ne la repoussa pas, paraissant ne pouvoir s'y résoudre.

À la place, il laissa tout doucement descendre ses doigts le long de son avant-bras, dans une caresse qui lui tira un long soupir et la rendit toute… bizarre.

— Laisse-moi juste une chance, rien qu'une toute petite chance d'être un peu plus qu'un simple ami pour toi, chuchota Axel en se baissant pour déposer un baiser léger sur son front.

— Mais tu es *déjà* plus qu'un ami pour moi.

C'était la vérité. Aucun de ses amis ne savait autant de choses que lui sur elle. Personne n'avait pris la peine de la regarder comme lui l'avait fait…

— Alors c'est un bon début, tu ne crois pas ?

Elle leva les yeux jusqu'aux siens, à quelques centimètres seulement.

Les paupières d'Axel semblaient s'être alourdies. Son attitude était différente…

Tous ses gestes étaient différents.

Comme ralentis. Davantage contrôlés.

Et cependant fébriles, presque tremblants.

Axel respirait plus profondément, plus bruyamment aussi. Ses fines narines, au dessin si subtil, dilatées, comme s'il tentait de s'enivrer de son odeur.

Il captura une mèche de ses cheveux entre ses doigts, tout en faisant remonter son autre main jusqu'à la sienne, devenue hésitante, l'obligeant à présent à demeurer sur sa mâchoire.

Il allait l'embrasser… tandis qu'elle lui avait interdit de le faire.

Il ne fallait pas qu'il l'embrasse.

Elle s'était sentie beaucoup trop mal après. Trop d'émotions l'avaient alors assaillie. De *violentes* émotions, qu'elle ne pouvait gérer.

Ce n'était pas comme avec les autres hommes. Avec lui, tout prenait une dimension complètement dingue.

— Veux-tu de moi, Sonia ? marmonna-t-il en s'inclinant plus encore sur elle, jusqu'à presque venir coller son front au sien.

— Ce n'est pas le problème, protesta-t-elle, les jambes flageolantes et le sang lui battant brutalement les tempes, tandis qu'elle se voyait déjà en train de le repousser.

Il ferma les yeux, les sourcils froncés de contrariété et d'impatience mêlées, et articula :

— C'est l'unique problème.

Mais il se trompait, il y avait des tas d'autres problèmes.

À commencer par les règles qui régissaient sa vie, lui permettant de tout maîtriser de A à Z. Lui permettant de survivre…

Plus d'hommes, plus de relations. Plus d'attentes, de la part de personne. Seulement elle et ses propres décisions.

Le contrôle absolu. Jusqu'à s'en faire mal.

— S'il te plaît, arrête, réclama-t-elle d'un ton trop faible pour paraître assuré.

Elle se libéra peu à peu de son étreinte, sans hystérie cette fois, s'obligeant à rester aussi calme que possible, remplaçant la chaude et perturbante proximité d'Axel par le vide et le froid.

Parce que c'était plus raisonnable ainsi.

Pour eux deux.

Elle le vit crisper les mâchoires tandis qu'elle s'écartait de lui. Puis il se passa la main sur le visage d'un geste brusque, tentant de se contenir ou bien de se retenir d'insister davantage.

La poitrine douloureuse, elle lui tourna le dos et partit en direction de sa chambre, les poings crispés, furieuse contre elle-même sans parvenir à savoir pourquoi exactement.

Au moment précis où elle franchit la porte du couloir, Axel poussa un long soupir, à fendre l'âme, empreint à la fois d'une grande lassitude et d'une profonde déception, achevant d'enfoncer la lame qui menaçait son cœur.

26

La princesse aux pantoufles panda

Axel

Axel versa le reste du jus d'orange qu'il avait pressé dans un verre rempli de glaçons, puis le déposa sur la table. Il découpa quelques tranches de pain frais, au dernier moment, comme tous les matins, espérant que Sonia les trouverait avant qu'elles aient le temps de sécher.

Il attrapa ensuite son sac à dos et passa l'une des bandoulières à son épaule droite. Puis il se força à vérifier le petit tableau sur le frigidaire.

Bien entendu, Sonia n'y avait rien inscrit de plus. Le petit smiley ridicule qu'il lui avait adressé la veille, avant de partir travailler, était toujours là, lui aussi, juste sous les mentions :

— *Des bonbons*
— *Un sourire d'Axel*

Et pourquoi pas son cœur à vif et encore palpitant, fraîchement arraché de sa cage thoracique, tant qu'elle y était ?

Putain de princesse inaccessible à la con !

Du revers de sa manche, Axel effaça rageusement l'ardoise, de la même façon qu'il aurait aimé gommer le trou béant que Sonia lui avait laissé dans la poitrine.

Bordel de merde, il avait pour ainsi dire rampé à ses pieds !

Aussi minable que pathétique…

Il lui avait quasiment tout déballé, allant jusqu'à lui confier des choses sur sa vie qu'il n'avait jamais racontées à personne. Allant même jusqu'à révéler que ça faisait six ans qu'il ne baisait plus, vivant comme un pitoyable moine. Six maudites années qu'il n'avait pas tiré un coup. Comme si sa situation n'était pas déjà assez lamentable comme ça.

Mais il voulait être à égalité avec elle. Parce qu'il voulait qu'elle sache que pour lui non plus, ça n'avait rien de facile.

Pourtant, ça n'avait pas suffi.

Lui qui pensait ne pouvoir tomber plus bas que le jour où il avait commencé à dormir dans sa bagnole découvrait peu à peu que ce qu'il avait pris pour le fond n'était qu'un leurre, destiné à en cacher d'autres.

Et encore d'autres.

Il l'avait pratiquement suppliée, putain ! Et même pas pour du sexe !

C'était tellement affligeant !

En fait, il ne savait pas vraiment ce qu'il lui avait demandé.

Juste… un geste.

De la tendresse… rien qu'un tout petit peu d'affection. N'importe quoi, pourvu qu'elle veuille bien le lui donner.

Non, mais quel loser !

Qu'est-ce qu'il lui arrivait ? Était-il tombé sur la tête ? Depuis quand était-il devenu une telle loque ? Cette espèce de lopette grotesque…

Parce que le moins qu'on puisse dire était que ça ne lui ressemblait pas.

Non, ce n'était pas lui, ça !

Il n'avait jamais été une mauviette déblatérant au sujet de ses sentiments. N'avait jamais été insistant, auprès d'aucune femme. Jamais non plus il n'avait sacrifié toute dignité pour quémander quelque chose d'aussi abstrait.

Il perdait complètement pied…

Axel fonça jusqu'à la porte d'entrée, pressé de s'éloigner de Sonia et de toutes ces émotions insupportables qu'elle lui faisait ressentir. Mais il s'interrompit dans son élan, le poing serré au-dessus de la poignée.

Il se mentait à lui-même.

Et il le savait.

Il n'était pas en colère contre elle. Pas le moins du monde. Comment aurait-il pu lui en vouloir de ne pas être sur la même longueur d'onde que lui ? C'était absurde.

Et il avait beau essayer par tous les moyens de s'en convaincre, il ne regrettait pas non plus ce qu'il lui avait dit la veille au soir.

Pas un traître mot.

N'empêche qu'il avait mal.

Putains de chanteurs et de poètes à la con, une sale bande d'enfoirés de menteurs, ouais ! L'amour, ça n'avait rien de merveilleux. Ça ne rendait pas noble, valeureux ou encore vertueux. Non, ça rendait seulement… faible. Vulnérable. Désespéré. Miteux.

Et surtout…

Stupide.

Axel poussa un long soupir et retourna dans la cuisine. Il prit le feutre et écrivit à son tour sur l'ardoise. Un souhait ridicule, qui ne l'avancerait strictement à rien, quand bien même obtiendrait-il satisfaction.

– *Que Sonia ose enfin porter ses chaussons panda*

Puis il revint sur ses pas et quitta l'appartement en quatrième vitesse, avant que l'envie d'effacer ce truc complètement con qu'il venait de noter soit trop forte.

Il était à peine 18 heures quand Axel tapa sa dernière ligne de code, à toute allure, sauvegardant son travail dans la foulée. Un miracle qu'il ne se soit pas planté dans son taf aujourd'hui, tant ses pensées étaient ailleurs.

Toute la sainte journée, il n'avait pu songer à autre chose qu'au fait que, malgré tout, Sonia n'avait pas dit *non.*

À aucun moment.

Pourquoi n'avait-elle pas dit non, putain ?!

Même quand il lui avait posé l'ultime question, qu'il lui avait demandé si elle voulait de lui, elle n'avait pas été foutue de refuser, tout simplement.

Ce n'est pas le problème.

Cette phrase tournait en boucle dans son esprit. Pouvait-elle répondre de façon plus cryptique encore ?

Évidemment, il avait bien compris qu'une relation avec elle serait compliquée, que le moindre petit pas en avant serait d'abord une longue et éprouvante bataille à mener, qu'il lui faudrait s'armer d'une montagne de patience. Elle l'avait amplement prévenu et il avait parfaitement conscience de s'engager dans une voie remplie d'incertitudes, sans aucune garantie de succès ni d'avenir.

Pourtant, il était prêt à s'y jeter à corps perdu, à tout faire, absolument tout, pour que ça marche. Il avait été on ne peut plus clair sur ce point.

Elle n'était pas très portée sur le sexe, persuadée de souffrir de certains troubles l'empêchant d'en retirer un quelconque plaisir. Et peut-être était-ce vrai – encore qu'il aurait aimé pouvoir, à un moment ou à un autre, tenter d'en avoir le cœur net. Mais ce n'était certainement pas ça qui le ferait renoncer.

Là-dessus aussi, il s'était montré très explicite.

Alors quoi ? Si ce n'était pas lui et sa longue liste de tares, où se situait ce putain de problème ?

C'était tout vu, il n'abandonnerait pas.

Il ignorait pourquoi sa solitude, qu'il avait si longtemps entretenue, révérée même, lui apparaissait soudain comme intolérable, absolument détestable.

Mais c'était ainsi.

Sonia lui donnait des envies qu'il n'avait jamais eues jusque-là. Et c'était quelque chose de beaucoup trop précieux pour le laisser simplement filer entre ses doigts sans tenter de le retenir.

Axel avait peut-être à peu près tout foiré dans sa chienne de vie, tout laissé tomber, sans se retourner, mais pas cette fois. Il y avait réfléchi sans cesse depuis la veille et c'était comme ça, il n'y avait pas moyen qu'il lâche l'affaire, sous aucun prétexte.

Qu'avait-il à perdre, après tout – en dehors de ce qu'il lui restait d'amour-propre s'entend, autant dire pas bien lourd ? Sonia n'avait qu'à prononcer ce maudit mot. Ce fameux *non* qui ne venait pas. À elle d'être claire s'il devenait trop pénible.

Axel enfila hâtivement son manteau et récupéra son sac au pied de son bureau. Puis, sans un regard vers ses collègues, traversa l'open-space en direction des couloirs.

Une chance, l'ascenseur était vide lorsqu'il s'y engouffra – il avait encore moins envie de croiser quelqu'un susceptible de lui adresser la parole que d'ordinaire.

Manque de bol, juste avant que les portes se referment, Aidan Stern se faufila dans la cabine avec lui, manifestement pressé lui aussi.

Et merde…

— Bonsoir Axel, lança fraîchement son patron, fixant un obscur point dans le vide.

— Bonsoir, marmonna Axel, un peu déçu de ne plus avoir de clope à se fourrer dans le bec pour narguer Monsieur Propre-sur-lui.

— Vous rentrez tôt, ce soir, observa Aidan.

— Vous aussi, non ? repartit Axel, de son ton le plus sec.

Parce qu'il n'avait pas intérêt à l'emmerder avec ça. Si depuis une semaine, effectivement, Axel s'attardait moins au bureau, il s'appliquait cependant à respecter les heures indiquées dans son contrat.

— Je faisais juste remarquer que ce n'était pas dans vos habitudes, précisa Aidan, ses yeux de givre tombant soudain sur Axel. Ce n'était qu'un simple constat, en aucun cas une critique. Vous faites de l'excellent travail, je n'ai guère à me plaindre de vous. Au contraire.

— Ouais, bah, c'était le deal, il me semble, grogna Axel en fronçant les sourcils.

Les portes s'ouvrirent et Axel s'apprêtait à foncer droit devant lui, sans se retourner, quand Stern hasarda, le coupant net dans son élan :

— Il paraît que nous avons désormais une amie en commun, vous et moi.

Axel dévisagea son boss et plissa les paupières, incrédule.

— Alors ça, ça m'étonnerait, démentit-il avec un petit ricanement sarcastique.

Puis, presque aussitôt, ça lui revint.

Sonia connaissait Aidan. Sonia était une amie du P-DG de la boîte dans laquelle il travaillait.

Putain, comment avait-il pu oublier un truc pareil ?

Un truc qui avait pour mérite de remettre les choses à leur place.

Aidan, déjà hors de la cabine, avança la main devant les portes de l'ascenseur pour les empêcher de se refermer, attendant qu'Axel sorte.

Ce qu'il fit, sous le regard confus de son connard de boss.

— Je me suis pourtant laissé dire que vous fréquentiez Sonia Lecomte.

Axel serra les mâchoires, puis déglutit. Il n'avait pas imaginé que l'histoire de leur prétendue relation remonterait jusqu'aux oreilles de Stern.

— Ça se pourrait, finit-il par lâcher en se frottant l'arrière du crâne, tel un parfait crétin. Plus ou moins. Enfin, c'est… compliqué.

Bordel, mais pourquoi ne savait-il pas aussi bien mentir que Sonia ?

— N'est-ce pas toujours ainsi ? rétorqua Aidan en arquant un sourcil.

Mouais, enfin à niveau-là, c'était plutôt du genre hors compétition, quand même.

— Si vous le dites, grinça Axel en commençant à s'éloigner dans le hall.

Stern discutait rarement avec ses employés, encore moins en dehors des bureaux. Pourquoi diable fallait-il que ça tombe sur lui ?

— Ma fiancée et moi organisons un dîner chez nous dans quinze jours, poursuivit Aidan en lui emboîtant le pas. Sonia est conviée et, par conséquent, bien entendu, si vous souhaitez l'accompagner, sachez que vous serez également le bienvenu.

Oh putain…

— Je ne suis pas sûr, ce n'est pas trop… mon… truc, cafouilla Axel en grimaçant.

Merde alors, mais où étaient passées ses répliques assassines, toutes les railleries et la morgue qu'il avait toujours sous le coude d'ordinaire ?

Axel détestait ce type. Quelle meilleure occasion que de le lui balancer à la tronche ? Pourquoi ne pas lui dire où il pouvait se coller son invitation ? Mais peut-être était-ce parce que Sonia était impliquée…

Peut-être ? Comme si le doute était encore permis.

Comme si elle était susceptible d'avoir envie qu'il l'accompagne à ce genre de soirée à la con !

— Il ne s'agit que de quelques personnes, expliqua Aidan. Rien que les amies de Scarlett, en réalité. Faites comme vous voulez, mais j'apprécierai assez une présence masculine, à vrai dire. Enfin bref, bon week-end à vous, passez le bonjour à Sonia de ma part.

Là-dessus, son boss lui passa devant et sortit, le laissant planté comme un abruti en plein milieu du hall.

Tout ça était trop… bizarre. Surréaliste, même.

En gravissant les quatre étages qui menaient à l'appartement de Sonia, Axel se surprit à appréhender de la retrouver. Il s'était dépêché de rentrer pour la voir. Mais en vérité, il ignorait comment se comporter avec elle, après tout ce qu'ils s'étaient dit la veille.

Et si elle se mettait à l'éviter ?

Le truc des bonbons avait fonctionné une fois, mais il ne pouvait quand même pas débouler de nouveau dans son atelier en se gavant de sucre sous son nez juste pour l'inciter à le rejoindre et l'obliger, l'air de rien, à baisser sa garde. C'était trop tard, il avait déjà joué cette carte.

Il s'arrêta sur le palier, juste devant la porte de l'appartement.

On était vendredi soir. Si elle n'était pas encore sortie avec sa bande de copines, elle s'apprêtait à le faire. Et il savait désormais comment se déroulait ce genre de soirées…

Axel se força à inspirer profondément, la savoir peut-être dans les bras d'un autre, en train de s'amuser à ses petits jeux tordus de flirts et de mensonges lui serrant cruellement l'estomac, jusqu'à presque lui couper le souffle.

Il ouvrit la porte et soupira en voyant le manteau de Sonia encore accroché dans l'entrée – au moins n'était-elle pas encore partie.

Il déposa à son tour son pardessus, abandonna sa veste sur une des chaises du salon, avec son sac à dos, puis hésita.

Attendre qu'elle vienne à lui ne lui paraissait pas être la meilleure solution. Il était beaucoup trop impatient pour ça. Alors, comme la veille, il se rendit jusqu'à son atelier, même s'il n'avait pas la moindre idée de ce qu'il lui dirait, trop de choses étant restées en suspens entre eux.

Il ouvrit la porte sans frapper. Après tout, elle n'avait qu'à s'enfermer à clé si ses manières – ou plutôt son *absence* de manières – ne lui convenaient pas.

Sonia avait dû l'entendre remonter le couloir, car elle avait déjà fait pivoter son siège dans sa direction lorsqu'il entra. Il s'arrêta sur le seuil, parce que malgré tout, il était parfaitement conscient d'être sur son territoire.

Et elle l'observa avec prudence, sans un mot. Comme si elle non plus ne savait pas comment réagir.

Puis elle posa les mains sur les côtés de son fauteuil de cuir, prenant appui pour mieux relever les jambes.

— Satisfait ? demanda-t-elle, remuant les pieds pour mieux attirer son attention sur ses ridicules chaussons en forme de panda.

Ridicules… mais absolument adorables sur elle.

Le coin de ses tendres lèvres rosées se retroussa doucement, timidement. Et les nuages noirs qui avaient encombré le cœur d'Axel depuis qu'elle l'avait quitté la veille se dissipèrent d'un coup.

Comme ça. Comme s'ils n'avaient même jamais existé.

Et il ne put s'empêcher de lui rendre son sourire.

— Ce n'est pas trop tôt, approuva-t-il. J'ai bien cru que tu ne les sortirais plus jamais de ton placard.

— Je n'en avais pas vraiment l'intention, rétorqua-t-elle avec une petite moue boudeuse. Mais bon, puisque c'était écrit sur l'ardoise…

Ce tableau Velleda était peut-être magique, finalement.

Axel croisa les bras et cala son épaule au montant de la porte, profitant de cet instant pour contempler la jeune femme.

Elle n'était que très peu maquillée et ses longs cheveux d'or clair cascadaient sur ses épaules. Elle portait une robe de laine bordeaux assez ample, pas franchement adaptée à une quelconque soirée, aux manches un peu trop longues, qui descendaient jusqu'au milieu de ses mains, cachant quasiment ses pouces. Le vêtement la couvrait jusqu'à mi-cuisse, sur un collant opaque noir, et même les chaussons ne parvenaient pas à la rendre moins sexy.

Une violente bouffée de désir, un besoin prégnant, presque irrépressible, de la toucher, de l'enlacer, d'une façon ou d'une autre, saisit soudain Axel. Et, bien qu'il ne puisse guère l'assouvir, il se laissa envahir par cette pulsion.

Parce que, même si c'était douloureux, c'était aussi trop agréable, beaucoup trop vivifiant, pour se contenter d'essayer de l'étouffer.

— Tu veux un peu d'aide pour préparer le dîner ? proposa Sonia au bout d'un moment, comme il ne disait toujours rien.

— Non, je vais me débrouiller, ne t'inquiète pas. On passe à table dans une demi-heure. Ça te va ?

Elle acquiesça d'un signe de tête.

Axel allait faire demi-tour, mais ne put se retenir de demander :

— Au fait, tu ne sors pas ce soir ?

— Bof, non, grimaça-t-elle, délivrant subitement Axel d'un poids colossal. Je n'en ai pas trop envie aujourd'hui. Puis bon, je pense me lever tôt demain matin. Je n'ai pas couru de la semaine et ça commence à me stresser. Il faut absolument que je remédie à ça.

Son besoin de contrôle permanent… Probablement leur tout premier problème.

Cependant, Axel s'étonna :

— Comment ça ? Tu veux dire que depuis dimanche, tu n'es pas retournée faire du footing ?

Sonia leva l'index, parce qu'elle devinait où il voulait en venir et qu'elle tenait à rétablir certains faits.

— Ce n'est pas à cause de *lui*. Je suis certaine qu'il a mieux à faire le matin en semaine que de revenir me harceler. Non, c'est à cause de toi, Axel.

— Moi ? s'offusqua-t-il en haussant les sourcils.

Qu'avait-il encore fait ?

— Toi, et tes petits-déjeuners gargantuesques, précisa-t-elle. Impossible d'aller courir après avoir englouti tout ce que tu laisses sur la table. D'ailleurs, puisqu'on en parle…

— Je ne changerai rien du tout, la coupa-t-il, plutôt fier de lui. C'est une bonne chose que tu te remplumes un peu. Tu en avais besoin.

Les yeux de Sonia s'agrandirent de stupéfaction, tandis qu'il se détournait pour rejoindre la cuisine.

C'était la première fois qu'il osait émettre une remarque sur son physique pourtant presque parfait – si ce n'était ce détail. Il se doutait qu'elle le prendrait mal. Les filles prenaient toujours mal ce genre d'observations. C'était peut-être un peu salaud de lui dire ça, mais c'était avant tout nécessaire.

Si Morgane avait conscience de frôler la maigreur, le recherchait, voulait s'effacer, d'une manière ou d'une autre, Sonia, elle, en revanche, ne s'en rendait pas compte. Elle pensait seulement mieux maîtriser les choses en se disciplinant de façon drastique, presque pathologique en fait, jusque dans ses comportements alimentaires et sportifs.

Savoir qu'il était responsable d'une petite pause de ce côté-là le réjouissait au plus haut point.

Avec les chaussons, ça faisait pas moins de deux victoires ce soir. Ce qui n'était pas rien.

Ils dînèrent sans échanger beaucoup, une certaine tension demeurant malgré tout entre eux.

Ensuite, craignant sans doute qu'il remette le sujet de la veille sur le tapis, Sonia fila dans sa chambre à peine la dernière bouchée avalée.

27

Ne jamais sous-estimer le pouvoir d'attraction d'une belle pelouse

Axel

Le lendemain matin, Axel bondit hors de son lit dès qu'il entendit Sonia quitter la salle de bains. Craignant de la louper, il se précipita dans le couloir tout en enfilant un tee-shirt pris au hasard, sur le jean qu'il n'avait pas encore eu le temps de refermer, la brosse à dents encore à la main.

— Eh, minute papillon ! l'interpella-t-il en la trouvant déjà habillée, prête à partir.

— Axel ? sursauta Sonia, pivotant brusquement vers lui, interloquée. Tu ne dors plus ?

Le regard de la jeune femme suivit inconsciemment le trajet de sa main en train d'abaisser son tee-shirt sur son torse, s'attarda sur son ventre, et s'arrêta un instant, ses yeux s'écarquillant subitement, au niveau de l'entrebâillement de son jean.

Qu'il s'empressa de boutonner, afin de mieux contenir son érection matinale.

Axel aurait peut-être été un peu gêné si seulement il n'avait pas autant adoré le délicieux fard rosé qui teinta alors les joues de Sonia. Ça, ainsi que son expression affreusement embarrassée, qui l'électrisa mieux que n'importe quelle caresse.

Il s'éclaircit la gorge, puis, tandis qu'elle se détournait, tentant de se rafraîchir les pommettes en passant ses doigts dessus, il déclara, la voix encore un peu enrouée :

— Je t'accompagne.

Sonia semblait très troublée, comme si elle s'en voulait d'avoir osé le détailler à cet endroit. Ce qui le motivait d'autant plus à s'infliger une telle torture…

— J'ai besoin de courir, moi aussi, mentit-il.

— Tu veux… *courir* ? répéta-t-elle, abasourdie.

Pas vraiment. Mais bon, puisqu'il fallait forcément en passer par là pour la voir ce matin…

— Bah ouais, assura-t-il, feignant la désinvolture. Pourquoi pas ? Tu me laisses deux minutes ?

Il leva sa brosse à dents afin de lui faire comprendre qu'il n'avait pas tout à fait terminé.

Sonia acquiesça silencieusement, encore pantoise.

Elle s'était ressaisie lorsqu'il revint, ne laissant plus rien paraître de sa confusion, et pointa de l'index ses vêtements.

— Le jean n'est pas franchement l'idéal pour faire du sport, tu sais ? fit-elle remarquer.

— Oh, navré, j'ai dû oublier mes collants lycra préférés dans mon ancien appartement, railla-t-il, sarcastique. Pas moyen que je porte autre chose que du jean le week-end. Déjà que je suis obligé de me coltiner des putains de pantalons à pinces la semaine, je ne vais certainement pas m'affubler d'un jogging ou que sais-je encore tout ça pour un maudit footing. De toute façon, je n'ai rien d'autre.

Il voulait bien y mettre du sien, l'exercice physique – dès lors qu'il avait lieu hors d'une chambre, s'entend – n'étant pas exactement sa tasse de thé. Mais il ne fallait pas trop pousser non plus. Il avait déjà croisé des mecs en tenue de sport dans les rues de Paris, arborant des cyclistes ou ce genre de conneries, peut-être pratiques pour courir, mais certainement pas pour lui. Hors de question qu'il ressemble à ces types.

— Comme tu veux, concéda Sonia en se retenant de pouffer de rire – sans doute était-elle en train d'imaginer de quoi il aurait l'air en lycra…

Formidable.

— J'ai une vieille paire de baskets dans ma bagnole, se rappela-t-il. Ça ne t'ennuie pas qu'on passe au parking pour que je les récupère ?

— Pas de souci.

De vraies guenilles, à la gomme complètement rongée, qu'il aurait probablement honte de porter devant elle. Mais qui seraient toujours plus adaptées que ses rangers habituelles – qu'il ne tenait pas à user plus que nécessaire.

Après cette étape, ainsi qu'un échauffement qu'Axel négligea complètement – préférant admirer Sonia étirer son corps de déesse plutôt que profiter de ces quelques minutes pour l'imiter –, ils partirent en petites foulées en direction de la Seine.

Ce qui rappela presque aussitôt à Axel pourquoi il détestait tant le sport d'ordinaire et n'en faisait pour ainsi dire jamais.

Il était nul.

Et sa récente rupture avec les cigarettes n'y changeait strictement rien.

Ils n'étaient pas partis depuis dix minutes que déjà il était à bout de souffle et en nage, probablement le visage rouge fluo. Tandis que Sonia gambadait devant lui telle une gazelle, le pas léger et alerte, gracieuse même, quasiment aussi fraîche qu'à la sortie de la douche.

La seule chose qui l'aidait à avancer, c'était cette superbe paire de fesses s'agitant devant lui dans un legging noir si ajusté qu'il pouvait deviner le contour de sa culotte au travers. Ce qui, tout bien considéré, valait amplement les efforts que lui coûtait ce satané footing.

Sonia se retourna à plusieurs reprises vers lui pour s'assurer qu'il la suivait.

Et il s'obligea chaque fois à accélérer l'allure et paraître aussi fringant que possible… quand bien même avait-il en réalité l'impression que ses poumons allaient prendre feu d'une seconde à l'autre.

Ils étaient aux abords du Jardin des plantes lorsque Sonia ralentit ses foulées, ayant probablement fini par comprendre qu'il peinait plus que de raison à la suivre.

Ce qui eut le don d'irriter profondément Axel.

D'accord, elle était nettement plus en forme que lui, ça ne faisait pas l'ombre d'un doute. Mais il refusait qu'elle pense qu'il était croulant.

Si elle remportait haut la main la course d'endurance, il était en revanche certain qu'il en irait tout autrement concernant la vitesse. Elle avait beau être relativement grande et aisément flirter avec le mètre soixante-dix, il faisait toujours quinze bons centimètres de plus qu'elle. Toujours une longueur de jambes de plus qu'elle, non négligeable dans cette discipline.

— Je te parie que… j'arriverai avant toi… au pavillon là-bas, haleta-t-il en désignant un bâtiment au loin devant eux.

Sonia battit des paupières, dubitative. Elle hocha néanmoins la tête, relevant le défi avec enthousiasme, un petit sourire supérieur étirant alors ses lèvres charnues.

Axel était déjà épuisé après ce petit périple dans le centre de Paris. Pourtant, il ne perdit pas un instant et s'élança à toute allure dans l'allée de graviers blancs, puisant dans ses dernières réserves d'énergie, juste pour prouver qu'il en était capable.

Sonia tenta de le suivre, mais il la distança très rapidement, sans aucun problème.

Voilà qui remettait enfin les choses à leur place !

Ce n'était pas qu'il était mauvais perdant, mais… ouais, bon, peut-être l'était-il un peu, au bout du compte.

Axel ralentit après avoir dépassé la ligne imaginaire qu'il s'était imposée, aux abords du pavillon, Sonia encore loin derrière. Puis il s'arrêta sur le bord du chemin, complètement hors d'haleine. Sa gorge le brûlait horriblement et ses membres tremblaient comme s'il venait de soulever un poids beaucoup trop lourd pour lui.

Une violente toux le cueillit subitement et il dut se pencher en avant, les mains sur les genoux, regrettant jusqu'à la dernière cigarette qu'il avait fumée, une semaine plus tôt.

— Axel, l'appela Sonia en arrivant à sa hauteur. Ça va ?

— Impeccable…, croassa-t-il entre deux quintes.

Là, tout de suite, il se serait bien autodécerné le prix de la pire technique de drague du monde.

Bordel, pourquoi fallait-il qu'il se retrouve en train de cracher ses poumons, dégoulinant de sueur et le corps chancelant devant la plus belle fille de la planète ? Quel genre de crétin pouvait s'imaginer que se mettre dans ce type de situation était une bonne idée ?

— Tu es sûr ? s'inquiéta-t-elle en posant une main hésitante sur son épaule.

Les hanches de Sonia, sur lesquelles flottait son tee-shirt rose, entrèrent dans le champ de vision d'Axel, comme elle se rapprochait de lui.

— Non, en fait... je crois que je vais crever, ironisa-t-il en saisissant le vêtement de la jeune femme pour s'y raccrocher.

Puis il tira sur le tissu, de façon à ramener Sonia plus près de lui encore. Jusqu'à venir appuyer la tête contre son estomac, le temps de parvenir à reprendre son souffle.

Et curieusement, elle ne protesta pas. Elle se contenta de demeurer dans cette position, puis se mit à lui frotter le haut du dos, essayant par ce geste de l'inciter à recouvrer une respiration moins chaotique.

Finalement, ce n'était peut-être pas un si mauvais plan que ça...

Ses mains s'agrippaient à elle, ses doigts effleurant son ventre à travers le coton, et son nez s'était niché dans le creux de son nombril. Un contact d'une intimité inédite, bouleversante, qu'elle ne lui aurait jamais permis en temps ordinaire.

Aussi en profita-t-il au maximum...

Il était déterminé à prendre tout ce qu'il pourrait, dès qu'il le pourrait.

Il s'attarda dans cette posture, se retenant à grand-peine de se laisser aller aux pulsions qui menaçaient de le submerger. Ne surtout pas bouger les doigts, parce qu'alors elle le repousserait. Ne surtout pas embrasser la zone qui se trouvait juste devant son visage, même s'il en crevait d'envie. Parce que alors elle saurait quel plaisir c'était pour lui que de se retrouver ainsi… quel genre de tentations ça représentait, également.

— Je vais aller te chercher de l'eau, ne bouge pas, avisa-t-elle au bout d'un moment – bien trop bref à son goût –, se détachant doucement de lui.

— Tu abandonnerais un mourant ? plaisanta-t-il en se laissant retomber sur la pelouse, à bout de forces.

Si Sonia ne le soutenait plus alors tant pis, il n'irait pas plus loin.

Il se retrouva d'abord assis dans l'herbe, encore haletant – la proximité de la jeune femme n'ayant pas vraiment aidé à faire baisser sa fréquence cardiaque. Puis il s'écroula tout à fait, s'allongeant sur le dos, affectant une nonchalance totalement ridicule, passant les mains derrière la nuque pour faire bonne mesure.

Sonia, l'air préoccupé, vint s'accroupir près de lui.

— Tu n'es quand même pas réellement en train de faire un malaise, si ? demanda-t-elle, les sourcils froncés, soudain très soucieuse.

Axel pouffa de rire.

— Non, Princesse, la rassura-t-il. Tu m'as pris pour quoi, franchement ?

— Un type qui se surestime, mais alors très légèrement question endurance, le taquina-t-elle.

— Tu peux être aussi désobligeante que tu veux, je n'en ai pas moins gagné, repartit-il sans bouger.

— Pff, tu parles d'un vainqueur ! ricana-t-elle, son sourire amusé illuminant la journée d'Axel.

Elle passa une mèche de ses cheveux, échappée de sa queue de cheval, derrière son oreille, puis jeta un coup d'œil alentour.

— On ne devrait pas rester là, finit-elle par observer. Je ne suis pas certaine qu'on soit autorisé à marcher sur cette pelouse.

Axel haussa les épaules, puis se redressa sur les coudes pour examiner le parc.

— Il n'y a presque personne, objecta-t-il. On s'en fout. Ce n'est que de l'herbe.

Puis il tapota le sol à côté de lui.

— Viens, réclama-t-il, sans grande conviction toutefois. Tu verras, c'est plutôt confortable.

Et toujours plus agréable que de s'éreinter à courir sans but, comme deux parfaits abrutis...

— Je préfère te croire sur parole, refusa-t-elle, faisant mine de se relever.

Mais Axel la rattrapa par le bras et l'attira brusquement à lui, sans réfléchir.

Juste parce qu'il en avait envie... Juste parce que c'était beaucoup trop tentant pour ne pas le faire.

Sonia roula sur le sol et se retrouva alors étendue sur le côté, tout contre lui, vautrée sur le gazon moelleux, d'un beau vert électrique, elle aussi.

Elle aurait pu le frapper.

Elle aurait pu crier.

Mais elle se mit à rire.

D'un rire spontané. Un vrai rire de gamine. Absolument merveilleux.

Le plus beau son qu'Axel ait jamais entendu.

Sa bouche était grande ouverte tant elle était choquée qu'il ait osé la faire tomber, la surprise marquant encore ses traits.

— Putain, je crois bien que c'est la police des pelouses qui vient nous coffrer pour écrasement de gazon illicite ! s'exclama-t-il, moqueur, en désignant un point au loin. Tu penses qu'on va aller en prison ?

Sonia lui mit un petit coup de coude dans les côtes en réponse et rit de plus belle.

— Espèce d'idiot !

Puis, encore un peu hilare, elle suivit son exemple et se laissa aller sur le dos à son tour, comme par défi. Comme si c'était la chose la plus effrontée qu'elle ait faite de sa vie…

Ses hoquets se calmèrent doucement, elle croisa les jambes au niveau des chevilles, prenant un air décontracté, et posa les mains sur son sternum, juste sous sa poitrine.

— Et maintenant ? demanda-t-elle, ses yeux se perdant dans la contemplation du ciel.

Tandis que ceux d'Axel se perdaient dans la contemplation de Sonia, allongée si près de lui que leurs bras se frôlaient.

— Maintenant on se repose un peu. Ce n'est pas humain de s'infliger un truc pareil, d'autant plus un samedi matin.

Un silence s'installa, que Sonia rompit, au bout de quelques minutes.

— Geoffrey me trouvait molle, lança-t-elle abruptement. Trop grosse. Il disait que j'étais une fausse maigre, que je cachais bien mon jeu.

Axel battit des paupières, un peu décontenancé qu'elle choisisse ce moment pour répondre à sa réflexion de la veille. Puis il roula sur le flan et prit appui sur son coude pour se redresser légèrement, scrutant le visage soudain un peu triste de Sonia.

— Peut-être, mais on n'avait pas déjà établi que ce gars est un sale connard ? rappela-t-il, comme cela lui paraissait essentiel dans ce débat qui n'en était pas vraiment un. Parce qu'il me semblait bien, pourtant. En plus d'être un bel enfoiré, je veux dire. Doublé d'une putain d'ordure. Et… j'en passe. En conséquence de quoi, je pense qu'on peut affirmer sans trop d'états d'âme qu'on n'en a absolument rien à battre de ses remarques à deux balles. Il peut se les coller au… enfin où je pense, non ?

Sonia lui jeta un coup d'œil, puis confirma :

— Tu as raison.

— Sérieux, c'est complètement débile, se permit-il d'insister. Enfin quoi, on dirait que tu veux défier Kate Moss. Regarde-toi, Sonia ! Il faut vraiment que tu arrêtes avec ça.

— Je n'étais pas aussi mince qu'aujourd'hui quand je l'ai rencontré, commença-t-elle à expliquer. J'ai perdu pas mal de poids à l'époque. Je sortais tout juste d'une adolescence compliquée… plutôt ingrate, en fait. Avec appareil dentaire, lunettes et acné. J'ai fait beaucoup d'efforts pour lui plaire.

Axel avait du mal à imaginer la jeune fille que lui décrivait Sonia. Pour lui, elle était forcément sublime, même à cette période probablement un peu moins clémente de sa vie.

— Eh ben, justement, il est peut-être temps de passer à autre chose, tu ne crois pas ? Tu n'as pas besoin d'être aussi maigre, c'est ridicule. Et dangereux, très certainement. La vie est assez chiante comme ça, sans avoir à s'emmerder avec des problèmes qui n'existent que dans ton esprit. Lâche un peu de lest, je t'assure que ça ne te fera pas de mal, au contraire. Tu as le droit de t'autoriser à être la personne que tu es censée être naturellement. D'être toi-même, tout simplement. Tu seras toujours la plus belle femme du monde avec quelques formes en plus… à plus forte raison, je dirais même.

Sonia fronça les sourcils et le dévisagea, entre perplexité et incrédulité – comme si ce n'était pas le genre de choses que tous les hommes devaient lui répéter à longueur de temps.

Il en avait trop dit, évidemment. Il aurait dû garder sa dernière phrase pour lui. Il n'était pas utile qu'elle sache à quel point il l'admirait, à quel point il se consumait de désir pour elle.

Et en même temps, ce n'était pas comme si c'était un secret. Ça devait se voir comme le nez au milieu de la figure, non ?

— Tu… tu veux dire que… bafouilla-t-elle, hésitante. Que tu le penses *vraiment* ?

Axel serra les dents et ne put se retenir de chercher le contact de sa peau du bout des doigts, caressant doucement cette zone si soyeuse sur son bras, juste au-dessus du coude.

Putain, si elle savait !

Il hocha la tête, incapable tout à coup d'articuler quelque mot que ce soit.

Et avant même qu'il ait eu le loisir d'y réfléchir, il se retrouva penché sur elle, son visage à seulement quelques centimètres du sien.

C'était complètement dingue, cette femme l'attirait de façon tellement puissante…

Leurs souffles se mêlèrent, s'accélérèrent de concert et l'odeur de Sonia, à l'arôme absolument délicieux, légèrement plus poivrée après cette course idiote dans les rues de Paris, le submergea. Sa chaleur l'envahit, le faisant vibrer des pieds à la tête, et il craignit de perdre la raison en même temps que tout contrôle lui échappait.

Il laissa sa main s'évader le long du ventre plat de Sonia, partir à la recherche du creux de sa taille, pour ensuite s'y arrimer.

Mais alors elle se raidit brusquement.

Elle ne le repoussa pas. Cependant, il lut dans ses yeux qu'elle appréhendait cette étreinte.

Tout comme lui, elle s'était rendue à l'évidence. Elle savait qu'il y en aurait une seconde. Et sans doute encore beaucoup d'autres. C'était aussi inévitable que le retour du soleil après la grisaille de l'hiver.

Toutefois, et pour toutes les raisons qu'il connaissait désormais, ça ne l'empêchait pas d'être inquiète.

Et Axel ne voulait pas qu'elle soit inquiète – et certainement pas juste pour un baiser. Non, il voulait attendre le bon moment. L'instant parfait, les conditions idéales pour lui prouver qu'elle et lui, ça pouvait marcher, qu'ils méritaient qu'elle accepte de leur laisser une chance d'être un couple, quand bien même seraient-ils différents.

Alors il tourna légèrement la tête et déposa un petit baiser sur sa joue, comme si c'était là exactement ce qu'il avait prévu. Puis il se redressa.

Il bondit sur ses pieds d'un seul élan, un peu étourdi, mais surtout pressé de s'éloigner d'elle avant de risquer de commettre un nouvel impair.

— Bon, je ne sais pas toi, mais en ce qui me concerne, j'ai eu mon compte de sport pour l'année à venir, déclara-t-il en lui tendant la main, s'appliquant à faire mine de ne pas voir qu'elle semblait totalement désemparée. On rentre ?

Sonia acquiesça et ils revinrent sur leur pas, retournant tranquillement en direction de l'appartement. En marchant, comme toute personne normale.

Au final, Axel avait parfaitement conscience d'avoir empêché Sonia de se dépenser autant qu'elle l'aurait souhaité ce matin. Mais de son point de vue, c'était une nouvelle petite victoire à ajouter à sa liste.

Qu'il put encore rallonger lorsqu'il découvrit, en fin d'après-midi – tandis qu'il allait à la cuisine se servir un verre d'eau, Sonia enfermée dans son atelier –, une nouvelle mention, apparue comme par magie, sur le tableau Velleda fixé au frigidaire.

— *Regarder la série Game of Thrones avec Axel*

Depuis le temps qu'elle le lui avait promis, ce n'était pas trop tôt.

Mais peu importait. Il progressait et c'était tout ce qui comptait.

Bien sûr, il fut tout de même un peu déçu quand, après dîner, Sonia alla se pelotonner dans un coin du canapé, les jambes ramassées sous elle, à moitié assise sur l'accoudoir. Comme s'il avait eu besoin de deux places et demie pour lui tout seul…

Ça aurait presque été risible. *Presque.* Si seulement ça n'avait pas été pour demeurer aussi loin de lui que possible.

Mais il n'était pas dupe.

Cependant, il prit sur lui et fit mine de rien remarquer. On était samedi soir et Sonia ne sortait pas, n'allait pas passer du temps avec ses amies à brancher des mecs dans les bars. Non, elle était là, à mater la télé avec lui, comme si c'était là ce qu'elle avait de mieux à faire. Et c'était déjà ça.

Pas franchement une victoire, mais pas un échec non plus.

Axel plaça le saladier de bonbons entre eux, espérant que le sucre attirerait au moins un peu Sonia vers lui. Mais sans grand succès.

Ils visionnèrent trois épisodes à la suite, chacun assis à une extrémité du canapé, comme deux adolescents qui n'osent pas s'approcher l'un de l'autre. Un moment à peu près aussi agréable que pénible pour Axel, qui eut néanmoins le plaisir de voir plusieurs fois Sonia ouvrir grand la bouche, choquée par certaines scènes violentes… ou trop osées.

— On continue demain soir ? proposa-t-il en éteignant le téléviseur géant de Sonia.

— Si j'arrive à attendre jusque-là pour voir la suite, le prévint-elle, confirmant qu'elle avait apprécié. N'empêche, j'ai du mal à croire que tes sœurs suivent cette série. C'est très prenant, je ne dis pas, mais c'est assez trash, non ?

Axel haussa les épaules.

Heureusement, il ne lui était jamais venu à l'idée de regarder cette adaptation de ses livres préférés avec ses sœurs…

— Elles sont majeures, fit-il valoir, avant de rétorquer, juste pour la chambrer : Et elles, elles auraient été parfaitement scandalisées de t'entendre parler comme tu l'as fait le jour où tes copines sont venues chez toi.

Il arqua un sourcil pour appuyer son propos et vit Sonia rougir, puis se mordre la lèvre.

— Je ne le ferai plus, attesta-t-elle d'une petite voix coupable, comme si elle lui devait quelque chose. J'ai décidé que j'allais cesser de jouer cette comédie grotesque, essayer de moins mentir… de *ne plus* mentir. Du tout.

Il approuva d'un signe de tête, sans toutefois réussir à saisir la portée exacte de ces aveux.

Ils remontaient le couloir, chacun se dirigeant vers sa chambre, quand Axel s'interrompit pour demander, la question lui brûlant soudain les lèvres :

— Est-ce que ça veut dire que tu vas arrêter de torturer tous ces pauvres types qui se pressent à tes pieds ? Plus de flirts fallacieux avec des inconnus ?

Axel ne voulait pas que ça ressemble à une requête…

Pourtant, c'en était une. Il devait se rendre à l'évidence.

Sonia grimaça, le sujet l'embarrassant toujours autant.

— C'est fini, garantit-elle, son regard s'égarant quelques secondes, avant de revenir à lui. Je te le promets.

Merde, pas de non formel, et maintenant ça ?

C'était un genre d'engagement, ni plus ni moins. C'était ce que ça impliquait, non ?

Bon Dieu, mais elle allait le tuer à force de l'entraîner dans ces putains de montagnes russes !

Axel décida de pousser sa chance plus avant encore.

— Tu sais, les filles seraient ravies de te revoir demain. Si ça te dit de te joindre de nouveau à nous, tu es la bienvenue.

Plus que la bienvenue…

Sonia resta quelques secondes à l'observer, comme si ses paroles aussi contenaient quelque sens caché.

Pourtant, c'était on ne peut plus clair. Il voulait passer le plus de temps possible avec elle et cherchait le moindre prétexte pour y parvenir. Il n'y avait rien à comprendre d'autre.

Un sourire éclaira peu à peu le visage de Sonia.

— OK, je viendrai, dans ce cas.

Là-dessus, elle l'abandonna pour rejoindre sa chambre, le laissant aussi songeur que dérouté.

28

Légumes et confidences

Sonia

Sonia tarda à trouver le sommeil, comme trop souvent ces derniers temps, et eut bien du mal à se lever le lendemain. Elle n'émergea qu'aux alentours de 10 heures et dut renoncer à aller courir.

D'une part, il pleuvait, et d'autre part, elle avait accepté d'accompagner Axel chez ses sœurs. Ce qui, si elle souhaitait se préparer un peu – après s'être présentée la première fois là-bas sans une once de maquillage et habillée à l'arrache –, ne permettait pas vraiment de caser un footing avant l'heure du départ.

Et ça l'aurait véritablement angoissée en temps ordinaire.

La veille, avec Axel, elle avait à peine fait le tiers de son parcours habituel et n'avait pu courir de la semaine. Mais après l'étrange échange qu'ils avaient eu, Sonia réalisait progressivement que, peut-être, ces manquements à répétition à son habituel programme d'activité physique n'étaient pas si dramatiques que ça.

Peut-être même que ce n'était pas une si mauvaise chose, après tout, que de flemmarder un peu…

— Waow, Princesse, tu es… magnifique, la complimenta Axel lorsqu'il la vit sortir de la salle de bains pour le rejoindre dans le salon, où il l'attendait.

Sonia avait revêtu une robe couleur safran, avec un col rond noir, façon Claudine, assez sage, contrastant avec la coupe plutôt courte de la jupe. Ses cheveux étaient relevés en un chignon haut, un peu flou, et elle avait choisi un rouge à lèvres foncé, tirant légèrement sur le violet, pour mettre en valeur ses lèvres.

Elle ignorait pour quelle raison, mais elle avait vraiment envie d'être à son avantage aujourd'hui.

— Merci, balbutia-t-elle en se sentant rougir comme une idiote de collégienne.

C'était très bizarre, mais les mots gentils d'Axel ne manquaient jamais de la plonger dans un état de confusion des plus perturbants.

— On ne va que chez mes sœurs, en banlieue, tu te rappelles ? la taquina-t-il, avant de se diriger vers la porte.

Sonia aurait adoré lui retourner le compliment.

Parce que, dans un genre différent, très éloigné des standards classiques, elle le trouvait extrêmement séduisant ce matin.

Puisque les températures s'étaient encore rafraîchies, Axel portait un pull de coton. Un peu grand pour lui, le vêtement, rayé rouge et noir, passablement usé, accentuait la largeur de ses épaules et, ajouté au jean troué qu'il arborait, lui donnait des allures de rocker un peu grunge. Allures renforcées par son absence de coiffure, ses cheveux bruns mi-longs prenant toujours une forme aussi chaotique.

Mais elle n'osa pas, craignant de l'induire en erreur et de l'encourager dans une voie qui ne possédait pas la moindre issue… Comme ça avait été déjà le cas une semaine auparavant.

Dans l'entrée, Axel ramassa un grand sac de sport qu'il avait dû déposer là un peu plus tôt.

— Tu sais qu'il y a une machine à laver ici aussi, l'informa Sonia en passant son manteau.

— Ah oui ? C'est formidable, se moqua-t-il, feignant de ne pas comprendre. Comme quoi, tu as vraiment tout le confort moderne, chez toi.

— Je veux dire que tu peux l'utiliser sans problème. Tu n'as pas besoin d'emmener tes affaires chez tes sœurs.

Axel eut une moue étrange, un petit sourire en coin qui ressemblait à s'y méprendre à de la vexation, mais dissimulée sous des airs faussement amusés.

— C'est sympa de ta part de proposer ça, Princesse. Mais puisque c'est possible, j'aime autant me servir d'un appareil dont j'ai moi-même financé l'acquisition.

Deux *Princesses* en moins de cinq minutes – quand bien même Axel adorait-il la surnommer ainsi –, ça commençait à faire beaucoup.

Sonia avait remarqué qu'il aimait se servir de ce sobriquet pour rétablir généralement une certaine distance entre eux. Et, en l'occurrence, cette histoire de linge à laver le mettait mal à l'aise, c'était évident.

Axel était quelqu'un d'extrêmement fier et s'il s'était peu à peu fait à la situation et s'était résolu à accepter de loger chez elle en attendant de pouvoir prendre un appartement, il tenait néanmoins à ne pas dépendre d'elle pour tout et n'importe quoi. En fait, il mettait même un point d'honneur à se débrouiller seul, du moins en ce qui concernait quelque chose d'aussi trivial que le nettoyage de ses vêtements de la semaine.

Comme la dernière fois, Elena et Camille, la mine réjouie, se précipitèrent à la porte pour les accueillir et sautèrent au cou de leur frère. Elles saluèrent Sonia avec presque autant de chaleur, ne cessant de lui répéter combien elles étaient heureuses de la revoir.

— Bonjour, marmonna une petite voix tandis qu'ils étaient encore dans l'entrée.

Le silence se fit soudain et tout le monde se tourna vers Morgane, à l'autre bout de la pièce.

Cette dernière se cachait toujours sous d'amples vêtements noirs, ses longs cheveux bruns lui masquant à demi le visage.

Aux expressions interloquées d'Elena, Camille et Axel, Sonia en déduisit qu'il devait être assez exceptionnel que Morgane quitte sa chambre d'elle-même, sans qu'on ait à le lui demander.

Sous le regard perplexe de son frère et ses sœurs, Morgane traversa la pièce et alla jusqu'à Sonia. Puis elle lui fit timidement la bise. Avant de s'éloigner rapidement.

Comme si, pour elle, ce simple geste réclamait un effort colossal.

Axel, qu'elle n'avait pas embrassé – contrairement à ses sœurs –, fronça les sourcils. Sans doute avait-il l'habitude d'être ignoré par Morgane, parce qu'il ne semblait pas le moins du monde vexé, simplement très étonné de son comportement envers Sonia.

À qui il adressa ensuite un bref sourire, comme pour la remercier de quelque chose qu'elle ne se souvenait pourtant pas avoir fait.

— On va finir par se cotiser pour offrir une nouvelle machine à laver à Fang, si ça continue, suggéra Camille lorsque Axel revint au salon, après avoir mis en route une lessive.

— Surtout pas, rétorqua-t-il en crispant les mâchoires, l'air tout à coup légèrement embarrassé. Il serait fâché d'apprendre que vous non plus vous ne le croyiez pas capable de réparer l'ancienne.

Pour ses sœurs, Axel vivait toujours en colocation avec son meilleur ami. Mais Sonia savait que cela faisait déjà un bon moment que ce n'était plus le cas.

Elle ignorait ce qui s'était passé pour qu'il se retrouve ainsi, du jour au lendemain, à la rue, Axel s'efforçant à longueur de temps d'éviter le sujet. Cependant, elle était presque certaine qu'une rude dispute était à l'origine du problème avec ce fameux Fang.

Axel paraissait anormalement seul.

En dehors de ses sœurs, il ne semblait entretenir aucun lien, avec personne. Depuis près d'une semaine et demie qu'ils vivaient ensemble, Axel n'avait pas mentionné le moindre ami et ne s'entendait même pas avec ses collègues de travail.

À cette idée, le cœur de Sonia se serra.

Pour quelle raison Axel fuyait-il les autres de la sorte si sa solitude lui pesait tant, ainsi qu'il le lui avait confié quelques jours plus tôt ?

— Tout va bien ? lui demanda-t-il tandis qu'elle l'observait, perdue dans ses pensées.

— Oui, excuse-moi, balbutia-t-elle, s'arrachant à ses réflexions. Je peux faire quelque chose ?

Axel était déjà dans la cuisine, à sortir tout un tas de trucs des placards, pendant qu'Elena et Camille s'affairaient à mettre la table.

— Éplucher des carottes, c'est dans tes cordes ? lança-t-il avec un léger sourire en coin, un brin moqueur.

Ce qui sonnait presque comme un défi.

— Ça devrait aller…

Sonia lui adressa une petite grimace en réponse à ses insinuations.

Elle n'était peut-être pas très douée avec une casserole ou un four, mais elle maîtrisait tout de même quelques basiques.

— Axel considère qu'il n'y a que lui qui se débrouille en cuisine, avisa Camille, retournant une chaise pour s'y asseoir, tout en regardant son frère trancher des pommes de terre en fines lamelles.

— Et qui, ici, oserait affirmer que j'ai tort ? se renseigna-t-il, d'un ton provocateur.

Il jeta un coup d'œil derrière son épaule et Camille pinça les lèvres, comme si elle cherchait des arguments sans parvenir à trouver.

— Voilà, on est tous d'accord, approuva-t-il face au silence éloquent de tout le monde.

Puis il revint à ses pommes de terre, se concentrant sur sa tâche, maniant le couteau avec une dextérité et une rapidité des plus impressionnantes.

— C'est d'ailleurs rarissime qu'il accepte l'aide de quelqu'un, fit remarquer Elena, en rejoignant sa sœur.

Elena s'appuya contre la table et, d'un air songeur, contempla Sonia – en train d'essayer d'éplucher ces saletés de carottes, ce qui n'était finalement pas aussi aisé que dans son souvenir…

— Bon, reprit Elena, puisque ce n'est pas mon frère qui avouera quoi que ce soit à ce sujet, Sonia, dis-moi, vous êtes ensemble avec Axel, oui ou non ?

Sonia s'immobilisa soudain, déconcertée par la question et la façon on ne peut plus directe dont elle lui était posée.

Curieusement, Axel garda le silence.

Il risqua un rapide regard dans sa direction, comme s'il ne pouvait s'en empêcher. Comme si la réponse l'avait autant intéressé que ses sœurs. Malgré la brièveté de ce moment, Sonia décela dans ses yeux noirs une certaine attente, ainsi qu'une douleur étrange, aussi profonde que saisissante.

Il lui laissait la liberté de mentir si ça lui plaisait, comme elle l'avait déjà fait devant Louise et Nancy. Mais Sonia ne jouerait plus ce jeu-là.

Elle le lui avait promis, c'était fini tout ça.

Cependant, se montrer tout à fait honnête posait un léger problème.

La vérité, c'était qu'elle ignorait complètement quoi répondre. Elle ne pouvait décemment guère prétendre qu'il n'y avait rien, ou uniquement de l'amitié entre eux.

C'était faux.

Et elle le savait pertinemment.

— C'est… hem… C'est compliqué, cafouilla-t-elle, ne trouvant rien de mieux.

Elle vit Axel ciller, manifestement surpris.

Sans doute ne s'était-il pas attendu à ce qu'elle se montre aussi sincère. Sans doute ne s'était-il pas attendu non plus à ce qu'elle admette qu'il y avait quelque chose, même si elle ne pouvait définir ce dont il s'agissait.

— Ça commence à bien faire, grinça-t-il en se tournant brusquement vers ses sœurs. Je ne vous avais pas déjà demandé d'arrêter avec ça ? Bordel, ce n'est pas possible ce que vous pouvez être chiantes, toutes les deux !

Elena et Camille éclatèrent de rire en chœur, pas le moins du monde effrayées par les remontrances de leur frère aîné.

— Hé, fais gaffe quand même ! s'exclama Axel en pivotant vers Sonia, tandis que l'éplucheur frôlait le côté de son pouce, sur la carotte qu'elle tenait. Ça coupe ce truc-là, tu es au courant ?

— Oups, lâcha-t-elle. Quelle maladroite je fais…

— Bon, ça va, file-moi ça, ordonna-t-il en lui confisquant d'autorité l'économe et le légume.

Ses mains effleurèrent les siennes l'espace d'un court instant, mais ça n'avait rien d'un accident. Axel feignit pourtant l'indifférence et prit le relai avec les carottes, laissant alors Sonia aussi confuse que désœuvrée.

Ne sachant quoi faire, elle rejoignit Elena et Camille.

— Enfin, en attendant, poursuivit cette dernière, j'espère au moins qu'Axel n'est pas trop grognon et essaie d'être à peu près gentil avec toi.

Sonia ne put retenir un sourire en entendant l'intéressé soupirer d'agacement.

— On ne pourrait l'être davantage, répondit-elle, plus à l'intention d'Axel qu'à celle de ses sœurs.

Après tout, c'était vrai…

Les épaules d'Axel se tendirent légèrement sous son pull, dont il avait remonté les manches jusqu'aux coudes, dénudant ses avant-bras aux muscles secs roulant sous sa peau, comme il s'activait avec l'éplucheur. Une réaction étrange cependant, qui laissa Sonia perplexe.

— Sérieux ? s'étonna Elena.

— Sans rire les filles, ça devient vraiment lourd, là, maugréa Axel, s'appliquant cette fois à rester dos à elles.

Ce qui, à nouveau, déclencha l'hilarité des jumelles.

Après le déjeuner, il y eut, à l'instar du dimanche précédent, un nouveau tournoi de Mario Kart. Qu'Axel remporta haut la main, tout aussi brillamment que la première fois, Sonia se retrouvant encore bonne dernière. Après quoi, Camille se plongea dans la relecture de ses cours tandis qu'Elena sollicitait l'aide de son frère pour passer une étape délicate dans un autre jeu de console – l'un des nombreux *Assassin's Creed*, auquel elle jouait ces derniers temps.

Sonia en profita alors pour se rapprocher de Morgane, seule dans son fauteuil, les genoux relevés pour maintenir le carnet sur lequel elle griffonnait pensivement.

— C'est très chouette, la félicita Sonia lorsqu'elle découvrit l'esquisse d'une jeune femme en robe longue parcourant une inquiétante forêt, des papillons se mêlant à sa profuse chevelure.

Morgane remonta brusquement les jambes, comme pour cacher son dessin, un peu prise de court. Elle inspira profondément, se détendit visiblement, puis inclina finalement sa feuille vers Sonia, de façon à ce qu'elle puisse mieux voir son travail.

— Ah, euh… merci, souffla-t-elle, osant un regard furtif vers Sonia. Désolée, d'habitude je ne montre pas les croquis qu'Axel n'a pas encore corrigés.

Sonia fronça les sourcils.

— Axel dessine ? interrogea-t-elle, très étonnée, tandis que lui faisait mine de ne rien entendre, focalisé sur l'écran de télévision, une manette entre les mains.

— Et avec talent, lui confirma Camille, relevant le nez de son classeur. Tu ne le savais pas ?

Sonia songea alors au petit carnet avec lequel elle l'avait déjà vu plusieurs fois, notamment le jour de leur rencontre au Starbucks. Jamais elle n'aurait imaginé qu'il ait pu s'en servir pour y cacher ses œuvres.

Axel n'était décidément jamais à court de surprises…

— C'est lui qui m'a tout appris, expliqua Morgane.

— Après avoir lui-même tout appris de notre mère, qui était peintre, compléta Camille. Elle a longtemps enseigné son art dans différentes assos de quartier.

Elena se détourna de la télé un instant, délaissant la partie que jouait pour elle Axel afin de commenter :

— Ouais, notre frère est vraiment un type bizarre. Un mélange très spécial de geek au dernier degré et d'artiste qui s'ignore, le tout planqué sous des faux airs de gros dur.

— Non, vraiment, grogna soudain Axel, les yeux toujours rivés sur l'écran de télévision. C'est ma fête ou quoi ? On va parler de moi toute la journée, sans déconner ?

Camille et Elena s'en fichaient peut-être, mais Axel paraissait réellement détester être le point de mire des conversations. Comme si ne pouvoir totalement maîtriser les informations que Sonia découvrait sur son compte lui déplaisait terriblement.

— C'est les *faux airs* de gros dur, là, tu l'as vexé, plaisanta Elena.

À nouveau, des éclats de rire emplirent la pièce et même Morgane eut un petit sourire amusé. Taquiner Axel semblait être devenu l'occupation favorite de ses sœurs, pour le plus grand plaisir de Sonia.

29

D'un infinitésimal battement d'aile à une époustouflante tempête

Sonia

Elle attendit qu'ils se retrouvent à nouveau seuls tous les deux à son appartement, un peu plus tard dans la soirée, tandis qu'ils débarrassaient ensemble la table du dîner, pour lancer ce sujet qui l'intriguait tant.

— Il s'est passé quoi exactement avec ton ami ? Fang, c'est ça ? Pourquoi ne vis-tu plus avec lui ?

Axel eut un mouvement de recul, quasi imperceptible, et s'interrompit dans son élan, tandis qu'il s'emparait des assiettes, visiblement pris au dépourvu.

Jusque-là, la conversation entre eux avait été légère et paisible, nul doute qu'elle n'allait pas le demeurer très longtemps.

D'ordinaire, Sonia ne se montrait jamais curieuse, prenait toujours garde à ne pas pousser à la confidence, puisqu'elle-même en était incapable. Mais avec Axel, tout était différent.

Sa réserve habituelle n'avait plus lieu d'être désormais. Ni dans un sens… ni dans l'autre, à la réflexion.

Il aurait bien entendu été certainement beaucoup plus facile et simple de ne pas creuser là où lui tentait de la maintenir à distance, de ne pas se mêler de ce passé probablement très lourd et compliqué qu'elle entrevoyait à peine. De s'en préserver également.

Seulement, c'était plus fort qu'elle. Tout ce qui avait trait à Axel éveillait son intérêt. De façon si intense qu'elle ne pouvait faire semblant d'y être indifférente plus longtemps.

Aussi inattendu que ce soit, et après cette journée passée en compagnie de ses sœurs – censément les personnes les plus proches de lui –, Sonia se rendait peu à peu compte qu'elle avait *besoin* d'en apprendre davantage sur Axel.

Et s'il ne voulait pas lui donner les clés de toutes ces énigmes qui flottaient dans son sillage, alors elle irait les chercher. C'était aussi élémentaire que ça.

Il y avait beaucoup trop de choses qu'elle ignorait encore sur lui, tandis que lui savait presque tout de ses secrets. Une véritable injustice, qui lui apparaissait de plus en plus clairement au fur et à mesure de l'évolution de leur indéfinissable relation.

Le silence s'éternisa tandis qu'il paraissait réfléchir aux réponses à lui fournir. Elle devina qu'il hésitait à lui confier ce pan de sa vie, dont même ses sœurs n'avaient pas été informées.

— C'est ton ami d'enfance, si j'ai bien compris, n'est-ce pas ? insista-t-elle doucement, le sujet se révélant manifestement passablement douloureux.

Axel reposa les couverts qu'il tenait et se frotta la mâchoire. Puis il leva les yeux vers elle et les plongea dans les siens.

— Ouais, c'était mon meilleur pote, marmonna-t-il, sa voix se teintant de dépit, comme malgré lui. Le seul aussi, depuis un bon bout de temps…

Il haussa les épaules, comme si employer le passé pour désigner cet ami était une fatalité.

— *Était* ? releva néanmoins Sonia, persistant à essayer de découvrir ce qui était arrivé.

Axel soupira, puis une moue amère incurva ses lèvres.

— Il m'a viré de chez lui, alors je suppose que notre amitié n'est plus vraiment d'actualité. Cela dit, il a eu raison. Moi aussi, je me serais foutu dehors si nos places avaient été inversées.

— Pourquoi ça ? Tu as fait quelque chose de mal ?

— Bah, un peu, ouais, admit Axel en fourrageant dans ses cheveux, emmêlant davantage les mèches folles à l'arrière de son crâne. Carrément, même.

Il s'appuya contre la table et croisa les bras haut sur son torse, les pouces encadrant ses aisselles. Il soupira longuement, avec résignation. Il était apparemment très difficile pour lui de parler de tout ça, cependant il était résolu à le faire, puisqu'elle le lui demandait.

— Fang et moi, on traînait toujours ensemble quand on était mômes. C'était un voisin, dont les parents possédaient tout un tas de PC qu'on adorait démonter et remonter à longueur de temps. À l'adolescence, je me suis éloigné de lui. Je me suis mis à fréquenter d'autres personnes, des types beaucoup moins clean, après qu'on ait déménagé dans ce quartier pourri dont je t'ai déjà parlé.

Axel avisa le vide à côté de lui, comme si le regard de Sonia était tout à coup devenu trop difficile à soutenir.

— Il m'a tendu la main au pire moment de ma vie. C'est le seul de mes potes à être venu me voir à l'hôpital après le… enfin *l'accident*, il y a six ans. J'étais dans la merde, je voulais tout arrêter avec le deal et toutes ces conneries et il m'a aidé. Comme je ne pouvais plus vivre avec mes sœurs, il m'a proposé de venir loger dans le petit appart qu'il venait d'acheter, dans le XIIe, près de la boutique informatique que lui avaient refilé ses parents. Et il m'a offert ce taf, dans son atelier. Une situation nettement plus convenable, mais j'ai comme qui dirait… déconné…

Il eut un geste las, puis laissa ses bras retomber le long de son corps. Avant de s'accrocher au bord de la table des deux mains, scrutant le sol à ses pieds.

L'*accident*…

Celui dont elle savait qu'Axel refuserait de parler.

— C'est-à-dire ? le questionna-t-elle, préférant dans un premier temps se concentrer sur l'histoire de cette amitié révolue.

— C'est-à-dire que, comme tu le sais déjà, je n'ai pas vraiment obtenu le job chez Stern de façon tout à fait conventionnelle, se résolut-il à expliquer en se redressant légèrement, l'étudiant prudemment derrière les mèches de cheveux ondulées qui lui retombaient sur les yeux. J'ai toujours eu du mal avec la légalité… Puis bon, c'était plutôt galère de s'en sortir avec le maigre salaire que me reversait Fang, surtout avec les filles qui grandissaient et…

Il s'arrêta un court instant, secoua la tête, puis enchaîna :

— Bref, très vite, je me suis lancé dans le hacking. C'était pratique. Je faisais ça sur mon temps libre. Et c'était toujours moins craignos que mes activités passées.

Enfin, en apparence, du moins. Je piratais les données de certaines sociétés et je les revendais. Mais il y a un peu plus de deux mois, je m'en suis pris à l'une des agences qu'Aidan a en gestion et ce connard a réussi à me griller. Il ne m'a pas laissé le choix, ou il me dénonçait et c'était la taule assurée, ou j'acceptais de bosser pour lui. Du coup, j'ai été obligé d'arrêter du jour au lendemain de travailler pour Fang et j'ai dû lui expliquer pourquoi. Et le moins qu'on puisse dire, c'est que ça ne lui a pas trop plu d'apprendre que j'utilisais régulièrement sa connexion Internet pour mes magouilles de merde.

Axel renifla sèchement, puis reprit les assiettes vides sur la table pour les rapporter à la cuisine.

— Alors, vous êtes fâchés, conclut Sonia.

— Parce que tu ne le serais pas, toi, si je te faisais un truc aussi dégueulasse ? Si je m'étais fait prendre – ce qui n'est pas passé loin –, Fang aurait eu, lui aussi, de très sérieux ennuis avec la justice. À cause de moi et de mes conneries, alors que lui m'a dépanné quand j'étais au fond du trou. J'ai trahi des années durant sa confiance, alors qu'il était le dernier ami qui me restait, le plus loyal et dévoué des types que je connaisse. Franchement, il y a de quoi avoir la haine, non ?

Évidemment, présenté de cette manière…

Il n'empêche que Sonia comprenait comment Axel en était arrivé là.

Sa situation était atypique. Trois sœurs à élever était une charge énorme pour un jeune homme, qui plus est sans diplôme, ni aucune autre ressource, d'aucune sorte. Il n'avait certes pas choisi la bonne voie, mais il avait fait tout ce qu'il pouvait pour que sa famille ne manque de rien. Une petite part d'elle ne pouvait s'empêcher de trouver ça admirable… et touchant.

Ce qu'elle n'aurait à l'évidence pas dû…

Axel referma le lave-vaisselle, puis se tourna vers Sonia en fronçant les sourcils, l'air soucieux. Il glissa les mains dans les poches de son jean et serra les mâchoires, un muscle jouant subitement sous la peau ombrée de barbe de sa joue.

— Ne t'inquiète pas, Princesse, je te jure que j'en ai fini avec tout ça, assura-t-il, imaginant peut-être qu'elle se posait la question. Jamais je ne me permettrais de *te* faire un truc pareil. Je suis un ami pourri, mais j'ai tout de même quelques limites. Puis, j'ai un vrai salaire maintenant, bien que je déteste mon taf. Cela étant, le plus important est que je serai en mesure de tout assumer dans pas longtemps, sans avoir à m'adonner à quelques pratiques illégales que ce soit. C'est juste la transition qui aura été un peu compliquée à gérer.

— Je comprends, attesta Sonia, le cœur serré, se demandant si Axel venait réellement d'insinuer qu'elle était plus importante encore pour lui que son ami d'enfance. Et je sais que tu ne recommenceras pas, tu n'as pas besoin de me le promettre.

Elle savait qu'il y avait beaucoup trop en jeu, qu'il était passé trop près de la case prison et de l'anéantissement pour reprendre le hacking. Ses sœurs comptaient sur lui pour assurer leur avenir et il avait déjà réalisé quelle tragédie ce serait pour tout le monde, avec quelle facilité il les entraînerait dans sa chute, s'il tombait pour de bon.

— J'y tiens, pourtant, rétorqua-t-il gravement.

Sonia rangea une bouteille d'eau au frigidaire, puis poursuivit, tentant de lancer un sujet moins douloureux :

— Qu'est-ce qui ne va pas exactement avec ton nouveau boulot ? Je croyais que le travail en lui-même n'était pas si déplaisant.

— Il ne l'est pas vraiment, reconnut-il en attrapant le saladier de bonbons, avant de se diriger vers le canapé. Non, ce n'est pas le problème. C'est seulement que niveau ambiance, ce n'est pas la grosse éclate. En vérité, c'est extrêmement pesant.

— Ah bon ?

Sonia le rejoignit et s'assit à l'extrémité de la banquette, les genoux relevés, posés sur l'accoudoir, dans une position identique – pas franchement confortable, d'ailleurs – à celle qu'elle avait adoptée la veille, un peu gênée de se retrouver si près d'Axel.

Il l'observa avec attention, tandis qu'elle s'installait. Puis il secoua la tête.

— Eh ben, je fais le même job que des types qui ont suivi un cursus d'ingénieur, expliqua-t-il finalement avec un sourire sans joie, entre ironie et dépit. Je n'ai même pas le bac, moi, c'est quasiment inscrit sur ma tronche. Et ce n'est pas beaucoup plus brillant du côté de l'expérience professionnelle, vu le bricolage à deux balles que je faisais pour Fang. Dire que je ne suis pas du tout à ma place parmi tous ces mecs en costard et surdiplômés serait un euphémisme. Et je te prie de croire qu'ils ne se privent pas tellement de me le faire ressentir. Enfin, je ne sais pas si tu vois le délire…

OK, donc c'était raté pour le sujet plus léger.

Là-dessus, il pointa la télécommande en direction de l'écran et alluma la télé, ne lui laissant guère le loisir de rebondir, ni d'essayer de le convaincre que si Aidan l'avait embauché, c'était forcément parce qu'il était doué et que les autres étaient peut-être tout simplement jaloux.

Ils visionnèrent deux épisodes à la suite, puis Axel en relança un troisième, sans même s'enquérir de l'avis de Sonia.

— On devrait peut-être regarder la suite demain soir, proposa-t-elle alors que le générique de début – une carte très stylisée du monde dans lequel l'histoire se déroulait – apparaissait à l'écran. J'ai peur que ça nous emmène tard, d'autant que tu te lèves assez tôt en semaine.

Axel eut une moue contrariée, comme si elle tentait de le priver de quelque chose. Pourtant, il connaissait déjà parfaitement la série. Non seulement il avait vu chaque épisode, du premier au dernier, mais il avait également lu tous les livres de la saga, comme il le lui avait confié.

— Je ne dors pas beaucoup en ce moment, de toute façon, opposa-t-il placidement. Mais après, si tu préfères qu'on en reste là pour l'instant, il n'y a pas de souci.

— Bon OK, un dernier alors, céda-t-elle, tandis que la scène d'ouverture commençait à se jouer devant eux.

Après quelques minutes, Sonia, concentrée sur la télé, tendit machinalement le bras pour piocher au hasard un bonbon dans le saladier posé sur le canapé, entre Axel et elle.

La tentation était grande depuis le début de soirée. Mais elle avait réussi à tenir jusque-là, se répétant qu'elle avait assez fait d'écarts comme ça ces derniers jours.

Tout ça pour craquer au troisième épisode…

Elle sursauta quand elle sentit une main chaude s'emparer soudain vigoureusement de la sienne. Elle pivota brusquement vers Axel, tentant aussitôt, dans un réflexe, de se soustraire à sa poigne.

Qu'il raffermit encore, craignant manifestement de la voir lui échapper.

Leurs regards se croisèrent alors et celui d'Axel la bouleversa subitement, plus que de raison.

Dans ses prunelles se reflétait une profonde tristesse, probablement due à ses aveux au sujet de sa situation. Sonia n'avait pu s'empêcher de remarquer – malgré le flegme et le détachement feints avec lesquels il s'était appliqué à lui expliquer les choses – qu'il regrettait amèrement ce qui s'était passé avec son meilleur ami.

Elle y décela également toute l'ampleur de sa solitude. Ce sentiment tellement sordide et haïssable qu'il lui avait si justement décrit quelques jours plus tôt.

Ainsi qu'une attente… quasiment un besoin.

Une urgence…

— S'il te plaît, murmura-t-il, un pli presque suppliant barrant son front – des mots qu'il n'avait prononcés qu'une seule fois jusqu'ici, le soir où il avait réclamé qu'elle ne dise rien à personne à propos des conditions dans lesquelles il vivait.

Il s'interrompit quelques secondes.

— Juste… ça, la pria-t-il.

Ses doigts – plutôt longs et fins pour un homme, et néanmoins très masculins – s'entrelacèrent aux siens et il serra sa main plus fort, lui faisant un peu mal.

— Juste ça, répéta-t-il encore.

Totalement déroutée, Sonia hocha la tête, incapable d'articuler un mot. Tout comme elle était incapable de le lui refuser également.

Elle ignorait ce qu'impliquait exactement que d'accepter ce contact, mais elle pressentait que repousser Axel à cet instant serait trop douloureux.

Pour lui.

Mais pour elle aussi.

Ni l'un ni l'autre ne pourrait supporter un nouveau rejet de sa part, surtout pour si peu. Quelque chose de précieux se briserait à jamais et elle ne le voulait pas. Non, elle y tenait trop pour ça.

Ce petit geste, tout simple, presque ridicule pour des adultes, était comme une douce brise apaisante par canicule. Une lueur lointaine parmi les ténèbres… peut-être aussi vitale pour lui que pour elle.

Axel relâcha légèrement la pression avec laquelle il l'étreignait. Et leurs mains jointes se posèrent sur le canapé, tout près du saladier de bonbons.

Il reporta ensuite son attention sur l'écran de télé et se laissa aller en arrière, venant appuyer la nuque contre le dossier, les muscles de ses épaules se relâchant lentement, comme… soulagé ?

Il ne voulait donc vraiment rien de plus ?

Juste ça.

Un peu de réconfort. Et de la chaleur.

Une exquise chaleur, se diffusant progressivement dans tout le bras de Sonia.

Pour se communiquer ensuite à l'ensemble de son corps…

Puis elle fut contrainte de se rendre à l'évidence, bien que ce ne soit pas grand-chose, ce contact n'avait pour autant rien d'anodin.

Le pouce d'Axel remua doucement sur sa peau, d'abord très timidement, avec autant de subtilité que d'hésitations.

Quelques frôlements, certes agréables, mais inoffensifs. Pas de quoi fouetter un chat.

Toutefois peu à peu, Axel gagna en confiance et s'enhardit. Bientôt, ce fut tous ses doigts qui s'activèrent, s'entremêlant aux siens d'une façon, puis d'une autre, les caressant au passage, en de lents mouvements.

De lents mouvements sensuels, très évocateurs.

S'attardant parfois dans le creux de sa paume pour en retracer les lignes, puis remonter jusqu'à son poignet, respectant cependant la limite qu'il avait lui-même établie.

Et le pouls de Sonia s'emballa furieusement.

Pourtant, à aucun moment elle ne songea à retirer sa main. C'était beaucoup trop bon pour ça.

Personne ne l'avait jamais touchée de cette manière. À la fois délicate et attentionnée… avec autant de tendresse et de précaution.

Comment un contact *a priori* aussi innocent pouvait-il être aussi révélateur, chargé d'émotions, de messages cachés ? Et à la fois aussi… grisant ?

Axel répéta le geste, encore et encore, visiblement incapable de s'en lasser. Alternant sans cesse entre légers effleurements et étreintes plus appuyées.

Et Sonia ne put réprimer un frisson de plaisir.

Si bien que les différentes scènes de l'épisode lui échappèrent complètement.

Ce n'est que quand le générique de fin se mit à défiler à l'écran qu'elle se rendit compte qu'elle tremblait.

Comme une feuille…

Et que ses joues, ainsi que les quelques petites zones de peau où Axel l'avait touchée, la brûlaient affreusement.

Elle dégagea brusquement sa main de l'emprise de la sienne et se releva d'un même élan, étourdie par la foule d'étranges sensations que des caresses si bénignes étaient capables de provoquer.

Heureusement, Axel ne parut pas prendre ombrage de sa réaction.

Et après tout, n'avait-il pas obtenu ce qu'il souhaitait ?

Il quitta le canapé à son tour, avec une désinvolture suspecte, puis éteignit le téléviseur en silence. Mais ses mâchoires étaient serrées et un discret voile de sueur recouvrait ses tempes – rendant un peu humides les mèches qui les masquaient –, démentant clairement la nonchalance de son attitude.

— Rendez-vous demain soir pour la suite, déclara-t-il d'une voix trop rauque pour être normale, sans même la regarder.

Était-ce une question ? Un défi, peut-être ?

En tout cas, sa proposition regorgeait de sous-entendus.

Inquiétants. Beaucoup trop… angoissants.

Mais à présent qu'elle se trouvait loin de lui, le froid l'assaillit subitement.

— Demain soir, ça marche, acquiesça Sonia en croisant les bras, tentant de se protéger, autant du vide que de cette anxiété curieuse qui menaçait de la submerger.

Une fois encore, elle ignorait à quoi elle venait de s'engager.

— Axel ? l'interpella-t-elle, tandis qu'il s'apprêtait à rejoindre sa chambre, elle-même devant la porte de la sienne. Tout va s'arranger à partir de maintenant, j'en suis sûre, tu verras. Tu sais, contrairement à ce que tu prétends, tu es *vraiment* quelqu'un de bien. Plus que quiconque, tu mérites une accalmie.

Elle ne pouvait guère présumer de ce qu'il allait advenir de son amitié avec Fang, mais pour ce qui était du reste, elle était persuadée que tout irait mieux pour lui dorénavant. Que, même si pour le moment il détestait travailler parmi tous ces gens hautement diplômés qui le regardaient de travers, ce poste dans la société d'Aidan était une chance pour lui. Un vrai tremplin, qui lui offrait enfin la possibilité d'exploiter pleinement et à leur juste valeur tous ses talents d'informaticien.

Axel cilla, manifestement décontenancé, puis ouvrit la bouche pour répondre.

Mais il la referma, ravalant ses mots, décidant de les garder pour lui. Un sourire désabusé étira alors subrepticement ses lèvres.

— Si tu le dis, Princesse, lâcha-t-il finalement, avant de s'engouffrer dans sa chambre, la laissant seule dans le couloir.

30

La suite au prochain épisode ?

Sonia

Cette nuit-là, Sonia dormit un peu mieux que d'ordinaire. Elle se réveilla de bonne heure, mais préféra flâner un peu au lit. Elle attendit d'entendre la porte d'entrée claquer – le signal du départ d'Axel – pour se lever à son tour.

Elle n'était pas tout à fait prête à le croiser au réveil, les paupières encore bouffies de sommeil, les cheveux emmêlés, dans un pyjama à motifs licornes totalement ridicule – certainement davantage que les chaussons panda, dont Axel s'était déjà moqué.

Bien entendu, il n'avait rien écouté de sa requête à propos du petit-déjeuner qu'il lui laissait chaque jour de la semaine. La table avait été dressée pour elle, regorgeant de nourriture.

Elle s'installa à la place qu'il lui avait attribuée et avisa d'un œil distrait le tableau sur le frigidaire.

Axel avait effacé ce qu'elle y avait écrit samedi dans la journée, pour remplacer son souhait par le sien.

– Tenir Sonia dans mes bras toute la soirée, devant la télé

Sonia reposa la tartine qu'elle s'apprêtait à croquer sur la table et ravala péniblement sa salive.

Alors c'était donc ça, *la suite*.

Ça impliquait tellement davantage que simplement lui prendre la main…

Mais ne se voilait-elle pas la face ?

La veille, Axel avait fait beaucoup plus que lui *prendre la main*. Ce qui s'était passé était indescriptible, indéfinissable. Mais c'était tout sauf innocent. Et ils le savaient tous les deux.

Axel avait fait d'un contact quelque peu puéril et *a priori* sans conséquence, quelque chose de charnel, presque… érotique. Il n'avait pas pu s'en empêcher et elle n'avait pas su l'arrêter.

Tout était ainsi avec lui, tellement tentant et intense qu'elle en arrivait quasiment à oublier ce qu'elle était et pourquoi elle et lui n'avaient aucun avenir ensemble.

Elle, et n'importe quel autre homme, en vérité. Puisque c'était elle, et elle seule, le problème.

Pourquoi Axel refusait-il de tenir compte de ce qu'elle lui avait expliqué ? Où croyait-il aller ainsi ? Ne voyait-il pas que ça ne rimait à rien ?

Autant d'efforts… et tout ça en pure perte. Cette idée lui retournait l'estomac.

Axel n'avait-il pas déjà vécu plus que son lot d'adversités et de trucs pénibles, pourquoi s'acharnait-il à essayer d'établir une relation qu'il savait pourtant vouée à l'échec, avec quelqu'un qui de toute façon ne pourrait jamais le rendre heureux ?

C'était absurde. Il méritait tellement, tellement mieux que ça… que le peu, ces miettes idiotes et misérables, qu'elle ne pouvait qu'à peine lui offrir.

Aucune exigence.

Il lui avait donné sa parole.

Et peut-être était-ce vrai, après tout. Peut-être Axel ne revendiquerait-il jamais rien, comme il l'avait assuré. Mais c'était injuste. Trop injuste pour lui.

Il n'empêche qu'en attendant, à défaut *d'exigences*, Axel avait des *souhaits*. Et il tenait malgré tout à les formuler.

Sonia aurait dû y prendre garde, mais elle s'était laissé distraire. S'était entêtée à repousser loin d'elle toutes pensées négatives durant ce week-end si agréable en sa compagnie.

À présent, elle réalisait que cette histoire était en train de déraper, prenait un tour qu'elle était incapable d'assumer.

Sonia délaissa finalement le petit-déjeuner et alla revêtir sa tenue de sport. Elle avait besoin de s'assurer qu'elle pouvait encore contrôler sa vie, d'une façon ou d'une autre.

Quand, dans l'après-midi, tandis qu'elle préparait sa prochaine séance photos avec une jeune fille atteinte de vitiligo, rencontrée sur Internet, Sonia fit une pause pour aller boire un verre de jus de fruits, les mots d'Axel – de son écriture hachée et sèche, à l'instar de l'image qu'il aimait tant donner de lui – lui sautèrent de nouveau aux yeux.

Curieusement, ils n'étaient plus si inquiétants… à la vingt et unième relecture.

Ils étaient même devenus plutôt doux, apaisants.

Tenir Sonia dans mes bras…

Une promesse de répit et de tendresse. Une invitation à le suivre dans un autre monde.

Un monde plus beau, ailleurs. Rien qu'à eux. Et sans dangers. Ou presque…

Le *juste ça* n'était pas mentionné. Mais étant donné la nature très basique du souhait, il était évident que c'était ce qui était suggéré.

Axel rentra à l'heure habituelle. Dès qu'elle l'entendit refermer à clé toutes les serrures de sa porte, Sonia quitta son atelier pour aller à sa rencontre.

Il se tenait derrière le comptoir de la cuisine, sa veste noire encore sur lui, lorsqu'elle l'aperçut.

Il releva brusquement la tête, son sac de courses encore dans les mains, et parut un peu surpris de la voir venir à lui.

Aussitôt, un sourire illumina ses traits fins.

— Salut, lança-t-il prudemment, une certaine chaleur, qu'il ne parvenait pas complètement à dissimuler, dans la voix.

Un jour à marquer d'une pierre blanche.

En une semaine et demie de cohabitation, c'était la première fois qu'Axel la saluait…

— Salut, lui retourna-t-elle, se sentant soudain un peu bête.

Elle s'était précipitée dans le salon spontanément, sans autre but que de le retrouver. Et il l'avait compris, ce qui était légèrement embarrassant.

Puis, il y avait toujours ses mots, sur l'ardoise Velleda, tout près d'eux. Impossible qu'il n'en ait pas, comme elle, une conscience aiguë.

Sonia replaça derrière son oreille une mèche de ses cheveux – laissés libres sur ses épaules – et, s'approchant pour aider Axel à ranger les commissions qu'il avait ramenées, demanda :

— Ta journée s'est bien passée ? Enfin, je veux dire, ça a été à ton travail aujourd'hui ?

Il haussa les épaules.

— Ça va. J'ai réussi à boucler un truc plus rapidement que prévu et on m'a confié une nouvelle tâche, nettement plus intéressante.

— C'est super, félicitations, le complimenta-t-elle, sincèrement heureuse pour lui.

Elle se doutait qu'il était doué dans son domaine, à plus forte raison qu'il avait tout appris de lui-même. Le fait qu'il progresse déjà dans son travail en était une preuve supplémentaire.

Axel fronça les sourcils et, l'air tout de même légèrement amusé, ne put néanmoins se retenir d'atténuer son enthousiasme :

— Ouais, enfin ne t'emballe pas. Ce n'est pas non plus comme si j'allais avoir une augmentation.

Il rangea un paquet de pâtes dans un placard et, avant qu'elle ait pu répondre, reprit :

— Au fait, je n'ai pas eu l'occasion de t'en parler avant, mais il s'est passé quelque chose d'assez bizarre vendredi dernier, avec mon boss. Tu sais, Aidan Stern, ton super pote.

— Ce n'est pas mon *super pote*, le corrigea immédiatement Sonia, ayant à cœur de rétablir la vérité – d'autant plus qu'Axel avait laissé plusieurs fois entendre qu'il ne l'appréciait guère. Nous sommes simplement amis. Mais nous ne sommes pas proches du tout. Je ne suis amenée à le côtoyer que parce qu'il est fiancé à Scarlett, qui elle, en revanche, est une très bonne copine.

— Ouais, eh ben, quoi qu'il en soit, rétorqua Axel en gardant le regard rivé au fond du placard, ton ami pas si proche a eu vent de notre *prétendue relation*. Celle que tu as inventée de toutes pièces l'autre soir, à grand renfort de détails on ne peut plus édifiants, rien que pour ta petite bande de copines.

— Ah… merde, balbutia Sonia. Je suis vraiment désolée, Axel.

Elle mordilla son pouce, ne sachant plus où se mettre. Elle n'avait pas imaginé que ce petit mensonge prendrait de telles proportions.

Axel se redressa et l'étudia un instant.

— Ne le sois pas, ce n'est pas si grave, la rassura-t-il. Il y a juste qu'il m'a proposé de m'incruster à votre prochain dîner, ou je ne sais pas trop quoi. J'ai refusé, bien entendu. Je voulais seulement que tu le saches, au cas où le sujet viendrait sur le tapis, à un moment ou à un autre.

— Pourquoi as-tu refusé ? s'étonna Sonia.

Même si Axel ne tenait pas particulièrement à voir son patron en dehors des heures de travail, une soirée aussi informelle ne pourrait que lui être bénéfique. Entretenir de bonnes relations avec son employeur était essentiel. Pour quelle raison se priverait-il d'une telle occasion ?

Il arqua un sourcil ironique et, prenant appui des deux mains au comptoir, se pencha légèrement vers elle pour rétorquer, volontairement laconique :

— À ton avis.

— Pourtant, j'aimerais beaucoup que tu m'accompagnes, objecta Sonia.

Axel pouffa brusquement de rire. Puis il réfuta, très simplement, comme si c'était la chose la plus stupide qu'elle ait jamais dite :

— Mais non, tu n'en as pas envie.

— Puisque je te dis que si.

Le visage d'Axel redevint subitement sérieux, tandis qu'il réalisait qu'elle-même l'était.

— Non, mais ça ne va pas ? se récria-t-il, une expression choquée peignant peu à peu ses traits. Qu'est-ce que j'irais foutre à cette soirée, tu peux m'expliquer ?

— Tu *m'accompagnerais*, répéta-t-elle avant de grimacer – parce qu'alors ça revenait à insinuer qu'ils étaient véritablement un couple.

Axel se figea, mesurant apparemment toutes les implications de sa proposition.

— Pour une nouvelle séance de comédie ? hasarda-t-il après quelques secondes de réflexion, incapable de se résoudre à envisager l'autre option.

Il battit des paupières, trop perplexe pour paraître véritablement en colère. Ce qui allégea fortement le poids de son accusation.

— Non ! se défendit immédiatement Sonia. Je t'ai promis que j'arrêterai de mentir et je m'y tiendrai. Tu m'accompagnerais parce que c'est le genre de choses que l'on fait quand… quand on fréquente quelqu'un.

Les derniers mots avaient été difficiles à prononcer, mais elle y était malgré tout parvenue.

Peut-être n'aurait-elle pas dû. C'était d'ailleurs très égoïste de sa part de vouloir ne serait-ce que songer à essayer.

— Toi et moi, on se fréquente ? articula Axel en les désignant l'un et l'autre d'un geste un peu crispé, entre étonnement et indignation.

Il semblait totalement perdu. Sans doute autant qu'elle-même l'était…

— Probablement, marmonna-t-elle, avant de pincer les lèvres. Enfin, je n'en sais rien. Pas si ça doit générer des *exigences*. En fait, c'est à toi de me le dire.

Le front d'Axel se plissa tandis qu'il réfléchissait à la question.

Mais, très vite, il déclara, d'un ton étrangement ferme :

— OK. Toi et moi, on se fréquente.

L'entendre l'affirmer de manière si catégorique et définitive la fit frissonner, sans qu'elle puisse déterminer si sa réaction était positive ou négative.

— Est-ce que ça signifie que tu vas venir ? insista-t-elle, s'efforçant de chasser l'angoisse qui s'insinuait lentement en elle en pensant à cette espèce d'engagement curieux et beaucoup trop flou qu'elle venait de prendre.

— On dirait bien, oui, concéda-t-il en se frottant l'arrière du crâne.

Comme si lui aussi se demandait dans quoi il avait mis les pieds – quoique clairement pas pour les mêmes raisons. Sonia repoussa une poussière invisible du bout de son pied chaussé d'une pantoufle en forme de panda.

Puis elle rassembla son courage pour oser demander, puisque Axel semblait disposé à tout accepter ce soir :

— Le dîner chez Aidan et Scarlett aura lieu dans un peu moins de quinze jours. Mais vendredi prochain, il y aura ce gala dont Nancy et Louise ont parlé…

Elle était obligée de s'y rendre, puisque l'une de ses photos allait être vendue aux enchères au bénéfice d'une association de lutte contre la pauvreté. Mais l'idée même de se retrouver seule là-bas, sans Axel près d'elle, lui déplaisait de plus en plus.

Ce dernier se passa la paume sur le visage, l'air soudain au bout du rouleau.

— Bordel, jura-t-il entre ses doigts. Un autre pince-fesses à la con ?

— Euh, eh bien, là, pour le coup, ce sera un *vrai* pince-fesses, en fait, rectifia-t-elle, préférant ne pas le prendre en traître.

Parce que si le dîner chez Aidan et Scarlett n'avait absolument rien d'un événement mondain, en revanche il était évident que la réception caritative organisée par sa belle-mère serait déjà nettement plus de cet ordre.

Axel grogna en se pinçant la base du nez.

Puis il leva une main d'un geste las.

— J'imagine que je ne suis plus à ça près, finit-il par obtempérer, avant de la mettre en garde, recommençant en même temps à ranger les courses dans les placards : Mais réfléchis bien, tu as encore quelques jours pour faire machine arrière. Au sujet des invitations, j'entends, pas pour le reste. Ça, maintenant, c'est acté. Toujours est-il que je te préviens, il ne faudra pas venir me reprocher à la fin du week-end de t'avoir collé la honte auprès de tes amis, ta famille et tout le gratin. Tu sais parfaitement à quoi t'en tenir avec moi.

Sonia ferma les yeux, sa gorge se serrant subitement. Axel se dénigrait, comme à son habitude. Et ça lui faisait mal au cœur d'apprendre qu'il puisse imaginer qu'il y avait des chances pour que les choses se passent ainsi.

— Effectivement, je sais à quoi m'en tenir, confirma-t-elle. Et je sais également que ça n'arrivera pas, Axel. Puis, toi aussi, tu es libre de revenir sur ta décision, d'ici là. Je veux dire, ça ne changera pas ce qui a été *acté*. Ce n'est pas du chantage.

Elle voulait à tout prix éviter qu'il le prenne de cette façon.

— J'avais compris, attesta-t-il, en lui jetant un bref coup d'œil. Plutôt une conséquence, mais ça me va.

Il alla poser sa veste sur une chaise, puis retourna s'activer en cuisine, commençant à préparer le dîner.

Sonia hésitait à lui demander s'il souhaitait qu'elle l'aide lorsqu'il ajouta, en guise de conclusion :

— Je me pointerai avec mes propres fringues, j'espère que tu as aussi conscience de ça. Hors de question qu'on me prête quelque chose, que ce soit des vêtements, et encore moins du fric. Et, juste au cas où il serait nécessaire de le préciser : hors de question également qu'on m'offre quoi que ce soit.

Elle n'avait pas songé à ce détail, en vérité. Et il avait raison d'en parler, parce que c'était exactement le genre de choses qu'elle lui aurait proposé… s'il ne le lui avait pas tout bonnement interdit.

— Entendu, accepta-t-elle.

31

Le génie de l'ardoise

Sonia

Après dîner, Sonia s'accouda au comptoir et vint appuyer son menton sur ses mains en soupirant, tandis qu'Axel rangeait leurs assiettes sales dans le lave-vaisselle. Elle essayait par tous les moyens d'avoir l'air détendu, tentait de ne pas relire encore les mots d'Axel sur le petit tableau blanc fixé au frigo – soit constamment sous leurs nez à tous deux – de peur qu'il ne la surprenne.

Mais en vérité, elle était extrêmement nerveuse. C'était à peine si elle avait pu répondre à Axel pendant le repas.

Qu'avait-elle fait au juste ? N'était-elle pas tombée sur la tête ? Pourquoi s'était-elle entêtée à vouloir croire que ce qu'il y avait entre eux était le début d'une véritable relation, quand elle savait pertinemment qu'elle ne pourrait jamais, de son côté, la mener à bien ?

— Qu'est-ce que… qu'est-ce qu'on vient d'*acter* au juste, toi et moi ?

À présent, ce terme, choisi par Axel, l'angoissait. Il lui apparaissait soudain comme lourd d'obligations.

— Que nous nous *fréquentons*, mon ange, rétorqua-t-il du tac au tac tout en programmant le lave-vaisselle, comme s'il s'attendait depuis un bon moment à ce type de question.

Mon ange ?

Ce qualificatif interpella Sonia, qui releva la tête, un peu prise de court.

Axel l'avait déjà appelée de cette façon une ou deux fois, dans des moments très particuliers, mais jamais encore dans une conversation normale.

— Mais tu as fait ajouter un paragraphe spécial au contrat, une clause de non-exigence, tu te rappelles ? précisa-t-il, haussant les sourcils pour souligner l'importance de ce détail. Alors arrête de flipper. Sans rire, tu es toute pâle…

Il se rapprocha, faisant mine de l'examiner, et le coin de ses lèvres se retroussa discrètement, un peu taquin.

Puis il l'imita et posa les coudes sur le comptoir, juste en face d'elle, calant son menton sur ses poings réunis. Il l'observa alors attentivement, ses traits redevenant peu à peu plus sérieux, son visage à quelques centimètres du sien.

— C'est à cause du tableau, n'est-ce pas ? présuma-t-il.

Sonia inspira profondément.

Puis, se sentant complètement ridicule, elle démentit :

— Non…

Elle se couvrit la figure de ses deux mains et finit par admettre :

— Si. C'est une certaine… étape. Mine de rien.

Axel repoussa calmement ses avant-bras, de façon à pouvoir de nouveau la voir.

— Il n'y a pas d'étapes, opposa-t-il d'une voix grave, mais très douce, comme une caresse à ses oreilles. Pas de protocole auquel se conformer. On se fout des conventions, elles ne sont là que pour encadrer les esprits étriqués. Toi et moi, on est en marge de ces conneries. Nous sommes au-delà de tout ça, tu n'es pas d'accord ?

— Je ne sais pas trop, Axel. Que tu le veuilles ou non, on vient de donner un cadre à notre relation. Je me trompe ?

Elle se redressa et il fit de même. Puis, ignorant sa question – probablement la mettait-elle un peu trop face à ses propres contradictions –, il avisa l'ardoise Velleda tout en se frottant le menton, l'air pensif.

— Merde alors, je me suis fait arnaquer. On m'avait pourtant assuré qu'il s'agissait d'un tableau magique… Quel enfoiré cet Aladin quand même. Ce petit merdeux a déjà raflé tous les trucs cool !

Sonia ne put se retenir de pouffer de rire.

Ce qui, l'espace d'un bref instant, parut surprendre Axel. Il lui répondit d'un sourire, à la fois charmeur et tendre, un brin espiègle, à cause de sa dent légèrement décalée.

Un sourire… bouleversant.

Qui donna à Sonia l'impression que quelque chose en elle était en train de fondre. Sans doute cette maudite – et pourtant tellement confortable et rassurante – prison de glace qui enserrait son cœur.

— J'espère que ce n'était pas vendu en lot avec un tapis, renchérit-elle.

— Une carpette censée voler ? J'ai refusé ce machin-là, je ne suis pas aussi débile.

Il se dirigea vers le frigidaire et s'arrêta devant l'ardoise blanche, où ses mots du matin s'étalaient.

— Ai-je droit à un deuxième essai, au moins ? l'interrogea-t-il, le bras levé, prêt à effacer son premier souhait pour le remplacer par un autre.

C'est à ce moment précis que Sonia se rendit compte qu'elle n'avait pas envie de voir ce joli message disparaître.

— Non, attends, refusa-t-elle. Tu avais raison, il s'agit bien d'un objet magique, en fin de compte.

Après tout, cette dernière relecture ne venait-elle pas de lui faire prendre conscience qu'elle désirait véritablement pouvoir réaliser le souhait d'Axel ?

Ce dernier fronça les sourcils, jeta un dernier coup d'œil au tableau, puis revint à Sonia.

— Waow, pour une fois que j'ai du pif ! plastronna-t-il en bombant le torse, glissant en même temps les mains dans les poches de son pantalon. Ça, c'était un investissement vraiment intéressant.

Elle se dirigea vers le salon et Axel la suivit, laissant cependant une certaine distance encore entre eux. Puis Sonia s'interrompit devant le sofa, le cœur battant à coups redoublés.

— Comment tu veux qu'on s'installe ? se renseigna-t-elle, ne sachant trop quoi faire, à présent qu'ils se trouvaient tous deux ici.

— Eh ben, comme dans un canapé, par exemple, proposa-t-il.

Il pinça les lèvres et haussa les épaules, se moquant gentiment d'elle. Ce qui eut pour effet d'atténuer quelque peu l'anxiété que générait la simple idée de se rapprocher autant de lui.

— Si tu pouvais juste éviter de te ratatiner sur l'accoudoir comme si c'était le dernier morceau de ton radeau dans une eau infestée de requins, ce serait déjà bien, la chambra-t-il encore, ponctuant sa pique d'un petit clin d'œil.

Sonia grimaça, vexée sans vraiment l'être qu'il ait remarqué qu'elle s'était jusque-là efforcée de se tenir le plus loin possible de lui durant leurs soirées télé.

Puis, comme elle demeurait immobile, Axel prit les devants. Il ramassa la télécommande sur la table basse et alluma l'écran, avant d'éteindre la lumière du plafonnier. Après quoi, il se laissa tomber avec désinvolture dans le sofa.

Il s'étendit de tout son long sur le flanc et plaqua le dos contre le dossier, s'appuyant sur son coude. Puis il tapota l'espace libre devant lui.

Ah, carrément ?

Il ne s'agissait donc pas seulement d'un léger rapprochement.

Sonia s'assit près de lui, affreusement consciente que son postérieur frôlait déjà le ventre d'Axel.

Il enroula alors un bras autour de sa taille et l'attira doucement à lui, l'obligeant à venir s'allonger près de lui.

Tout contre lui…

Et elle le laissa faire, n'opposant aucune résistance.

Tout compte fait, c'était plus facile et plus naturel que ce qu'elle avait imaginé.

Le corps d'Axel épousait les formes du sien à la perfection et elle sentit tous ses muscles se détendre progressivement à son contact. Comme si, finalement, cette étroite proximité avait recelé quelques spectaculaires effets relaxants.

Quoi que… à certains muscles près cependant.

Ceux du creux de son ventre se contractèrent de concert, en totale contradiction avec les autres.

— Ça va, comme ça ? chuchota-t-il, la bouche tout près de son oreille, son souffle faisant s'agiter les petites mèches de cheveux de sa tempe.

Sonia avait calé sa joue contre l'accoudoir, mais Axel se tenait légèrement au-dessus d'elle, appuyé sur son bras, l'autre passé en travers de son buste, juste sous sa poitrine, la maintenant contre lui.

Sonia émit un petit bruit d'acquiescement, incapable d'articuler une réponse plus claire.

C'était à la fois très bizarre et tout à fait normal.

Totalement… paradoxal.

Comme s'ils se connaissaient depuis des décennies et avaient toujours été extrêmement proches. Comme si l'univers vacillait, changeait tout à coup, pour devenir incohérent, mais tellement plus agréable.

Sonia s'éclaircit la gorge, ravalant péniblement le nœud qui s'y était formé et qui lui donnait presque envie de pleurer, sans pourtant qu'elle soit triste.

Puis elle retourna sa question à Axel :

— Et toi ?

— Moi ? susurra-t-il, les paupières alourdies. Je suis au paradis…

Ses lèvres s'étirèrent quasi imperceptiblement, son pouce remua délicatement, caressant aussi discrètement que possible son ventre à travers le tissu de sa robe. Puis il prit une longue et profonde inspiration.

Avant d'ajouter, tout bas :

— Le nez plongé dans des cheveux d'ange.

Il embrassa furtivement l'arrière de son crâne en guise de conclusion, comme s'il ne savait pas s'il pouvait se permettre ce genre de geste, mais qu'il lui était impossible de ne pas le faire.

Puis il se rencogna contre le dossier du canapé.

Oh. Mon. Dieu.

Plus il l'appelait ainsi et plus Sonia se prenait à aimer ça… à tel point que ces petits mots doux la transportèrent, comme rien ne l'avait jamais fait jusque-là. Et elle frissonna de plaisir, enivrée par la magie de l'instant.

À cette allure, son cœur se retrouverait bientôt démuni de toute protection face à lui…

Contre toute attente – voire contre toute logique –, Axel semblait apprécier autant qu'elle cette simple étreinte, très basique au demeurant. Et cette pensée la réconforta plus que n'importe quelle promesse.

Sonia se blottit davantage dans ses bras, oubliant toutes ses réserves au sujet du souhait du jour, et Axel poussa un faible grognement, de satisfaction probablement.

Puis il baissa la main pour attraper la sienne et nouer leurs doigts ensemble, comme la veille.

Dans son dos, elle percevait avec une acuité déroutante l'intense chaleur que dégageait le corps d'Axel, les lents mouvements de son thorax, se gonflant au rythme de sa respiration, ainsi que les battements plus ou moins réguliers de son cœur.

Des sensations probablement réciproques…

Ça avait beau n'être pas grand-chose sur l'échelle d'une relation homme femme normale et épanouie, il n'empêche qu'entre Axel et elle, une intimité indéniable – et tout à fait inédite en ce qui la concernait – était en train d'éclore. Un instant de paix, totale et pure, durant lequel elle n'avait plus à se soucier de l'image qu'elle renvoyait.

Durant lequel elle pouvait simplement se contenter d'être elle-même, sans crainte d'être jugée.

Elle fut brusquement tirée de ses rêveries quand les doigts d'Axel se crispèrent subrepticement sur les siens. Il déglutit bruyamment, puis marmonna comme pour lui-même, la voix soudain atrocement rocailleuse :

— Westeros… C'est à Westeros qu'on va ce soir.

— Pardon ?

De quoi Axel parlait-il au juste ?

— *Le Trône de fer*, précisa-t-il en se redressant légèrement pour lever le bras sur lequel il s'était appuyé au-dessus de la tête de Sonia.

Il pointa la télécommande vers le téléviseur d'un geste impatient et lança l'épisode auquel ils s'étaient arrêtés. Puis il profita de la manœuvre pour se décaler d'un ou deux centimètres derrière elle.

— Ah, oui, c'était l'idée, il me semble, le taquina-t-elle à son tour, probablement tout aussi désorientée que lui.

Quoi que non, peut-être pas tout à fait…

Sonia perçut alors comme une bosse anormale contre le bas de son dos. Et elle comprit ce qui troublait tant Axel tout à coup…

À l'évidence, il n'avait pas forcément prévu que de simplement la tenir dans ses bras le mettrait si vite dans cet état. Elle ne l'avait pas envisagé ainsi non plus, à vrai dire.

Et elle avait encore moins imaginé que l'érection d'Axel puisse autant la perturber. Elle avait beau s'efforcer de l'ignorer – ainsi que lui-même feignait de le faire –, elle n'avait que ça à l'esprit.

Elle fut alors incapable d'aligner deux pensées sensées à la suite.

Tout devint étrange et brûlant. Doux et fébrile à la fois. Apaisant et calme en apparence, mais regorgeant d'une tension sourde et latente, qui parfois paraissait presque déborder.

Ils enchaînèrent trois épisodes à la suite – ainsi qu'ils en avaient pris l'habitude – sans un mot, tous deux parfaitement immobiles, la tangibilité du désir d'Axel s'atténuant pendant de brefs moments… pour finir par revenir s'imposer entre eux, inlassablement.

Sonia eut du mal à se concentrer sur la série, dont les images défilaient sur le grand écran de la télé, projetant une lumière bleutée sur eux.

Cependant, le dernier épisode était tellement haletant qu'elle fut malgré tout prise par l'histoire – bien qu'évidemment toujours extrêmement consciente de leurs postures respectives, ainsi que de chacun des nombreux points de contact entre son corps et celui d'Axel.

— Oh, la vache ! s'écria-t-elle à la fin de l'épisode censé clôturer cette soirée. Mais…

Elle pivota un peu brusquement dans les bras d'Axel, de façon à lui faire face. Elle se retrouva alors sur le dos, quand lui se tenait invariablement sur le flanc, la dominant à présent tout à fait.

— Ils ne peuvent quand même pas faire ça ! se récria-t-elle, choquée par la tournure des plus inattendues que prenait l'histoire. Ce n'est pas possible, dis-moi que ce personnage va revenir !

Le regard d'Axel passa de très intense à amusé, l'ombre voilant ses pupilles se nuançant progressivement.

— Je t'avais bien dit que cette série ne ressemblait à aucune autre, ricana-t-il, visiblement ravi de l'effet que le scénario avait sur elle.

Ou ravi de cette nouvelle position… ou peut-être les deux ?

— C'est d'une cruauté sans nom pour le spectateur ! s'insurgea-t-elle, très remontée.

— Et encore, tu n'as rien vu, la prévint Axel, sa voix s'altérant soudain. Ce n'est que le début…

Fallait-il déceler quelque sens caché dans ses mots ?

À nouveau, les yeux d'Axel s'assombrirent.

Sa main effleura l'épaule de Sonia. Puis elle l'épousa tout à fait, ses doigts englobant toute son articulation. Pour se mouvoir ensuite très lentement, entre caresse de réconfort – un prétexte, sans nul doute – et… et quelque chose comme un appel à la volupté.

Immobile, il la fixait patiemment, s'égarant une seconde sur sa bouche pour revenir presque aussitôt à ses prunelles. Le générique clôturant l'épisode était terminé et avait été remplacé à l'écran par le menu d'accueil du Media Center, les laissant avec pour seuls sons ambiants que leurs souffles.

Lesquels ne cessaient de s'accélérer…

La main d'Axel remonta progressivement jusque dans le creux de son cou, en quête de peau, et ses doigts se déployèrent dans cette zone, juste à la lisière de son col. Leur contact brûla vivement Sonia, la déconcertant totalement, lui arrachant en même temps un violent frémissement.

Axel s'obligea à prendre une grande inspiration, mais elle était hachée et tremblante, trahissant son désir – quasiment aussi efficacement que la rigidité affolante de son membre, pressé maintenant contre la hanche de Sonia.

Toutefois, et même s'il semblait crever d'envie de l'embrasser, quelque chose le retenait.

Axel attendait un signe de sa part. Son feu vert, manifestement. Parce que cela ne faisait plus partie de ce dont ils avaient convenu pour la soirée, n'étant guère mentionné dans le souhait sur l'ardoise.

Son odeur de linge frais, de gel douche mentholé, ainsi que cet arôme indéfinissable, chaud et enivrant comme la saveur du pain d'épices, aussi magnétique et sauvage que le parfum d'un soir d'été en forêt, et qui n'appartenait qu'à lui, submergea Sonia.

Elle se retrouva alors propulsée dans un autre monde.

Un monde où plus rien d'autre ne comptait qu'eux et l'instant présent.

Sonia leva la main vers lui et frôla sa mâchoire du dos de ses doigts. Être ainsi dans ses bras lui donnait la sensation de posséder des ailes…

Les sourcils d'Axel s'incurvèrent sous sa caresse et il se pencha sur elle. Ses lèvres tendres et veloutées, au contact brûlant, se posèrent alors sur les siennes, avec autant d'impatience que de précautions. Et il gémit de soulagement, comme s'il attendait ça depuis beaucoup trop longtemps.

Des années.

Bien avant qu'ils soient amenés à se rencontrer…

Sonia se laissa griser par la tempête de sensations dévorantes qui l'envahissait soudain, l'accueillant sans peur. Parce qu'elle savait désormais que c'était l'effet qu'avait Axel sur elle.

Elle entrouvrit la bouche à la seconde où elle sentit sa langue essayer de se frayer un chemin vers la sienne et répondit à son baiser comme jamais encore elle ne l'avait fait.

Avec sincérité. Et naturel.

Avec toute la force des sentiments qu'elle se prenait à éprouver pour lui.

Pas de jeu cette fois. Pas de public pour lequel feindre une quelconque comédie.

Juste eux… et les étoiles scintillant dans son esprit.

Elle soupira et Axel avala son souffle avec avidité.

Puis il changea de position, sans cesser de dévorer sa bouche, gagné par une ardeur de plus en plus manifeste. Il cala son avant-bras contre elle, l'emprisonnant brusquement, et déporta son poids sur ce nouveau point d'appui, glissant en même temps une jambe entre les siennes, de manière à assurer son équilibre pour se placer juste au-dessus d'elle.

De manière à la dominer encore davantage… à pratiquement l'écraser.

Le haut de la cuisse d'Axel se pressa contre son entrejambe, déclenchant tout un tas de petites décharges électriques dans cette zone, très déstabilisantes. Puis son bassin vint peser sur elle et son érection, plus flagrante et imposante que jamais, se retrouva contre son ventre, tout près de son intimité.

Comment nier l'existence de cette exigence-là, aussi urgente que bestiale, parfaitement incontrôlable ?

Axel pouvait bien dire tout ce qu'il souhaitait, Sonia savait pertinemment qu'un homme avait des besoins. Geoffrey le lui avait assez souvent répété comme ça.

Des besoins physiologiques primaires, qui se devaient d'être assouvis, d'une façon ou d'une autre.

Axel lui en voudrait si elle le coupait en plein élan. De la même façon que Geoffrey lui en voulait toujours lorsque ça se produisait.

Elle était acculée, exactement comme avant.

Le souvenir de cette intimité qu'elle avait partagée avec ce premier amant lui revint subitement en mémoire.

Ses manières brusques et froides, tellement mécaniques à la fin. Et ces reproches humiliants…

Qui l'avaient démolie à peu près aussi efficacement que tous ses coups.

Geoffrey, qui venait s'incruster même jusque dans ce moment censé n'appartenir qu'à Axel et elle.

— Arrête ! protesta-t-elle en se détournant brusquement.

Les deux mains à plat sur le torse d'Axel, Sonia le repoussa de toutes ses forces. Puis elle se laissa glisser sur le côté pour se dégager plus rapidement, retombant brutalement sur le sol.

Axel appuya le front sur le canapé, cachant un instant son visage, et serra son crâne entre ses doigts crispés – tentant ainsi de reprendre ses esprits ou de se retenir de cogner quelque part, elle l'ignorait – et échappa une plainte étranglée, regorgeant de frustration.

Il se redressa presque aussitôt et pâlit en la voyant par terre, coincée entre la table basse et le sofa.

Ça aurait pu être comique… si seulement ça n'avait pas été aussi lamentable.

— Mais qu'est-ce que tu fous ? s'exclama-t-il en battant des paupières.

Elle se releva en même temps que lui quittait le canapé et s'éloigna autant que possible.

— Sonia, c'est ridicule, allégua-t-il en tendant la main vers elle, une moue amère tordant ses lèvres.

Il avait essayé de moduler sa voix pour qu'elle paraisse douce. Mais elle percevait très nettement toute la tension qui se cachait derrière.

Toute sa colère.

Contre elle.

Parce qu'elle n'était pas telle qu'il aurait aimé qu'elle soit.

— Je sais, je suis désolée, s'excusa-t-elle, luttant pour ne pas fondre en larmes. Je suis vraiment désolée, Axel.

Comment les choses avaient-elles pu à ce point déraper ?

— Ne dis pas ça, lui interdit-il d'un ton sourd.

Il replaça ses bras le long de son corps, renonçant apparemment à l'approcher.

Ou essayant de le lui faire croire…

— Je… je suis désolée, répéta-t-elle malgré tout, se maudissant intérieurement.

Le problème était qu'elle n'avait rien d'autre à dire.

— Merde, Sonia, ne dis pas ça ! lui ordonna-t-il encore, avec plus vigueur et d'indignation.

Elle se cogna contre le mur, apparu dans son dos comme par magie. Elle mit quelques instants à recouvrer ses repères. Après quoi, elle fonça dans le couloir, incapable de supporter cette scène plus longtemps.

Elle, en train de se confondre en excuses, se mettant plus bas que terre.

Et lui en train de lui crier dessus.

De la menacer…

Une fois dans sa chambre, elle verrouilla la porte, puis déplaça une commode pour la bloquer – puisqu'elle savait que les serrures n'arrêtaient pas forcément Axel.

Elle avait conscience que c'était parfaitement grotesque, qu'Axel allait très certainement l'entendre déplacer cet énorme meuble, mais elle ne pouvait faire autrement. Elle avait besoin d'être seule. C'était une nécessité.

Une question de survie.

Elle perdait pied et les réactions d'Axel après ce qui venait de se passer l'effrayaient.

Ses réactions, ou celles qu'elle craignait qu'il ait ?

Avait-il réellement crié ? Parce qu'elle n'en était plus si sûre, à présent.

Mais il avait forcément crié, non ?

Mon Dieu, il devait être tellement fâché, pensant certainement qu'elle s'était fichue de lui. Que pourrait-il imaginer d'autre de toute façon ?

Comme tout était de nouveau calme et silencieux dans l'appartement, elle attendit, adossée à sa commode. Complètement perdue et à bout de nerfs, elle batailla pour se contenir, voulant éviter à tout prix de se transformer en misérable flaque, comme le jour où Axel avait compris ce qu'elle avait vécu avec Geoffrey.

Elle serra les dents et s'acharna à remettre de l'ordre dans ses idées.

En vain, son esprit n'étant plus que chaos…

Lorsqu'une demi-heure plus tard, le bruit de la porte de la chambre d'Axel lui parvint, alors seulement elle se résolut à enfiler son pyjama et rejoindre son lit pour la nuit, toujours aussi désœuvrée, dépassée par les événements.

Comme trop souvent, elle eut toutes les peines du monde à trouver le sommeil. Et quand celui-ci vint la cueillir, ce ne fut que pour l'entraîner vers un monde de cauchemars, rempli de cris, de larmes et de peur.

Et de douleur au bras…

32

Voile blanc et noirs cauchemars

Sonia

Le soleil brillait dehors et Sonia aurait dû être heureuse à la veille du Grand Jour. Pourtant, seule devant son miroir, la belle et coûteuse robe blanche qu'elle avait mis des mois à choisir sur le dos, elle n'arrivait pas à ressentir le bonheur promis.

Elle ne ressentait plus rien…

Parce qu'elle était morte, à l'intérieur.

Il ne restait que quelques heures avant le mariage et elle avait été prise d'un affreux doute. Alors, profitant de ce que Geoffrey travaillait et ne rentrerait pas avant le soir, elle avait passé sa tenue de mariée, afin d'en avoir le cœur net.

Et elle avait bien fait. Parce que le décolleté de sa robe descendait trop bas sur ses épaules et le tissu de la manche ne parvenait pas à cacher le bleu qu'avait laissé sur sa peau la main de Geoffrey.

À vrai dire, elle ne se souvenait même pas de la dispute qui avait provoqué ça. C'était curieux, il avait pourtant fait attention à modérer ses gestes ces derniers temps…

Et cependant, cette ecchymose était là, visible, se déclinant en jaune, bleu et violet, s'étalant sur sa chair, dessinant très clairement l'empreinte d'une main d'homme.

Comme autant de preuves à charge de sa servilité et de sa misérable passivité.

Sonia retira la robe avec précaution, puis, encore en lingerie – des pièces de dentelle minuscules et inconfortables au possible, mais que Geoffrey aimait lui voir porter –, elle se rendit à la salle de bains. Où elle s'empara d'un tube de fond de teint.

Elle n'avait plus de problèmes de peau depuis longtemps, mais elle prenait néanmoins toujours soin d'acheter le maquillage le plus couvrant qui soit.

Pour les cas comme celui-ci, justement.

Sonia avait l'habitude de masquer la vérité sous des couches et des couches de fond de teint, derrière lesquelles on ne la voyait même plus. Parce que c'était toujours plus confortable ainsi, que ça lui donnait la sensation d'être quelqu'un d'autre, d'abandonner – pour un temps limité du moins – cette femme minable qu'elle était devenue et qu'elle détestait par-dessus tout.

Elle commença à étaler l'épais liquide couleur chair sur ces marques répugnantes, seulement pour s'assurer qu'elle arriverait bel et bien à tout recouvrir le lendemain. Et la douleur la rappela à l'ordre, comme de coutume.

Elle se répéta cette litanie, avec laquelle elle s'assommait presque en permanence, toutes les belles promesses de Geoffrey.

Il l'aimait et, ensemble, il savait qu'ils y arriveraient, qu'il pourrait changer pour elle, que le mariage le transformerait forcément et que cela l'aiderait à surmonter son problème. Son enfance volée avait fait de lui un homme sujet aux accès de violence, mais l'amour qu'il lui portait finirait par avoir raison de ses traumatismes, il lui en avait fait le serment.

Geoffrey lui avait tant apporté… comment aurait-elle pu ne pas le croire ?

Il avait été le premier, le seul, à vraiment la regarder comme une femme, et non plus comme cette gamine idiote et empotée qu'elle était pourtant encore à 18 ans, lorsqu'ils s'étaient rencontrés. Il l'avait aidée à perdre du poids, lui avait offert des tas de vêtements raffinés et sophistiqués, qu'elle n'aurait jamais osé porter sans ses encouragements, l'avait perpétuellement soutenue dans ses efforts pour s'épanouir.

Et aujourd'hui, grâce à lui, la chenille avait laissé place à un papillon.

Elle était devenue belle – du moins était-ce ce qu'on lui disait très souvent, même si elle ignorait encore le sens de ce mot.

Puis, en tant que stagiaire débutante affreusement timide et réservée, comment aurait-elle pu résister au charme du jeune P-DG de la boîte où elle travaillait en parallèle de ses études ? Cet homme que toutes les femmes désiraient…

Son intérêt pour elle était si inattendu. Elle qui n'était rien et lui qui était si beau, si intelligent et déjà doté d'une carrière des plus impressionnantes.

Il lui avait fait la cour tel un vrai gentleman. Ses avances subtiles, ses manières absolument charmantes, tous ses cadeaux attentionnés l'avaient séduite plus sûrement que n'importe quoi d'autre.

Même le père de Sonia n'avait rien trouvé à redire, fier que sa fille ait réussi à se fiancer à un homme possédant une telle situation.

Geoffrey méritait qu'elle lui laisse encore une chance.

Rien n'était facile dans la vie. Les relations avaient toutes leur lot de hauts et de bas, c'était ainsi. Tout ne pouvait pas toujours être drôle…

Seulement, désormais, plus rien ne l'était.

Jamais.

Et à quoi bon être un papillon si l'on ne pouvait se servir de ses ailes ?

Alors qu'elle avait pratiquement réussi à dissimuler le bleu sur le haut de son bras, une peur effroyable broya soudain l'estomac de Sonia.

Et si, demain, quelqu'un la touchait à cet endroit-là ?

Après tout, elle n'était pas à l'abri que ça arrive. On allait l'embrasser, la féliciter après la cérémonie. Il y aurait nécessairement des accolades et elle n'aurait d'autres choix que de les subir. Elle ne pourrait rien faire si un contact imprudent venait à effacer tous ses efforts pour cacher ces ignobles marques.

Et alors, tout le monde saurait…

Impossible.

Insurmontable.

Une catastrophe épouvantable.

La honte la tuerait et Geoffrey ne s'en remettrait pas.

Il lui fallait un châle ! Un châle serait plus efficace que n'importe quel maquillage.

Ou une autre robe de mariée.

Oui, c'était peut-être ça, la solution. Une autre robe, mais plus couvrante cette fois-ci.

Il lui restait encore quelques heures avant que Geoffrey ne rentre. Elle avait amplement le temps d'aller faire les boutiques.

Sonia se précipita dans le dressing pour se rhabiller, prête à se lancer en quête d'une nouvelle tenue pour son mariage.

Mais un passage devant le miroir de l'entrée la stoppa net.

Son mascara avait dégouliné partout sur ses joues, étalé par des larmes qu'elle n'avait même pas senti couler. Elle était tellement concentrée sur cette saleté d'ecchymose, qu'elle ne s'était pas rendu compte que son visage était barbouillé de noir.

Soudain, l'idée d'avaler tout entière cette boîte de somnifères qu'elle gardait dans son placard lui traversa l'esprit.

Insidieuse, mais indéniable.

Envisageable.

C'était peut-être plutôt ça, la solution, en fin de compte.

Elle était si… épuisée.

Et perdue.

Elle ne pouvait plus vivre ainsi, elle le savait pertinemment. Il fallait qu'elle fasse quelque chose. N'importe quoi, pourvu qu'elle parvienne à s'éloigner de Geoffrey.

C'était une question de survie.

Partir.

Loin.

Tout de suite.

33

La saveur des petites choses

Axel

Il était 4 heures du matin et Axel, assis sur son lit, griffonnait distraitement dans son carnet, lorsqu'il entendit un grondement sourd percer le silence de la nuit. Le raclement du meuble que Sonia s'était échinée à pousser en travers de la porte de sa chambre un peu plus tôt, afin de lui en barrer on ne peut plus formellement l'accès.

Comme si, tout à coup, il était devenu un putain d'agresseur potentiel dont elle devait à tout prix se protéger…

Merde, mais qu'avait-il fait au juste ?

Sonia avait paniqué, totalement perdu les pédales, il l'avait compris.

Axel se repassait en boucle le déroulement de la soirée, en particulier ce moment sur le canapé, essayant de déterminer à quel instant ses gestes avaient pu provoquer un tel accès d'angoisse.

À quelle seconde, très exactement, il l'avait perdue.

Il savait que ça ne venait pas vraiment de lui, que, bien qu'il l'ait initiée, il n'était pas tout à fait responsable de la crise de panique de Sonia. Mais il ne pouvait s'empêcher de penser que s'il s'était comporté différemment, ça ne serait pas arrivé.

S'il s'était contenté de la tenir dans ses bras, comme il le lui avait promis, par exemple.

Ou même s'il s'était contenté de l'embrasser, sans pour autant lui sauter farouchement dessus, comme il l'avait fait.

Seulement, il avait oublié tout ça.

Se retrouver ainsi, si près d'elle, ses courbes affolantes étroitement serrées contre lui, lui avait fait complètement perdre la tête. Trois épisodes, pas loin de trois heures à bander presque sans discontinuer comme un malade.

À mourir à petit feu, de la plus délicieuse des façons…

Six ans qu'il n'avait désiré aucune femme et voilà que maintenant il se découvrait incapable de ne pas laisser son corps le trahir, obsédé par la seule qui – à sa connaissance, du moins – détestait le sexe !

Bon sang, quelle ironie !

Et évidemment, en parfait crétin qu'il était, il avait fallu qu'il tente d'obtenir davantage. Il avait fallu qu'il s'emballe et vienne se frotter contre elle, en quête d'un quelconque soulagement, lui révélant ainsi on ne peut plus clairement à quel point il était déjà sur le fil du rasoir.

Axel reposa son carnet sur ses genoux et enfonça ses doigts dans ses cheveux.

Putain de bordel de merde, pourvu qu'il n'ait pas tout fait foirer !

Il ne se le pardonnerait pas. Il avait déjà eu tant de mal à faire admettre à Sonia que quelque chose – et peu importe ce que c'était – était possible entre eux. Il tenait bien trop à ce qu'il avait acquis pour supporter de le voir lui échapper.

Il fut tenté d'aller l'intercepter dans le couloir, tandis qu'elle se rendait très probablement dans la salle de bains – sans doute contrainte de quitter sa cachette par quelque besoin urgent –, dans le but de l'obliger à lui parler.

Mais il y renonça presque aussitôt.

Il devait lui laisser de l'espace. Et du temps. Même si c'était pénible. Même si ça lui coûtait…

Axel crispa les doigts sur son crâne, encore sur les nerfs suite aux événements de la soirée.

Il se sentait mal, ce qui s'était passé avec Sonia l'avait ébranlé. Et ça l'inquiétait au-delà du raisonnable, pour tout un tas de raisons.

À tel point que, même après cette séance télé des plus torturantes, il n'avait pas eu le cœur, une fois seul sous la douche, à évacuer cette tension brute qui l'étreignait pourtant. Ainsi qu'il le faisait si souvent depuis qu'il vivait sous le même toit qu'*elle*.

Beaucoup trop souvent… pour ne pas être épouvantablement pathétique.

N'empêche que c'était nécessaire. Afin de pouvoir garder un minimum la tête froide lorsqu'il se trouvait en sa compagnie.

Cela étant, l'efficacité du procédé restait des plus discutables, il était obligé de le reconnaître.

Des bruits de pas feutrés, très discrets, lui parvinrent subitement, comme si on piétinait devant la porte de sa chambre.

Axel se redressa brusquement, prêt à aller vérifier qu'il n'hallucinait pas, lorsqu'on toqua tout doucement. Si faiblement qu'il aurait presque pu ne pas l'entendre – du moins, s'il n'avait pas été autant à l'affût de tous les faits et gestes de la jeune femme.

— Ouaip ? s'empressa-t-il de répondre en se débarrassant de son carnet sur la table de nuit à côté de lui.

Il n'en revenait pas que Sonia ose venir à lui en pleine nuit. D'autant plus après la virulence avec laquelle elle lui avait signifié qu'elle souhaitait qu'il lui fiche la paix, à peine quelques heures plus tôt.

La porte s'entrouvrit lentement et Sonia apparut sur le seuil, silhouette claire et lumineuse sur fond de ténèbres. Elle portait un short très court – dévoilant ses longues jambes pâles, absolument superbes, bien qu'un peu trop minces –, ainsi qu'un tee-shirt à motifs licornes. Sous lequel – bordel ! – il ne put se retenir de remarquer qu'elle ne portait aucune lingerie.

Tellement sexy. Juste… irrésistible.

Comment imaginer qu'une fille aussi sophistiquée dorme dans de tels vêtements ? Et, surtout, comment ce genre de trucs tout simples et un peu puérils pouvaient-ils être aussi affriolants sur elle ?

Axel déglutit péniblement, puis se rappela que lui-même n'avait rien d'autre sur le dos qu'un caleçon. Il ramassa à la hâte le tee-shirt qu'il avait abandonné au sol et l'enfila, ne tenant pas à imposer à Sonia la vue de la plus glauque de ses cicatrices en cet instant qu'il savait suffisamment délicat comme ça.

— Tu ne dormais pas ? s'étonna-t-elle en croisant les bras sur sa poitrine, se contentant de rester à la porte.

Merde. Avait-elle surpris son regard ? Parce que ça n'arrangerait probablement pas vraiment les choses…

— Apparemment, non, rétorqua-t-il, la bouche très sèche tout à coup.

Il était trop préoccupé pour dormir. Mais il était aussi tellement crevé qu'il n'était pas non plus impossible qu'il soit en train de rêver.

— Je suis navrée de venir te déranger si tard, commença-t-elle en baissant les yeux. Mais je tenais absolument à te présenter mes excuses… pour… tout à l'heure.

Elle grimaça, visiblement très embarrassée, et esquissa un petit geste de la main en signe d'impuissance.

— Tu peux les garder, je n'en veux pas, refusa-t-il tout net.

Il renifla sèchement. Cette façon qu'elle avait de s'excuser le perturbait, même s'il n'arrivait pas encore tout à fait à déterminer pourquoi.

Sonia poussa un bref soupir désabusé, puis s'appuya au chambranle, battant des paupières comme pour chasser des larmes dont elle ne voulait pas.

— Alors tu es *très* fâché, déduisit-elle.

— Non, je ne le suis pas.

Sonia se redressa et cilla, abasourdie.

— Est-ce que ça signifie que tu ne m'en veux pas ? s'enquit-elle en plissant les paupières d'incrédulité.

— Précisément.

Axel s'adossa contre la tête de lit, luttant pour conserver son calme quand il n'avait qu'une envie, la rejoindre et la prendre dans ses bras. Mais il voulait lui montrer qu'il respectait la distance qu'elle avait réinstaurée entre eux.

Son rythme, il le lui avait promis.

C'était peut-être encore plus lent et chaotique que ce qu'il avait imaginé, mais ça ne changeait rien.

— Du moins, certainement pas pour ce que tu sembles croire, ajouta-t-il, en fermant les yeux de désarroi. Tu ne m'as même pas laissé le temps de te parler…

— Je suis désolée, réitéra-t-elle d'une petite voix contrite.

Axel se pinça l'arête du nez, soudain très las.

— Alors ça, tu vois, je le sais. Parce que tu n'arrêtes pas de le répéter.

— Ça ne veut pas dire que je regrette le baiser, ni ce qui s'est passé avant…

Axel inclina la tête sur le côté, dubitatif, et objecta :

— Et pourtant ça y ressemblait vachement.

C'était probablement ce qui l'avait le plus blessé.

Ça, et la peur dans son regard, alors que lui pensait être en train de vivre l'un des plus jolis moments de sa vie.

Il ne put résister plus longtemps, attiré vers elle comme un papillon par la lumière, et se leva pour aller jusqu'à elle.

— Pourquoi ? demanda-t-il. Enfin, mais qu'est-ce qui t'a pris de te jeter par terre comme ça ? Je suis presque sûr que tu t'es fait mal en plus, putain !

Aussitôt, Sonia remonta sa main le long de son bras.

Pas assez rapidement cependant pour qu'Axel n'aperçoive pas le bleu qu'elle essayait de lui cacher et qui paraissait se poursuivre encore plus haut, sous la manche courte de son tee-shirt.

À l'évidence, elle s'était durement cognée contre la table basse en tombant du canapé.

— Et merde, lâcha-t-il en se passant la main sur le visage. Ce n'est pas vrai ! Sonia…

Il poussa un long soupir déconfit, son cœur se serrant douloureusement dans sa poitrine, l'empêchant de continuer.

— Ce n'est rien du tout, assura-t-elle d'un ton pourtant chevrotant. J'ai déjà eu des hématomes autrement plus gros… Et puis, tu n'y es strictement pour rien. C'est moi. Seulement moi.

Malgré tout, Axel se sentait un peu responsable. Le fait est qu'il n'était pas non plus tout à fait hors de cause dans cette histoire.

— Ça ne serait pas arrivé si j'étais un peu moins stupide, voilà tout, conclut-elle en haussant une épaule.

— Je n'ai pas dit que *tu* étais stupide, se défendit Axel, comprenant que Sonia avait mal interprété le seul reproche qu'il lui avait adressé. J'ai simplement dit qu'avoir tout à coup peur de moi comme ça l'était. Je ne suis pas un putain de prédateur sexuel, OK ? Ni je ne sais quel pervers manipulateur qui voudrait te convaincre de faire des trucs que tu ne veux pas, merde à la fin !

La dernière phrase faisait clairement allusion à son ordure d'ex-fiancé. Axel était certain que c'était ainsi que les choses se passaient entre eux, à l'époque où ils étaient ensemble.

Et il fallait à tout prix qu'elle cesse de croire que tous les hommes fonctionnaient de cette manière. Ça commençait à devenir passablement insultant à la longue, en particulier le coup du meuble en travers de la porte de sa chambre !

Sonia blêmit, son regard se voila et elle parut, l'espace d'un instant, basculer dans un autre monde. Puis elle se mit à serrer son bras, pressant la zone meurtrie dans sa chute.

Jusqu'à ce que ses jointures blanchissent. Comme si la douleur que cela provoquait lui était subitement nécessaire…

— Hé ! l'interpella Axel en lui saisissant le poignet. Ça suffit. Reste avec moi, d'accord ?

Ses yeux s'accrochèrent de nouveau aux siens. Sonia sembla alors si perplexe qu'Axel se demanda si elle avait conscience de ce qu'elle faisait.

Lentement, il l'obligea à détacher les doigts de son bras, révélant l'ecchymose qui s'étalait jusque sous l'ourlet de sa manche. Rouge et bleutée, déjà.

Une marque qu'il détestait, parce que Sonia avait insinué que cela lui rappelait une certaine période de sa vie... Une période qu'il aurait tellement aimé pouvoir lui faire oublier.

Il se pencha sur elle, s'attendant chaque seconde à ce qu'elle le repousse. Mais elle demeura parfaitement immobile. Le laissant venir effleurer du bout des lèvres l'hématome, comme si un simple baiser avait pu l'effacer. Comme si ce geste avait le pouvoir de gommer la fin désastreuse de leur étreinte sur le canapé, pour qu'il ne reste plus que la douceur et la volupté de ce moment.

Son silence l'encourageant, Axel vint ensuite nicher son visage dans son cou, appuyant le front juste au creux de son épaule, tout en conservant son poignet entre ses doigts.

Sonia inclina la tête sur le côté, posa la joue sur son crâne, puis caressa ses cheveux de sa main libre, comme en réponse. Alors toutes les nuances comprises entre le gris et le noir, tout ce qui était douloureux et désagréable, disparurent brusquement.

— Tu m'as fait peur, Princesse, souffla-t-il contre sa peau.

— Est-ce que je peux dormir avec toi ? se risqua-t-elle tout à coup, débitant les mots si rapidement qu'il était évident qu'elle était gênée de le lui réclamer.

Sonia avait donc tant besoin de réconfort, elle aussi ?

— Euh… ouais, carrément, cafouilla-t-il, figé entre ses bras. Enfin, je veux dire, bien sûr, mon ange.

Celle-là, il ne l'avait pas vu venir.

Et cette satanée nuée de papillons fit son grand retour, créant un joyeux bordel dans tout son ventre.

— Juste… dormir, se sentit-elle en devoir d'expliciter. Rien d'autre.

Mais il avait compris, de toute façon.

— Dormir et rien d'autre, répéta-t-il docilement. Promis juré.

Il se redressa et s'avança pour pousser la porte, la refermant d'un claquement derrière elle. Puis il lui prit la main et l'entraîna vers le lit, avec l'inestimable et si exquise impression qu'elle était enfin à lui… même si c'était tout relatif, bien entendu, même si ce n'était ni plus ni moins qu'une connerie d'illusion.

Mais pour l'heure, il ne voulait rien entendre qui viendrait contredire ce sentiment. Simplement savourer l'instant.

Sonia. Dans un pieu. Avec lui. Pour toute une nuit.

Ou enfin ce qu'il en restait.

Il tira les couvertures pour qu'elle s'installe dessous, puis fit le tour afin de la rejoindre de l'autre côté.

Elle s'étendit sur le dos, tout près du bord, à l'extrémité opposée du matelas, ainsi qu'il aurait pu le prédire.

Il s'allongea à son tour, sur le flanc, tourné vers elle. Et il tendit les bras pour la ramener à lui. Parce qu'il savait que c'était ce qu'il devait faire.

Aller la chercher. Encore et toujours.

Depuis ce jour où il avait crocheté la serrure de sa salle de bains pour l'arracher à l'eau bouillante, il n'arrêtait pas.

Sonia n'opposa aucune résistance et roula même vers lui pour lui faire face, passant le coude sous son oreiller pour ensuite y caler sa joue, leurs visages tout près l'un de l'autre.

Axel éteignit la lampe de chevet, mais il pouvait encore distinguer ses traits dans la pénombre – étant donné qu'il ne prenait jamais la peine de fermer ses volets. La lueur jaune et un peu étrange de l'éclairage public dessina de petits halos sur elle, si belle et si triste.

Ils s'observèrent un moment en silence, leurs genoux et leurs mains s'entremêlant.

Après quelques minutes ainsi, Axel céda à une impulsion et laissa ses doigts s'aventurer sur elle. Pour les plonger dans ses longs cheveux blond clair, à la texture si soyeuse que c'en était dingue, d'une teinte presque irréelle à la clarté de la lune et des réverbères mêlés.

Alors Sonia se rapprocha encore et enfouit la tête contre son torse.

Et ces fourbes de papillons se mirent à exploser de concert, se transformant soudain en un démentiel feu d'artifice, plein de lumières et de couleurs délirantes.

Axel referma les bras sur elle et la serra contre lui, se repaissant de la chance qui lui était offerte ce soir.

— Ça va, ton bras ne te fait pas trop mal ? chuchota-t-il, tentant d'atténuer par des paroles le trop-plein d'émotions qui menaçait subitement de l'étouffer.

— Ce n'est qu'un petit bleu, Axel, répliqua-t-elle tout bas, d'un ton qui suggérait qu'elle se moquait un peu de lui et de son inquiétude disproportionnée. Non, voyons, je n'ai pas mal.

— OK, convint-il. Mais est-ce que… est-ce que tu es bien comme ça ?

Voilà, ça, c'était une interrogation légitime. Lui espérait passer la nuit dans cette position – d'autant plus qu'ainsi, leurs bassins demeuraient suffisamment éloignés, ce qui était beaucoup plus gérable que précédemment sur le canapé. Mais peut-être préfèrerait-elle retourner tout au bord du matelas, afin d'avoir plus de place.

— Mieux que n'importe où ailleurs, susurra-t-elle, après quelques secondes de réflexion.

Le bouquet final de ces escrocs de papillons pyrotechniciens faillit avoir sa peau…

Axel s'éclaircit la gorge, chassant la boule qui s'y était formée.

Il était si bien, ainsi…

Et malgré tout, il ne pouvait s'empêcher de songer que tout risquait à chaque instant de lui filer entre les doigts.

— Tu sais, il faudra que tu me parles, mon ange, murmura-t-il, craignant que l'incident de la soirée finisse par se reproduire, à un moment ou à un autre. Peut-être pas maintenant, mais il faudra le faire. Il faudra que tu m'expliques…

— Je ne tiens pas à revenir sur ce qui s'est passé tout à l'heure, déclara-t-elle, sa voix, feutrée par son tee-shirt, néanmoins ferme et sans appel. Ni maintenant, ni plus tard.

Et ça l'aurait vraiment affligé si elle ne s'était pas aussitôt davantage blottie contre lui, comme si elle préférait tout simplement ne plus y penser.

— Et comment je suis censé corriger le tir, moi ? opposa-t-il calmement. Comment tu veux que j'apprenne si on ne discute pas de ce genre de problème ?

Sonia s'écarta pour le regarder, déstabilisée.

— Il n'y a rien à apprendre. Je n'ai rien à enseigner à personne, surtout pas dans ce domaine. Et je n'ai aucun reproche à t'adresser. Parce qu'il est évident, et d'ailleurs je ne le voudrais pas, que ce n'est pas à toi de changer. Seulement, je te l'ai dit, moi, je n'y arriverai jamais vraiment et…

Axel fit claquer sa langue pour l'interrompre, refusant d'entendre la suite.

Non. Pas encore. Pas maintenant. Pas alors qu'elle était là, avec lui, dans son lit.

— Pour commencer, tu te trompes, parce que ça doit forcément être réciproque, argua-t-il, avant de reprendre, comme il tenait à ce qu'elle le sache : Puis, en ce qui me concerne, je suis *déjà* en train de changer, Sonia. Que tu le veuilles ou non. Et en vérité, ça me fait du bien. *Beaucoup* de bien. Je m'enlisais, tout proche de la noyade, tu comprends ? Et je ne le sentais même pas. J'étais beaucoup trop près du fond pour ça. J'avais…

Il ravala sa salive, puis ferma les yeux pour poursuivre, réalisant en même temps que les mots coulaient de sa bouche :

— J'ai un besoin urgent de bonheur. Tu ne te rends certainement pas compte, mais chaque jour que nous passons ensemble me permet de réapprendre… grâce à toi, je découvre la valeur des petites choses. Tellement plus précieuses que toutes celles, censément plus significatives, auxquelles on attache habituellement tant d'importance.

Après tout, n'était-ce pas avec elle qu'il avait réalisé qu'on pouvait pratiquement faire l'amour à quelqu'un rien qu'en lui caressant la main ?

Il ramena le bras entre eux et les désigna l'un l'autre d'un petit geste, évoquant leur étreinte, ainsi que l'instant présent.

— Ça, fit-il, se préparant à se casser les dents. Je me doute que ça va te paraître nul et affreusement pathétique, n'empêche que, jusque-là, c'est ce que j'ai connu de meilleur dans toute ma chienne de vie.

— Axel, l'arrêta-t-elle en nouant ses doigts aux siens. Ce n'est pas nul, enfin... ni pathétique.

Elle fronça les sourcils et vint embrasser le dos de sa main.

— C'est beau... la plus belle chose qu'on m'ait jamais dite, lâcha-t-elle, visiblement émue.

Axel cilla, pris de court.

Puis il insista, avec fermeté, parce que c'était nécessaire :

— Je *veux* apprendre.

— D'accord, on apprendra tous les deux alors.

Sonia revint reposer la tête contre son torse et il l'enlaça étroitement, avec l'impression que son cœur allait se mettre à cramer et à se désintégrer dans sa poitrine d'une seconde à l'autre tant c'était bon.

34

Une île de coton au milieu d'un océan de cailloux

Axel

Il faisait encore nuit lorsque Axel ouvrit un œil, émergeant d'un sommeil profond, trop bref, mais étrangement reposant.

Quelques heures volées…

Une escale salutaire dans une oasis de douceur.

Mais peut-être, après tout, que la traversée de ce putain de désert aride à la con touchait à sa fin ?

Il soupira, tellement soulagé que Sonia soit encore là, avec lui, dans son lit.

Il avait bluffé quand il avait nié l'existence des étapes. Elles existaient bel et bien entre eux, en dépit de ce qu'il avait soutenu. Et ça, dormir ensemble, en était une colossale.

Il s'était retrouvé sur le dos, un bras – tout engourdi, une sensation paradoxalement plaisante, parce qu'elle rendait les choses d'autant plus tangibles – passé sous le buste de Sonia, tandis que l'autre enlaçait sa taille, agrippant son tee-shirt, la retenant tenacement tout contre lui.

Comme s'il avait craint qu'elle s'éloigne durant la nuit – ce qui, du reste, était le cas.

La joue de Sonia reposait dans le creux que formait la jonction entre sa clavicule et son pectoral, juste à la bonne mesure pour l'y accueillir. Elle avait calé une jambe entre les siennes – sans doute parce qu'il l'y avait contrainte, à force de la plaquer à lui. Et une de ses mains était appuyée au centre de son torse, à plat sur son sternum. Tout près de son cœur.

Irradiant cette zone de picotements curieux, à la fois agréables, mais également curieusement douloureux.

Elle dormait paisiblement, sa respiration profonde et régulière en attestait. La plus efficace des berceuses, sans nul doute.

Axel avisa le radio-réveil à côté de lui et serra les dents en réalisant qu'il ne lui restait que six ridicules minutes pour profiter de l'inestimable cadeau qui lui était offert, avant de devoir se lever pour aller travailler.

Si seulement Sonia pouvait juste partager ça. Ce sentiment de plénitude qu'il peinait encore à digérer. De manière suffisamment puissante pour avoir envie de le rejoindre à nouveau dans son lit, pour toutes les nuits à venir. Alors…

Alors il serait un homme heureux, ni plus ni moins.

Il tendit son bras libre pour couper la sonnerie du réveil, qui ne tarderait pas à retentir dans la chambre et briser le charme fragile de ce moment. Après quoi, il guetta chaque minute qui défilait en chiffres rouges et brillants tout près de lui, le narguant insolemment, attendant la toute dernière pour s'arracher à elle et son addictive chaleur.

Mais c'était probablement mieux ainsi. Son érection matinale commençait à perdurer déraisonnablement, se déployant juste à côté de la cuisse nue que Sonia avait passée sur lui.

Malgré tout, il laissa encore s'écouler un peu de temps. Tant pis, il serait peut-être légèrement en retard, et après ?

Puis, quand il n'eut plus le choix, Axel se dégagea tout doucement de Sonia.

À regret.

Le bras qui était resté sous elle était tellement ankylosé qu'il eut du mal à le bouger sans à-coups. Et ce qui devait arriver arriva, Sonia se réveilla.

— Axel ? marmonna-t-elle, les paupières encore closes.

Ne regrette pas. S'il te plaît, ne regrette pas, bordel ! la supplia-t-il intérieurement.

Mais elle ne semblait pas vraiment prête à bondir en arrière pour s'écarter de lui et ainsi rétablir les distances habituelles. C'était même un euphémisme.

Sonia bougea à peine, si mollement que c'est tout juste s'il put, lui, s'éloigner.

— Je dois aller bosser, lui chuchota-t-il à l'oreille, s'excusant presque de ne pouvoir demeurer plus longtemps avec elle. Rendors-toi, mon ange.

Il se pencha au-dessus d'elle pour caresser ses cheveux et embrasser sa tempe.

— D'accord, acquiesça-t-elle, ouvrant à demi les yeux pour le voir.

Aucune panique dans son regard ensommeillé. Juste un peu de déception.

Soit un bon point pour lui.

Axel récupéra le carnet qu'il avait laissé sur le chevet, songeant qu'il devrait peut-être prendre garde à mieux le ranger, au cas où ce genre de nuit viendrait à se reproduire. Il ne voulait pas que Sonia tombe dessus, ce serait beaucoup trop risqué…

La journée fut longue. Non seulement Axel était crevé, même s'il ne regrettait pas – loin s'en fallait – d'avoir veillé si tard, il sentait néanmoins le poids des trop nombreuses heures de sommeil qui lui manquaient. Mais il était également fébrile, impatient de rentrer à l'appartement de Sonia pour la retrouver.

Presque autant qu'il redoutait ce moment, finalement…

Parce qu'elle ne serait peut-être plus dans les mêmes dispositions envers lui que durant la nuit, lorsqu'elle était venue à lui, pleine de regrets et probablement également fragilisée par quelques cauchemars. Parce qu'après réflexions, elle pourrait avoir changé d'avis et ne plus souhaiter qu'ils se *fréquentent*, ainsi qu'ils en avaient convenu avant l'incident du canapé. Parce que…

Putain, il y avait tellement de possibilités qu'il en avait le vertige !

Il avait quasiment passé son temps à ça. Taper du code et dresser parallèlement toute une liste des raisons susceptibles de flinguer d'un coup ces enfoirés d'insectes aux ailes multicolores qui ne cessaient de s'agiter en lui. Il prenait tellement goût à tout ça, ne plus sentir cette perpétuelle rage qui avait toujours crépité en lui, à tel point que ça en devenait dangereux.

La chute, si elle devait avoir lieu, n'en serait que nécessairement plus impressionnante…

Le soir venu, après que la moitié de ses collègues soit partie, Axel se rendit au bureau de son boss. Il frappa à la porte, se força à attendre qu'on l'autorise à entrer, puis une fois l'assentiment de l'intéressé obtenu, poussa le battant.

Il trouva Aidan concentré sur ses écrans, en plein boulot.

— Bonsoir Axel, lança celui-ci sans même lever les yeux. Que me vaut donc l'insigne honneur de votre visite ?

Tiens, du sarcasme aujourd'hui ? C'était nouveau, ça, non ?

Axel ne mettait pour ainsi dire jamais les pieds dans cette pièce. Le cas échéant, il n'avait aucune raison de le faire. Mais Stern se moquait plutôt de son manque notoire d'aménité et de sociabilité, à l'évidence.

L'hôpital qui se fout de la charité, sans déconner !

— Rien de transcendant, assura Axel. Je voulais juste vous dire que finalement j'accompagnerai Sonia au dîner que votre fiancée et vous organisez.

Aidan retira ses lunettes et l'observa, l'air vaguement étonné.

— Fort bien, approuva-t-il. J'imagine que ça signifie que vous êtes parvenus à clarifier votre situation avec elle, c'est une excellente nouvelle.

— Quelque chose comme ça, concéda Axel, volontairement évasif, se retenant péniblement d'ébouriffer ses cheveux.

Et en même temps, qu'aurait-il pu répondre d'autre ? Tout n'était pas non plus si limpide et simple…

Stern se leva et passa devant son bureau en se frottant la bouche, un pli préoccupé barrant son front. Il s'éclaircit la gorge et reprit :

— Scarlett en sera ravie également. Elle était un peu embarrassée d'avoir donné votre nom à Sonia. Votre nom… ainsi que d'autres informations nettement plus sensibles, qu'elle aurait mieux fait de garder pour elle, sachez qu'elle en convient à présent. Quoi qu'il en soit, je suis navré de la façon dont les choses se sont passées. Toutefois, je peux vous garantir que ce genre d'indiscrétions ne se reproduira pas.

Donc Aidan savait que sa fiancée n'avait eu aucun scrupule – sur l'instant, du moins – à balancer le plus douteux de ces employés à son cercle d'amies… et il s'en excusait ?

Auprès de lui ? Vraiment ?

— Ne vous faites pas de bile pour ça, je m'en fous, garantit Axel. Après tout, puisque c'est plus ou moins grâce à elle que Sonia et moi avons pu nous revoir par la suite, je devrais peut-être plutôt la remercier.

Sonia aurait-elle fait arrêter son taxi pour venir le retrouver si elle et Scarlett n'avaient pas autant parlé de lui durant leur soirée ? Puis, aussi étonnant que ce soit, ces espèces de commérages à son sujet avaient contribué à éveiller l'intérêt de Sonia pour lui.

Et ça, ça n'avait pas de prix.

Après mûres réflexions, Axel n'en voulait pas du tout à cette jeune femme qu'il ne connaissait pas, au contraire. Même son patron ne lui semblait soudain plus aussi con.

Il lui avait fourni – ou plutôt *imposé* – ce travail, lequel lui permettait enfin d'avoir une situation correcte et de pouvoir lâcher ses activités peu recommandables de hacker. Tout bien considéré – s'il mettait de côté le fait qu'il détestait se sentir piégé, qu'il avait une sainte horreur qu'on essaie de le contraindre à faire quoi que ce soit –, ce n'était probablement pas une si mauvaise chose que ça…

Aidan lui adressa un léger sourire, passablement énigmatique – le premier qu'il apercevait sur son visage blafard de croque-mort en costard de marque – et hocha la tête.

— Bonne soirée, lâcha Axel, se surprenant lui-même.

— À vous également, répondit Stern avant de repasser derrière son bureau.

Axel eut un désagréable pincement au cœur lorsqu'il rentra à l'appartement et qu'aucun bruit ne l'accueillit. La veille, il avait adoré voir Sonia se précipiter à sa rencontre, l'air tout simplement content de le retrouver.

Mais ce soir, il n'y aurait pas droit, selon toute vraisemblance.

Comme il préférait encore être tout de suite fixé, il se dirigea directement vers l'atelier, sans même prendre la peine de déposer ses affaires.

Mais tout était sombre. Et vide.

L'angoisse le cueillit subitement. Insensée, mais violente.

Et si son enfoiré d'ex était passé ? Et si… Bordel, et s'il lui avait fait du mal ?!

Putain, pas ça ! Tout, mais pas ça !

Axel passa une main nerveuse dans ses cheveux et revint sur ses pas en courant, le cœur battant à coups redoublés contre ses côtes.

Mais où était-elle ?!

L'espace d'un bref instant, il l'imagina étendue au sol, inconsciente, un filet de sang s'écoulant de ses lèvres.

Ce n'était qu'un mauvais tour de son esprit, mais il n'empêche que cela lui fit l'effet d'une véritable douche froide. Un horrible frisson d'épouvante lui remonta le long de l'échine tandis que les suppositions, toutes plus atroces et folles les unes que les autres, se bousculaient brutalement dans son esprit.

Puis il la repéra.

La petite feuille de papier laissée à son intention sur la console de l'entrée.

Alors seulement il put reprendre son souffle.

La vache, il s'était tapé un sale trip…

Puis il sourit, encore haletant, quand il lut le mot que Sonia avait écrit pour lui.

Je suis en shooting pour la journée.
Je risque de rentrer un peu tard,
mais si tu n'es pas trop affamé ni fatigué,
attends-moi pour dîner, s'il te plaît.
PS : C'était mon tour d'utiliser
l'ardoise magique. Pense à la consulter.
;)

Il pouffa de rire à la vue du smiley, se trouvant bien idiot d'avoir si promptement envisagé le pire, ses nerfs se relâchant.

En vérité, il était à la fois affamé et fatigué. Mais il n'était pas question de ne pas l'attendre, ainsi qu'elle le lui demandait.

Axel prit la note de Sonia, puis retourna dans la cuisine, s'empressant d'aller découvrir ce qu'elle avait inscrit sur le tableau.

– Passer la soirée et la nuit dans les bras d'Axel, juste ça.

Un programme qu'il approuvait tout à fait – non, dont il avait rêvé toute la journée, pour être honnête. Même s'il aurait aimé qu'elle ne se sente pas obligée de nuancer ses propos par un *juste ça* quelque peu déloyal, lui retournant ses propres mots.

Mais peu importait, lui aussi, c'était tout ce qu'il voulait. Et le fait qu'elle le lui réclame sous forme de souhait était encore un énorme pas en avant. Une victoire de plus à son compteur, qu'il tenait soigneusement à jour.

Sonia rentra vers 21 heures et ce soir-là, ils ne regardèrent qu'un seul épisode de leur série désormais fétiche, tous les deux trop épuisés pour veiller plus longtemps. Après quoi, ils se lavèrent dans leurs salles de bains respectives, puis se rejoignirent dans la chambre d'Axel.

Sonia retrouva ses marques assez rapidement et il n'eut pas énormément d'efforts à fournir pour qu'elle revienne se blottir contre lui.

La nuit fut tout aussi magique que la précédente, bien que nettement plus reposante cependant, du fait de sa durée, beaucoup plus raisonnable.

Le lendemain matin, avant de partir travailler, Axel effaça le souhait de Sonia sur l'ardoise du frigo et le remplaça par le sien.

Soit exactement la même phrase, mot pour mot, mais de son écriture, également limité d'un *juste ça* – une précision sécurisante qu'il avait lui-même initiée et qui semblait la rassurer.

Simplement parce que la soirée de la veille lui avait bien trop plu pour ne pas désirer la renouveler.

Autant que possible, tant qu'à faire…

35

Tableau enchanté contre fantôme malveillant

Axel

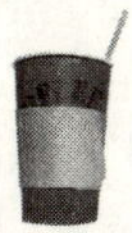

Puis il y eut le jeudi soir…

Axel revenait du travail, d'excellente humeur – une sensation bien étrange, qu'il avait complètement oubliée, tant ça lui arrivait peu souvent – à l'idée de passer une nouvelle soirée en compagnie de Sonia. À l'avoir tout contre lui le temps d'une énième séance télé, puis dans son lit la nuit durant… comme si déjà, elle lui appartenait.

Un programme en passe de devenir une routine – du moins l'espérait-il –, à laquelle il prenait goût.

Non, ce n'était pas tout à fait ça.

C'était un peu effrayant, mais en réalité, il était en train de devenir accro. Pas loin de virer carrément dépendant.

Désormais, cette proximité qu'il était parvenu à instaurer avec elle, cette espèce d'intimité – sans toutefois en être complètement, il devait néanmoins l'admettre – était pour lui un véritable besoin, presque au même titre que l'air dans ses poumons.

Certes, ce n'était peut-être pas grand-chose sur le papier, à peine formaient-ils vraiment un couple au regard du monde. En outre, le désir ne cessait de le tenailler, ne lui laissant que peu de répit, ces rapprochements l'aiguisant mieux que n'importe quoi d'autre.

Pourtant, il ne s'était jamais senti plus heureux de toute sa vie.

Il ignorait où tout ça pourrait bien les mener. Peut-être nulle part, comme l'avait présagé Sonia… mais peu importait.

Pour un instant, peut-être. Mais un instant précieux.

S'il avait bien appris une chose après toutes les marées noires qu'il avait traversées, c'était qu'il fallait savourer le moment présent quand celui-ci se faisait clément – il n'en avait juste pas encore eu l'occasion jusque-là, voilà tout.

Et celui-ci était tellement davantage que *seulement clément…*

Alors il s'y raccrochait. De toutes ses forces.

Parce que ça en valait la peine.

Elle en valait la peine. Tout comme leur histoire, quelle qu'elle ait été.

Un rythme d'escargot, sans doute un peu ridicule pour des adultes, probablement risible pour la plupart des gens, et dont il ne se serait guère vanté auprès de quiconque – si tant est qu'il ait eu encore quelques amis. Mais quand bien même les choses auraient été différentes avec Sonia, plus normales et conventionnelles, qu'en aucune manière il n'aurait été tenté de partager ça avec qui que ce soit, de toute façon.

Bien au contraire…

Personne n'avait à savoir ce qui se passait entre elle et lui. Cela leur appartenait, à eux seuls.

Ensemble, ils se bâtissaient un monde unique.

De guingois très certainement, avec les faibles moyens que la vie ne leur avait pas volés. Mais dans lequel la boue, toute la laideur et la cruauté de l'existence étaient bannies. Un endroit de paix, rien qu'à eux, avec de hauts murs, dignes de quelque imprenable citadelle, dont il défendrait farouchement l'accès en cas d'assaut.

Une petite bulle aux mille reflets hypnotiques, où le temps n'avait plus vraiment de prise et où le moindre murmure, le plus infime des effleurements, prenait une ampleur effarante…

Presque inquiétante, en fait.

En tout cas, et quoi qu'ils aient été en train de construire, les fondations de cet édifice aussi tordu qu'insolite étaient malgré tout solides, Axel en avait l'intime conviction.

Une relation bien singulière et cependant tout à fait inédite pour lui, qui n'avait jamais réellement eu de petite amie, ni aucune attache de ce genre par le passé.

Axel déposa son cabas rempli de courses sur le plan de travail de la cuisine et, ne voyant pas Sonia le rejoindre, avisa l'ardoise Velleda.

Il s'attendait plus ou moins à y trouver la répétition de son souhait de la veille – lui-même une parfaite copie de celui de Sonia, l'avant-veille.

Seulement, les mots n'avaient plus rien à voir…

Axel s'avança, les paupières plissées, sans pouvoir détacher les yeux du message qui lui était adressé.

La bandoulière de son sac à dos glissa de son épaule et son chargement lui échappa, retombant bruyamment au sol. Mais il l'ignora, trop concentré pour laisser son attention dériver sur autre chose que le tableau du frigo.

Il s'obligea à relire une quatrième fois pour être sûr de ne pas avoir mal compris.

Mais il n'y avait rien de particulier à comprendre. C'était même élémentaire, en fin de compte.

— *Un baiser d'Axel en rentrant du travail*

Waow…

Mais… rien que ça, déjà, les baisers… s'étaient révélés jusque-là plutôt *problématiques*. Ils commençaient toujours très bien, cependant quelque chose cafouillait à un moment donné et tout se terminait invariablement en un douloureux désastre.

Ce qui laissait finalement Axel aussi songeur que partagé.

Toutefois, Sonia lui signalait de façon on ne peut plus claire qu'elle était prête à retenter l'expérience.

Non, qu'elle en avait envie.

À tel point qu'elle… le lui demandait ? Sérieusement ?!

Ça, c'était une putain de victoire ou il ne s'y connaissait pas !

Certes, jamais auparavant il ne se serait autant emballé pour une simple histoire de galoche, mais avec elle, ça n'avait plus rien à voir. Tout prenait une autre dimension.

— OK, approuva-t-il, s'adressant au vide, comme s'il s'agissait d'un nouveau défi à relever.

Et quelque part, il ne pouvait nier que c'en était un… et colossal même.

Axel fit brusquement volte-face et s'élança en direction de l'atelier – sous la porte duquel s'échappait de la lumière. Sa veste de boulot, qu'il avait encore sur le dos, le gêna subitement dans ses mouvements. Aussi s'en débarrassa-t-il en quelques coups d'épaules, tout en marchant à grands pas dans le couloir, abandonnant le vêtement au sol sans une once de remords.

Il arrivait à peine à se retenir de courir. Il n'y avait pas une seconde à perdre. Pas moyen qu'il laisse filer cette chance !

Il ouvrit la porte de l'atelier à la volée, un peu trop brutalement. Mais avec le raffut qu'il venait de faire, Sonia ne fut manifestement pas surprise de le voir débarquer dans la pièce.

Elle était encore assise à son bureau, mais avait déjà tourné son fauteuil dans sa direction. Et elle l'observait, un sourire hésitant illuminant ses traits, visiblement plus amusée par son empressement qu'effrayée.

Pas d'inquiétude ni d'anxiété à l'horizon. Parfait.

Axel n'attendit pas, ne marqua qu'un très bref arrêt sur le seuil, avant de réduire à néant – en quelques grandes et nerveuses enjambées – l'espace qui les séparait encore.

Trop de hâte. Beaucoup trop. Il allait tout ruiner s'il ne se calmait pas un peu.

Il s'inclina aussi lentement que possible vers elle, tout en s'appuyant des deux mains aux accoudoirs de son siège.

Sonia renversa la nuque en arrière pour lui faciliter l'accès à sa bouche, son visage redevenu grave.

Mais il préféra prendre son temps, se délecter de l'instant, et embrassa d'abord son front. Ses tempes. Ses joues. Puis la ligne fine et gracieuse de sa mâchoire. Avec malgré tout une frénésie sans cesse croissante, qu'il savait dangereuse.

Mais c'était bien plus fort que lui…

Il ignorait comment tempérer ce brasier incroyable qui se consumait en lui, les papillons – si facétieux et décidément beaucoup trop envahissants – dansant comme des fous autour de cet immense feu de joie dans lequel étaient en train de cramer son cœur ainsi que ses entrailles.

Il se baissa peu à peu, jusqu'à venir appuyer un genou au sol, puis le second, ne sachant trop comment se retenir de lui sauter carrément dessus. Axel oscillait entre le besoin de céder à la fougue délirante qui s'emparait progressivement de lui et l'envie de douceur.

Ses doigts, déployés de part et d'autre de sa tête, se retrouvèrent malgré lui empêtrés dans les cheveux de Sonia, dénouant sans le vouloir la tresse lâche qui descendait le long de son épaule.

— Axel, souffla-t-elle, les paupières à demi closes.

Une prière ? Une mise en garde ? Impossible à dire…

— Mon ange, murmura-t-il avant de déposer un baiser léger sur ses lèvres charnues, tellement tentantes.

Puis un autre, plus appuyé. Et encore.

Encore.

Jusqu'à ne plus pouvoir s'arrêter.

Jusqu'à ce que ce soit Sonia qui entrouvre la bouche, un petit gémissement lui échappant. La plus sensuelle des récompenses… mais également la plus irrésistible des invitations.

Axel ne se fit pas prier et laissa sa langue partir en quête de la sienne. Fiévreusement. Sans prudence. Parce qu'il n'y arrivait pas. C'était si difficile de se contrôler lorsque enfin il avait la chance de pouvoir la goûter, se repaître de cette saveur chaude, à l'arôme vanillé.

Il avait tellement faim d'elle…

Après un bref moment – d'une insoutenable tension – Sonia lui répondit. Avec plus de vigueur et d'entrain que jamais, se mettant au diapason de son exaltation.

Alors tous ses sens s'éveillèrent brusquement. Tout son être s'ébranla, vibrant à chacune des caresses que généreusement elle lui rendait.

Et voilà qu'il apercevait déjà un morceau du nirvana…

Tout devint si confus autour de lui qu'il se rendit à peine compte qu'il l'avait arrachée à son fauteuil – à moins que peut-être ce soit elle qui l'ait rejoint au sol ? –, se retrouvant agenouillée devant lui, dans une posture identique à la sienne.

Il résista péniblement à l'instinct qui lui dictait de se pencher davantage sur elle afin de l'avoir sous lui, étendue, son corps écrasant ses courbes. Il tint bon parce qu'il devinait que sans ça, tout deviendrait ambigu.

Les limites s'estomperaient, se feraient trop floues, de la même manière qu'elles l'étaient devenues sur le canapé. Et il courrait alors le risque qu'elle lui échappe à nouveau, rejetée sur ces rivages sombres, où il n'avait plus aucune prise.

Mais ça n'arriverait pas cette fois.

Pas de panique, ni d'hystérie. Aucun fantôme avec eux.

Juste elle et lui. Et le baiser qu'elle avait réclamé…

Axel recula de quelques centimètres et entraîna Sonia avec lui, jusqu'à rencontrer le pied d'une des tables de travail qui meublaient l'atelier, cognant contre son dos. Il s'y appuya et, tout en continuant à dévorer sa bouche, enlaça sa taille, l'incitant à se rapprocher de lui.

Mais il la sentit hésiter.

Les doigts délicats de Sonia, accrochés à ses épaules, se crispèrent un peu plus sur sa chemise.

Alors il prit un instant pour recouvrer son souffle, gardant cependant son visage tout près de lui, ses lèvres errant près des siennes, sublimes et obsédantes.

— Toujours avec moi ? lui chuchota-t-il.

Une question qui lui semblait légitime, compte tenu de la façon dont s'étaient terminés leurs rares et trop fugaces moments d'intimité jusqu'ici.

Sonia cilla, un peu décontenancée.

Elle fronça les sourcils, puis répondit dans un soupir :

— Oui…

Axel ne put réprimer un grognement d'approbation. Puis il l'embrassa derechef, s'efforçant d'y mettre un peu plus d'application… Mais avec toujours autant d'ardeur, son désir ne cessant de croître.

Délicieux supplice.

Finalement, Sonia vint à lui d'elle-même, cherchant un meilleur angle pour lui rendre ses baisers. Ce qu'elle faisait avec une subtilité, une délicatesse et une grâce toutes féminines, aussi enivrantes qu'affolantes.

Lentement, avec autant de précautions que possible – dans l'état de fébrilité dans lequel déjà, il se trouvait –, il la fit passer sur lui, une jambe de part et d'autre de son bassin. Dans une posture certes audacieuse – bordel, elle était quand même assise sur lui et seul le rempart que formait l'épaisseur de leurs vêtements l'empêchait d'être tout contre son intimité ! –, mais qui offrait à Sonia une grande liberté de mouvement.

Une proximité nouvelle, des plus troublantes, et qui cependant permettait à la jeune femme de conserver un certain contrôle de la situation.

Parce que désormais il le savait, pour le moment en tout cas, c'était nécessaire.

Du temps où Axel avait encore des relations avec des femmes, il aimait diriger les opérations. De A à Z.

Dominer, d'une certaine façon. Et prendre, crûment, rapidement, sans fioritures, tout ce qu'il y avait à rafler, avant de s'en aller. Il n'avait jamais envisagé les choses autrement, ne s'était même jamais remis en question à ce sujet, à défaut sans doute d'en avoir eu l'occasion.

Beaucoup d'eau avait coulé sous les ponts depuis cette période de sa vie.

Et à présent, il était évident que tous ses anciens repères étaient caducs.

De toute façon, avec elle, ce n'était pas ce qu'il recherchait.

Sonia n'avait absolument rien à voir avec ses anciennes conquêtes. Et leur relation n'était pas non plus comparable aux liens fins comme du papier à cigarettes, éphémères et sans incidence, qu'il tissait l'espace d'une soirée, de quelques jours tout au plus, avec ces filles-là.

La baise pour la baise avait subitement perdu tout intérêt. Fade et sans saveur.

Puis, il s'en était passé si longtemps…

Non, avec Sonia, il rêvait de *faire l'amour*. De se confondre.

De toutes les manières possibles. Avec tous les moyens à sa disposition, si infimes soient-ils.

Une idée à laquelle il fallait encore qu'il s'habitue tant c'était nouveau pour lui.

Sonia gagna progressivement en assurance, cette configuration semblant lui convenir. Elle s'agrippa des deux bras à la nuque d'Axel et ses ongles s'engouffrèrent nerveusement sous la masse de ses cheveux, lui tirant un violent frisson de plaisir.

Il profita de cette nouvelle volupté pour réapprofondir leur baiser. Trop fiévreux pour se prêter plus longtemps à ce jeu gourmand, mais un peu trop réservé et raffiné pour lui. Une insupportable torture, qu'elle lui infligeait.

Ses mains se lancèrent fébrilement dans l'exploration de son dos et elle se cambra, frémissant sous ses caresses.

Ce qui acheva de l'électriser entièrement.

Il était sur le fil du rasoir quand il rompit à regret leur baiser pour plonger le nez dans son cou, en quête d'un peu d'apaisement.

Mais il fut alors incapable de ne pas aussitôt poser les lèvres sur sa peau au parfum entêtant, tellement appétissante.

Puis sa langue…

Sonia se raidit, un peu confuse.

La surface pâle et laiteuse de son épiderme se chargea d'un discret voile de chair de poule. Puis elle poussa un soupir vacillant, tellement excitant qu'Axel renonça à lutter et se laissa aller à lécher carrément cette zone exquise, à la texture si soyeuse.

Il raffermit son étreinte et s'avança davantage vers elle, pour mieux aller à sa rencontre, l'obligeant à venir presser ses courbes les plus tendres et sensuelles contre son torse.

Sonia se redressa légèrement dans ses bras, comme par réflexe. Ou parce qu'il en voulait trop, trop vite, peut-être. Et le frottement de son corps contre le sien enflamma la mèche.

Son sang se mit brusquement à bouillir dans ses veines, tout son être s'embrasant furieusement. À tel point qu'il ne put s'empêcher de basculer le bassin vers elle.

Merde… merde ! Elle avait dit *un baiser*.

Et il avait parfaitement conscience d'avoir largement dépassé le stade du simple baiser. Ils étaient allés au-delà. Parce que rien ne pouvait jamais être innocent lorsqu'il se rapprochait d'elle, qu'il n'y parvenait pas.

Pourvu qu'elle ne lui en veuille pas. Pourvu qu'elle soit encore là…

— Avec moi ? l'interrogea-t-il, la voix si rauque qu'elle en était à peine reconnaissable, son souffle brûlant s'écrasant contre sa peau.

Haletant et déjà en sueur, le sang lui battant férocement les tempes, il s'arracha au creux si délicieux de son cou et s'écarta d'elle. Juste de quelques centimètres.

Il se laissa aller en arrière et s'adossa contre le pied de la table derrière lui, guettant sur le visage de Sonia quelques signes alarmants.

Mais il n'en trouva guère.

— Avec toi, acquiesça-t-elle faiblement.

Elle tremblait un peu et semblait aussi désorientée et étourdie que lui. Mais c'était tout.

Aucune peur. Pas d'angoisse.

Son regard était assombri, mais il n'était pas hanté, ainsi qu'il avait paru l'être le soir de l'incident du canapé.

Axel prit une grande et bruyante inspiration, tellement soulagé que son cœur était près d'imploser. Du pouce, il caressa la joue chaude et tendrement rosée de Sonia, qui ferma les yeux, immobile.

Les baisers pouvaient très bien ne pas poser de problème, tout compte fait.

Une victoire énorme. Un vrai pas de géant pour leur relation. Et tout un tas de nouvelles possibilités qui s'offraient à eux…

— J'adore ce souhait, grogna-t-il. Il figure dans le peloton de tête de ma liste des souhaits de Sonia. Cela étant, on est d'accord, ça n'exclut ni la soirée vautrés devant la télé, ni la nuit ensemble, n'est-ce pas ? Lesquels devraient à mon sens être maintenant reclassés dans la catégorie des habitudes. Qu'en dis-tu ?

Le coin des lèvres de Sonia se retroussa.

— Motion acceptée, à l'unanimité.

— Excellente nouvelle, se réjouit-il en caressant son cou – incapable de ne pas la toucher.

Bordel, il était vraiment fou d'elle ! Et tellement heureux d'être parvenu à l'embrasser sans que ça ne dégénère.

En y réfléchissant, Sonia avait eu l'air d'apprécier. Elle s'était d'ailleurs montrée plutôt réceptive à ses attentions – du moment qu'il ne la brusquait pas.

Un espoir immense enflait en lui. Parce que s'il s'y prenait correctement, s'il réussissait à être aussi patient qu'il l'espérait, alors peut-être parviendrait-il à lui prouver qu'elle n'était pas telle que son enfoiré d'ex le lui avait répété.

La jeune femme qu'il venait de serrer dans ses bras, d'embrasser à en perdre haleine, n'avait absolument rien d'un glaçon. Il n'était sans doute pas le plus habile, ni le plus subtil des amants – d'autant plus après une telle pause –, mais il n'empêche qu'il était convaincu qu'il saurait, à force de persévérance et de prévenance – ça, c'était dans ses cordes –, lui en faire prendre conscience.

D'une manière ou d'une autre.

Et ce n'était pas, en cet instant, les idées qui lui manquaient…

Sonia fit mine de vouloir se relever, mais il la retint encore un peu dans cette position – qu'il se surprenait à adorer. Un léger pli se forma entre ses sourcils, mais elle ne protesta pas.

Lequel disparut lorsqu'il repoussa une mèche de ses cheveux en arrière, la calant derrière son oreille.

— La dernière fois, quand tout est parti en vrille, c'était encore à cause de *lui*, je me trompe ? tenta-t-il de savoir, comme cela lui apparaissait soudain nécessaire. Cet enfoiré s'est infiltré dans tes pensées, c'est ça ?

Bien sûr, ça lui faisait mal de devoir admettre qu'elle avait songé à son ex dans un tel moment. Mais elle n'y pouvait rien, étant donné l'ampleur des dégâts que ce connard avait causés. En outre, ils n'avaient de chance de réellement progresser que si elle se décidait à lui parler.

— Je suis dé…

— Hé, pas de ça, on a dit, l'interrompit-il aussi sec.

Ce réflexe-là, cette façon de lui présenter ses excuses à tout bout de champ dès lors qu'il s'agissait de cet incident, lui tordait le ventre. C'était comme un mode automatique. Une saloperie de virus, de programme malveillant, du genre cheval de Troie, qu'il lui faudrait désinstaller.

— Réponds-moi, réclama-t-il doucement, ajoutant, la voyant commencer peu à peu à se refermer : S'il te plaît, mon ange.

Sonia ferma les yeux et reconnut :

— Oui.

— Mais pas ce soir ? s'étonna-t-il.

— Non, pas ce soir…

Elle haussa les épaules, n'ayant visiblement aucune explication rationnelle à lui donner.

Cependant, Axel avait quelques pistes. Un peu floues, d'accord, mais au moins de quoi réfléchir.

Il noua les mains derrière son dos afin de la maintenir et se redressa pour se rapprocher d'elle, amenant son visage tout près du sien.

— Je ne veux plus jamais que ce fils de pute vienne foutre le bordel entre nous, avisa-t-il gravement. La prochaine fois qu'il pointera le bout de son nez, tu me préviens. Et sans attendre, OK ? J'irai lui régler son compte.

— À son double imaginaire, coincé dans mon esprit de folledingue ?

Elle plaisantait, mais le cœur n'y était pas vraiment, c'était indéniable.

— Où que ce connard se trouve, je te jure que j'irai le dénicher pour le foutre dehors, assura Axel, avant de préciser, devant le sourire quelque peu perplexe de Sonia : Je t'ai déjà dit que j'étais un type pas net, tu te rappelles ? Tu vois, on fait la paire tous les deux.

Il les lui rafistolerait, ces putains d'ailes brisées. Il ne possédait probablement pas le fil le plus adéquat, celui en or étant clairement hors de sa portée. Mais avec ses moyens, il accomplirait cet exploit.

Cette fois, les lèvres délicatement ourlées de Sonia s'étirèrent jusqu'à révéler ses belles dents blanches.

— Le plus adorable des types pas nets, conclut-elle dans un murmure à peine audible, venant poser la tête sur son épaule.

Un compliment un peu tordu et bizarre. Mais qu'Axel savoura comme quelque vin rare, au cépage précieux, exceptionnel.

Il referma les bras sur elle et la serra fort contre lui.

Ses promesses étaient peut-être pour le moins farfelues et confuses, pour autant ça ne l'empêcherait pas de tenir parole.

36

Toujours trop ou pas assez

Sonia

Sonia sélectionna un rouge à lèvres grenat, d'une teinte assez sombre et intense, parmi la multitude de tubes qui peuplaient le tiroir de sa coiffeuse. Face à son reflet dans le miroir, elle s'apprêtait à l'appliquer, lorsqu'elle s'interrompit dans son mouvement.

Le souhait d'Axel…

– *Un baiser de Sonia en rentrant du travail*

En ce moment, Axel ne cessait de lui retourner ses propres mots, lui réclamant ce qu'elle-même avait d'abord demandé. Probablement une façon subtile de lui faire comprendre que tout ça lui convenait, de lui montrer qu'il n'avait aucun problème à s'adapter à son rythme.

Cela étant, il serait compliqué d'exaucer ce souhait avec la bouche fraîchement peinte. Enfin, ça restait réalisable, bien sûr, mais risqué, à plus forte raison qu'elle n'aurait pas beaucoup de temps à consacrer à d'éventuelles retouches avant de devoir partir pour la soirée de charité organisée par sa belle-mère.

Mieux valait donc attendre qu'Axel rentre avant de mettre la touche finale à son maquillage.

Sonia se surprit à éprouver une certaine fébrilité à l'idée qu'Axel l'embrasse de nouveau. Un peu d'appréhension, évidemment – elle craignait toujours qu'un geste, une parole, ou même n'importe quoi d'autre, fasse ressurgir cette détestable sensation d'effroi liée à Geoffrey, toute la pression et l'angoisse que la simple idée d'entretenir une véritable relation avec un homme suscitaient en elle.

Cependant, en cet instant, c'était plutôt l'impatience qui dominait.

Le souvenir du baiser de la veille, dans son atelier, tendre et délicieusement fiévreux, s'éloignant sans cesse de sa zone de confort pour zigzaguer tout au bord du précipice, mais sans jamais pour autant basculer dans le vide, la chamboulait encore.

Elle avait longuement réfléchi avant de noter ce message sur le tableau de la cuisine. Mais ces soirées passées dans les bras d'Axel, ces nuits entières à dormir contre lui, les battements de son cœur en guise de berceuse, l'avaient encouragée à vouloir franchir ce cap.

Après tout, il n'y avait pas de raison. Si elle parvenait à embrasser des tas d'inconnus rencontrés lors de sorties entre amis, pourquoi n'y arriverait-elle pas avec Axel, le seul homme qui lui plaisait vraiment, pour lequel elle avait des sentiments – et qui, accessoirement, paraissait en avoir également pour elle ?

Bien entendu, ce n'était pas aussi simple que ça.

Les flirts de passage ne lui servaient qu'à façonner encore et toujours ses mensonges tordus.

Elle n'avait pas à être sincère dans ces moments-là. Elle n'était même pas vraiment présente, ainsi retranchée, protégée par une épaisse carapace de faux-semblants et de comédie. Il y avait également la sécurité que représentaient les autres, le public sans lequel jamais elle n'aurait répondu à l'attention que ces hommes lui portaient.

Autant de rassurantes barrières qui n'existaient plus dès lors qu'il s'agissait d'Axel.

Avec lui, il y avait quelque chose qui n'existait avec aucun autre.

Une alchimie dévorante, échappant à tout contrôle. Mais aussi une espèce de folie, oscillant continuellement entre exaltation délirante et profond désespoir. Une détresse et une urgence inquiétantes, qui l'effrayaient à peu près autant qu'elles la transportaient…

Toujours est-il qu'après leur étreinte dans l'atelier, Axel n'avait pas cherché à recommencer.

Non, il avait attendu de pouvoir utiliser son souhait pour ça…

Parce qu'il était à peu près aussi intelligent et clairvoyant que prévenant.

Une attention particulièrement touchante, qui aidait Sonia à repousser loin de son esprit la foule des doutes perçants et de douloureuses protestations qui emmêlaient ses pensées ces derniers temps.

Elle avait décidé de vivre cette histoire, du moins autant qu'il lui serait possible. Quitte à se mettre en danger – même si elle ne disposait que de très peu de latitude concernant ce point précis.

Mais en vérité, elle ne pouvait faire autrement…

Tenir Axel loin d'elle était devenu tout bonnement impossible.

Comment résister à cette puissante attirance qu'elle ressentait jusqu'au plus profond d'elle-même ? Comment se passer de ses bras, de sa chaleur et de ses mots doux, enchanteurs – voire parfois salutaires – après y avoir goûtés ?

Elle abandonna fauteuil et coiffeuse à la seconde où elle entendit le bruit des serrures que l'on déverrouillait. Elle remonta un peu le bas de sa robe, dont l'ourlet touchait le sol – celle-ci n'ayant manifestement été pensée que pour être portée avec de hauts talons.

Le tissu noir et fluide commençait à s'évaser à hauteur des hanches pour s'épanouir ensuite pleinement, très élégamment, retombant en délicate corolle sur ses pieds. Le haut du vêtement était composé de dentelle crème, agrémentée de perles minuscules, se terminant en bustier au décolleté somme toute raisonnable, mais dévoilant l'intégralité de ses épaules.

Ses bras étaient également nus. Toutefois, Sonia avait laissé ses cheveux libres, sans brushing ni lissage d'aucune sorte, histoire de donner à l'ensemble une touche un peu moins guindée et sophistiquée – ce qu'elle ne se permettait d'ordinaire jamais à ce genre de réception, le chignon étant plutôt de mise, officieusement plébiscité par la majeure partie des convives de sexe féminin.

Axel déposait son manteau dans l'entrée quand elle l'aperçut. Il se tourna vers elle, un sourire un peu espiègle illuminant par anticipation ses traits.

Lequel mourut au fur et à mesure qu'il se mit à la détailler.

— Qu'y a-t-il ? l'interrogea-t-elle aussitôt, le froid s'insinuant insidieusement en elle. Tu n'aimes pas, c'est ça ? Tu trouves ça trop sexy ?

Une vague de nausée lui souleva l'estomac.

Elle n'en pouvait plus des jugements au sujet de son apparence.

Toujours *trop* ou *pas assez*...

Toutes ces remarques désobligeantes sur ce dont elle avait l'air, ces insinuations dégradantes...

Pourtant, ce type de questionnements, toutes ces craintes à ce propos, elle les avait balayées après sa rupture avec Geoffrey. Ça avait été dur, mais elle était parvenue à s'affranchir de tout ça, à se vêtir comme elle l'entendait, sans plus jamais songer aux critiques corrosives et malsaines que son ex-fiancé – ou bien tout autre homme – serait susceptible d'émettre.

Et voilà que subitement, cette angoisse refaisait surface.

— Tout est toujours sexy sur toi, affirma Axel en fronçant les sourcils.

Puis il fit un geste de la main, entre lassitude et impuissance.

— Tu ressembles à une star de cinéma qui s'apprêterait à remonter un putain de tapis rouge... mais encore un cran au-dessus des autres.

Sonia inspira profondément, s'apercevant qu'elle avait retenu son souffle.

Si ça s'apparentait plutôt à un compliment, l'expression d'Axel était un peu trop sombre cependant pour ne pas prêter à confusion.

— Et c'est mal ? s'enquit-elle prudemment.

Axel haussa les sourcils, les paupières légèrement alourdies.

— Pas du tout, Princesse. Tu es éblouissante de perfection.

Puis, sans lui laisser le loisir de le remercier, il la contourna, le regard rivé au sol.

— Bon, je vais prendre une douche et me changer, avisa-t-il d'un ton neutre, un peu étrange. Ne t'inquiète pas, je me grouille. On sera à l'heure à ta petite sauterie.

— Axel, l'appella-t-elle.

Il fit volte-face et l'observa d'un air étonné.

— Quoi ?

Sonia haussa les épaules, le cœur lourd tout à coup, sans savoir pourquoi. Puis elle décida de céder, d'obéir à cette force curieuse qui la poussait irrémédiablement vers lui.

Un peu d'audace, que diable ! s'auto-encouragea-t-elle.

Quand elle jouait la comédie, rien n'était plus facile. En revanche, dès lors qu'il s'agissait d'être elle-même et de laisser parler ses véritables émotions, c'était une tout autre histoire.

Elle avança jusqu'à se retrouver à seulement quelques centimètres de lui. Puis elle inclina la nuque, attendant qu'il vienne chercher ce qu'il avait souhaité.

— Bien sûr, quel abruti, murmura-t-il comme pour lui-même. Mon baiser…

Un sourire de guingois, mais à la fois bouleversant de charme et de sincérité, réapparut sur son visage.

Il plaça les mains de part et d'autre de sa taille, ses pouces effleurant son ventre, et se pencha sur elle. Puis il prit ses lèvres avec une telle douceur, avec tant de précautions, que Sonia sentit son cœur gonfler dans sa poitrine.

En même temps que des frissons naissaient dans le sillage de chacun de ses effleurements.

Elle s'accrocha à son cou, retrouvant alors les mêmes sensations incroyables, cette tempête électrique qu'immanquablement il éveillait en elle. Elle caressa sa peau, étonnamment soyeuse à cet endroit. Puis ses doigts s'engouffrèrent sous les mèches ondulées et rebelles qui retombaient le long de sa nuque.

Axel s'inclina davantage, sa langue appelant la sienne avec de plus en plus de ferveur et d'avidité.

Quand soudain, il se redressa, rompant brutalement leur étreinte, dans un gémissement étranglé, une grimace de frustration peignant ses traits.

— OK, mieux vaut qu'on s'en tienne là pour ce soir, décréta-t-il, ses mains redessinant cependant le creux de ses hanches, glissant lentement sur le tissu de sa robe, comme si leur maîtrise lui échappait peu à peu. Je ne me fais pas complètement confiance sur ce coup-là... je risque fort de nous mettre en retard, si je m'écoute. Et on n'a pas vraiment besoin de ça, toi et moi, pour se faire remarquer, tu ne penses pas ?

Il attrapa le poignet de Sonia, le ramena devant lui et embrassa l'intérieur de sa paume, les paupières closes.

— Axel...

— Je reviens dans quelques minutes, d'accord ? la coupa-t-il. Attends-moi, je t'assure que je ne serai pas long.

Il fit mine de l'abandonner là, mais elle le retint, saisissant son bras. Il cilla, décontenancé, et ouvrit la bouche pour parler.

Mais cette fois elle le devança :

— Écoute, si tu n'as plus envie de venir, ce n'est pas grave, tu sais.

Il semblait si bizarre ce soir, tellement nerveux, qu'il commençait sérieusement à l'inquiéter.

Ils n'avaient certes pas énormément de temps devant eux, néanmoins Axel avait encore un peu de marge pour se préparer.

Pourquoi, soudain, était-il aussi obnubilé par la ponctualité ? Et pour quelle raison se feraient-ils plus remarquer que les autres ?

Axel plissa les paupières et la dévisagea quelques secondes, comme si elle venait de lui parler chinois. Puis il prit une expression contrariée, un peu amère.

— Et permettre à tous les autres mecs là-bas de croire que tu es célibataire ? Jamais de la vie. Il n'y a pas moyen que je te laisse y aller seule.

Sonia le relâcha et croisa les bras, consternée.

— C'est seulement pour cette raison que tu veux m'accompagner ?

Axel désirait-il, lui aussi, la garder à l'œil ? La surveiller constamment dès lors qu'elle sortait en public ? Comme si elle était susceptible de dérailler à tout moment... comme si elle était beaucoup trop faible et écervelée pour être vraiment digne de confiance.

— Non, je t'accompagne avant tout parce qu'on se *fréquente*, articula-t-il lentement, feignant de s'adresser à quelque enfant. Tu te souviens de ce détail ?

La nervosité d'Axel semblait être communicative...

Sonia s'apprêtait à lui retourner une réplique de son cru, le tour que prenait la conversation et le ton sur lequel il lui parlait ne lui plaisant guère. Mais elle se ravisa au dernier instant.

C'était elle qui lui avait demandé de venir. Elle ne pouvait donc décemment pas lui reprocher de tenir à l'accompagner. Peut-être avait-il tout simplement mal interprété sa première question, après tout.

— Tu veux venir, je veux que tu viennes, résuma-t-elle. Je ne vois pas où est le problème.

— Moi non plus, assura-t-il en crispant néanmoins les mâchoires.

Là-dessus, il traça jusqu'à sa chambre, dans laquelle il s'enferma.

Sonia enfilait ses escarpins – après avoir mis son rouge à lèvres, ainsi que du parfum et quelques bijoux – quand il en ressortit. Soit à peine dix minutes plus tard.

Elle avait laissé la porte de son dressing ouverte, mais Axel ne s'y arrêta pas. Il remonta le couloir au pas de course et alla l'attendre dans le salon.

Assis dans le canapé, il se releva à l'instant où elle le rejoignait.

— Tu es prête ? lança-t-il, pour la forme.

Sans attendre de réponse, ni lui accorder un regard, il se dirigea vers l'entrée.

Elle avait à peine eu le temps de le voir. À peine eu le temps de constater qu'il avait taillé sa barbe un peu plus court, que ses cheveux étaient moins en désordre que d'ordinaire, les mèches qui lui retombaient habituellement dans les yeux ayant été peignées vers l'arrière.

Sonia le suivit et ne put s'empêcher de l'observer.

— Le violet ou un autre ? demanda-t-il en lui tendant son manteau.

— Celui-ci ira très bien, merci, lui confirma-t-elle en saisissant le vêtement, avant de remarquer : C'est un nouveau costume ?

Axel laissa tomber ses bras le long de son corps, comme si cette question le prenait autant au dépourvu qu'elle le dérangeait.

— Mouais, acquiesça-t-il avec une moue un peu dépitée.

Pourtant, cette tenue lui allait particulièrement bien. Si la veste, gris foncé, n'était pas aussi ajustée que la tendance actuelle l'exigeait, elle mettait néanmoins en valeur le contraste entre ses épaules carrées et la finesse de ses hanches. Il portait dessous un gilet de même teinte ainsi qu'une simple chemise noire, dont il avait déboutonné les poignets afin qu'ils ressortent de ses manches de costume, couvrant en partie le dos de ses mains. Et son col était un peu plus ouvert que la bienséance ayant cours à ce genre de soirée ne l'autorisait.

Mais c'étaient ces petits détails, rebelles et un peu rock, qui faisaient tout son charme.

— Tu ne tiens plus tant que ça à ce que je vienne, n'est-ce pas ? présuma-t-il brusquement.

Sonia battit des paupières, interdite.

— Mais si, enfin.

En fait, elle ne se voyait pas aller à cette réception sans lui. Passer toute une soirée loin de lui étant à peine envisageable.

Évidemment, présenter Axel à son père et son frère risquait d'être un peu délicat, dans la mesure où il détonnait clairement du style de personnes que dans la famille on avait coutume de fréquenter. Mais elle s'en fichait pas mal.

Quelle importance qu'il ne soit pas chef d'entreprise et ne s'exprime pas toujours de façon très distinguée, du moment qu'elle se sentait bien avec lui ?

Ses proches sauraient forcément faire la différence entre lui – avec lequel elle avait, contre toute attente, fini par tisser de véritables liens – et les hommes rencontrés à la hâte – sélectionnés selon des critères très différents, de manière à plaire aux autres avant tout – qu'elle ne ramenait que pour entretenir le mensonge autour d'elle.

— Alors qu'est-ce qu'on attend au juste ? l'interrogea Axel. Pourquoi tu ne mets pas ton manteau ?

Sonia se rendit subitement compte qu'elle avait encore le vêtement à la main.

Elle l'enfila hâtivement, tout en expliquant :

— Je te regardais, c'est tout.

— Ah, OK, opina-t-il en hochant la tête, les lèvres pincées, comme s'il avait un peu de mal à intégrer l'idée. Je sais, j'ai l'air d'un employé des pompes funèbres. Mais c'est les seuls trucs potables que j'ai pu dégotter pas trop cher au supermarché. Alors bon, il faudra faire avec. J'aime à croire que c'est quand même mieux que mes vieilles fringues usées.

Axel avait acheté une nouvelle tenue uniquement pour cette soirée ? Pour elle ? Lui qui, de toute évidence, ne renouvelait que très rarement ses penderies ?

Après son petit discours sur le fait qu'il refusait qu'on lui prête ou lui offre quoi que ce soit, c'était d'autant plus inattendu que… qu'adorable.

— Tout est toujours sexy sur toi, lui glissa-t-elle à l'oreille tandis qu'il déverrouillait la porte, lui retournant sa propre remarque. Et au passage, je n'ai encore jamais assisté à un enterrement dans lequel officiait un employé des pompes funèbres aussi séduisant.

Il pouffa spontanément de rire et pivota pour déposer un rapide baiser sur sa joue.

— Ben, ça m'arrange, franchement, conclut-il, avant de franchir le seuil.

37

Chien dans un jeu de quilles cherche issue de secours

Axel

Le lieu de réception étant un hôtel particulier en plein cœur de Paris, situé pas très loin de l'appartement de Sonia, le trajet fut relativement rapide. Ce qui leur permit d'arriver pile à l'heure sur place.

Sonia avait beau avoir expliqué à Axel qu'il devrait laisser sa bagnole à un voiturier, il eut, le moment venu, toutes les peines du monde à céder ses clés au type en costard – de bien meilleure qualité que le sien, sans l'ombre d'un doute – qui les lui réclama.

Mais il prit sur lui et, tout en serrant les dents, s'efforça de faire comme si rien n'était plus normal que de refiler ce qu'il avait de plus coûteux en sa possession à un parfait inconnu.

Dire qu'il était stressé à l'idée de la soirée qui s'annonçait était un doux euphémisme.

En fait, il ne se rappelait pas avoir jamais été aussi anxieux – pas même pour le permis. Ça aurait été tellement plus facile et tranquille si le bon déroulement de ces festivités à la con l'avait totalement indifféré.

Mais non, il n'y avait rien à faire.

Pour la première fois de sa vie, Axel se découvrait malgré lui des envies de plaire. Ou plutôt de ne pas déplaire – ce serait déjà pas mal – aux proches de Sonia.

Ce qui, il le pressentait, risquait d'être plutôt compliqué.

Il avait l'amère impression de foncer droit au cassepipe, redoutant plus que n'importe quoi d'autre de tout faire foirer – tout en sachant que c'était davantage qu'une simple possibilité.

Si quelqu'un comme son propre père, ou encore son frère, expliquait à Sonia combien elle méritait mieux qu'un pauvre type comme lui, finirait-elle par ouvrir les yeux sur son compte et par changer d'avis au sujet de leur relation ?

Axel voulait croire que non. Mais il ne pouvait se retenir d'y songer. D'envisager le pire…

Ils venaient tout juste de descendre de voiture et, plutôt que de s'engouffrer à la suite des autres invités dans le petit immeuble à l'architecture baroque pompeuse dans lequel était censée se dérouler la soirée, Sonia s'était naturellement tournée vers le petit groupe des inconnus qui franchissait le portail, comme pour les attendre.

— Il fait quoi déjà, dans la vie, ton père ? lui demanda-t-il tandis que deux hommes en costumes étriqués – et balais dans le cul fournis avec – se dirigeaient vers eux, une jeune femme enceinte marchant aux côtés du plus jeune.

En réalité, Axel était presque certain que Sonia ne le lui avait jamais dit.

— Il dirige un cabinet d'avocats, lui apprit-elle en haussant les épaules avec une indifférence qui époustoufla Axel. Mon frère est dans la finance, par contre. Un sujet épineux qu'il ne vaut mieux pas évoquer en présence de mon père.

Bordel, sans déconner ?!

Un paternel à la tête d'un putain de cabinet d'avocats et un frangin dans la finance ? Merde alors, où avait-il foutu les pieds ?

Ah ça, aucun problème, il ne risquait pas de lancer l'un ou l'autre sur le sujet de leur profession. Ce n'était pas comme si ce genre de trucs était susceptible de l'intéresser, de toute façon.

— Ma reconversion est *aussi* un sujet épineux, ajouta-t-elle en pinçant les lèvres. Mais ça, ça viendra forcément dans la discussion à un moment ou à un autre, c'est inévitable.

— Ta *reconversion* ? répéta Axel, soudain dérouté, en lui jetant un coup d'œil furtif.

— J'ai arrêté l'école de commerce à seulement quelques mois de ma soutenance de fin d'études, lui chuchota-t-elle à l'oreille, les inconnus bientôt à leur hauteur. J'ai tout plaqué pour aller vivre au Pérou pendant près d'une année et devenir photographe d'art.

Puis elle leva un sourcil à son intention, comme pour souligner l'ampleur de la déception qu'elle imaginait avoir causée à ses proches en renonçant à une carrière des plus prometteuses pour suivre sa passion.

Axel accusa difficilement le coup cette fois et eut du mal à conserver une expression neutre.

Bien sûr qu'elle avait fait de longues études…

Comment avait-il pu ne pas y songer ?

Sonia ne pouvait pas juste être une artiste de grand talent, elle était également très intelligente et extrêmement instruite. Une nouvelle information dont il se serait présentement passé.

Elle était déjà tellement éloignée de lui, dans tant de domaines divers, à commencer physiquement. Surtout ce soir, dans cette tenue, si bien apprêtée qu'elle en était absolument renversante... écrasante de perfection.

À force de ne plus croiser que son regard bienveillant, de vivre en vase clos avec elle, de n'être tout le temps que tous les deux, Axel avait quasiment réussi à oublier à quel point ils étaient différents. Elle si belle, si lumineuse, et lui tellement insignifiant et laid, avec sa sale tronche de balafré.

Cette soirée promettait d'être une bonne piqûre de rappel, il n'en doutait pas une seconde. À plus forte raison qu'il pouvait déjà percevoir dans le regard du plus âgé des deux hommes tout près d'eux le dédain glacial avec lequel ce dernier le considérait.

Bon sang, pourquoi avait-il jugé bon de peigner la masse hirsute qui lui servait de chevelure, replaçant ainsi vers l'arrière les mèches derrière lesquelles il aimait tant dissimuler ce visage qu'il détestait ?

Ce visage qui trahissait insolemment – parmi tant d'autres choses – quel genre de petit voyou il était en vérité.

En cet instant, cette pseudo-protection lui faisait gravement défaut...

Mais il tenait avant tout à être présentable, à faire quelques efforts pour que Sonia n'ait pas trop à rougir de s'afficher avec lui. Et il y avait presque cru lorsqu'elle lui avait susurré qu'il était séduisant...

Presque.

Il pouvait toujours s'acharner à essayer d'être quelqu'un d'autre, jamais il n'arriverait à tromper qui que ce soit. C'était peine perdue, il le savait pertinemment.

— Papa, je te présente Axel, lança joyeusement Sonia, après avoir embrassé le plus âgé des deux hommes.

Brun, les yeux gris, une mâchoire carrée, digne de Superman, et un physique irréprochable. Un truc de famille, apparemment…

— Axel, voici Edgar, mon père, poursuivit Sonia.

— Enchanté jeune homme, commença ce dernier en lui tendant la main.

Qu'il lui serra à lui en broyer les doigts. Une attention sournoise, démentant on ne peut plus clairement ses paroles.

Message reçu, il ne convenait clairement pas pour le poste de petit ami de sa fille. Jusque-là, rien de très original. Sa gueule revenait rarement aux gens en règle générale, alors à un père…

N'empêche que ça faisait chier.

Il n'avait encore pas ouvert la bouche que c'était déjà raté. Il n'arriverait guère à ne pas déplaire au père de Sonia.

Axel parvint à garder un visage impassible et rendit de bon cœur sa poignée de main pour le moins musclée à Edgar. Si bien qu'il vit les épais sourcils de ce dernier se soulever légèrement de surprise sous l'effet de sa poigne.

Parce qu'il pensait peut-être qu'il n'allait pas réagir et s'aplatir mollement face à ce type de petit affront vicieux ? Et puis quoi encore ?

— Pareillement, lui retourna Axel avec un sourire feint.

— Mon frère, Nicolas, reprit Sonia en désignant une version plus jeune et plus blonde de leur paternel. Et son épouse, Bénédicte.

Une jeune femme au ventre arrondi par la grossesse, mais à la tenue néanmoins exemplaire, très élégante.

Axel salua tout ce petit monde, affreusement conscient d'être l'objet de toute l'attention.

— Tu es très en beauté ce soir, ma chérie, lança Edgar à l'intention de Sonia. Ça change de te voir les cheveux détachés.

Curieux, Sonia avait pourtant plus l'habitude de laisser sa chevelure libre, ses mèches d'or clair cascadant sur ses épaules, que de l'emprisonner en une quelconque coiffure.

— C'est vrai, tu es ravissante, attesta Nicolas, ponctuant son compliment d'un clin d'œil pour sa cadette. Enfin, comme toujours.

— Merci, souffla Sonia en baissant le nez, pas spécialement plus à l'aise que lui, selon toute vraisemblance. On devrait peut-être entrer maintenant, vous ne croyez pas ?

— Alors Axel, si vous nous parliez un peu de vous, proposa Nicolas dès qu'ils furent dans la salle de réception – après avoir abandonné leurs manteaux au vestiaire, puis franchi un hall à la déco digne d'un château. Puisque ma petite sœur ici présente a préféré ne nous révéler votre existence qu'il y a seulement quelques jours.

Normal, il y a seulement quelques jours, Sonia et lui n'avaient même pas encore décidé de se *fréquenter*. Mais ça, ça ne regardait personne.

— Axel est informaticien, répondit Sonia à sa place, tandis qu'il réfléchissait encore à la question. Il travaille dans une grosse société de développement de logiciels de sécurité informatique, basée quartier de La Défense. Vous savez, la boîte d'Aidan Stern, le fiancé de mon amie Scarlett. Axel a intégré l'entreprise depuis peu, mais il a déjà une bonne place là-bas.

Ah oui ?

Axel ne put s'empêcher de se sentir un peu irrité d'entendre Sonia broder ainsi pour vanter ses mérites auprès de ses proches. Comme si la vérité ne lui suffisait pas…

Puis il réalisa que *c'était* la vérité.

Sonia n'avait rien dit qui ne soit pas juste. Il possédait désormais bel et bien le statut d'informaticien, c'était indéniable. Et il avait une place au sein de l'entreprise que déjà d'autres lui enviaient. Une place des plus correctes. Inaccessible d'ordinaire pour quelqu'un qui n'avait pas l'ombre d'un diplôme.

Peut-être pas dans les meilleures, c'était certain. Mais une *bonne* place tout de même, elle avait raison.

— Vraiment ? s'étonna Edgar en se permettant tout à coup de le dévisager ouvertement. N'en prenez pas ombrage, mais vous n'avez pas du tout une tête d'informaticien.

— Papa, soupira Sonia, manifestement aussi gênée qu'agacée.

— C'est aussi probablement ce que pensent mes collègues, commenta aussitôt Axel – peut-être un peu trop spontanément. Heureusement pour moi, mon patron est quelqu'un de pragmatique et s'est basé sur des critères plus concrets et prosaïques quand il a décidé de m'engager.

Sonia sourit à sa répartie, visiblement admirative de voir qu'il pouvait parfaitement tenir tête à son paternel – sans pour autant se montrer grossier, s'entend.

Ce qui ne fut en revanche pas le cas de ce dernier, qui parut n'apprécier que très moyennement.

— Comme tout bon patron qui se respecte, renchérit Nicolas avec un petit rire transpirant l'embarras.

— Bien entendu, concéda Edgar, avant de faire signe à un serveur qui ne venait apparemment pas assez vite à son goût.

Celui-ci portait d'une seule main un plateau argenté, rempli de coupes de champagne, et s'empressa de zigzaguer entre les convives pour les rejoindre.

La soirée allait être longue… très, très longue. Pourquoi avait-il accepté de venir, déjà ?

Ah, oui, parce que Sonia le lui avait demandé et qu'il ne pouvait rien lui refuser. D'autant plus lorsqu'elle avançait comme argument que c'était ce qu'un couple faisait, tandis qu'il en était encore à tenter de lui faire reconnaître qu'il existait quelque chose entre eux.

Axel avait beau craindre le crash en flammes, il n'empêche que l'accompagner à cette réception à la con revenait à confirmer qu'ils étaient ensemble, il l'avait bien compris. Une autre étape, un passage obligé en quelque sorte afin de conserver et asseoir sa place auprès d'elle.

En outre, pour rien au monde il n'aurait passé son tour. Elle était à lui et il voulait que la terre entière le sache.

Lorsque le serveur approcha le plateau de lui, Axel prit une première coupe pour la donner à Sonia, puis en récupéra une seconde pour lui-même. Qu'il avala presque d'un trait tant il était tendu.

Avant de constater que Sonia avait décidé de l'imiter.

Elle lui adressa une grimace entre dérision et dépit, parce qu'elle avait forcément remarqué la manière peu amène dont son père le traitait.

Lui s'en remettrait, évidemment. Mais il espérait qu'elle n'avait pas trop compté sur ces présentations, qu'elle n'y attachait pas plus d'importance que ça. Puisque de toute évidence, il avait déjà échoué à l'examen d'entrée.

Tandis qu'Edgar et Nicolas commençaient à discuter avec certains des convives de leur connaissance alentour, Axel fit des yeux le tour de la salle.

Mais dans quelle galaxie avait-il été propulsé ?

Les murs étaient encombrés de moulures dorées ronflantes et le plafond se terminait en un dôme de verre fastueux. Sur les côtés, des tables entières de petits fours raffinés et colorés.

Des trucs si minuscules que c'en était presque risible. Mais qui semblaient en même temps tellement complexes et alambiqués et en une telle profusion que c'en était juste impressionnant.

Tous les autres invités étaient affublés de tenues de soirée dignes d'une remise d'Oscars. Ils jacassaient entre eux avec hauteur, le menton grotesquement relevé, de façon si affectée qu'on aurait cru de très mauvais acteurs sur le tournage d'un quelconque film sur la jetset parisienne.

Ridicules à souhait…

Quoique non, le plus ridicule ici, c'était forcément lui.

Il n'avait rien à faire là, parmi tous ces gens d'un autre monde.

C'était lui, l'intrus.

Il le savait. Et tous le savaient. Ça se voyait comme le nez au milieu de la figure.

Aussi aisément perceptible que ces saloperies de cicatrices marquant son visage…

— Ah, Sonia, tu es là, lança une femme en longue robe de satin rouge foncé, fendant la foule vers eux.

La belle-mère de Sonia, Charlotte, également l'organisatrice du gala de charité.

Sonia se lança à nouveau dans les présentations et cette fois Axel ne décela aucune animosité de la part de la dénommée Charlotte, aussi étonnant que ça puisse paraître.

— Axel, ce n'est pas un prénom très courant, fit remarquer cette dernière avec le même sourire ultrabright que tous les autres, mais qui semblait plutôt sincère. D'où est-ce que ça vient ?

Axel prit sur lui – d'autant que Sonia l'observait soudain avec curiosité, comme si elle aussi se posait la question à présent – et décida de raconter cette anecdote, plus à l'adresse de la jeune femme qu'à celle de Charlotte.

Sans y glisser de jurons.

En soignant autant que possible son langage. Ce qui n'était pas une mince affaire…

— D'un point de vue étymologique, je ne pourrais pas vous le dire, reconnut-il, parce qu'il ne s'y était jamais vraiment intéressé. Mais je sais en revanche que ma mère aimait l'histoire. En particulier celle, assez tragique, de Marie-Antoinette. Si j'ai bien compris, je dois mon prénom au grand amour de la reine, Axel de Fersen.

— Comme c'est romanesque, décréta Charlotte, la tête inclinée sur le côté. Tout à fait charmant, vraiment.

— Charlotte a raison, lui confirma Sonia en lui prenant la main – un contact délicieux, plus que bienvenu, qui lui fit presque oublier où ils étaient. Je trouve ça très romantique, moi aussi. Et plutôt étonnant, en fait.

Il était certain qu'il n'avait pas exactement l'allure d'un type qu'on avait baptisé en l'honneur d'une histoire d'amour contrariée, à l'issue on ne peut plus dramatique. Puis, ce n'était pas non plus le genre de truc qu'il confiait à tout le monde.

En réalité, en dehors de ses sœurs, personne ne connaissait ce détail.

Et c'était très bien ainsi.

— Ma belle, reprit Charlotte en reportant son regard sur Sonia. Il y a encore quelques broutilles à régler à propos du cliché que tu veux mettre aux enchères ce soir. Et des tas de gens souhaitent te saluer et te complimenter au sujet de ton travail. Vous m'accompagnez, les jeunes ?

Sonia se tourna vers Axel.

— Tu viens ? l'interrogea-t-elle prudemment. Je vais te présenter à tout ce petit monde.

Mais si Sonia paraissait réellement tenir à ce qu'il soit avec elle tandis qu'elle gèrerait ce qui avait plus l'air de relever du domaine professionnel qu'autre chose, lui se sentait carrément de trop sur ce coup-là. Sans compter qu'il ne voulait surtout pas risquer de la gêner dans son travail.

— Je vais plutôt faire un petit tour, déclina-t-il. Prendre un peu l'air. Va faire ce que tu as à faire. On se retrouve pour le dîner, de toute façon.

Sonia fronça les sourcils, une expression contrariée et un peu inquiète peignant alors ses traits délicats.

— Tu es sûr ? insista-t-elle en se rapprochant de lui.

— Ouais, acquiesça-t-il tout bas, avant de déposer un bref baiser sur sa joue. Je suis sûr. Pas de souci, mon ange, va avec ta belle-mère.

Axel relâcha ses doigts à contrecœur, puis il la suivit des yeux, tandis qu'elle s'engouffrait dans la foule à la suite de Charlotte.

Le temps qu'il vide une deuxième coupe de champagne et se retourne en direction de la masse bigarrée des convives, Sonia était déjà au centre de la pièce, sollicitée par des tas de gens.

Principalement des hommes.

Des hommes jeunes pour la plupart. Et beaux aussi, pour la plupart. Et friqués, nécessairement. Et...

Et tout ce qu'il n'était pas.

Bordel, il n'avait suffi que de quelques minutes et quelques mètres de distance entre eux pour que tout à coup, des tas de regards masculins se rivent à elle. Tous unanimement admiratifs.

Et concupiscents, pour l'immense majorité.

Bien plus qu'il ne pouvait le supporter...

38

Des règles à la con

Axel

— Je crois bien que ça y est, elle surpasse sa mère désormais, déclara une voix d'homme dans son dos.

Axel se retourna brusquement, surpris de trouver le père de Sonia juste derrière lui. Ses yeux semblaient perdus dans le lointain, mais étaient en réalité fixés sur sa fille.

Edgar avala une lampée de champagne, puis, avant qu'Axel ait pu répondre quoi que ce soit, reprit :

— Elle est vraiment sublime, ne trouvez-vous pas ?

Axel n'était pas dupe. Le père de Sonia ne s'était pas rapproché de lui pour avoir une discussion cordiale à propos de l'indiscutable beauté de sa fille. Ils étaient seuls, sans personne autour pour qui feindre d'être cordial l'un envers l'autre.

Une perspective qui n'était pas exactement pour le réjouir…

— Évidemment, maugréa Axel, décidant d'abandonner les faux-semblants pour aller droit au but, sachant pertinemment où désirait en venir Edgar. Beaucoup trop bien pour un type comme moi. Ne vous inquiétez pas, ce n'est pas la peine de vous casser le cul à me sortir une formule de votre cru, à la fois assassine et raffinée, pour me faire passer le message. Je suis *déjà* au courant.

Edgar haussa derechef un sourcil, apparemment légèrement pris de court.

Axel ne voulait pas entendre ce qu'il avait à lui dire. Il n'avait pas besoin qu'on lui rappelle encore ce genre de choses. La soirée ne faisait que commencer et il se sentait assez mal comme ça.

Tous ces hommes tournant autour de Sonia – sans qu'elle ne fasse strictement rien, qui plus est, pour attirer leur attention – n'étant par ailleurs pas loin de lui porter le coup de grâce...

— Si vous le prenez de cette façon, mon vieux... philosopha Edgar en vidant sa coupe.

— Et de quelle autre façon devrais-je le prendre ?

Merde, il perdait déjà son sang-froid. Ce qui ne présageait rien de bon pour la suite...

— Vous vous emballez un peu, Axel, rétorqua Edgar d'un ton placide, une expression neutre, très calme – très exaspérante – sur le visage. Puisque vous semblez relativement enclin à vous montrer réaliste, vous devriez par conséquent savoir que vous n'êtes jamais que de passage dans la vie de ma fille, comme tous les autres hommes qu'elle nous a ramenés ces dernières années. Alors quelle importance, sincèrement, ce que je pense de tout cela ? Nous avons glané quelques informations sur vous et il est vrai, je le reconnais volontiers, que je ne tiens pas à ce que vous vous attardiez avec elle. Mais pour ça, je lui fais confiance. Sonia saura très bien vous laisser de côté dès qu'elle se sera lassée, ce qui survient généralement assez vite. De surcroît, ça lui ressemble si peu de s'encanailler de la sorte, voyez-vous. Navré de devoir vous l'apprendre, mais vous ne faites tellement pas le poids en comparaison de ses précédents compagnons.

Une minute, des informations ? Sur lui ?! C'est-à-dire ? Et puis, qui ça, *nous* ?

Bordel, qu'est-ce qu'Edgar avait pu découvrir ?!

Axel traînait peut-être un énorme paquet de casseroles derrière lui, mais ce n'était pas comme s'il avait eu un casier judiciaire – quand bien même y avait-il échappé de justesse. Edgar n'avait pas pu dénicher grand-chose sur son compte, ce n'était pas possible. Rien de ce qui s'était passé avec Aidan ne pouvait être prouvé, de ça, il en était certain.

Concernant son passé, c'était un peu plus flou, bien entendu. Mais enfin, son histoire personnelle relevait du domaine privé et ne se trouvait pas en quelques clics sur Google. Sans compter que cet emmerdeur d'Edgar n'était ni détective ni baron de la mafia. Juste un enfoiré d'avocat. Faire craquer les gens faisait partie de son métier. Il bluffait, nécessairement. Et Axel ne se laisserait pas impressionner par des menaces lancées au hasard, jetées dans le vide comme un hameçon, dans l'espoir d'attraper les plus idiots des poissons.

Quant aux *précédents compagnons*, quelle bonne blague ! Entre cette ordure de Geoffrey et les hommes de paille ayant servi à consolider les murailles que Sonia avait édifiées pour la séparer des autres, Axel savait qu'il n'y avait en vérité aucun défi pour lui à soutenir la comparaison – et de très loin même. Mais Edgar ne pouvait bien entendu pas s'en douter.

Pourtant, cette réflexion en particulier – la plus absurde et infondée de toutes – l'égratigna et faillit le mettre à terre…

Toutefois, Axel n'était pas du genre à s'écraser et n'avait jamais su réagir sereinement face à la provocation. Il lutta pour avaler une bouffée d'air et serra les poings si fort que ça en devint douloureux, tentant tant bien que mal de se contenir.

Non, il ne frapperait pas Edgar.

Non, il ne l'insulterait pas non plus.

Il devait absolument se reprendre.

Parce que là, tout de suite, tout ce dont il avait envie, c'était cogner ce connard. Ou s'enfuir, quitter lâchement la réception…

Après tout, n'avait-il pas eu sa dose d'hostilités pour les années à venir ?

Comme il ne ferait ni l'un ni l'autre – la couardise n'était pas exactement dans ses habitudes et, bien que l'impulsivité le fut nettement plus en revanche, il n'était tout de même pas stupide au point de refaire le portrait du paternel de Sonia en pleine soirée mondaine –, il opta donc pour une défense en bonne et due forme. Parce que après tout, c'était encore son droit.

Et puis merde, non, il ne se laisserait pas reconduire à la porte ! Pour ça, il faudrait le traîner par la peau du cou…

— Et vous croyez connaître votre fille ? ironisa sèchement Axel en plissant les paupières, retrouvant heureusement sa morgue coutumière. C'est quand même marrant que tous les proches de Sonia aient un putain d'avis sur ses fréquentations, que tous, vous vous intéressiez davantage aux gens qu'elle côtoie plutôt qu'à elle-même, mais qu'aucun d'entre vous ne soit foutu de voir plus loin que le bout de leur nez. Vous savez quoi ? Ça en dit aussi plutôt long sur vos relations avec elle et sur la couche d'hypocrisie compassée qui vous sépare d'elle. Toujours est-il qu'il faudra vous y faire, parce que autant que ce soit clair, je suis très loin de ne faire que *passer*. J'aime votre fille et je compte bien occuper la place qu'elle m'a attribuée pendant un sacré bout de temps. Et si vous n'êtes pas content, ben c'est pareil, *mon vieux*. Sachez que je vous emmerde.

OK, il avait peut-être un peu dérapé sur la fin… Mais comment rester de marbre face à ce flot d'attaques déloyales ?

Et… Oh, bon Dieu, il avait dit quoi ? Qu'il *aimait* Sonia ?

C'était la première fois que ça lui échappait. Pour autant, et même si c'était effrayant, ça n'en était pas moins vrai.

Il était fou amoureux d'elle. Il ne pouvait plus se voiler la face en prétendant n'éprouver pour elle que de simples sentiments, ça allait bien au-delà.

Edgar fit rouler le pied de sa coupe vide entre ses doigts, examinant la fine goutte dorée qui dansait au fond, l'air pensif.

— Très spirituel, lâcha-t-il sombrement. Tant mieux pour vous si vous y croyez. Malgré tout, vous allez rapidement déchanter, je vous le garantis. Vous n'êtes pas tout à fait le seul en lice, vous saisissez ?

Sur cette dernière menace – par ailleurs, on ne peut plus cryptique –, Edgar tourna les talons, abandonnant Axel, seul au milieu de tous ces inconnus tout droit sortis d'une autre galaxie.

Axel jeta à nouveau un coup d'œil en direction de Sonia. Lointaine et étincelante princesse, lui paraissant de nouveau aussi inaccessible qu'au premier jour.

Elle était en grande conversation avec un crétin portant une connerie de catogan. Un autre artiste, probablement. Lequel était penché vers elle, comme s'il avait été dans une boîte de nuit où la musique, trop forte, empêchait d'entendre son interlocuteur.

Quelle technique d'approche minable, franchement !

Axel était tenté de fendre la foule pour en faire la remarque à ce mariolle. Mais pour le bien de tous, il s'en abstint, rongeant son frein, tandis que les regards des autres hommes sur Sonia semblaient s'être encore multipliés.

Quand Edgar évoquait une possible concurrence, faisait-il allusion à l'un de ces abrutis ? À plusieurs d'entre eux peut-être ?

Axel soupira, puis s'éloigna.

Il fallait que Sonia fasse son boulot. Mais la regarder s'entretenir avec d'autres mecs était décidément trop difficile pour lui.

Il traîna ses guêtres dans les différentes pièces du bâtiment ouvertes au public. Puis il finit par atterrir dans une salle immense, tout aussi prétentieuse que les autres, dans laquelle on finissait de dresser une multitude de tables rondes et d'organiser l'espace sur une estrade, tout au fond.

— Le pirate, comme on se retrouve ! l'interpella soudain Nancy, la soi-disant meilleure amie de Sonia, remontant la pièce dans sa direction.

— Putain, mais quel enfer ! grogna-t-il.

Cette garce n'avait pas non plus été tendre avec lui, la dernière fois qu'il l'avait croisée. Et en cet instant, il avait avant tout besoin d'un peu de paix.

Il finirait par péter un câble si on continuait à le chercher…

— Ça n'a pas l'air d'aller ? feignit-elle de s'inquiéter, se moquant quasiment ouvertement de lui.

— Non, admit-il. Et on ne peut pas dire que ce soit en train de s'arranger !

Là-dessus, il lui tourna le dos et se dirigea vers les grandes portes qui l'avaient mené ici.

Mais Nancy pouffa subitement de rire, comme s'il venait de sortir une bonne plaisanterie. Ce qui le stoppa dans son élan, trop intrigué pour ne pas faire volte-face.

— Pas très malin de te prendre la tête avec Edgar, observa-t-elle avec une grimace. Je croyais pourtant que tu tenais absolument à être présenté au père de Sonia, à rentrer dans ses petits papiers d'homme du monde. Tu sais, ce genre de trucs.

Formidable… Donc ça signifiait que leur échange houleux avait été remarqué ?

La soirée pouvait-elle être encore plus merdique ?

— C'était juste une vanne, se défendit-il en se remémorant la séance de comédie que Sonia et lui avaient jouée à Louise et Nancy quelques jours plus tôt. J'ai une tronche à aimer rencontrer les parents des autres ?

Nancy eut une moue dubitative.

Puis elle se mit à tourner autour de lui, l'étudiant de pied en cap, tel un vautour affamé.

— Je n'y crois pas. Sonia t'a laissé venir habillé comme ça ? C'est dingue ! Ce n'est pas en te sapant comme un plouc, avec un costume de sous-marque porté n'importe comment, que tu vas arriver à quoi que ce soit ici, tu es au courant ?

— Merde alors, ça voudrait dire que je viens de rater mon unique chance de monter dans ce putain d'ascenseur social ? la railla-t-il. Tous mes petits plans machiavéliques pour parvenir à mes fins viendraient donc de tomber à l'eau ? Quelle poisse, je ne serai jamais maître du monde à ce rythme-là !

Axel secoua la tête, désabusé, tandis que Nancy fronçait les sourcils, le scrutant curieusement.

— D'accord, j'y suis peut-être allée un peu fort l'autre jour, finit-elle par admettre. Puis, je reconnais que je suis très étonnée que Sonia ne t'ait pas encore jeté. Il doit y avoir une raison à ça.

Pardon ?

Incroyable… ça ressemblait presque à des excuses, non ?

— Tu n'es sans doute pas si intéressé ni vénal que ça, en fin de compte, concéda Nancy. Tu as l'air de bien trop te faire chier à cette soirée pour être malhonnête.

— Alors ça se voit tant que ça ? se renseigna-t-il, subitement un peu inquiet à l'idée d'embarrasser une nouvelle fois Sonia.

— On dirait que tu vas te pendre, lui confirma Nancy. Et que tu es en quête d'une corde. Mais que faute de réussir à en trouver une, tu n'es en fait pas loin de te rabattre sur les couteaux à beurre… quitte à passer deux heures à t'ouvrir les veines pour en finir une bonne fois pour toutes avec cette réception d'un ennui mor…

— C'est bon, j'ai compris, l'arrêta-t-il, ne sachant trop comment prendre l'étrange tentative d'humour de la jeune femme.

Il avisa la salle, puis se renseigna :

— Tu sais où on sera placé pour le repas ? Je voudrais vérifier quelque chose.

Il ne manquerait plus qu'il se retrouve assis loin de Sonia…

Nancy pointa du doigt l'endroit le plus éloigné de l'estrade.

— À la table d'honneur, là-bas.

— La quoi ?

Soit la seule qui n'était pas ronde, mais rectangulaire, se distinguant des autres.

— C'est le protocole, expliqua Nancy. La belle-mère de Sonia étant l'organisatrice du gala, vous dînerez avec les têtes d'affiche.

Elle remua les sourcils pour se foutre encore un peu de sa gueule.

— Ah, mais oui, où avais-je la tête ? rétorqua-t-il, sarcastique. Le *protocole*, voyons !

Et c'était censé être un événement festif ?

Axel se dirigea jusqu'à la table désignée par Nancy, cette dernière sur les talons. Puis il examina les petits cartons à enluminures dorées qui indiquaient le nom des convives.

— Comme par hasard ! s'exclama-t-il, quelques serveurs se retournant soudain vers eux. Je suis coincé entre le frangin snobinard et la belle-sœur aussi muette qu'en cloque.

Là-dessus, il attrapa le papier sur lequel était inscrit son nom, puis chercha la place de Sonia.

— Tu as donc rencontré Bénédicte, déduisit Nancy en riant. Elle parle parfois, je t'assure. Même si je te le concède, ça reste assez rare. Il faut vraiment qu'elle ait picolé pour qu'on entende le son de sa voix. Mais comme en ce moment la pauvre est privée d'alcool, ça ne risque pas d'arriver. Et ça aussi, ça fait partie du protocole. On a pour habitude de séparer les couples à ce genre de réception.

— Rien à foutre de vos règles à la con, maugréa Axel en saisissant le carton du type censé être installé à côté de Sonia.

Il mit le sien à place, mais d'un geste très lent, les lettres ornant le papier qu'il tenait au creux de sa main attirant son attention.

39

Entre courage, témérité et totale inconscience

Axel

Brusquement, l'effroi, la stupeur et la rage se mêlèrent pour l'envahir de concert.

— Tu te souviens du nom de l'ex de Sonia ? articula-t-il d'une voix sourde. Celui qui… avec lequel elle a été fiancée, il y a cinq ans ?

— Tu veux parler de Geoffrey ? s'étonna Nancy, écarquillant les yeux de surprise.

— Le nom de famille de ce bâtard, c'est quoi ? grinça-t-il entre ses mâchoires crispées.

— Delacroix. Geoffrey Delacroix. Pourquoi ? Il fait partie des invités ? Je croyais qu'il vivait à Londres…

Axel ne prit pas le temps de répondre à Nancy. Il traversa la salle aussi promptement qu'il en était capable, se retenant tout juste de courir.

Putain de merde, c'était donc de lui que parlait Edgar lorsqu'il avait évoqué une certaine concurrence ?

Mais qu'est-ce que c'était que ce coup fumeux ?

Comment était-ce possible ? Comment ce type avait-il réussi à être convié à cette soirée ? Et comment s'était-il débrouillé pour être placé juste à côté de Sonia à table ?

Quel sale fils de pute !

Alors là, s'il le croisait, il n'hésiterait pas à…

À rien.

Merde, il ne pourrait strictement rien faire !

Agresser de quelque manière que ce soit un autre convive sans raison apparente n'aurait pour effet, au mieux, que de le faire jeter dehors. Au pire, de coller la honte de sa vie à Sonia et ses proches.

Il n'avait pas le choix. Il devait la trouver au plus vite et l'emmener loin d'ici. La sortir de là avant qu'elle ne tombe sur Geoffrey.

Coûte que coûte.

Axel déboula dans la pièce où avait lieu le cocktail et aperçut presque immédiatement Sonia, souriante et affable, discutant encore avec l'abruti au catogan, ainsi que plusieurs autres personnes. Il évita de bousculer ceux qui se trouvaient sur sa route, mais ne fonça pas moins droit sur elle.

Puis il le vit.

Cette ordure de Geoffrey, dans un autre de ses costumes griffés et guindés. Tout au fond de la pièce, posté là comme une sentinelle, les bras croisés, conversant avec un petit groupe tout en surveillant Sonia du coin de l'œil.

Leurs regards s'entrechoquèrent et cet enfoiré leva sa coupe en direction d'Axel, un sourire venimeux étirant ses lèvres.

Sonia s'interrompit en plein milieu d'une phrase, déconcertée de le voir surgir avec autant d'empressement, s'interposant en toute impunité entre elle et ses interlocuteurs.

— Axel ? Quelque chose ne va pas ? s'alarma-t-elle.

Elle ne se doutait de rien pour l'instant, c'était évident.

— Il faut qu'on parte, avisa-t-il aussi fermement que laconiquement.

La simple vue de son ex violent la plongeait dans des états pas possibles. Elle pourrait refaire l'une de ses crises d'angoisse s'il lui expliquait pourquoi ils devaient aussi brutalement mettre les voiles. Ce qui n'était pas envisageable.

Pas ici. Pas parmi tous ces gens.

Sonia fronça les sourcils, interdite, tandis que des raclements de gorge et autres protestations affectées s'élevaient autour d'eux.

— Quoi ? Mais pour quelle raison ? l'interrogea-t-elle, entre gêne et circonspection.

Axel posa une main sur son épaule nue, essayant de l'inciter à s'esquiver avec lui.

— S'il te plaît, ne pose pas de question, lui chuchota-t-il à l'oreille. D'accord, mon ange ?

Elle ne chercha pas à se dégager de son emprise et le suivit sur quelques mètres. Si bien qu'il crut avoir réussi à la convaincre de se tirer de cette réception débile.

Mais une fois que les personnes avec lesquelles elle s'entretenait furent assez loin pour ne plus pouvoir les entendre, elle s'arrêta et demanda, un peu agacée :

— Que se passe-t-il, enfin ? Qu'est-ce qui t'arrive ?

— On doit s'en aller, c'est tout, s'emporta-t-il, le bras de Sonia lui échappant soudain.

Il pivota pour lui faire face.

Sonia prit alors un air chagriné. Puis elle objecta :

— Écoute, je suis désolée si mon père se comporte comme un sale con avec toi. J'ignore ce qui lui prend d'être aussi détestable, ça ne lui ressemble pas, je t'assure. Toujours est-il qu'il faut que tu comprennes que je ne peux pas partir comme ça. Je dois impérativement être présente à la vente aux enchères. C'est de mon travail qu'il s'agit.

Axel savait tout ça. Et justement, c'était pour cette raison qu'elle ne pouvait se permettre une crise de panique devant tous ces gens.

Quant à son père, elle était encore bien loin du compte si elle ne se référait qu'à son attitude envers lui lors de ces maudites présentations. Mais il ne lui dirait rien de la discussion qui avait suivi, pas pour l'instant en tout cas.

Voyant le désastre se profiler, Axel se résolut à la supplier :

— Sonia, je t'en prie, suis-moi.

Elle avala une longue bouffée d'oxygène, puis – lui fissurant le cœur en ne lui accordant pas la confiance aveugle qu'il désirait – décréta :

— Pas tant que tu ne m'auras pas dit pourquoi tu veux qu'on se sauve comme des voleurs.

Alors, n'ayant plus d'autre alternative, il tendit la main, paume vers elle, et ouvrit les doigts, révélant le bout de carton froissé qu'il avait volé sur la table.

Sonia n'eut pas besoin de le saisir pour déchiffrer ce qui y figurait. Elle comprit presque aussitôt de quoi il s'agissait.

Elle battit des paupières, comme sonnée, et se raidit brusquement.

— Mais…

Puis elle pressa son poing contre ses lèvres, son beau visage complètement livide.

Axel se hâta de ranger le petit papier dans la poche de son pantalon, puis passa la main dans le dos de Sonia, juste au creux de ses reins.

— Allons-y, murmura-t-il.

— Je ne… je ne comprends pas, cafouilla-t-elle. Je ne vois vraiment pas ce qu'il ferait là…

— Il est là, lui assura-t-il. Je l'ai vu.

Les yeux de Sonia s'accrochèrent aux siens et il y lut la même panique que ce jour où elle s'était écroulée dans sa salle de bains, l'obligeant à venir la chercher sous les jets bouillants de la douche.

Il la prit dans ses bras et l'enlaça, en plein milieu de la salle de cocktail, la foule palabrant tranquillement autour d'eux.

Parce qu'il ne savait pas quoi faire d'autre pour l'apaiser. Et parce qu'il avait un besoin viscéral, irrépressible et très primitif, de la protéger, qu'il ignorait comment manifester autrement.

— Tu n'auras qu'à raconter à ton père que c'est ma faute, que c'est moi qui aie voulu filer à l'anglaise, proposa-t-il doucement, passant les doigts sur sa joue trop froide. Peu importe, tant qu'on se barre d'ici.

— Mon père, répéta-t-elle, en se redressant légèrement, une lueur de colère s'allumant soudain au fond de ses prunelles. Oh, mon Dieu, c'est lui qui a invité Geoffrey ! Voilà pourquoi il était si contrarié que tu m'accompagnes. Je suis sûre que c'est lui qui est derrière tout ça…

Axel n'allait certainement pas lui expliquer qu'il avait pas mal d'arguments en faveur de cette théorie. Ce n'était pas vraiment le moment de lui raconter quel type d'échange il avait eu avec Edgar tandis qu'ils étaient seuls.

— Tu règleras ça plus tard, il est temps qu'on y aille.

Axel examina les alentours et s'aperçut qu'un tas de gens les observaient, tandis que la plupart se dirigeaient vers la salle du dîner.

— Non ! protesta vivement Sonia.

Elle secoua nerveusement la tête et s'écarta de lui en tremblant.

— Non, je ne le laisserai plus me terrifier, annonça-t-elle d'un ton rauque. C'est fini. Il faut que je surmonte tout ça, que j'arrive à passer à autre chose.

— Attends, on ne va quand même pas rester alors qu'il est ici, objecta Axel, abasourdi. Tu ne vas pas t'infliger ça ?

Sonia inspira profondément, comme pour se donner courage. Puis elle croisa les bras sur sa poitrine, les épaules crispées, un peu voûtées, dans cette posture de repli qu'il détestait.

— Mon père n'avait pas le droit de me faire ça, allégua-t-elle, ses pommettes virant peu à peu au rouge. Je veux qu'il le comprenne. Je veux que Geoffrey et lui comprennent que maintenant je suis avec toi et que je ne permettrai à aucun d'eux de s'immiscer entre nous.

Merde… Que pouvait-il répondre à ça ?

Sonia souhaitait affronter son passé, affronter son propre père… pour lui ?

Pour défendre… leur couple ? Vraiment ?

C'était comme un baume frais délicatement appliqué sur ses cicatrices. Un réconfort inattendu, après la douleur cuisante qu'il avait ressentie en la voyant s'éloigner progressivement de lui.

Pourtant, il ne tenait pas à ce qu'elle fasse une telle chose, n'avait absolument aucune envie que leur relation – au demeurant si fragile – soit encore mise à l'épreuve.

Pas avec son ex-fiancé dans les parages. Pas avec ce qu'il savait de cet enfoiré et de l'enfer qu'il avait fait vivre à Sonia.

Comment pourrait-il se retenir de bondir à la moindre provocation, quand déjà il peinait à ne pas démolir ce petit merdeux dès lors qu'il le croisait ?

C'était beaucoup, beaucoup trop dangereux…

— Bah alors, petite sœur, tu viens ? appela Nicolas, à quelques mètres de là. Papa et Charlotte nous attendent.

Sonia recula d'un pas, se détachant complètement des bras d'Axel.

— Non, la conjura-t-il dans un soupir. Sonia, non…

Il rattrapa sa main au dernier moment, mais elle secoua la tête. Alors il serra ses doigts, refusant de la relâcher. Et lui emboîta le pas, se résignant à l'accompagner, faute de réussir à l'empêcher d'aller se jeter dans la fosse aux lions.

Au moins aurait-elle malgré tout ce maigre contact comme preuve de son soutien, quand bien même désapprouvait-il sa décision.

Nancy et Louise les attendaient à l'entrée de la grande salle de réception. Ils échangèrent quelques brèves banalités d'usage, puis avancèrent ensemble jusqu'aux tables.

Axel chercha des yeux Geoffrey, mais ne parvint pas, cette fois, à le repérer. Ce qui achevait de lui mettre les nerfs en pelote.

— Tu avais oublié le panneau du plan de table, lui glissa Nancy à l'oreille.

Elle indiqua d'un coup de menton une grande affiche cartonnée, installée près des portes, montrant le placement de tous les invités.

— J'ai interverti son étiquette avec une autre, au hasard, poursuivit-elle. Ce n'est pas que je t'apprécie, hein, le pirate, c'est juste que le Geoffrey, lui, il m'a toujours foutu les jetons.

Axel observa Nancy une seconde.

Peut-être n'était-elle pas si conne, finalement. Dommage cependant qu'elle n'ait pas poussé son raisonnement à propos de l'ex-fiancé de Sonia un peu plus loin, à l'époque. Sans doute aurait-elle pu intervenir avant que sa meilleure amie ne soit tout à fait brisée, si ça avait été le cas.

Quoi qu'il en soit, elle venait de lui rendre un immense service.

— Merci, lui chuchota-t-il, attirant alors sur eux un regard interloqué de la part de Sonia.

Cela étant, elle était beaucoup trop angoissée pour les interroger.

Elle s'efforçait de faire bonne figure, mais Axel pouvait voir sa poitrine se soulever à un rythme anormal, bien trop rapide, tandis qu'elle peinait à respirer. Elle jetait des coups d'œil inquiets dans tous les sens, à l'affût du moindre signe de la présence de Geoffrey.

Et ça lui faisait mal – une douleur physique, réelle – de ne pas être en mesure de la rassurer, de la protéger des effets désastreux que la simple proximité de son ex provoquait.

Une fois assis à leur place, l'un à côté de l'autre – ainsi qu'il avait réorganisé les cartons –, Axel passa une main sous la table pour saisir derechef celle de Sonia.

Puis il la pressa. Fort. Pour tenter de la ramener avec lui, comme il la pressentait déjà loin.

Elle pivota vers lui, confuse. Puis elle hocha la tête dans sa direction, comme pour lui signifier qu'elle allait bien.

Mais il était flagrant qu'en réalité, c'était tout l'inverse. Il la connaissait assez pour deviner qu'elle était au supplice.

Putain de réception à la con !

Si seulement elle l'avait écouté. Si seulement ils s'étaient esquivés, ainsi qu'il aurait été largement préférable.

Plutôt que d'être là, impuissant, à la regarder se désagréger peu à peu, perdre toute assurance, des fantômes et de la souffrance voilant ses prunelles, des murs trop épais pour qu'il parvienne à les percer se dressant peu à peu autour d'elle.

Charlotte, Edgar, Nicolas et Bénédicte étaient également à leur table, tous regroupés au centre. En revanche, Louise et Nancy étaient installées à une autre – incapables par conséquent d'essayer de distraire un tant soit peu leur amie de ses tourments intérieurs.

Axel prêta à peine attention à la dizaine d'inconnus assis avec eux, aux extrémités de la table. C'est tout juste s'il remarqua le curieux vieillard, à l'air un peu paumé, qui s'était glissé parmi eux, détonnant sévèrement de leur petit groupe.

L'étiquette intervertie au hasard par les soins de Nancy, probablement…

Ben, tant pis pour le vioque s'il comptait profiter de sa soirée – enfin, autant qu'il était possible à ce genre de pince-fesses, s'entend – en compagnie de ses semblables. Au lieu de ça, il passerait un moment de merde avec eux, pas le choix.

Axel avisa la table où les chevelures étaient les plus blanches et les invités les plus branlants. Un fauteuil libre semblait y attendre Geoffrey. Ce qui aurait vraiment pu être hilarant, en d'autres circonstances.

Cependant, ce dernier tardait à montrer le bout de son nez. Ce qui n'aidait pas à apaiser Sonia, laquelle ne cessait de sonder la salle d'un œil inquiet.

Quelques minutes et quelques conversations guindées et inintéressantes plus tard, Geoffrey débarquait finalement dans la salle, accompagné d'un responsable. Une expression fumasse durcissait ses traits – ô combien trompeurs – de prince charmant des temps modernes, attestant du peu d'humour et de patience dont il disposait.

La main de Sonia se crispa involontairement sur celle d'Axel et elle baissa le nez vers son assiette vide, se forçant visiblement à inspirer profondément.

— On se casse dès que ta photo a été vendue, OK ? lui souffla discrètement Axel à l'oreille.

— Il y a un souci ? s'enquit Charlotte à voix basse.

— C'est vrai, ma chérie, tu n'as pas l'air très bien, renchérit Edgar.

Un sourire crispé étira les jolies lèvres pleines et rouge sombre de Sonia quand elle répliqua, glaciale :

— C'est que je ne m'attendais pas vraiment à ce que Geoffrey soit présent.

— Il aurait dû être à la table d'honneur, lui aussi, fit remarquer Edgar en fronçant les sourcils de perplexité, sans plus se préoccuper de l'état de sa fille. Il y a dû y avoir un problème avec les cartons…

Le père de Sonia pivota vers Axel, plissant légèrement les paupières.

Lequel haussa les épaules en réponse, feignant l'innocence avec aussi peu de conviction que possible.

— Tu devrais peut-être intervenir, allégua Edgar, s'adressant à sa femme d'un ton un brin péremptoire. Je sais que Geoffrey tenait beaucoup à voir So…

— Je ne crois pas que ce soit une bonne idée, l'interrompit abruptement Axel tout en le fusillant du regard, histoire que ce soit plus clair.

C'était hors de question !

Il ne permettrait pas que ce trou du cul se retrouve à bouffer avec eux, il n'y avait pas moyen. Devoir être dans la même pièce que lui était déjà assez pénible comme ça !

— Axel a raison, trancha posément Charlotte. Navrée, mais je ne préfère pas. C'est tout de même un peu délicat, Edgar. Pense à la position dans laquelle ça mettrait ta fille…

— Tu n'as qu'à le rejoindre, si tu tiens tant que ça à dîner en sa compagnie, jeta abruptement Sonia à la face de son père, avec une colère mal dissimulée.

Ce dernier resta bouche bée quelques secondes – tout comme Axel, ainsi que tous les proches de Sonia –, avant de coller un sourire contrefait sur sa figure de star des années quatre-vingt-dix, avisant poliment les gens assis autour d'eux, manifestement embarrassé.

Nicolas étouffa un rire dans sa serviette, évitant cependant de donner son avis à ce sujet.

— Voilà qui est tout à fait charmant, grinça Edgar, comme pour lui-même. Vraiment charmant…

Apparemment, celui-ci avait du mal à digérer que sa fille chérie ose lui répondre.

Ce qui, en revanche, ravissait Axel au plus haut point. Il eut d'ailleurs toutes les peines du monde à ne pas afficher un petit sourire satisfait.

Sonia était en train de reprendre du poil de la bête et c'était tout ce qui comptait.

Entretemps, Geoffrey fut installé à une autre table, assez loin d'eux fort heureusement. Sans pour autant se voir imposer celle du troisième âge – ce qui était tout de même un peu décevant.

Les plats se succédèrent, chacun d'entre eux multiplié au moins par deux, des mises en bouche et autres conneries s'intercalant à la moindre occasion.

Tout avait beau être servi chaque fois dans des portions ridicules, Sonia ne toucha quasiment à rien.

Ni elle ni Axel ne prit part aux conversations assommantes qui tournaient en boucle à leur table. Lors desquelles chaque invité semblait absolument tenir à vanter ses propres mérites et succès en long en large et en travers.

Peut-être avait-il compris que sa présence n'était pas souhaitable, quoi qu'il en soit, Geoffrey demeura à sa place et ne chercha pas à venir s'incruster parmi eux.

On servait le fromage, que Sonia refusa carrément, quand Nicolas demanda à sa cadette :

— Tu suis encore un de tes nouveaux régimes ? Tu n'as presque rien avalé de la soirée.

Sonia n'eut même pas le loisir de répondre, que déjà Edgar s'empressait de contester à mi-voix, de façon à ce qu'eux seuls puissent l'entendre :

— Ta sœur est bien avisée de faire attention, à mon sens. Elle a un peu pris ces derniers temps, je trouve.

Puis il se tourna vers elle et ajouta :

— Sans vouloir t'offenser, ma belle. Mais tu sais qu'il est de bon ton que tu te surveilles à ce niveau-là. Tu ne voudrais pas gâcher tous ces efforts que tu as faits pour acquérir cette silhouette de mannequin. Ta mère avait de la chance, elle était naturellement très mince. Mais ce n'est indéniablement pas ton cas.

Sonia, qui fixait son verre depuis une éternité, continua d'ignorer son père – ainsi que le reste du monde. Elle cala fébrilement une mèche de cheveux derrière son oreille et pinça les lèvres, s'appliquant à ne rien laisser paraître.

Cependant, il était évident qu'elle était blessée…

— Mais peut-être, et je dis bien peut-être, qu'à son âge il serait temps de lui foutre la paix avec ça, non ? ne put s'empêcher d'intervenir Axel, exaspéré. C'est vraiment génial pour vous si votre première et défunte épouse n'avait que la peau sur les os, mais il me semble que c'est légèrement abusé d'oser parler de cette façon à une personne qui se fringue déjà dans une putain de taille 36 !

Évidemment, à cet instant – et parce que sans doute lui n'avait pas réussi à moduler sa voix de manière à ce que les convives extérieurs à la famille de Sonia n'entendent pas –, tous les regards convergèrent vers lui.

Celui de Sonia compris.

Elle n'avait pas l'air vraiment fâché, mais plutôt déconfit, voire totalement pantois.

— Enfin, ce n'est que mon opinion, tenta-t-il de tempérer en se rencognant dans son siège, avant de lâcher malgré lui, trop abasourdi par les conneries débitées par Edgar pour la boucler : Sans déconner, c'est quoi votre délire ? Vous voulez qu'elle finisse par crever de faim ou quoi ?

Ce type savait-il combien sa fille se malmenait au quotidien, ce qu'elle s'infligeait à longueur de temps pour rester maigre comme un clou ?

— Je suis d'accord avec lui, déclara Charlotte en reposant son verre sur la table, ajoutant comme pour elle-même : De toute façon, personne ne peut être à la hauteur d'un souvenir…

Là-dessus, cette dernière se leva et s'excusa de devoir quitter la table pour aller superviser la vente aux enchères, les laissant tous muets de confusion.

40

Funambule et précipice

Axel

Seuls les autres convives assis à côté d'eux continuèrent à bavarder. Un silence pesant régna entre eux jusqu'à ce que la séance démarre, amenant une pause bienvenue avant le dessert.

Des tas d'objets complètement débiles furent vendus à des sommes hallucinantes au profit de l'association de Charlotte.

Puis, enfin, on apporta sur scène la photo de Sonia.

Un cliché unique, grand format, encadré de noir. Mais très coloré, sur lequel on voyait un homme au visage excessivement marqué, assis sur un bout de trottoir, tandis que des tas de gens circulaient tout autour de lui. Le mouvement de la foule, même ainsi figée sur papier glacé, contrastait de façon édifiante avec l'immobilisme du sans-abri. Tout comme les teintes vives des vêtements d'été des passants tranchaient avec la grisaille barbue et échevelée du mendiant, mis en valeur par une finesse et un niveau de détails saisissant, alors que le reste de la scène était plus flou.

La photo semblait presque prendre vie sous leurs yeux…

Extrait de quotidien, d'une banalité qui aurait pu passer pour tristement anodine de tout autre point de vue.

Un travail étonnant et toujours aussi sensible et poétique. En même temps que révélateur.

On présenta en quelques mots l'impressionnant – et cependant relativement récent – parcours de photographe de Sonia. Puis le commissaire-priseur, coincé derrière son pupitre de bois sombre, lança le début de la vente.

Les enchères démarrèrent à cinq mille euros, puis montèrent peu à peu.

Jusqu'à ce que, tout à coup, de sept mille on passe directement à dix mille euros…

Offerts par cet enfoiré de Geoffrey.

Sonia ne put se retenir de se tourner vers lui, stupéfaite. Puis elle parut se tasser sur sa chaise sous son regard.

— Tu ne peux pas dire *qu'il* ne fait pas d'efforts quand même, fit valoir Edgar, à l'intention de sa fille.

Le sous-entendu était clair. Tout le monde savait que ce n'était pas Axel, petit informaticien nouvellement embauché et ancien galérien, qui pourrait se permettre ce type de dépense exorbitante dans l'unique but de faire plaisir à Sonia.

Celle-ci ouvrit la bouche pour répondre à son père, mais la referma presque aussitôt, faute de trouver les mots. Elle se mit à frissonner tandis que les enchères se poursuivaient, passant de dix à douze mille, puis carrément quinze mille euros, encore et toujours offerts par Geoffrey.

Axel se dépêcha de retirer sa veste et la posa sur les épaules de Sonia, dont les bras se couvraient de chair de poule.

Alors seulement elle se tourna vers lui, ses grands yeux de jade totalement perdus, noyés sous un flot de souvenirs écrasants.

— C'est quasiment fini, on va pouvoir partir, lui murmura-t-il en caressant doucement ses cheveux.

Geoffrey proposa vingt mille euros et, dans la salle, la rumeur enfla. Quelques applaudissements et acclamations enthousiastes transpercèrent le faible bourdonnement des conversations.

— Qu'est-ce qui se passe ? grinça Edgar en se penchant dans leur direction. Vous vous donnez en spectacle, là. Vous en êtes conscients au moins ? Et retire-moi ça, Sonia. Enfin quoi, tu as l'air ridicule avec cette veste d'homme sur le dos alors qu'il fait plus de vingt-cinq degrés !

— Il faut que… que j'aille aux toilettes, balbutia-t-elle soudain.

Elle se releva un peu maladroitement, comme si elle avait été ivre, alors qu'elle n'avait pourtant pas bu une goutte d'alcool de tout le repas.

Axel l'imita, manquant de peu de renverser son siège dans sa hâte.

— Non, mais dites, Axel, vous n'allez quand même pas lui tenir la porte ? s'indigna Edgar. Restez ici, n'aggravez pas notre cas. Tout le monde nous observe à présent !

Axel arqua un sourcil blasé, préférant encore s'abstenir de répondre – sans ça, il aurait probablement répliqué au père de Sonia qu'il pouvait bien se carrer ses ordres dans une certaine partie de son anatomie.

Sonia fila entre les tables et il la suivit, une main posée entre ses omoplates, parce qu'il la sentait un peu chancelante sur ses hauts talons.

— Bon, cette fois, on se barre, décida-t-il juste après qu'ils eurent passé les portes de la salle de réception.

— J'ai besoin de… me rafraîchir, haleta Sonia en se passant une main tremblante sur le visage, l'autre agrippant le pan de sa veste, le bras appuyé contre son estomac. Il faut vraiment que j'aille aux toilettes. Je… je crois que je vais vomir… Après, on partira… c'est promis.

Alors on en était là, Sonia était malade ?

Axel lui frotta le dos, ne sachant trop quoi faire d'autre.

Cette soirée était un tel fiasco…

Ils remontèrent une galerie, puis arrivèrent enfin devant les lieux d'aisance. Une porte indiquait ceux réservés aux femmes, une autre ceux des hommes.

— Tu veux que je vienne ? proposa-t-il en ouvrant le lourd battant pour elle, révélant une pièce très chic, avec lavabos en marbre et plusieurs spacieuses cabines. J'ai pour ainsi dire élevé trois filles, je sais tenir les cheveux quand c'est nécessaire.

— Non, refusa-t-elle, prenant soudain une expression horrifiée. Surtout pas…

Puis elle fonça à l'intérieur, sans rien ajouter.

Axel referma la porte, lui laissant l'intimité qu'elle avait réclamée. Puis il s'adossa contre le mur qui séparait les toilettes hommes des toilettes femmes. Il croisa les bras, appuya la nuque contre la cloison et leva les yeux au ciel, confus.

Encore une fois, il n'avait pas su se tenir, n'avait pu s'empêcher d'ouvrir sa grande gueule.

La vache, il avait pratiquement insulté le père de Sonia devant elle…

Nul doute que leur si vulnérable relation en pâtirait.

Il était clair à présent que sa famille n'approuverait jamais qu'elle soit avec lui. Elle devait en avoir pris conscience à l'heure qu'il était.

À moins que son esprit ait été trop encombré par la présence de Geoffrey à cette soirée pour s'attarder sur ce détail.

Quel bordel quand même…

Des bruits de pas se firent entendre et il décolla nonchalamment l'arrière du crâne du mur, plus tellement pressé de se soucier de ses manières, après la débâcle qu'avait été cette réception. Il jeta un coup d'œil au type qui se dirigeait vers lui, tout en ruminant ses trop nombreuses erreurs.

Il se redressa au moment où Geoffrey, un petit sourire suffisant aux lèvres, apparaissait dans son champ de vision.

Tous les muscles de son corps se contractèrent subitement et il dut serrer les poings et les mâchoires à s'en faire mal pour ne pas se jeter séance tenante sur cet enfoiré.

— Alors, le balafré, tu t'amuses ? lança dédaigneusement Geoffrey. Tu penses pouvoir te faire un peu de blé en jouant les dames pipi, ce soir ?

— Sérieux, casse-toi, grogna Axel en luttant de toutes ses forces pour demeurer aussi immobile que calme en apparence. Casse-toi ou tout ça va très mal finir…

Mais Geoffrey ne partit pas.

Bien loin de préférer éviter tout problème, il le rejoignit et s'adossa également à la cloison, juste à côté de lui.

— Oh ça, en effet, je peux te garantir que cela va mal finir, promit Geoffrey en ricanant.

Axel se rapprocha progressivement de la porte des toilettes où se trouvait Sonia et se plaça devant, lui barrant ainsi l'accès.

Geoffrey était en train de le provoquer, c'était certain. Il l'avait déjà cerné. Il savait qu'il ne suffirait pas de grand-chose pour le faire craquer.

Et il était flagrant qu'il n'attendait que ça. Un bon gros dérapage en règle de sa part.

Mais Axel ne lui ferait pas ce plaisir. Pas question. Il se pèterait peut-être les dents à force de les serrer, mais il tiendrait bon.

— Le coup des cartons, j'avoue, c'était pas mal, concéda Geoffrey, une moue un peu tordue trahissant néanmoins son mépris. Je ne me serai jamais abaissé à une telle bouffonnerie, mais il est clair que ce n'est pas ton cas. J'aurais pourtant dû m'en douter.

— Et faire preuve d'un peu de jugeote, renchérit Axel. Mais ça ne s'achète pas à une connerie de vente aux enchères, malheureusement.

Geoffrey eut un rire de gorge grinçant, très désagréable.

Très, très horripilant…

— Au cas où tu n'aurais pas pigé, Sonia ne veut pas te voir, alors tire-toi, avisa Axel, sentant sa patience s'effriter.

Elle allait sortir d'une minute à l'autre et il ne voulait pas qu'elle tombe nez à nez avec cet ex-fiancé violent et destructeur. Elle venait déjà de passer plusieurs heures à devoir faire bonne figure tandis que le seul fait de se retrouver dans la même pièce que lui l'avait rendue malade. C'était suffisant comme ça.

Geoffrey se redressa, mit ses mains dans les poches de son pantalon, puis plissa les paupières, son regard d'acier braqué sur lui.

— Je crois savoir qu'entre vous c'est très récent, commença-t-il d'un ton plus bas. J'espère pour toi que tu es bien équipé, le balafré, parce qu'il faut au moins se munir d'un putain de cric pour réussir à écarter les cuisses et accéder à la chatte de cette salope d'allumeuse. Et dis-toi que je parle en connaissance de cause…

Pas ça…

Putain, tout, mais pas ça !

À cet instant, Axel perdit pied.

Complètement.

Une encre noire se déversa dans son esprit, recouvrant alors la moindre de ses pensées.

Réfléchir devint soudain impossible.

Il se frotta la bouche pour tenter d'occuper ses mains, déjà tremblantes de fureur, tandis qu'un chaos de rage et de haine explosait en lui.

Trop puissant, trop dévastateur pour ne pas y succomber.

D'un seul coup, il fondit brutalement sur Geoffrey et, l'attrapant par le col de sa saloperie de veste de marque, un bras passé en travers de sa gorge, le fracassa contre le mur.

Puis il l'y maintint, l'avant-bras contre sa trachée.

— Ferme ta gueule, pauvre connard ! siffla Axel, la fureur bouillonnant dans ses veines, arrêtant son poing à seulement quelques centimètres de son visage aux traits parfaits. Ferme ta putain de gueule !

Axel était incapable de ne pas réagir à cette provocation-là.

C'était tout bonnement impossible…

Geoffrey pouvait l'insulter autant qu'il le souhaitait, l'affubler de tous les sobriquets les plus ridicules du monde. Mais s'en prendre à Sonia, oser se moquer d'elle et de problèmes aussi intimes – dont, par ailleurs, lui seul était responsable –, de façon tellement crue et dégradante, revenait à signer leur perte.

À tous les deux.

Parce que Axel basculerait peut-être, mais pas sans dézinguer cette ordure.

— Quoi ? le railla Geoffrey, visiblement satisfait de la situation, la voix cependant légèrement altérée par la pression qu'exerçait Axel sur son cou. On est un peu sur les dents parce qu'on n'a pas encore pu convaincre Miss Glaçon de se laisser tringler ?

Alors la violence, primitive et obscure, jaillit en lui, guidant chacun de ses gestes.

Il était une bombe à retardement. Il le savait pertinemment.

Et Geoffrey l'avait deviné dès le début.

Ce dernier venait sciemment d'arracher le goupillon de la grenade qu'il était, permettant à toute la colère et la férocité emmagasinées au fur et à mesure des années d'éclater.

Le bruit sec et brutal du choc entre son poing et la mâchoire de Geoffrey lui parvint de très loin, à travers un brouillard sombre et opaque.

L'ex-fiancé de Sonia retomba mollement au sol, déjà sonné. Il atterrit à quatre pattes sur le parquet marqueté, des gouttes de sang pleuvant de sa bouche déjà bien amochée.

Axel ne lui accorda aucun répit, ne pouvant guère en rester là. Il jeta son pied dans l'estomac de ce salopard et le retourna comme une crêpe.

Puis il se pencha sur lui, agrippa le col de sa chemise des deux mains et le força à se relever.

Pour le coincer derechef contre le mur.

Et là, il frappa. Encore et encore.

Sans plus pouvoir s'arrêter.

Pourtant, Geoffrey ne cherchait même pas à lui rendre ses coups.

Il n'en avait pas le loisir. Trop faible et trop lent en comparaison de son adversaire pour tenter quoi que ce soit. Tout juste essayait-il de se dérober quand il voyait le poing ou le genou d'Axel foncer vers lui. Mais toujours en vain.

Comme quoi, c'était peut-être facile de se montrer violent envers une femme innocente et sans défense, mais nettement plus compliqué de s'opposer à un homme tel que lui, qui ne connaissait ni remords, ni pitié pour les salopards de son espèce.

Ce qui ne faisait qu'aviver plus encore sa haine, attisant sa frénésie, le poussant à frapper plus fort, toujours plus fort…

Axel se foutait éperdument que Geoffrey se montre aussi peu réactif, apparemment totalement impuissant, inapte à lui rendre le moindre coup. Seule l'adrénaline, la décharge dans son cerveau qui annulait toute réflexion cohérente, comptait.

Ce monstre le méritait.

Il avait fait tant de mal à son ange…

Il l'avait détruite.

Alors il *devait* payer. C'était ainsi.

C'est à peine s'il entendit les cris épouvantés de Sonia, qui avait dû sortir des toilettes entretemps.

Sonia…

Une lumière éblouissante dans un océan de ténèbres.

Son seul bonheur à travers tout ce désespoir boueux et gluant qui s'accrochait si tenacement à lui.

Des bras musclés le saisirent par-derrière, tentant de l'éloigner de Geoffrey. Mais Axel n'était plus dominé que par la rage.

Il n'essaya pas de comprendre ce qui était en train de se passer. Qui tentait ainsi de le séparer de ce sale type à qui il voulait faire la peau. Il envoya immédiatement son coude percuter les côtes de l'homme qui se trouvait dans son dos. Le repoussant avec une efficacité redoutable, cognant si rageusement que l'autre s'affaissa aussitôt dans un soupir rauque.

C'est alors que le hurlement d'horreur de Sonia transperça son monde de noirceur, dissipant brusquement les nappes de brume sombre qui s'étaient accumulées tout autour de lui et qui l'empêchaient de distinguer ce qui l'entourait.

Soudain, le décor réapparut, si lumineux qu'il en eut presque mal aux rétines.

Si désastreux que l'air lui manqua…

Sonia se précipita derrière lui, vers l'homme qu'il venait d'envoyer valdinguer.

Axel relâcha lentement Geoffrey, ouvrant péniblement les doigts qui retenaient sa chemise déchirée.

Ce dernier glissa le long du mur. Avant de se retrouver assis par terre, comme exténué, le visage tuméfié. Du sang s'écoulait de ses lèvres, de son nez, ainsi que de son arcade sourcilière droite.

Axel se retourna, hagard, et aperçut alors Edgar, penché vers l'avant, une main sur le genou, l'autre se tenant la poitrine. Il soufflait bruyamment sous le coup de la douleur.

Merde…

Axel se passa les deux mains dans les cheveux en réalisant ce qu'il venait de faire.

— Oh, merde, gémit-il. Merde…

Sonia, qui tentait tant bien que mal de soutenir son père, posa alors sur lui un regard horrifié. Comme s'il était tout à coup devenu un inconnu.

Un inconnu absolument terrifiant.

Et il ne pouvait que comprendre. Parce que c'était bel et bien ce qu'il était.

Quand la violence prenait le dessus, Axel perdait totalement le contrôle. Ce qui venait de se passer en était un bel exemple.

Bordel, mais c'était un cauchemar !

Il n'avait pas vraiment frappé le père de la femme qu'il aimait. Il allait se réveiller d'une seconde à l'autre… ce n'était pas possible !

— Il faut appeler les secours, grommela Edgar en désignant d'un geste Geoffrey.

Lequel se redressa laborieusement, sans parvenir à se remettre debout, encore trop étourdi. Il releva sa figure amochée et ensanglantée vers eux, s'essuya la bouche d'un revers de manche, récupérant une molaire au passage.

Puis il pointa un index accusateur en direction d'Axel, dont les poings étaient maculés d'un sang qui ne lui appartenait pas.

— On ne peut pas te laisser rester avec un type pareil, soupira Geoffrey en grimaçant – sans doute à cause de sa lèvre fendue. Il est beaucoup trop dangereux.

Alors là, c'était le monde à l'envers…

Sonia regarda Geoffrey, l'air complètement déboussolé.

— Non, protesta Axel en secouant la tête, désemparé. C'est faux. Tu sais bien que c'est faux, mon ange… Tu le sais.

— Et est-ce qu'elle sait que tu as déjà tué quelqu'un ? ajouta Geoffrey en se relevant.

Lui portant alors, de manière aussi cruelle qu'inopinée, ce putain de coup de grâce…

Sonia avisa Axel, les yeux écarquillés d'effroi.

Et il crut étouffer sous le poids de la douleur.

Plus de papillons. Que leurs cadavres. Secs comme de minuscules morceaux de charbon.

Des cendres dans le vent, virevoltant sur une terre grise et aride, morte.

Et soudain, les ténèbres recouvrirent le cœur d'Axel, l'emprisonnant, le broyant peu à peu. Une chape de plomb s'écrasa sur ses épaules et une boule brûlante obstrua sa gorge, l'empêchant de parler.

Tout à coup, Charlotte ainsi qu'une poignée de membres du personnel déboulèrent dans le couloir.

— Oh, mon Dieu ! s'exclama-t-elle en se précipitant vers Geoffrey, qui se tenait encore au mur pour ne pas s'écrouler. Mais que s'est-il passé ?

— Ce n'est pas vrai, Axel ? marmonna Sonia en battant des paupières, des larmes dévalant subitement la pente si gracieuse de ses joues. Dis-le… Ce sont des mensonges, n'est-ce pas ?

Mais il était incapable d'articuler le moindre son.

— Non, Geoffrey a raison, lui confirma Edgar en frottant sa poitrine endolorie. On s'est renseigné sur lui, ma chérie. Ce n'est vraiment pas quelqu'un de fréquentable, je t'assure. Enfin, ouvre les yeux, bon sang ! Ce jeune homme a un sérieux problème de violence, tu ne peux quand même pas le nier !

Il fit un geste englobant toute la scène. Lui-même, avec probablement quelques côtes fêlées – voire pire –, Geoffrey, dans état déplorable.

Pour finir par Axel, encore haletant et tremblant sous l'effet de la fureur démente qui s'était emparée de lui à peine quelques minutes plus tôt.

Sonia plaqua son poing contre sa bouche pour réprimer un sanglot, l'air dévasté, le regard perdu.

Alors…

Alors c'était ça, les informations dont Edgar avait parlé.

Lui et Geoffrey avaient réussi à retrouver le rapport d'enquête…

Ils étaient bien trop forts pour lui, au bout du compte.

Axel ne faisait clairement pas le poids face à un homme tel qu'Edgar. Un avocat au bras si long qu'il avait pu découvrir d'un claquement de doigts tous ses pires secrets.

Toutes ces choses qu'il n'aurait jamais avouées à personne.

Et encore moins à *elle*.

La seule à lui avoir jamais tendu la main. La seule à lui avoir dit qu'il était séduisant, même avec ses cicatrices. La seule à lui avoir donné l'envie de croire que l'espoir était encore permis, qu'il y avait droit, lui aussi.

Mais tout ça venait brusquement de prendre fin.

Terminée sa douce et tendre histoire, si pudique et pourtant merveilleuse.

Le grand rideau se refermait sur lui.

Finalement, ils y étaient parvenus, ils la lui avaient reprise.

Les enfoirés…

Axel se passa les deux mains sur le visage, tandis que le sol vacillait sous ses pieds.

Non…

Tout…

S'effondrait…

Soudain…

Autour de lui…

Plus que des cendres et de la souffrance.

— Edgar ! s'exclama Charlotte, hors d'elle, tandis que les membres du personnel tentaient de refouler les convives trop curieux qui s'aventuraient par ici. Est-ce qu'on peut savoir ce qui se passe à la fin ?

— Mettez-moi ça dehors, décréta-t-il en désignant Axel d'un coup de menton méprisant.

Des hommes en costumes noir et blanc s'avancèrent vers lui.

Axel se laissa bousculer et reconduire vigoureusement vers la sortie sans opposer la moindre résistance.

Sans plus rien éprouver d'autre que cet immense désespoir, ce feu dévorant qui le grignotaient de l'intérieur, le brisant en mille menus morceaux carbonisés.

Le détruisant plus sûrement que le coup de poignard qui lui avait jadis déchiré la gorge.

Plus que des cendres…

Et rien d'autre que le noir autour.

Retrouvez prochainement la suite des aventures d'Axel et Sonia…

Remerciements

Merci à Florence, mon éditrice. Grâce à elle, ce qui n'était au début qu'un rêve est devenu réalité. Merci à elle pour son travail et la confiance qu'elle m'accorde.

Merci à Fanny pour son enthousiasme, ses super idées et ses encouragements.

Merci à Guillaume, qui partage ma vie, supporte mes tracas d'auteur (un tantinet angoissé) avec patience et qui me soutient au quotidien plus que tout autre et sait me motiver comme personne.

Merci à Yvette, Blandine et Élodie, mes bêta-lectrices « chic et choc » pour le temps passé à lire mes écrits, puis à débriefer ensuite par téléphone et/ou sur le Net, afin de passer chaque chapitre au peigne fin. Merci à elles pour leurs conseils, toujours avisés, et leur aide si précieuse tout au long de l'élaboration du récit.

Et enfin, merci à tous les lecteurs de mes romans, qui permettent à mes histoires de prendre vie.

NORD COMPO
multimédia

Composition et mise en pages
Nord Compo à Villeneuve-d'Ascq

N° d'édition : L.01EUCN000742.N001
Dépôt légal : mai 2016
Achevé d'imprimer en avril 2016 en Espagne par Liberdúplex